# 新水浒传（上）

[日]吉川英治 著
潘越 褚以炜 肖燕 译

时代文艺出版社

图书在版编目（CIP）数据

新水浒传 /（日）吉川英治著；潘越，褚以炜，肖燕译．—长春：时代文艺出版社，2016.6

ISBN 978-7-5387-5168-0

I. ①新… II．①吉… ②潘… ②褚… ②肖… III．①长篇小说－日本－现代 IV．①I313.45

中国版本图书馆CIP数据核字（2016）第051238号

出品人 陈 琛
产品总监 郭力家
责任编辑 方 伟
助理编辑 胡 军
装帧设计 孙 利
排版制作 杨纪云



新水浒传
[日] 吉川英治 著 潘越 褚以炜 肖燕 译

出版发行 / 时代文艺出版社
地址 / 长春市泰来街1825号 时代文艺出版社 邮编 / 130011
总编办 / 0431-86012927 发行部 / 0431-86012957 北京开发部 / 010-63108163
网址 / www.shidaicn.com
印刷 / 三河市万龙印装有限公司
开本 / 710mm × 1000mm 1 / 16 字数 / 747千字 印张 / 45.75
版次 / 2016年6月第1版 印次 / 2016年6月第1次印刷 定价 / 88.00元

图书如有印装错误 请寄回印厂调换

# 目录

# 第一回　伏魔一百单八星　宿命人间下凡来

时当距今九百年前，中华的黄土大陆唤作大宋国，定都于东京汴梁，宋朝历代的皇业，正由四代仁宗皇帝所继承。

事在嘉祐三年（1058）三月三日。

这一天，天子驾幸紫宸殿，受公卿百官之朝贺。然后仪式便在乐府的仙乐声和满庭的万岁声中结束了。此刻，正是人们望见身披衮龙锦衣的龙体，同侍座的玉簪、侍从的花冠一道从龙椅上站立起来的时候。

“啊，陛下，请稍待片刻！”宰相赵哲和参知政事文彦博慌忙出列，伏阙上奏：“臣等有愿请奏，古来今日之上巳节，乃是以桃花流水为祓，官民无别，和乐与共之喜庆佳节。臣等谨愿值此吉日，圣明若示下民以仁政之实，则皇宋宝祚之荣，定可万世相传。”

仁宗皇帝听罢，突然露出了疑惑的神色。

“爱卿这是为何？当此良辰美时，百姓尚有何不悦？”

“事出有因……”，二人更九拜覆奏：“此数年之间，五谷不登，且今春天下流行恶疾，江南江北，东西两京皆没于病臭之中，家家面有菜色，病死之尸弃之道边，目不忍睹。入夜则惧群盗横行，夜不能寐，天下之势，一至于此。”

“哦，事体危殆情状，竟到这般地步？”

“虽有如开封府尹[1]包待制者，督励施药院之医吏治病救人，又散自家俸给，

1 吉川原文为“检非违使”，系日本平安时代（794—1192）中所设，主要负责京内警察司法的令外官。这里代用这个职制，刚好和包拯在开封府秉公执法的民间传说形象相合。原文因以日本人为读者对象，经常使用日本的律令官职、幕府职制和社会上对一

拼命救济灾民。但实在无可奈何，疫疠猖獗不休，如此下去世上一半丁口，恐有划入鬼籍之忧！”

“兹事体大！速令天下诸寺须行祈祷法事以为禳解之术！”

不管是国土之患，还是一身之灾，无论发生了什么大事，都要依靠寺观的加持祈祷这点，汉土和吾朝藤原时代[1]权门的风习倒是完全相同。不，这只是尚在一步一步接近文明社会，但又距文明如此之远的当时人智之局限。

去江西的旅途是那般遥远。不过，倒也是适合旅行的仲春时节。守御禁门的大将军洪信，带领大票部下车骑，离开了东京都门，日转月移，到达了江西信州的县城。

“敕使驾临鄙地，千万不可怠慢！”

州官以下的大小吏员和士兵且莫论，连当地的男女僧俗，咸皆堵列道旁，迎接洪大将的到来。

不用说，当晚地方上大摆筵席，给敕使接风洗尘。地方小吏有机会就会竞相谄媚中央大员，这古往今来都没有什么变化。何况这更是奉着丹纸大诏而来的敕使，满县的官吏都为这场招待而操碎了心。

不过，这洪信确也是个军人，性子豪放磊落。且也吃惯朝廷的赐宴，遍尝市尘间银盘玉杯，无论何种款待，亦不足使他的眼睛和舌头有所惊动。

“好啦好啦，列位放下杯子，不劝酒也行。这一回下来此地，对俺来说，身负重要敕命，方才派来的传令带来的令状，列位都看过了罢。”

“下官已然拜阅”，州官急忙诚惶诚恐地展开令状：“下官已将旨意作速转达给了本地里处的龙虎山上清宫，报称是已经准备万全，等待大人前去祷祝了。”

“是这样吗？如此今夜就要斋戒，明起沐浴更衣，要登上清宫行事，尔辈

些职业惯行的称呼套用在水浒传的世界里，如称禁军高官作“近卫大将”，镇守地方的将领为“守护”，地方官衙为“奉行所”，私塾为“寺子屋”等，不一而足。因为这种处理对不了解日本历史文化的中国读者反而会造成阅读障碍，故译者往后对于这种情况不一一作注，一律替用施耐庵原作官称，原作若未提及，则尽可能按照宋代实际情况修改。——译者注

1 藤原时代特指日本平安时代中的摄关政治时期（约10—11世纪），藤原氏北家一系的贵族以外戚背景垄断政界要津、天皇幼时为摄政，天皇成年则为“关白”主持朝政。——译者注

速速退下吧。”

第二天，洪信一清早就离了旅店，朝着出州门西南八十华里的大岳行去。在带路的州吏之后，他正被山舆要摇摇晃晃地颠簸着，部下百骑则捧着敕使的旗帜。

龙虎山一带，自古以来便是集全国信仰于一处的道教圣地。

自唐代以来，历朝对此地之皈依甚深，其敕额在朱门楼阁上就能远瞻。在溪谷中，站在生满青苔的石桥上眺望的话，也可微见群山深处的十三层塔。且众道士所住之墙院仙馆，遍布山峦峰谷之中，缀于松柏间的黄白花丛深处，诚可谓仙猿白鹤之游苑者欤。

不过，此仙境在当天正如长眠方醒一般，钟鼓妙音自一山钟台中沸起，薰风香露自枝头翩翩飘下，园中仙鹤振羽欲翔，满山禽兽一同啼鸣。放眼望去，自院主大师以下，道士、稚童、力士之群列，如彩霞一般遍播于三清宫至大石桥之间，焚香袅袅轻升，金铃小鼓齐鸣，众人将当今敕使洪将军迎入仙院，拱手行礼。

“列位，有劳了！”

洪信边施注目礼，一边大喇喇地走进仙馆。

将一碗滋味非凡的仙茗一服而尽后，他立即将敕书的旨意转达给院主。

“前日上巳节，我皇上听闻世间疾疫不止，宸襟为之不安。即日颁下大赦令，在各道口搭建施药施粥之棚。仍遣臣洪信远赴此地，命请当山虚靖天师行祈调伏病魔。旨意你可知道了么？”

“谨遵圣意。”

“敕愿之诏书，正挂在这锦囊，谨悬于臣洪信胸前。请速会龙虎山大仙虚靖天师，将圣旨转达与彼，天师方今何在？”

“大仙如今不在此处，仙人嫌忌此处俗尘，如今更在山深处，龙虎山尽头结一宇草庐，除日常修行仙道之外，不欲思及他事。”

“那样，如果登往斯处，可会得天师否。”

“那也只能派御使一名，在斋戒沐浴后方得上去。”

“呃？真是让人为难，这可是敕命啊。”

“即便是敕使大人，也不能枉了灵山的清规。陛下若果真为救万民苦难，代万民而恭请大仙祈祷的话，作为天子代表的大人，只下这点功夫，可是办不成事的。”

“住口，谁说嫌麻烦了？俺只是觉得略有不便罢了。好吧，明起俺便斋戒一日。只我一人去访天师仙宅。”

他意气风发，当日清早，便在晨星下洗去尘垢，穿上白木棉布做的净衣，将黄巾包袱斜结在背上。里头收纳着宸笔的敕愿。并且单手提上银柄的香炉，时时焚香，口诵“六根清净”，身不带寸铁，只靠一根白木的登山杖，在众多道士的目送下离开了上清宫。

虽说如此，但即便是禁军之雄洪大将那样的汉子，此后在深山中也差点弄到精疲力竭。第一晚头枕树海深处之谷溪而眠，第二晚则身横于斧刃一般的云峰之巅，且前路相距千山之遥，可谓险不胜言。

不久下得山去，又闻深处溪音水声潺潺不绝，昼夜亦不能辨。或为巨猿戏弄于股掌之间，或为野狼嗅得踪迹，只能靠在蔓草丛里寻找路标而行。总算觉得自己爬出了原始森林，抬头一望又是三丈绝壁悬在当头。想要绕路而行，又被瀑布的飞沫吹了一个趔趄。硬着头皮往上攀，但见磊磊奇岩巨石正在俯视自己。

不只如此，他还遭遇了雌雄两只大虫，差点就成了老虎的盘中餐，还被一见便知并非此世之物的大蛇鳞光吓得魂飞魄散，每一次他都不顾一切地拼死逃生。登山杖和香炉都不知在何时脱手而飞。只是为了保住性命，艰难地且匍匐且行。

“哦，这是铁笛的声音？”

这是在不知过了几日后的途中。

活人的生气第一次拂到他面上。

“叔叔往哪里去？”

是童子先开了口。

这童子横坐在牛背上，手上拿着方才听到音色的铁笛。

“这小厮，汝又是打哪里来的？”

“从前方的中院来。”

“中院？”

“叔叔所住的三清宫，乃是麓院，这一座山乃是中院，更在天边的乃是里院……不过呢，叔叔即便是辛辛苦苦往上爬，也是徒劳。”

“何出此言？”

“只因天师不在此地。”

“啊，不在？……怎生有这等事？”

“真是不在，我不打诳语欺你，天师已在十日前驾鹤飞往都城了。说是天下恶病大行，皇帝请求道教本山的老大仙行法禳凶。因为使者到这里肯定不胜苦劳，不如天师自己乘鹤前往，现在怕是已经飞到开封东京上空了吧。”

“哦，那汝又如何知道这等事的？”

“当然知道，别看我这样，可别把我当作村里牧童理会，我乃侍奉老大仙的小童是也。”

“是这样啊，那就劳您大驾把俺引到大仙那里去吧。”

“您还真是多心，我都已说大仙不在——您再晃悠下去，可得给老虎啦大蛇啦什么的当成点心了，叔叔快点回去吧。”

童子可爱地一笑，就不知何往了。

洪信听了这席话，尚觉得半信半疑，且向前行，突然一拍脑袋，这里不是龙虎山的第七还是第八个山谷一带么，以一座巍然耸立的古塔为中心，能够看见一郭堂塔伽蓝矗立于此。

洪信拖着沉重的脚步走到门前，忽听得一声呼唤。

“难道不是洪大将么？”

一众如同罗汉一般的道众，和仙风鹤骨的老真人从门里出来迎接，并殷勤行礼，洗尘慰劳。

这样虽说最好不过，但洪信脑海里九死一生的宽慰感，立即跑得无影无踪，那是因为这儿的老真人开了口。

“确实如此，大人您来得不巧，我们也是方才知晓，山上的虚靖天师出门了。”

“这果真属实？”

“与其想这是虚是实，大将您自己在路上就没有遇到什么值得注意的物事么？”

“倒是遇见了一个乘牛的童子。”

“呀，这也真是可惜了。”

“啊？可惜，有何可惜？”

“这童子肯定是天师的化身，不会有二。”

“呀，就是那个么？”

“天师觉得让敕使白花力气甚是不悯，一瞬间就从都城飞来了，来点醒大人您早点回去吧。”

“啊，俺却不知是这等事。”

“敬请安心，既然天师这样亲自显圣，等将军您回京之时，天师的神通法力，定能宽解圣虑吧。”

洪信受了仙道们一通宽慰，当晚在夜雾朦胧的一座古殿宇里昏昏睡去。

“既然这样，那也没啥可想，俺就将敕愿的诏书奉纳在上清宫的本殿，还是尽早打道回京吧。”

洪信在肚中盘算已定，就将想法告知众人，真人便对十个道众下了指示：

“速将敕使送回原来的上清宫。”洪信便被十名道士簇拥着出了石门。

走了差不多半天，但这又不知为何，那般花了几个昼夜，还一边被老虎和毒蛇袭击才爬上来的险隘之地，下来的时候却如履平地一般轻愉。并且只是一眨眼的工夫，宝塔仙馆的屋顶便若隐若现，抵达了之前来到的三清宫。

翌日，诏书被敬奉在上清宫神扉深处的宸翰箱中。仪式结束后，夜里便举行了全山规模的大宴会，各种素斋供奉如山——虽说如果洪大将就这样吃了完事饭就下山去的话，那就不会弄出什么麻烦事了吧，但是这些武弁但凡吃了酒，往往就会原形毕露。他大概觉得就这么下山的话，将会有失敕使的体面，便特意装出一副威严的姿态，故意去偷听周旁人的闲谈。

“啥，什么？你方才说的那魔耶殿，究竟是何处的殿阁？”

“呃，竟然有扰大人清听，那确是三清宫深处的殿阁之一。”

“嗯，贵地灵域之广，诚非一目可收，何况今后再也难得有游览这等名山的机会，明天，就让俺将这里的全部堂阁观览一遭。”

“谨奉大人的意思，定让大人尽兴观览。”

宫司、真人们在第二天便担任了他的导游，让洪信尽数观览了上清观从唐、五代，乃至于宋的名刹，最后经九天殿、紫微殿、来到了北极殿的深处社廊。

“右面是太乙殿，左边则是昨晚所说的魔耶殿。”

引路的道长说完，便立住了。

在日照投影也渐渐黯淡的幽寂庭院四边，只听得鸟儿清脆的啼鸣不知何处传来。但不知怎的，总有一丝细微的恶寒，嗖嗖地刺及肌肤。

“哦，这便是上清观中的尽处么。”

“诚如大人所言，这已经是最深处的古刹了。”

“那里的石壁看上去有一个挂着铁锁，封地严严实实的门，却是何处？”

“传说是不能打开的祠殿。”

“不能打开的门吗？”洪略微往前走了几步。总觉得有什么力量在抵抗自己向前。仰头一看，眼下是一道悬崖绝壁，门所在的地方是山沿上掘出的大石窟。再走进一看，只见边上的石柱雕着四个大字：伏魔之殿。

“道长何在，将里头打开与我看看。”

洪信看到伏魔的字样，又听说是不能开的门，他的傲慢之心就在胸中蠢蠢地涌动起来。

“不可如此，万万不可如此。”

道长和道士们个个脸色发青。

“说来，供奉在这里，而被封印起来的魔物，乃是世界各处的妖灵。仔细说来，自大唐开山洞玄国师以来，一旦降伏了魔物，就封进这石窟，是万不可擅自开启的。”

“哈哈哈哈哈，你等在胡说些什么？”

“不不，这绝非戏言。若误开此处封印，窟中的魔王将得时而混入人间，世道将为之扰乱，这且莫言，据说它们还能潜入人们的头脑五脏中去，将贻祸于万年……别说道法相传九代之间，且在我住山这三十年内，都未曾见有一度动过此铁锁的。”

“正是如此才要这样，你这么说，我更想到里头去一探究竟了。”

“这这……这实在是造次。”“什么造次不造次的？就用俺的勇气醒醒尔辈这些愚蠢的妖妄人，还说什么造次？喊铁匠来，把锁给我切了。”

“不管怎样，都请万万不要行此举。”

“不行，如果尔辈不愿，我就表奏朝廷，将你等虔事魔道的事公诸天下。尔等的脑壳想要像念珠串一样在上饶江的河滩上示众么。”

洪大将这人只要是说出的话，就未有一件是会反悔的，这时他的气势已经完全和在都城的禁军府里呵斥部下时一模一样。

吓得哆嗦的道士们见没有法子劝服洪信，个个惶恐不安起来，不久便鸠集于秘门的门扉之前。依他的命令砸开门锁，但见那铁锤落处，火光四溅，石斧起处，诡音耸动，咣……咣……咣……地发出了要使人胃肠纠结起来的诡异回响。洪信面无表情地看着这一切，在大门将开未开时，他率先跳进了这黑漆漆的一片灰暗之中。

“怎么样？看见了吧，这不是啥事也没有么？什么严禁之门，什么封印？哈哈哈，你们都进来。”

洪信的两手朝洞顶伸张开去，宛如心情愉快到了极点一般。

虽说是这样，因为实在太暗，即便往里走也是什么也看不到。他又拿大嗓门说话，声音直入深处。这声音在空洞里回响，一句话可以听到两次。

“啊啊，给我点上火把，你们都一起拿上火把，跟在俺后面进来。”

这山窟活像泥菩萨的内胎，进口小，越往里走却越大，四面的墙壁上都刻着诸天诸佛，罗汉菩萨、十二神将的雕像。

“呃，好险。”

洪信撞到了一块石碑上。

喊来拿火把的仔细一看，这里一周是一个圆形的广场，是一方昏昏暗暗，数百年不见阳光的阴冷之地。其中有六尺之板碑高高立起，成为其台石的石雕大龟，把石碑载于背中，如自亘古以来眠而不醒。

“嗯哼，让俺看看，石碑的表上好像细细地雕刻着什么，全文像是上古文字，什么啊，里面写有楷书，待俺仔细看来。”

他一边在给赤焰熏着，一边好像若无其事地绕到碑内侧，把脸贴上去。

见有四个大字，一读，那乃是“遇洪而开”。

“哈，遇洪而开？……这般说，洪就是爷爷我，便是说见着爷爷便开么？”

不知想起了什么，他浑身的筋都根根暴起，大声地哼哼着。并且发了狂地大声下令，要推倒石碑，看看石龟底下，把里面的东西刨上来。

不用说，人们极力劝阻他的暴举，一边哀号一边哭诉。

“太可怕了，太可怕了，这样弥天的事，万请作罢！万请作罢！”

人人都趴在地上，不肯起来。

“闭上尔等的鸟嘴。”洪大喝一声，“你等怕个鸟！看这碑上字，上面不是写着遇洪而开么！上古的神仙都已料得俺今朝来此啊。有谁说个不字，就伸出脖子待我斩下来。”

洪信拍打着剑柄，人们个个吓得发抖，便只能唯命是从了。

借着众人之力，石碑扑倒在地。石龟也从数百年的长眠中被摇起，并且，在石龟翻了两个个儿，肚皮朝天，发出响动的同时，人们听到脚底下发出了大锅沸水咕嘟咕嘟沸腾一般的声音。

“哇，这可深得紧哪。”

除去石龟后，地上开了个大洞，其洞深万丈，让人觉得直通阴曹地府。不，连趴上去看都做不得。突然，从地心奈落之底端，传来了喀拉拉喀拉拉如同百雷贯耳的巨响。不管洪大将也好，还是众人也好都“啊”地喊出声来，捂住耳朵偷偷地看。不知怎地，一切都在一瞬之间，冰冷彻骨，泼墨一般的漆黑雾气，朝人们脸上扑面而来。

那雾气无色五味，无形无影，但它确从洞底喷发出来了。即便说这是魔物的脚步，魔物的笑声，魔物的呼啸也完全没有错。地下隆隆轰鸣不止，震裂了四面岩壁。另外，大山也在颤抖，龙虎山的大小山岭都发出了吠声，信江上饶之水因之翻卷起浪，让人觉得要吞掉山麓一般。

洪信叫了一句：“这又是如何了？”只是拼命地朝石窟外逃跑，不，真要说的话，还是像被什么给撞飞，被抛到了魔耶殿的桥廊下比较接近实际。

总而言之，在他略有些回过神来的时候，石窟还在轰鸣晃动。抬头一看，一条拖着尾巴的黑云正升入半空，刹那间一道光辉闪入眼帘，无数的妖星爆散开来，朝着世间上空播撒而去。

洪信只是口中喃喃作声，像是魂飞魄散一样，两手发抖，晃晃悠悠地走出来。不必说，全山都为之惊动了。但是闯出大祸的却是敕使本人，责罚不得，三清宫的院主满面愁容，对着洪大将呆傻的脸庞，这般说道：“事已至此，还是从速下山吧。别无他法，之后唯有等待虚靖天师归来却作理会。不过，在那座祠堂的石窟中，封有天罡星三十六员，地煞星七十二性，合计封印了一百单八颗魔星，您还真是做得一件可怕的大事。即便是好奇，竟打破了护符的封禁，向人间地上播撒出一百单八颗魔星，今后将见得何等世态，想来就令人毛孔发寒——只盼您这辈子坚定信心，多积阴德了。”

道教认为这个宇宙是由魔界和仙界二元构成的，崇敬北斗、太极、二十八宿等星座，并认为它们和人世间的治乱、吉凶、祸福有着密切的联系。

所以说，对于天体中的德星，便加以尊崇，至于邪星和妖星，则以仙术和咒法予以封印——古来龙虎山上清宫的历代道祖就这样特意为了人界的太平安宁修积道行，但今朝却终使一百单八个魔星雀跃欢呼着复归人界。

“这可怎生让人安得下心。”在洪大将瘟头瘟脑地下山的那一天，院主一边预言未来的景况，一边不停地哀叹：“这一百单八颗恶星，也就是荧惑星。此宇宙几万年以来，亿兆星辰循规蹈矩地围绕太阳运行，丝毫不乱。但这荧惑星却是例外。不按常轨，只是在太阳周围微微地闪烁不定。世理人道，也完全与之相同——这却因您一时之兴起，又给拉回到原来毫无道理秩序可循的状态中去了。啊呀呀，这难道是凡人作恶业太重无以为偿的宿命么。想来，世人眼见五代十国战乱残酷，何等期待世间安宁，自大宋开朝，太平岁月才略微延续几十年，是近来世情上升平日子过得腻歪了呢，还是人性顽劣难拯呢，因为平日里太无聊，却醒了这一百单八个魔星，欲使地上复见无穷乱麻之态……休矣！休矣！即便再是捶胸顿足，事情也无挽回之理。”

听了这番话，洪信确也是战栗不止，好几次想把耳朵堵上。这位闯下弥天大祸的敕使便卷了旗帜，像逃命一样走上了归程。不久便回到了首都开封的汴梁城，伏首于仁宗皇帝御前。

皇帝慰劳敕使道：“洪信，远路迢迢想是辛苦，不过龙虎山的虚靖大仙奉朕敕旨，立即驾鹤来到都城，行了七天七夜的罗天大醮，民间的疾疫立时平息，都府之繁盛已有起色。其实天师法验之灵验，比爱卿回京还要迅捷。洪爱卿尽请安心吧。”

这真是不敢想象的金口玉言。

洪信只是冷汗直流，但看龙颜喜悦绝无半点虚假。洪信本就不敢把自己误破魔封什么的奏报上去，在回到自己家里之后，只是暗自郁然不安，谨言慎行，了其余生。

幸亏在他生时，也没有闹出什么大事，世间亦愈狎于太平安宁之习。其间，宋朝宗庙之祀，自仁宗至英宗、神宗、哲宗凡传四代，自嘉祐三年以来，不知不觉已过了三十余年。

至此，一百单八颗荧惑星，撞破封印而下宿人间，不久每一颗星宿都化为凡人，乃聚义于梁山泊，终于危及宋朝江山社稷。

这一充满大陆风格浪漫构思的中国《水浒传》，便发轫于以上这一故事，在实际上也是从这个年代开始讲述的。

复鉴日本之史，是也正值吾朝于鸟羽、崇德天皇之治世下，不遇武夫的代表者平忠盛、清盛[1]不久便要缔造平家盛世的黎明之际。

东洋[2]之风土、文物、人种，从遣唐使的岁月开始，曾经广泛交流，正可谓一衣带水。虽说是不远万里的大陆，其时运之暗合，也让人觉得有些非属偶然的因素在于其中。

哲宗皇帝寿隆五年[3]。

在庙堂之上，此时也倒并非未见不稳之态，权臣玩弄阴谋，设计废后之种种[4]，让人感到熟烂的花朵就要自然地凋谢了。此种末世腐败之相，只要细察汴梁东京满都士女的风俗，便是一览无余。

但是，庶民们依然讴歌太平，至于宫廷内事会酿出何等情状，还没有隔壁邻居夫妇吵架来得让人感兴趣——比起这个来，这一天让他们接踵出门所往的去处，倒像是发生了大件事。

“什么什么？要打一百大板吗？”

“好像是这样，这要吃了板子以后要给流配出去的恶棍，现在正被衙役们拖在街上走呢。”

抬眼一看，一个二十五六大小，一副流里流气的男子，正给刑吏拖在地上，然后在“一、二、三……”的报数声中，被青竹板啪啪地抽打着。

“呀，那不是高毬么。”

“嗯，是高毬没有错，算他倒运，这姓高的总也摊上秋后算账的时分了。”

---

1 平忠盛（1096—1153），是日本平安时代末年武将，受白河、鸟羽上皇信赖恩宠，多次追捕海贼有功，极官至四品兵部卿。其长子平清盛（1118—1181）在保元、平治之乱中为朝廷出力平叛，累官至太政大臣（相国）。后同后白河法皇发生矛盾，将之幽禁，扶立有自家血脉的安德天皇，树立平氏政权，开日本武臣当国之先河。日本古典战记文学的代表作《平家物语》便以其一族盛衰为题材创作。——译者注

2 日本语境里的东洋，泛指整个东亚世界。——译者注

3 史实无此年号，亦不见原著，或为作者虚构。——译者注

4 或指史实中新党章惇等谋废哲宗孟后事。——译者注

那个还算年轻的配军，像是无人不知其名的样子。

这人不事生产，但在这东京也算是个祖传老店家的少东，是个姓高，名唤二郎的放荡之徒。——他像极了他父亲，即便失了家产，也长于丝竹之道，有一副唱谣的好嗓子，书法枪棒，骑马杂技，无一不精，因此被誉为赌博踢毬的名人。表面上只是在花街柳巷里帮闲为业，但也生性好事，一方面也有些任侠之气。当然犯下不少恶行，定是积恶之余，坏事败显，今日要给官府处置了。

不过，从刚才开始“八十、八十一……九十”地每在高毬背上抽一板子便报一声数字的狱卒，在喊到九十时突然跳到了一百而告了账，转身而退。

“喂！等等，这还不是没有打满一百吗？为何虚报数字，莫非你等都从这个姓高的贼配军这里得了好处么？”

周围冒出个连对默认作弊的刑吏都毫不顾忌地破口大骂的男子，此人正是在禁军中做棒术教头的名唤王升的武夫，偶尔路过才在现场。

收取贿赂是牢头狱卒们常干的勾当，但即便是他们这些把贿赂钱当成正当收入，丝毫不当坏事的人，在白昼堂堂、众目睽睽之下被人指着鼻子抓住小辫子，再是厚颜无耻的人也没脸蒙混过去。何况即便他们心里很想顶回去，对方又是职位高高在上的禁军王教头，官大一级压死人。

“既然王教头这般说，那就打到您满意为止，请您仔细数着。”

结果，高毬浑身上下又多挨了四十几下青竹板。

“好吧，且放了这厮。”

王升一声令下，高毬才被解缚，踉跄爬起。

一从街城门被逐出，就再也踏不上都城之土了。高毬抚摸着给打得到处皮开肉绽的身子，恶狠狠地回头瞪着王升的背影。

“……走着瞧，你这个只会耍棒子的木瓜，老子可是连你小子上辈子祖宗都牢牢记得名字的高爷爷！”

这样，他便孑然一身地被流放到了淮西的闹市临淮，在地方上的头面人物柳世权的家里厮混了三到四年，其间颁下了天下大赦令，本来虽是小罪之身的高毬亦蒙恩典，但他也不愿意这样没有着落地回东京，即便就这么回去，那也没有活计做，他便找柳世权央个出路。

“那样，我就给亲戚董家写封信，你便拿着这封信回报他去。”

柳世权如是说。

这样，高毬回到了阔别四年的老家——他立马拿了书信到城内金梁桥附近去找收信人的住处。

“啸，这店便是董将仕的家吗？”

确实是一间豪华气派的药材铺。

高毬见到主人董老板，便递上柳世权的信。董也没问来人的出身，二话没说就答应给高毬想法子。

“是这样吗？在临淮这野去处待了四年，完全生疏了皇城故里也是没有法子的事，小可既然行商四方，有得出入各方官人门下的机会，总会替你留心生路。你且先在这里安心过几日吧。”

高毬谢了董家的好意，便逗留了半月，大概是其间主人留心到他的多才多艺和焕发才气吧，某一天董将仕写了张介绍信。

“如何？再闲下去便可惜了您这好身板，就拿着这封信到小可极熟的学士大人家里去碰碰运气如何。”

“多谢好意，如果找到活计，往后一定涌泉为报。”

高毬便拿了信去拜访小苏学士。

但是这位学究见了高毬却大皱眉头。他看上去不像是能过惯书房生活的，特别是一搭话，就知道对方是和自己不能合拍的人。虽说如此，这却是交谊极厚的董家托来的人，推卸不得。小苏学士只能摆出一张好脸说道：“嗯嗯，今夜你可暂且住下。明天我去联络，你可到王晋卿大人的住处走一遭，前日他说是想要个身边亲随的使唤人，你若运道好，大抵是会被他录用的。”

虽说这话挺靠不住，但没奈何，在第二天高毬便去找这个王晋卿了。但是，一站在那华丽的馆门前，即使是那般一个无赖汉子的高毬，也不敢踏出第二步。这里乃是驸马之门，当今天子的女婿，世间给唤作“王都尉”的，就是这位王晋卿。

“呵呵，怎么说着，这个杀千刀的小苏学士，许是想把爷爷体面地赶出门，才把爷爷介绍到这个凡人不敢近前的王家来……嘿，管他的，这兵来将挡水来土掩，船到桥头自然直！”

壮起他那与生俱来的大胆，高毬大喇喇地走进门里，特地等着人来盘问他。便给守卫给捉了下来，高毬把苏学士的介绍信递给了不多一会儿前来询问的都管，并特意朗声告他道：“小人绝非可疑之辈，此来是为贵府上寻个勾当，小人对自家本事可是自信满满，是否采用，敬请一试，望您将事体好生禀报上去。”

刚巧这王都尉，正在里阁里百无聊赖地晒小太阳，正慵懒地打着呵欠。这真算这高毬走了运。王都尉听了禀报，还扫了几眼小苏学士漫不经心写下的介绍信。

“嗯？这不是个很有意思的书生么？嗯嗯？看上去不似书生？……都由他，反正消遣时间，就会会这厮，考考他的本事，我也想会会这个人物，你跟上我过去。”

说完，他便从横在房中的一张漂亮的卧榻上起来，略略整了下冠璎。

## 第二回　毬贼幸运升九天　风流徽宗遇奸臣

且说这世上的才子有两种，一种是白眼看人的高傲小秀才型，一种则是臧默寡言的诚实君子型。

狡黠如高毬者，对这方面的行为举动该怎么摆，心里定是颇有些谱，既是王都尉亲来面试，他便不去喋喋不休地显摆他的才学，而是彻底装出一副虚心谨慎的诚实青年的样子，给第一次见面的贵人以好印象。

“确实不错，不愧是小苏学士荐来的人，倘是这位书生，做了亲近的使唤，想必不会辱没了当家的名头。”

王都尉见了高毬，就像是对他非常满意，他还扭过头去咬侍从们的耳朵：

“怎么样，你等怎么看，这人是不是相貌非凡啊？”

评头论足一番后，王都尉决定起用了高毬。

这样，不过是个市井无赖汉的高毬，意料之外地成为了当今天子驸马王晋卿家里的使唤人。

这当然不外是天上掉下馅饼之类的运气，不过，即便交上了好运，没能够用好运气的人也是要多少有多少。在这一点上，高毬算是如鱼得水。他身上的才气徐徐地显露了锋芒，他靠着自己的多才多艺，不久就成了王都尉身边不可或缺的一名宠僮。并且，从这时开始，高毬便换了名字，去掉了“毬”字的毛旁，改了立人旁的“俅”。

这便是其间某一年的事了，这天恰逢家主王都尉的生日，王家的亭馆前华丽的车马齐集，门庭若市。在华美的楼阁上乐人和歌姬齐排并立，在放满了玻璃银盘的餐桌上，装点着美味珍馐，朝野贵绅竞着盛装前来贺寿，这其中最受人瞩目的贵公子，又是何等身份之人呢？

那便是在筵席上被众人敬为上宾，被一声又一声“九王爷！九王爷”地谄媚着的男子。王都尉的家人和来宾男女频频地将紫府佳酿每一度注入琥珀玉盏，欲劝彼以一醉。

此外，这位王爷眉清目秀，虽金瓶之花、玉盘蟠桃之妍，与之相比亦然失色。所以待未久歌舞余兴一终，红裙翠袖便争先簇拥在这位贵公子身侧。

“啊，端王殿下，您无论何时都是这般神采奕奕呀。”

“今天孤虽是主宾，但各种招待都无微不至，就孤来看即便没有那般周到也无妨呀，呵呵，就再略陪你们耍一会儿吧。”

于是，就像群蝶围绕牡丹一般戏耍了起来。

“哈哈哈，是这样吗，孤在你们眼里就是这样精神么？”

当朝的皇子端王在优雅地苦笑之中，总算是抵挡下了群蝶的攻势。但是似乎因为他平日里行状颇有小辫子可抓，要堵住她们的嘴，看样子是颇为麻烦的。那里陪席的来宾奸笑着互使眼色，堂上飘荡着令在场者的耳朵茫然不辨乐堂上胡琴和笙乐之音的欢笑声。

那是自这个庆生会发生后不久的事了。

“高毬，汝持此贺礼，送到九王爷府上去。”

因这王都尉的吩咐，他在这一天便作为使者被派往端王的邸宅。

高毬心里本就明白这用意。

在前日庆生会的时候，在端王休息的书院里，有两件让这王爷颇为中意的文房用具，一个白玉的雕龙笔架，和一个镇纸狮子。

“王爷既然这么中意，过两日小可就派人送王爷府上去。”当时高毬在一边，便听得王都尉答应把这两件文具赠给端王。

所谓的礼物，肯定就是这两件物事了。高毬心想这天的差使肯定能撞上什么难逢的好运气，捧上这份盛礼便欣然而去。

不管怎么说，这位号为端王的王爷，身为先帝的十一皇子，今上哲宗陛下的皇弟，还是荣华平于东宫的一位大贵人。不，连高毬自己在心里也偷偷仰慕这位王爷，这理由只要看到教坊的歌姬们那样兴奋就能明白，他已久闻这端王端得是位潇洒非凡的贵公子。

因在开封都城里，传说无人不晓这端王对琴棋书画风格之雅致且不必言，管弦之游、蹴鞠、舞蹈，至于四书五经、佛道百教无一不通，还是位身濡市井人情的风流子。他便在心里暗自燃起了久未动过的野心："用何手段，可令俺与这位王爷搭上一回话，若他能从俺高毬处闻得此道上的玄妙处，肯定便能识得俺是个无双的妙物。"

东宫御所在汴梁城的一角，当高毬小心翼翼地想穿过府门时，听得卫士大喝："何处来人？"

这声音的威严也非同一般。

"小人是王都尉派来送献给端王殿下礼物的使者。"

听到高毬自报门户，卫士立即开了门。高毬径自慢悠悠地踱了进去，而且面朝看守中门的侍郎又一次报上了来意。

中门的侍郎听罢，便郑重地回复道："使人却是辛苦了，不过殿下如今在鞠场，和几个达官贵人蹴鞠作戏，尚请在旁略等片刻。"

"哦，在鞠场？"

说到蹴鞠，这可是他的看家本事，这可不能充耳不闻。

高毬显出跃跃欲试的表情，说道："蹴鞠正是小人所好之道，就在一旁看着也好，能让小人拜见一下东宫鞠场的景致吗？"

"此是易事，这样，我带你过去吧。"

穿过林苑，不久便到了一个明亮宽阔的广场，一下就听到了欢快的声音。

在场的每一个人肯定都是雅爱鞠道的上流贵绅和公卿仕女，围聚在广阔的鞠场边上，有一组靠在竹榻和椅子上，另一群把脚伸在草坪上，正在观览竞技。

高毬也悄悄地混在这些贵胄之间，在远处静静地观看。

当下，貌似一场竞赛已经结束，接着在一阵欢呼声之后，便看到端王立于悬木之下，一看便知他穿着轻快的蹴鞠装束。他用薄纱的唐巾总发，着一件白锦紫绣袍，袖上文着飞龙，脚登凤凰靴。并且，他盯着对手的架势，说了一句"好吧"，便朝着球场的中央侍从捧着的气球毫无顾忌地走去。

跟随位阶，先由高贵者踢第一脚，之后再按着顺序，二座三座四座地朝着备有八根挂木的对手踢去。端王的球技确有皇族风格的洒脱，而且无论是传也好接也罢，都毫无纰漏。

但是，不知出了什么岔子，鞠突然从一人的靴尖边擦过，飞向了观客席。

“啊，危险。”

眼看这球要撞上到头来，人群慌忙跌跌跄跄地分开，但是，距离最近的高毬却像抓准了时机一样跳上前来，一下子就把皮鞠远远地踢到了端王脚边。

“喔，厉害。”

对方也如空谷回声一般传来了赞叹之声。

接着，赞叹者便立即注意到了高毬的身姿，便这般呼道：“刚刚踢了这脚毬的人，到这里来。”

“是。”高毬应了一声，走近前来。

“适才是汝踢球？”

“恕小人放肆，这鞠因是平生所喜之技，却让小的忘了分寸。”

“不不，孤并不欲责罚汝，汝方才所使的这一手，以孤之见，乃是毬法十踢中最难掌握的鸳鸯拐一技不是么？”

“殿下果然眼力过人。”

“汝究竟是哪里来人？”

“小的是王都尉老爷的小厮，名唤高毬，其实，今日奉主人之命……”

高毬立即将两个礼盒献上，并且陈述起所来之趣意，不过，端王比起礼物，像更是被高毬的一脚好毬给迷住了。

“甚好甚好，详细的过会儿再问，比起这个，汝在此再显一招让孤看看。”

真是求之不得！高毬面对这个千载一遇的好机会，不觉已经无法止住脸上泛起的红晕。但他又装出谦逊的样子，再三辞退，因这端王不依不饶，便走出中间道：“小的不过是初学几招，献丑了。”便依样表演了毬法十踢的奥义，除肩技、背技、膝技，到称为尖飞、搭舞之法的五体十部的基础之外，还有八十八法细型，更有飞燕、花车、龙鬓、搏浪、吞吐星等种种秘术。本来高毬就不只是毬道的达人，当他还是个市井闲汉之时，便废寝忘食地热衷赌毬，是个人不称高二，却以诨号高毬通行世间的男子。比起公家贵胄们消闲的游艺水平，其技法更是久经场面，炉火纯青。理所当然地让端王打出生来第一次不住地对人赞叹：“啊呀呀，神技！神技！”

当黄昏无声地降临毬庭、殿阁灯火阑珊之际，高毬复被召至端王座前。端王对王家献上的文房具当然是不住地喜欢，不过话题马上便转了。自然又是蹴鞠，并且端王突然说道：“高毬，今天起汝便是孤的师傅，今后朝夕侍候着，将汝之妙技传授与孤。”

“小人惶恐，微贱之身安能为贵人师？”

“还有，汝今后便住在东宫便可，不必回王都尉那儿去了。”

“呃，小的不敢，王都尉对小人乃是有恩的主人，怎可复事二主？”

“不，孤早先已派人到王都尉府上，央他将汝让与服侍孤，驸马乃孤妹婿，说来便是一家人，汝事主至忠却是甚好，但这也不失于主从之义。”

“诚如殿下旨意。”

高毬装出一副感动至深涕泣不已的模样。

这样，他便成了东宫亲随中的一员，端王日见信用。

这个本来便长于各种俚俗玩意儿，更兼精通百般技艺，所谓混混出身的高毬，自打侍奉了虽是风流公子却懵懂世事的年轻东宫之后，若要形容一下的话，就像是靠他得意的毬技发家了一样。不过，这个幸运之毬，还能给他带来几成运气呢？

至此仅半年之后，当今皇帝哲宗便驾崩了，因为没有皇子，文武百官庙议论纷纷，终于册立端王做了官家。

人运诚不可知，这位主儿便是被世间称为“玉清教主微妙道君”的宋朝八世徽宗皇帝。

徽宗如他打东宫时代以来的风流品性一样，位正九五之后也不怎么关心政治。

并且，绘画、音乐、建筑、服饰等文化在这个时代倍加绚烂地发展。徽宗自己便是个一流的画家，当代的名匠大师汇集于宫中的宣和画院。

另外，印刷术也有了进步，书籍的版行也得以普及，虽然当时还是杂剧的摇篮阶段，但街面上也出现了演剧的雏形。可以说宋朝所专长的文治政治在此前后已经达到了某个巅峰。

但在文治之下，由于王安石一系的激进新法改革论者和固执保守旧法的朝臣，在庙堂上不断地结党互斗，在徽宗的治世下，宋朝政治已在内部分化瓦解，孕育着非同寻常的危机。尽管如此，徽宗还是照做他的风流皇帝。

他定道教为国教，自任教主加以保护。从全国搜集珍禽异兽、怪木奇石，大兴宫室，不顾百姓涂炭之苦。当然还课征各种苛捐杂税，放任奸官酷吏横行，贫富差距亦日益增大，细民之嗟怨充满四方。——时运慢慢地泛起波澜，金朝（女真）在灭辽之后，不久便席卷燕京太原，终于兵临开封汴京，从徽宗皇帝本人到其贵妃、太子、宗室都沦为俘虏被虏至东北的荒野[1]，并且徽宗在此和犯人一样被驱使耕作，终于结束了其悲惨的帝王生涯。

彻夜西风撼破扉，
萧条孤馆一灯微。
回首家国三千里，
月断天南无雁飞。

这便是徽宗本人在东北的流配之处吟咏自己末路的一首七绝。

不好不好，一个没留神讲了太多日后余话。

徽宗的终结和北宋的崩溃，尚在二十五年之后。因这《水浒传》如同其别名《北宋水浒传》一般，乃是描述徽宗皇帝治世下的民间之脉动的故事，这里只是想让列位看官作为故事的前提，明确一下时势的大河此时正流经哪个时段上。

还是言归正传。

在新帝即位同时，高毬当然也入朝侍奉皇帝。这个毬终于飞升到了九天云霄之上。

并且，皇帝宠信益厚，他只需等着往上高升便可，没过几年，他终于爬到了武官的顶点——太尉，成了统辖禁军的殿前司都指挥使。

事情发生在他叙任此职后不久的时候。

高毬捡起禁军八十万的将卒名簿，为点阅上到部班诸将下至旗手、马步军兵等诸军，便令其集合于汴京的大演兵场。

这天他在巡阅之中，突然停住马步，一边看着铁甲灿灿整列一旁的诸将面

1 小说设定和事实出入，靖康之变时徽宗已让位为上皇，但原文如此。——译者注

孔，一边显出了疑惑的神情。

“不对啊，主簿何在？”

“在！”

“怪哉，汝再读下这花名册。”

“是！”

一名随从便从值日的小校处取了名簿，再点诸将名姓，果然有一将虽见薄载，未见到此。

“给我仔细看了！这不少了一员？今日大阅车徒，怎能马虎大意？”

“下官惶恐。”

“正因近来军纪松弛，朝廷才特命我高毬担此重任。话说这厮名号虽写在出勤簿上，怎么在今天点卯上不见其人？真是咄咄怪事，究竟何人如此大胆？”

“据见是禁军教头王进。”

“既为众军师表，更是难饶，即将这厮给我拿来。”

“大人请慢行，王教头平日绝非怠惰之人，几天前貌似已抱病在身。”

“还不住嘴？身为武将，安能以微恙而欠一日之重勤？若真要点兵出阵，事当如何？依本官所见，莫不是对我高毬上任心有不满，就是玩忽军命。立即派人前去！机会刚好，正要借此好好整饬军纪！”

高毬狠狠地扔下这句话，就策马飞驰而去，副官和随身的将佐们也只得上马跟从，前往下一个巡阅场。

# 第三回　教头王进避追捕　偕母流亡千里行

作为枪棒的名手，王进的名号远近咸知。

他家从其父王升一代开始就从戎于禁军，教习兵士武艺，家住都下一隅，和母亲相依为命，安稳度日。

但是这一天，军使来到他病卧的寝居，传达了高毬的严命。

“立即到校厅报道！”

前来引接的军士都是他常日教习的弟子。如果加以拒绝，来人便不好办了。王进赶忙从病床上爬起，自将装束起来。

“母亲不必担心，此去无甚打紧，新任太尉发怒也是在理，儿子前去赔个不是就回来。”

他的母亲满面愁容地走出门外，目送被军士簇拥着远去的爱子。

在殿帅府，阅兵仪式已告终。之后，上峰下赐了新太尉的上任祝酒，幕舍之中人声鼎沸。

“真是万分抱歉。”

王进匍匐在高毬面前，诚恳谢罪。

“不巧这一天属下虽然打算抱病出勤，但是因为母亲太过担忧卑职病情，终于不敌孝意，怠慢了军务，请大人随心处分。”

“不待尔说，本官高毬既然已统管禁军，绝不能轻饶违忤军令之事，首先便要沙汰尔等扰乱军纪的伪滥武弁。”

“啊？这伪滥武弁，大人说得过了，另外大人说属下扰乱军纪，又凭哪般？”

“放肆！住口！本官喊尔出来，尔这身板还不是挺着过来了，这不是诈病的明证又是什么？还满口说啥母亲爹娘的，一来就造些个赚人同情的理由诓骗本官！说来，尔老子原来是什么来头，本官高毬可是一清二楚！”

“大人是因为这个，才出言诬指属下是冒充武弁？”

“是啊，你老子王升，虽说后来才靠着使棒本事，拔了个禁军教头做，之前还不是在都城道旁舞棒卖药的贩子，那时尔还不是个在尔那卖药老子身边一脸贫相数铜板的小鬼？喂！王进，抬起尔的狗头，尔倒不知何时忘了旧事，现在该想起来了吧。”

“……”

“哈哈哈哈，这幅无言以对的样子真是可笑，够了够了，左右听令，为儆效尤，立即将这厮处以绞刑。”

在正处气头的高毬面前，人们相继为搭救王进，或代之谢罪，或为之说好话。

“罢了，罢了，大人三思，好不容易的庆事，却要绞杀人犯，这不是触霉头么。”

“要罚后日再予严惩也可，如今还请暂缓处置，当这满庭将士都踏歌醉舞，正庆贺大人就任的时头上……”

“嗯，此言也有几分道理。”

高毬略略颔首，毕竟这是自家大庆，在这上任第一天，眼见不祥之事亦非其愿。

王进得到假释，允许在家待罪。

当然，他进出家中都跟有看守，屋宅成了等待定罪之日的囹圄。

在漆黑如墨的夜深人静时，王进悄悄地潜出卧房，到母亲的枕边将她唤醒。

“娘亲，请醒一醒。”

“哦，我儿，你每晚也难以入眠么？”

“没什么，我王进生来豁达，决不会为这些小事消磨志气，不过只是担心娘亲担惊受怕。”

“为娘没有什么，与其担心为娘，还不如寻思寻思救命的路子。”

“说来实在无计可施，无论怎么想，今番这性命怕要休在高毬手里了。”

“你若死，为娘的可怎么活。不过，门下众多弟子会替你求情吧，怎么说也罪不及死啊。”

“不，若是寻常却可这般说，但是这番真是无路可走，腹中有一事，思来就心惊肉跳。”

“你……你不会是打算谋反吧？”

“怎么会？儿子安能做这等事。其实儿子心想这新任的高太尉是个什么人物，怎么着，他口里却道出了俺爹王升的事……这是怎么搞的，一个大朝官却知道家父零落巷中的情形，事情实在蹊跷地紧，儿子便盯着他的脸形琢磨着。”

“啊？他知道你爹以前的行状吗？”

“当然晓得，我年纪还小的时候，就知道这开封都城里有个出名的混混。这厮是个踢毬的高手，名唤高毬的帮闲浪子。……娘亲，怎么办？这就是如今统管八十万禁军的新太尉高毬。”

“怎么会？是这么个浪子？”

“休了！儿子那时已不作他想。但说那时的那个浪子高毬，被逐出京，在当街被打一百大板的时候，我爹因已受军职，随着刑吏碰见这事。不过巷里都说爹爹当时的举动恼了那高毬，那厮深怀怨愤，放下狠话说总有一天要来报复。这虽都是十数年前的过去事了，但记忆突然撞到心里，故而一寻思便想完了，马上觉得这次真要没命。”

“我儿，怎么办？为娘过去像也从过世的那口子那里听到这么回事。”

“哎呀，现在可不能自乱阵脚，幸亏我还能回到家里，见到娘亲的面，故此儿便改了打算，怎么能束手等死呢？这便想了个法子。快快准备动身吧。虽然是留着爹爹回忆的老宅，这番也得舍了，还是远走高飞吧。”

“但是我儿，家里前后都有看守，被天下通缉却怎生是好？”

“这看守的头儿一姓张二姓李，都是我多年的弟子。为了让他们不要担待太多，我就求他们放我和娘亲到郊外的山神庙去祈愿，天亮前就回来。他们肯定会睁一只眼闭一只眼。”

即从王进的母亲来看，当下也只能不管三七二十一赌一把了。她不带什么引人注意的物件，只任儿子背着，从边门偷偷地混出宅去。

张李两个卫兵头子果然都装作没看见。王进整夜朝着西华门疾行。那里也有他的弟子把守着。他便编了个理由蒙混过去，还借了一匹马让老母骑正中，自己则跨在鞍边上。

“啊，倒是顺利，娘亲，已经可以安心了，还看不见有追兵。”

“但是，儿子你要往哪去？”

“到延安府去。”

“永兴军路的延安府？”

“便是，在延安府的军寨里，有个作为经略担当边防的故人，人皆唤他作老种经略相公，他部下很多当年曾在京里向我学枪棒，这位种将军也是常和我通信的关系。”

“延安的路程，一定很远吧。”

“沿黄河向西，长安古都之北，不管怎么说，这旅途不会轻松，还请娘亲暂且忍一忍。”

“喔喔，无论有多艰险，只要和我儿在一起，没有什么不能熬过去的。”

“给娘亲抱着，我王进也生出百倍气力了。”

逃亡之旅如逐风，伏行山川旷野之间，日复如是。

另外打离开都城不远，王进在驿路上便听闻在事发之后高毬大为激怒，下了缉拿的命令，频频催督沿道路府州县的官衙捉拿自己。不过没过多久，苍茫大陆野路渺渺，便让母子淡忘了对后路的不安。

“天色已晚了，这里是什么村子？”

王进一边哄着看上去已经步履蹒跚、直喘粗气的马，到处寻求住处。

“看来并无旅店啊，娘亲，在那边柳圃深处，见有一扇四方土门，先找那里投宿试试。”

“像是这庄上的庄主啊。”

“无妨，一切交给儿子办。”

王进把母亲的马拴在一棵柳树下，直入大门，意借一宿。

“呃，真是个大庄院啊。”

看上去是有来由的旧族所住之地。

在背后的山冈上，微微可见一草庐结于其上，杨柳缝中隐小道，溪水流落庄庭中，汇为一池碧水如镜。

正屋的亭馆临水搭建，主人的书房倚山傍立，敞着窗户，如今像是上灯时分，可以看到新点的灯火闪烁其中。

接待的童子进了里屋之后，许久也未出来。远处传来了牛群低沉的嘶鸣，厨房和仆从的长屋里炊烟袅袅，几百名下人正在喧闹地忙碌着，一派佣仆鸡犬皆饱食、家有余而子孙殷足、翰香楼阁藏万卷书的景趣。

“……那行脚的客人，久待了，里面请吧。”

王进对出来的小厮道：“呃，能给住一宿么？”

“是的，我对主人报说是个偕母同行的行路客人，主人也说来客想必也困顿了吧。”

“感激不尽，那就打搅了。”

王进快步跑出门外，立即拉着母亲的手走进门来。小厮亲切地叮嘱了一句：“马就先搁着就可以了，过会拿草料去喂足它。”

这家里的使唤人都如先前的那小厮一样，十分热情。

沐浴进食已毕，王进见到了庄主史太公。他戴着折头巾，白须过膝，穿着一件貌似道袍一般的上衣，脚蹬一双软绵绵的皮靴。

“听闻您是往延安去的行商，带着老母行路想必劳累了。”

“不不不，在东京把本钱都消折了。”

“哈哈哈，不要担心住宿钱什么的，既然如此就安心歇息吧。”

“真是过意不去，不管怎么说带着老人，风餐露宿怕是消受不起。”

“不必担忧，这宅子广大，今晚就和令堂快快活活伸开手脚将息吧。”

两人毫无拘束地闲谈了片刻，但是不知为何，太公却凝起雪眉，目不转睛地默默注视着不久后王进徐徐告退的身影。

第二天清早，太公煮上一壶好茶，等待王进，但却等了许久也未见人出来。自己来到母子下榻的房间一看，王进的老母昨晚宿疾复发，今早也在儿子的照料之中，在榻上微微呻吟。

“这这这，何不早些告我。”

太公立即将药囊取来，亲调羹药。并且叮嘱二人无论几日，也要养好了身子。

“您的大恩，小人没齿难忘。”

经七日调养，王进老母宿疾告愈，脸色也复转生气。王进心思今早便是出发的时刻，便到马厩去看马。

但在清晨的雾霭绿露未褪，苍澈透骨的绿柳荫里，不知是谁正发出“嗨！哈！”的运气呼喝之声。

王进听到这声音，便转头望去，在苍绿的雾霭中隐约看见了一个线条匀称、浑白如雪的青年壮士的身躯。

年纪大约十八九岁，总之是个筋骨健美的美丈夫。

这后生光着上半身，从脸到裸露的身子都被流出的汗液所浸润，连这晶莹的汗液也透出一股美感。

而且让王进目不转睛地注意着的，是他那雪白的上半身上文的刺青。九条青龙看上去活像在汗液浸润的肌肤上浮动，并且这个后生手上还拿着一条长长的橡木棒。棒子呼呼作响，在他身体前后宛如车轮一样旋转挥舞。

“呵呵，在练棍法么？”

因是自己的看家本领，王进看得欢喜，不由得笑了起来。

但这后生一发觉，便立即停止了舞棍。

“兀那汉子，看人习艺，有甚可笑？”

“不，我并无取笑之意，只是觉得你练得不错，故而看看。”

“什么？说我练得不错，不懂装懂地说什么？”

“啊呀，不要生气，年纪轻没法子嘛，能再让我看一会儿么？”

“开什么玩笑？爷爷的棍术不是给你演猴戏的，看你风言风语的，想是也有几下子吧，来吃我一棍，若教你运道不好，登时送你见阎王。”

“这可吃不消，如果有得罪的地方，还请包涵。”

“这可没完，不把你下巴或是两三根肋骨打个粉碎，怎能出爷爷的鸟气？”

这当口，响起了家主太公的声音。

“喂！史进！想对客人做什么？”

“啊，是爹爹。”

“放肆！”太公大声地呵斥儿子——“客人息怒……我家小犬虽然无礼，但终究是个野汉子，客人别和他做一般理会。”

“不，庄主，我也有不对的地方，这后生能一心不乱地认真练本事，想到就不禁高兴了起来。”

“这大概也是有缘吧，作为送给小犬的见面礼，能教他几手棍法么？”

“庄主莫开玩笑，小可只是个折了本钱的商人，怎么懂得棒术？”

“不不，老朽我看得客人您必有一技在身。”

“够了，父亲，你夸他做甚？”

这个名唤史进的年轻人，突然跳到父亲面前，指着王进的胸口骂将起来。

“我爹虽然说了些没来由的话，爷爷要吃你这撮鸟指点什么的，可别给我提一个字，来吧，是骡子是马，打一棒就知道。”

史进往后跳一步，那是为了摆出架势，突然，他手里的木棒突然和右手化为一体，一棍朝王进的脖根里劈将下来。

不知是怎么格挡的，王进一下就把木棒的尖端牢牢地夹在了左腋下。对着太公的脸笑道：“庄主，可以了吧。”

“不错，还请好好教训下这小子。只是个井底之蛙，不知道山外有山人外有人，看到谁都要出手的小鬼。如果能让这个傲气冲天的鼻子吃点灰，对他来说也算好事。”

“知道了，既然是一家之长的请求，自当听从。”

史进一听这话，大喝一声：“什么！”

身上的九条龙一下充满了血气之色。

虽说如此，本来也不过是乡下自练的武艺。即便这后生的肉体和血气多么生气勃勃，在王进眼里也无非是儿戏。

一振一拨，或是让人目不暇接的一击一突，一招一式虽然出色，但尽皆落空。史进大气直喘，身体疲劳到了五脏六腑都要从喉咙口呕出来的地步，正想着怎么能认输呢？突然发现自己忽地腾空飞将起来，原来是给甩出去了。

“该，该死……”

甫一起身，史进又给丢出去了，脱手了的橡木棒也落到了王进手里。并且在王进棒起处，史进皮上纹的九条青龙恰如被扫帚玩弄的蜘蛛，或起或伏，欲逃则立即又被卷入。最后，史进像断了气一样仆地不起。

“啊哈哈，略微打顺了手，看来教训的有些过了，不过看来没有受伤，敬请安心。”

“不必介意，这对小犬也是一服良药。”

虽然嘴上这般说，心里总是疼儿子。太公用道袍的袖子擦了擦额头上渗出的冷汗。

“客人，老朽还另有话要和你谈，茶已经煮上了，老朽在自家房里等您。虽然惶恐，能带上小犬，在稍后来一下么？”

说完，太公便拖着拐杖，像画中人一般朝远处的书房走去。

# 第四回　难见绿林男儿泪　史进放虎再归山

这里是华阴县界的一个唤作史家村的野去处，住户三四百，尽皆姓史。

庄主史太公从祖先以来就是村里的头面人物。但是自己年纪已经大了，就想尽早把家传给儿子史进，自己好隐居起来安度晚年。

这下，他在这天便对投宿的王教头那里讲明了这个愿望。对临时逗留的王进母子商量商量能不能作为自己独生子史进的教师，住到村里来。

“您的好意，小可实在担当不起。”

王进一时难以应答。

“如今也照实说了，小可并非是什么普通的行商人，先前还在东京做着八十万禁军的教头，只是和新任太尉高毬合不来，才擅自逃出都城去，终于被天下追缉……虽然您难得好意，但是住下来或许会给贵家带来灾祸。所以您的盛情，小可还是难以承受。”

“您不必多虑，老朽这个年纪，阅人已广，只是感到您并非常人。如今也不必拘谨，老朽只是敬重你这般能人，才提出这个请求，请勿顾虑。”

看到老父低声下气地求人，站在一旁的儿子史进，如今也像是觉察到了自己的夜郎自大和棒术上的不成熟，时时闪着请求的眼光。

“您既然都说到这个地步……”

王进终于答应了父子的请求，这一天便暂不出发，重新和史进结下了师徒之契。

“身虽不肖，但十八般武艺中我所知道的功夫，定然全般授予令郎，令郎姓名是叫史进么？”“正是，因小犬背上文着九龙刺青，人都唤他作九纹龙史进。”

“棒术自何人学来？”

“小犬少年时候，家中食客里有个叫打虎将李忠的习武之人，小犬和他戏耍似的学了些本事，之后便上了瘾，但看到村里有过路的武道中人或是散兵游勇，就挨个和他们比试，却没有吃亏过一回。就这么弄到了今天。”

“哈哈哈，看来不是一丁点的顽劣啊，无妨，幸得他不过十九二十岁，若能返回武道之初心一意学本领，总是能走回正道上来的。”

这样，教头王进母子便在史家庄住下，并且这往日的八十万禁军教头王进，为了这史家的嫡男九纹龙，每日亲手传授他十八般武艺的各类秘技奥义。

所谓十八般武艺，一为弓，二为弩，三为枪，四为刀，五为剑，六为铤矛，七为牌，八为斧，九为钺，十为戟，十一为铁鞭，十二为阵简，十三为棒，十四为锁镰，十五为钉耙，十六为刺叉，十七为捕绳，十八为擒拿。

自此，在史家里院的柳圃里，没有一天听不到那拼命学武的麒麟儿和其师傅之间“嗨！”“哈！”的啸声。如果下雨，就在庄院的台子上练习，每夜都挑灯到深夜，时传习诵兵书之声。

年轻的史进在王教头的指导下武艺飞快地进步。另外不管怎么说，也被王教头的人格所感化。岂止如此，他连师傅那带着京腔的两三句闲话都听得津津有趣，这个本来生长在野山里的懵懂小儿，总算知道了自己所处地方的孤陋，并且面对这辽阔的大地江山，一颗年轻的心也开始激动起来。

斗转星移，一年多过去了。

这时候，王进开始细细盘算起来。

“这样下去可不成。这九纹龙虽是个世上少见的练武天才，学尽了我十八般武艺的奥秘，但是他父亲史太公却只是想让这史进继承家业管束一庄，可以早日优游晚年。万一史进半途上给花花世界迷了肠子，嫌恶起祖上传下的事业和农活的话，我所教给他的武艺本事，对于史家来说将酿祸端。”

因为王进做了这样打算，某一日，他算是下了决心。

“长时间受您照顾了。”王进突然说起客套话，向主人史太公请辞。

“我高堂说无论如何，都迫切希望在身子还能动的时候，到先前想去的延安府去过日子。不肖的手段已经毫无保留地传授给令郎了。祝贵宅往后繁荣昌盛。”

在话别之后，太公深感惊讶，儿子史进也不住地伤感。不过，父子知道无法挽留后，在告别的酒席上重馈了王进母子金银礼品。到了出发的一天，还送了马，差人陪同，郑重地沿着关西路送到了邻县边境。

不过，此后事情并没完。

史进留得孤单一人，顿感虚脱无聊，每日借酒解其寂寥之情。但不单如此，入秋后更大的一个空虚朝他袭来，他父亲太公突然发病殁了。

大概是加重了打击吧，他的放纵更带上了自暴自弃的样貌。这人生来就和务农不搭拍，家事也就越发放下不管了。庄院里还时常啸聚了一群没有良民百姓样子的无赖汉，只是耀武扬威，朝远近地界寻衅滋事。而且当下说到这史家村的九纹龙史进的话，已经弄到恶名远扬、小儿闻名不敢夜啼的地步了。

远眺群山之影，从村里看去是一望无垠的彼方之地。这里是华阴县的群山深处，唤作少华山的一峰。

天地之阔，为人所有，而人又是有手有眼的活物。人们即便就在这山地结个寨子，悠闲度日，又有什么奇怪的呢？——摆着一副了不起的神情近前一看，在这少华山的山腹之中，居然也是人烟繁茂的样子。

“喂！杨春，总觉得这阵子有些不自在……陈达还在洞里睡觉么？”

“好像是这样，这厮在三日前下山到了蒲城县地界，但总是寻不到一件勾当作，像狼一样一边闻东闻西地一边走，昨天晚上空着手回来了。下面的饥荒貌似闹得很厉害。”

“说的倒是，俺们这山寨中七八百人，到今年春天为止，还能靠着收取山下的贡物，像个山大王一样快活吃喝度日，这两天突然断了酒肉，真是咄咄怪事。”

“陈达那厮也是牢骚不止，但怎么看，都亏得是华阴县城到处下了命令。据说是悬赏爷三个的脑袋三千贯钱，在各处街道立了告示，禁止往来人走夜路，还奖励百姓们办团练。”

“搞什么乱七八糟的，如果衙门里有闲钱弄这些个鸟事的话，还不如把钱弄到山上来给哥们快活快活。半年没有下山干营生，咱们是不是太老实了点啊，哈哈哈……”

虽然是盛夏里，山中还是云雾腾起，凉爽宜人。在巨大的寨门里，异形怪状之徒的屯营和篝火在各处若隐若现。在其中岩户的石阶之上，岩洞内一殿之后，有堆人群聚一处，酌酒把话。少华山七百山贼的头头神机军师朱武和白花蛇杨春便围坐于此。

这下在岩洞口别有一人，扯开嗓门说道："我想你们在商议个什么，原来还在这喝冷酒啊。"

这个一边伸着懒腰，慢腾腾地从石阶上走下来的，正是方才两人提到的跳涧虎陈达，不用说他也是三个头目里的一人。

"这陈达，你说我们喝冷酒也忒不讲兄弟情面。倒是你下山三天，也不是没带什么土产给哥几个受用么。"

"你这小肚鸡肠就认得这个。不过呢，倒有个值得一说的土产说与你听。"

"有何可听？"

"你们应该听到我在回来路上，逮着个叫捉兔儿李吉的猎户是吧。"

"哈哈哈，真滑稽，捉了个扒兔子皮的，那厮的皮现在还长身上不？"

"别说浑话，我陈达岂是欺负那些微不足道的小猎户小庄稼汉的人。哥几个结义的时候，发的第一个誓不是即便做草寇也绝不欺凌弱小么。让这李吉做内应，做我们眼线的话，就不必干这种偷鸡摸狗的小买卖了。"

"嗯，你让这个李吉内应，是要破哪家宅户啊？"

"当然是史家村的大宅院啦，那个旧家的积蓄怕是比眼见得要厚实。"

"兄弟，这可不妙，那史家村端得是个阎王殿，撩拨他不得。"

"此话怎讲？"

"那儿的庄主不是九纹龙那家么？你却莫作等闲看，倒抵挡得住他么？而且你也知道这县衙悬赏三千贯钱要我们脑袋，真打算让他五花大绑了我们去领赏？"

"不尽然，按李吉所言，确实听说这九纹龙的本事是四县无敌手，但看他举止不过是个老地主家的少爷。不管是什么人，就是和他打输了一架，却也能住上几天，喝酒吃肉，临了还有饯别礼相赠。说到头倒是个闲汉子吃白食的好去处么。恐怕那史进的本事也就是花架子水准吧。"

"这话靠不住，那李吉又未曾和他交过手，却晓得什么？"

"你两个闭了鸟嘴！这又如何，我陈达还相信自家本事。爷爷我在故乡邺城，便给人唤作使枪的跳涧虎。我们堂堂少华山的三头目对个二十出头的没毛后生索索发抖，到吃你两个憋的住。更不要说那是个有钱粮的大院，你几个还把手指衔在嘴里干什么？”

陈达的豪言壮语说开了便收不住，朱武和杨春越是劝阻，他到越来了劲。

“好吧，那样的话，单爷爷一个也要做一把，你们几个弟兄，就在这喝你的酒吧。”

话说完，陈达立即对手下两百多喽啰下了命令，自已也临阵装点起来。

看其披挂，头戴干红凹面巾，身披里金生铁甲，下头挂着旧蜀锦织造的两条大袖，脚穿一双半月形的皮靴。并且在丝编的腰带上跨着一口阔刃大剑。那横跨在一匹善走山路的白马马鞍上的凛凛神气，确可知这少华山的贼将，其威风却是和自己放出的豪言壮语一般相称。

他仗起丈八钢枪横向一挥，指着西面的山麓喊道：“小的们，下了山后天就黑了，自觉带种的就跟我来！”

他麾下两百来号盗寇，便鸣起铜锣阵鼓，打开寨门，呼啸作势。立即化作一字长蛇，消失在山麓的方向上。

“却好险，近来陈达有点性急。”

“他老兄在我们三个里面最长，本人也自命为头目里的头目，看到近来山寨里这副颓唐模样，怕是按捺不住了。”

“这样的话，哪怕是那个别说是不想碰见、听了便心慌胆战动弹不得的对头，这会也不得不同他一干了么。”

这朱武本是定远人，虽说阵上善使双刀，但其深谙的毋宁说是兵法和谋略，故号神机军师。此亦是本人所云。

另外一个白花蛇杨春，蒲州解良人，乃是长杆刀的高手。生的细腰长臂，和他的绰号一样，是一个给人感觉如同一条妖蛇一样肤色白中透青的男子。

不管是这两个也好，还是方才提到的陈达也好，三个人原先都是江湖市井里的处士和良民。但是宋朝朝纲之紊乱，政治之腐败，徽宗之骄奢，其糜烂已遍及到了世上的角角落落。三个人定然是觉得还靠操正业过活简直愚蠢到家，还不如任着本性快活随心度日，才在这少华山里构巢而行绿林之道的。

过了一刻，这两位头目也带着大队人马，朝史家村开去。出阵之时，夜色已深，不久便在黑沉沉的夜色之下，隐隐约约地看到些红色的火光。这是朝史家村的方向没有错。杨春停下马，朝着后面朱武的影子喊道："貌似做出来了！看到那火光没有？陈达正杀进那九纹龙家里呢！怎能放着弟兄有急不顾，快上快上！"

但是，还没出山麓，陈达底下的小头目和手下便狼狈奔来。

两头领忙问说如何，报说是村里早有预备，以木板和铜锣为号，这九纹龙家里的佃客和年轻庄户，就像训练有素的军队一样集合起来，登时就将史家村守作一个金汤城寨。

但是陈达部下的小喽啰们发一声哄笑，说是哪来的土老帽，便对着城门放马吆喝搦战，还敲打铜锣作势。但是对手兵势甚强，乱箭齐发，火把乱掷，不久就成了一场大混战。其中九纹龙亲自杀出，单搦陈达，人们想是大概两边能打个不分上下，没想交手只一合，陈达就给长枪打落马下，轻轻松松地被那九纹龙捉去了。

"喔喔，虽知这九纹龙手段厉害，未知竟如此之强。"

"真是的，这可如何抵挡得住。"

这下，底下的喽啰们尽皆失了斗志。

但是，朱武和杨春却不能从这儿缩回去，那样的话他们在山寨七百强人中的威信可要一落千丈了。虽说如此，他们开始就没有和九纹龙史进作对的想法，杨春的白脸更是煞白，哆嗦着问朱武道："大哥，怎生是好？"

"事已至此，也别无他策，后面交给我吧。"

大抵是朱武生平所长的智略突然灵机一闪吧。他立即下令喽啰们原地待命，只自己和杨春两个径朝史家村里走近去。

立即发现了他俩的庄上土兵，便围了二人带进门去。一看，在宅子内的大柳园子里到处都点着篝火，其中一棵树下绑着被生俘的陈达，现正是众人把这胜利景象下酒，大作欢饮之时。

"什么，那朱武和杨春两个头目也说要来同绑。这厮们却是安得什么鸟心？"

史进正靠在一个陶酒缸上。

他身着一件朱漆涂镶金皮鳞甲，身穿青锦袄，脚蹬明黄靴。旁边立着一张弓，腰佩两刃三尖八环刀，不知因是久违的硬仗出的汗还是酒气上薰，眉宇间一幅畅气。

“好啊，先将二人给我拖过来，大概是两个假货，听听他们会打甚诳语赚我却也有趣，把篝火给我再烧旺点，把他们带到我面前来。”

因为史进倒是没有见过朱武和杨春两个，还是满腹狐疑。他想如果是真货的话倒也是好事，那便把三个贼首一起砍下头来，然后继续地好好喝上一盅。

不过他不久听得朱武和杨春各自陈述，便渐渐地醒了酒，最后竟至潸然泪下。对朱武所陈之事同情起来。

“切望您把我等弟兄两个和陈达大哥一起绑了解官。听闻我们三个的首级能得三千贯赏钱，盼望您就把这些钱接济邻乡的饥民吧！……本来我们陈、杨、朱弟兄三个，就发誓做贼也要做义贼，歃血发誓结义做兄弟，只求同年同月同日死。如今大哥陈达被捕，余下我们两个安能偷生？我们一交手，就知道不是大郎您的对手，请您快做区处吧。”

这番话明显是打动了单纯的史进，他心想山贼居然也有这份义心，他们也是有心救济穷人的人，便对他们大为喜欢。史进本来就是个大度的人，便想在庄户大伙儿面前显示一下自己的宽宏大量也不错。

“好，解了陈达的缚，并且给他们三人酒吃。”

史进朝着大气不敢出一声的三个头领温容说道：“我闻盗亦有道，朋友之间要讲义气，未想你们几个这般重情义，真是让人感动。放心吧，我史进最厌恶给贪官污吏做鹰犬，也没指望拿什么赏钱。我这里再敬你们一杯酒，吃了后就趁早给我逃到少华山还是哪儿去。假使让我听到你们几个欺凌近乡百姓，不论何时我九纹龙都要赶去取下你们的首级来！”

三个头领趴在地上，朝着九纹龙拜谢不止，然后把酒喝眼泪混着一起喝进了肚。就如禽兽给人放生也知感恩，三人依依不舍地在拂晓打史家村径回了老巢少华山而去。

# 第五回　史进弃家奔渭水，路遇鲁提辖之事

少华山的弟兄们都知道大虫不吃伏肉的道理，“没想这九纹龙竟是如此大器量”，不论朱武还是杨春、陈达，打这事之后，都对史进佩服地不得了。

倒是史进这边，渐渐地淡忘了这桩事。于是乎，在某天晚上的华灯初上时分，一个山贼的手下抬着一担赠礼，偷偷地来到了史家宅里。

“虽不是能报答大郎大恩德的物事，但万望收纳小可的这一点意思。哎呀，我忘说了，山上的三位头领让我代问庄上诸位的好。”

来人说了这些话，便回去了。

之后打开礼物一看，里头不仅有兽皮和种种山珍，还有三十两左右的金条。

史进见了笑道：“这算什么，我虽倒不大想收，但是这对那厮们来说，倒是费了心思表这好意。无妨，钱这东西有机会便是要开销的，先收下吧。”

不过自此以后，自山里时常有人送来种种礼物，有时还有漂亮的珠宝。

史进也觉得不能光拿而不意思意思，便将出家传的红锦教人织作三领战袍，并将肥美的烤羊肉装了一大盒子，作为平日馈赠的还礼派人送去。

史家有一个名唤王四的庄客头头，使者就是此人再附上一个佃户。两人一到少华山麓，便被巡哨的给拿了，不过听说是九纹龙史大郎的差使，巡山的喽啰便给他们引路，带入山寨之内。朱武等三个头领请他们上座，斟酒慰劳，交口连说不能忘了史大郎的大恩。两个使人临幸还各得了十两银子。史进听了王四复命，大为喜欢：“他们原来那般重待你等，到还那样地讲我好话。”

这样，两边的交情便日益深厚，史进也不把他们当作草寇看，只是当好汉

间的交情。

如此到了中秋时分，史进便盘算着开一席赏月宴。他想在中秋的圆月之下，打开酒壶，和那朱武、杨春、陈达三个头领开怀畅饮。便和往常一样，教王四取了请柬派到少华山去。

朱武等人见了，当然欢喜。回信说："当然前来。"并且拿四五两银子给了王四做赏钱，走前还灌了他十碗酒，因此王四便足下生风，飘飘然了起来。

当他摇摇晃晃地迈着醉汉步子下山时，碰见个混熟了的小喽啰。

"呦呵，老大"，王四乘着醉意搭上了他的肩膀，这人也喝了个烂醉，回了句，"嘀嘀，是王爷。"便用他的络腮胡子脸去擦王四的脸。俩人在语无伦次地闲话半天后，又是勾肩搭背地踱进了山麓下的小酒铺。这下肯定是大喝特喝罗。

当晚，和酒伴作别之后，王四便睡在了途中的草垛里。如果事情在此告结的话，这一觉也算是睡得快活赛神仙了。但是碰巧来了个过路的猎人，这人不是别人，正是那个捉兔儿李吉，之前答应给陈达做里应袭击史进的就是此人。也真是没人能预料到这一出，这李吉打那事以后，虽然老挨着村人的白眼，但他本就是个比狐狸还狡诈的人。这回突然绊了一跤摔倒在地，爬起一看却见得个醉鬼躺在面前。

"嘀嘀，这厮莫不是史进家里的王四么。"

李吉凑到醉得不省人事的王四身体边上，小心地伸手去摸他腰包，一摸便摸到了估摸是银两和信件的物件，李吉的狐狸眼睛便放了光。

第二天早上，李吉拿着这封信去县衙出首告密之时，王四却一副很是无精打采的样子在主人史进面前复命。

"小人回来了，三个头领回话说承蒙大郎看顾，这番必来赴会。"

"现在才回来啊王四，怎么延误了这许多时辰。"

"啊这个，是山寨盛情招待了我多时。"

"你这厮一见酒就没了分寸吧。算了，快去厨房准备明天的酒菜，还要把仓库里的器物搬出来。"

第二天是中秋节——史家的佃户和庄客们，从天亮开始就为准备筵席忙个不停。屠羊杀鸡，都不知杀了几头几尾。从前天就开始烹调的百味珍馐盛于银盘之上，家藏的名酿也不知拿出了几瓶，准备在客人面前开封。

——不久，朱武、陈达、杨春三个便在甲里穿了先前史进送来的红锦战袍，不等约定的时刻便到了。

负责接待的是当地的壮年汉子和村姑们，史进将三位头领按在上座，便道："喔喔！来得好！有话说好汉知好汉。今天月色正好，照的桂花影重重，今晚哥儿们便开怀畅谈一番，来来来，几位请随意。"

于是众人举酒把盏，喝到夜深，月色更明，桂花上挂着露珠，每次欢笑声起处，便是一壶酒空时。

酒过数巡，史进和做客的三个头领，忽地噤住了声，觉察到土围子外头有人马嘶鸣如潮。竖起耳朵一听——

"喂！史进，速开了门，若不开门，便打将进来了！有人首告得明白，说在你庄院里今晚少华山的强人们要来相会，四邻八隅都给我们围了，想逃也没门！是把强人交给我们，还是要我们进来抓人，快给个话！"

"看来这是有人出首，县尉带着土兵捕快打上门来了。坏了观花赏月的兴致，这厮鸟们真是来得早了些。"

史进咂嘴道："几位贵客，不必惊慌，先请继续喝。"

他便起身从席上走出。取来梯子，爬到上面，打问来者何意。只见土墙外松明火烟缭绕，十字枪、五叉耙，各种捕具器械陈列如林。

"喔，是庄主史进么？本官乃是华阴县的县尉，汝若亲手捉了那股强人来自首便饶了你，不然的话，哼哼。"

"啊呀呀，请老爷们安静些，好容易赚他三个贼头喝得醉死，醒了可不妙。"

"那么说来，汝倒没有里通强人。"

"老爷莫作取笑，不是我自吹自擂，我史家乃是这村第一号的宿族，祖宗代代做着一村之主，和山贼搅作一处又有什么好处？还不强似取那三千贯赏钱。"

"这是本官早先就定下的，但是你得立即把强人交出来！"

"所以说啊，请各位官差把动静放小，离这远点地方等，我去把那些醉倒的贼人们念珠一般缚了。然后再开门！"

史进一回筵席上，便命年轻的庄客将仓库里的金银财宝细软物件集中到一块，让几十个力大无穷的家丁把女人孩子及这些财货都抬上，然后便下令去屋后的柴房点火。

三个头目惊得呆了，赶忙拦阻道："大郎作何在贵宅放火？莫不成是为了掩护我等？"

"不不不，那是为了说明我并无恶图。今晚的事情弄的好像我要陷害几位一样。"

"莫取笑，不管发生什么，我等岂会认为九纹龙会设计赚人。啊啊，放火的事万请三思后行！"

三个头领一边拼命喊叫阻拦，一边把手别到身后，摆出一副做好心理准备的样子，然后说道："大郎您身世清白，我等几个做贼度日的有个请求万望听从！想来给您添了这么大麻烦，是我等的不是！现在怕就是兄弟几个拉清单的时候到了，请将我们三个绑了送官吧！"

"你几个别说混账话，如果干出这等事，我史进便做不得好汉。要我史进效法这等事，和要我去讨饭有何区别？……啊，火势大了，不管怎样当下先杀出围去，到你们的山寨躲一躲。"

看得院内火起，门外喊杀声音又响起来了。因这史进已经挺枪从边门杀出，朱武、陈达、杨春也不得不跟着冲了出来。

黑烟腾腾如疾风翔云，十五满月光亮似血，俯视着下方的刀光剑影和阿鼻叫唤——恶斗一场之后，县尉和捕快们便如秋风扫落叶一样四散奔逃而去。

另外，夜色下还有一列人影径朝少华山奔去。不久，在人去楼空的史家村寂寥的拂晓里，立着旧族百年大栋梁的土仓和它周围的树木，还自顾着啪叽啪叽地烧个不住，火借风势，焰炎越发猛烈。

现在想来真是浑到家了——史进像自嘲一样自言自语着——祖宗一定在天上叹个不停。但是自己生来脾气如此，也没有办法。在那个时候，他确实比起身家财产，还是看重对那三个贼首的一片义气，生下这样的子孙，果然还是因为祖宗作业太重的缘故吧。

"但是，在这山寨一天到晚无所事事也是于事无补。这样，对了！如今也是没了家私负累的自由之身，我就去寻那先前别过的王教头，到延安府去一遭看看。"

这是他潜伏在少华山一个月之后的事了。

九纹龙史进拿定了主意，便和三个头领讲明了想法："抱歉，在这里避难的庄客和年轻人，到了适当时候就让他们回去重操正业，拿来的金银细软届时就分给大家。我想去投我师傅王进，现在就要走一遭关西。"

不用说，朱武、陈达几个贼首和村人庄客们自然伤于离别，极力挽留。但是这番颠沛流离，却也是生来便是一百零八星之一的史进的宿命。——不久，在那芦花荡中横霜戈，苇叶丛里摆战船的水泊梁山寨里，天罡地煞诸星汇聚一堂的先驱第一星，正是史进其人。

一马离了少华山，孑然一身如同落叶飘起一般走上旅途的史进的打扮，正是当时宋代的年轻人时髦的装扮。

在白羊罗纱折角的范阳帽上，拖着一颗玫瑰色的帽缨，用来总发的深红兜巾上也饰有卵黄的带饰。

大概是不喜欢浓艳的原色，着一领白麻布短裾战袍，用一条织有红梅的打纽做腰带。挂上漂亮的长剑，青白间道行缠绞脚，衬着踏山透土多耳麻鞋。

不过，装饰虽妙，但是旅宿途中，吃食也不择他的，餐风路宿，行走二十余日，不久便到了渭州的街衢里。

"哈哈，这里便是经略府的一座外城，且让我探一探王师傅的消息。"

走着看看，城中三街六市颇是繁荣，在嘈杂的角落里开着一间茶铺，史进径自坐将进去，就着茶几唤茶博士道："喔，店家，给泡杯茶来！"

"来了来了，这位客官敢问是行脚的？"

"正是，店家你可知道这儿有没有一位原是东京开封人氏的王进师傅？"

"不知道呢，这经略府里姓王的师傅有好几位，不知要找哪位王师傅，我就知道这些，请喝茶。"

门外刚巧大步走进一个壮汉，肌肉块垒，穿件浓绿的缎子战袍，头顶一副万字头巾，太原风格的挂带上吊着一柄金环大剑，不用说这是行伍之人的打扮，而且这人身长体阔，腰围也是常人的数倍。

"喔喔，提辖老爷来了……这位客官，你若要找人，不如问这位老爷妥当。"

史进闻言，便站起身来，唱个大喏道："小可冒昧，有事相问。"

"怎么了，你找洒家有何事？"

“并无大事，某乃华州华阴县人氏，名唤史进，贵地莫非有个原东京禁军教头的王进？或是知道他的消息？”

“呃……”这提辖摇摇他那长满胡须的脑袋，但一下眼睛放圆了。“这个王教头并不在本地，不过你莫不是那史家村的大郎史进？”

“为何军爷你知我名姓？”

“这一见却知是比传说的更为英雄好汉，您的名姓洒家早有耳闻。另外您问的王师傅洒家也知晓。”

“敢问尊姓大名。”

“洒家是在经略府当差的提辖，姓鲁名达。”

“原来是鲁提辖，我俩真是一见如故。”

“是啊，今日相识，真是缘分匪浅，怎么着，喝茶太无聊了吧，是不是想去哪里喝一杯？”

“感激不尽，不过这王师傅究竟在何处？”

“守备这渭州地界的，乃是延安府老种经略相公家的公子。您要见的那位王教头，确是听得将军提过，大概现在已在延安了。”

“您这样说，我就放了心，接下来，就承蒙您盛情招待了。”

“店家！”鲁达摆出一副军官派头道：“这位的茶钱问洒家要。”

两人并肩出走出通衢。无论是这鲁达的个头，还是史进的打扮，在市中行人群众显得分外显眼。

没走上数百步，却见着稀疏一块空地，不知为何密密麻麻地挤满了看客。

反正消磨时间，两个人便摩肩接踵地凑过去看，像是有个杂耍卖艺的在吆喝。

这要杂技的虽有千种百样，在这块空地上扯着喉咙嘶喊的却是个三十出头、一副散兵游勇相貌的瘦个男子。落满尘土的黑袍子上横垂着一条宽缨带，佩着把背弯甚曲的象牙柄大刀，脚穿的半月靴尖忽左忽右地交互踢起，并且一边说话一边淌着鼻涕，时不时地拿起手绢擦一把，继续口若悬河。

让他频频跳起的不光是足技，他左右各拿一条杆棒，随着他出言发喊，两条棒子动起来，看去变成两柄伞。

——接下来，今天便要请大家看看不轻易在大路上表演的各路秘技啦——这回正当他大声吆喝的当口。

“啊呀，这倒是奇遇。”

史进突然在人群里自言自语起来，鲁提辖便瞪大眼睛回转头去：“呃？奇遇？那个卖艺的？您认得他是谁？”

“不只是认识，这人便是在我少时曾传我枪棒的打虎将李忠。”

这时，这卖艺的李忠也注意到了史进：“呦呵，这不是史大郎么？”

“果然是李师傅，这太巧了。”

“别喊我师傅啥的，可担当不起，我李忠不过是打搅贵宅多时的一个白食客。”

鲁达横插一脚道：“这鸟事管它甚的，我俩正要去吃酒，你也来。”

“请略等片刻，我现在要给看客们兜售膏药，收了钱再陪二位去。”

“搞什么，真恼人，快卖了你那不见效的破膏药，快些个！”

“请再等等，这里可是做生意，客人优先，可是着急不得的。大郎和提辖老爷两位请先去。”

“这里凑热闹的都听着！”鲁达立即摆出一副兵老爷的样貌：“别给我光顾着看，快拿钱给这个卖枪棒的，不然吃我打！”

看到鲁达毛茸茸的醋钵大拳头，众人见了叫苦不迭，别说投一文钱，围观的男女像炸窝的耗子一样呼啦一下四散逃去。

# 第六回　晨送飘零翠莲娘　夕阳逃去江湖远

渭州街中的州桥桥畔，有个名唤潘家饭店的酒楼。鲁达径先入去。

“喂，这二楼的桌子是不是空着？”

“哦哦，鲁提辖您大驾光临！请楼上坐！”

不管怎么说，这鲁提辖从其职权或是风貌，都定然让人恐惧，不过他并不听这些客套话，只在史进和李忠的陪同下直上二楼，围在一桌前，三条大躯如同三个鼎足般坐定了。

“喂，快取酒来，下酒菜也不用酒家多说，不拣什么，但下口的拿来便是。”

在酒菜盛齐之间，三人都用胳膊支着头，张望四壁，看到金箔板的挂联上有朱雕的文字。

风滞柳荫太平旗，
好酒解君胸中垒。
杏花遍开志不遂，
且咏高歌入醉乡。

上头可以看到还诸如此类的对句。

三人或慷慨世事，或谈笑解闷，互相间一下子便有了好感。也不知有几盅四角酒瓶被喊上了酒桌落了肚。——但是呢，鲁提辖时不时地像神经给针戳了一样，兴致大泄。从方才开始，不知从何处传来个女儿声音在那儿嘤嘤地泣个不止。他与生俱来的急脾气终于发作了，用一只脚狠狠地跺着地板道："小二，过来！"

"来了，付酒钱么？"

"你个蠢驴，无论怎么喝，听到这旁边的声音就马上扫了兴，怎么搞的，这隔壁房间像漏雨一般抽抽搭搭的？"

"这个……啊，真是抱歉，这吵着官人们了么？"

"废话！就算你这样的浑人，须有耳朵知觉，这对洒家带来的客人也太无礼了，那发哭声的是个女子么？"

"是在酒楼里卖唱的一对父女。"

"想是给尔等撮鸟欺负，才在那厢作哭的不成？"

"提辖莫取笑……没有这回事，现在离上灯还有些时辰，小人拿些果子点心先到对屋里先哄着他们。马上就打发他们走。"

"等等，就算是你个没分晓的，也不觉得太可怜了么？把他们赶走，洒家这酒便就好吃了么？把那父女俩给洒家带上来！"

"提辖，这不打紧么？那可是携着个老爹的女儿啊。"

"蠢驴！洒家又不做动手动脚的事！"

油乎乎的门帘一拉开，众人马上便见到了那对唱曲的父女，不用说，他们是花街里常见得那种贫穷的流浪艺人，老翁手里拿两个夹板，女儿抱着二胡。

单薄的白上衣里，拖着条红罗裙裳，消瘦的脸颊上淡淡地施着白粉，肩上也落着弱生生的阴影。不过，倒有个便宜翡翠的钗子总发。这女儿虽不算个美人，但可怜动人之态，望上去如同秋日的蝴蝶。

"还有完没有？还在这里抽抽搭搭地哭？求你行不，可别哭了！说来你们又伤悲个什么，道个缘由来与洒家听听。"

"是。"这女儿呜咽着放下袖子，并且和刚才不停地道歉赔罪的老翁一道将他们遭受完全可以说是"市中虱"的毒辣恶汉坑害的前因后果娓娓道来："我等本是东京人氏，因不堪暴敛，做不得生意，流落到这渭州来。但却无处投靠，再加长途跋涉，当娘的因宿病过了世，料理完后身边已经没有什么可以拿来换钱了。终于听了人言，受了某位大官人的照应，说来我们会遭这样的罪，也真是前世不修啊。"

——终于等到援手了——对走投无路的这对暂居旅舍的父女来说，一个恰如久旱逢甘霖般的亲切人物出现了。

这世上还有这等好人，当爷儿俩五体投地地佩服且深信不疑之时，这男子却通过住店的东家连哄带吓地要求将女儿给他做妾。接着又说为齐全娶你进门的家私衣服，得花大钱典你的身子，于是写了三千贯典身钱的文书。

但是虽然给进了门，他家的大娘子却蛮猛如虎，没到三月就给赶将出来，不仅衣服不给一件，当然所付的典身钱也一分没给。

但是到了后来，这回这个男子却拿着空头文书，硬说要讨回所谓之前给的典身钱，这旅店店主知道这不过是个骗人把戏，却昧了良心，让高利贷催钱的恶棍每日来催逼父女。而且还迫使父女如此每晚在渭州的青楼里用竹板和二胡伴奏拉小曲，尽管得来的钱只能勉强糊口，一回到家，得来的报酬的十中之七还要给这些恶鬼榨去。“除了寻死已经无路可走”——终于爷俩被逼到要寻短见的地步了。

“嗯，这厮真个恶毒，老人家你姓什么，这女儿又有几岁了？”

鲁提辖听了这话，也不禁热泪盈眶，勃然愤慨之余，时时眨巴着眼睛。

“是，小的姓金，这女儿小字翠莲，今年十九了。”

“住在哪个旅店里？”

“在东门里一个叫鲁家店的便宜铺子里。”

“嗯，那个鲁家店么？不，要紧的是那个混充好人骗了你女儿，还要敲诈你俩每晚辛苦赚来的小钱的那个恶奴是谁，那牲口究竟在哪里？”

“官人莫发这般恶语，若教他听见了，之后不知要倒多大霉呢？”

“别说蠢话，洒家是本州军里的提辖，人人都知道的鲁达，不必害怕，洒家给你做主。”

“其实，那位老爷是那郑大官人。”

“郑大官人？”

“是的，就是在状元桥西开大肉铺，那个说是镇关西……”

“啊，是那个姓郑的？”鲁达撇嘴呸了一声：“我道这郑大官人是哪路神仙，却是那个杀猪的腌泼才，好啊，既给洒家知道了，这可没完！”

鲁达对着同席的史进和李忠说道：“能否请两位在此坐定吃酒，洒家这便飞也似的过去好好收拾一下那个恶棍。”

史进虽看出鲁达性子急，但也不禁吃了一惊。

“这事放明天再行区处如何？好容易今天三个兄弟聚首鼎谈来着。”

“这也确实有理。”鲁达总算露出了一副重作考量的神情。

“这样，这里洒家先拿出手头的五两银子。虽然对不住，你几个为了这位可怜见的卖唱老儿，就当他给你唱了一晚小曲，不给些钱别礼么？……我想这些银两可以给他把作回乡的盘缠。”

“好啊，正想这也不错。”

史进立即拿了十两，卖膏药的李忠则手头有些紧，不怎么情愿地拿了二两摆在桌前，鲁达用手指头突地一下弹了回去。

“什么啊，也是个不爽利的……也罢，老爷子，虽只是十五两碎银子，也足够你付房钱的，留下的就当回家的路费……你这娘子咋又抽抽搭搭起来了。好啦好啦，洒家最不喜欢哭哭啼啼的，拿了这钱，今晚也别去卖唱了，早点回住处收拾行李去，旅馆的东家说什么都休去理会，洒家明天早上自去看他。”

这样，事情便解决了。在金翠莲父女几度拜谢退去后，三人便大喝到点灯之时，然后踉跄走出夜市，不久在十字路口话了别：“这样便且作别，后会有期。”

于是史进、李忠和鲁提辖便各自作别回去了。

第二天一早，鲁达的巨大身躯像往常一样套着军官装束出现在城边的小街上，然后站在便宜旅店鲁家店的门口。

一看，廊下的手推车里，装着小捆包和胡乱包着的食器匣子的一堆行李。他放心地想道：“这就是翠莲父女的行李了吧。”正在这时，里头咣咣地响起了东家的叫骂声和翠莲父女的求饶声和悲鸣。

“喂喂！金家父女，在干什么啊？快点给我出来！出来！”

听到外面鲁达声音传来，旅店的房东便跳了出来，这回他的矛头对准鲁达了：“翠莲欠钱有证有据，郑大官人委我差办这事，怎么能轻易放了他走？莫不然你替他付清这三千贯？”

房东的脸涨得气鼓鼓的，说话也是恶狠狠。

“却胡说什么？你这厮也是那虫豸一伙的？鼠辈！”

鲁达高高地抬起腿，照准那人胸口只是一脚，虽然他已放轻了力，但店家的身体却像气球一样在地上打了三四个滚。

“……混……混蛋”，店家刚起得身，鲁达的鞋尖又给了他一下，店东顿时没了影子，只见得路边的水沟里飞溅起了乌黑的泥水沫。

“兀那提辖，怎么敢把我东家踢到水沟里去了。”

见是这店东养着的一个年轻汉子，这人身板虽小，也拿了条柴火扑向鲁达。鲁达不闪不躲，只一把扭住，发了一声响彻天地的巨吼，这男人被抛上了房檐，撞破了厢板后掉回到地面上来。

“好了，翠莲爷儿俩，从速推了这车离开这里，你抖个什么？洒家在这里看着你走，不要顾虑，快走吧！”

对着依依不舍地在朝雾中离开渭州城关的父女俩，鲁达挥了挥手。然后别转身来，慢慢地从城关路朝着繁华大道走去。

“哦，店家，生意不错嘛！给我来十斤好精肉，细细地切做肉臊子！”

鲁达径自走入了状元桥头屠卖精肉的大肉店里，顾自坐在椅子上。并且瞪起大眼盯着吊在十个店员站着干活的切肉台后那许多剥了毛的大猪，和同这猪形貌一般，正拿着一支笔趴在账台上的店主郑屠。

“嗬，是提辖老爷”，郑屠见了鲁达，便麻利地离了账台，“真是稀客，今日有何见教？”

“少跟我客套！今天洒家主公老种经略相公的公子要在家里招待客人，这精肉臊子莫教给我混入一丝肥膘！”

“知道了！是切肉臊子呢，那小二，选十斤最好的精肉快与我细切了来！”

“且慢！你这厮不是那肉店的大当家么，还号称那什么镇关西，就算看上去是发达兴隆，说到底难道不是靠着本地镇守的小种爷爷提拔着才有今天么？给我自己切！”

“真是对不住了！……真是的，倒挑着这时候。”郑屠走到切肉台前，并且大喇喇地甩起了用惯了的斩肉大刀，切完挑了挑肉，便说道：“久等了！”拿张荷叶包了送到鲁达手里。

鲁达点了下头，接着说道：“放这里，下面再给洒家切肥膘，还要十斤！”

“诶嘿？这只要肥膘却是要作什么用？”

“少管闲事，这也要细细地切做臊子！”

“真麻烦，好吧。”

又等了小半刻，郑屠又将这肥肉末包了送出，鲁达便要他再拿十斤金软骨，同样细细地切做臊子。

郑屠听罢，脸上青一阵白一阵，却又装着笑脸说：“官人你真有闲，莫不是来消遣我？”

“别装啦！这不就明摆着要消遣你吗？”

“什么！”，郑屠的额头上青筋根根暴起了：“我待你是个州里的提辖官，方才才忍你这鸟！你再给我说一遍看？”

“呵呵，这样啊，洒家就等着你本性毕露呢，洒家再剥你层假面皮看看？”

说罢，鲁达抄起两荷叶肉包便一下砸到郑屠脸上，恰如下了一阵肉雨，郑屠取了把剔骨尖刀，从切肉台上跳将下来。

“打的好！”

一瞬间，郑屠压低了他短胖的巨体，朝着鲁达怀里撞来。

只听啪地发出一声巨响，鲁达的巴掌瞬间在他的脸上爆响。并忽地向他失去平衡的腰上一脚踢去。

“这猪猡，今天你的对手可是非同寻常。”

郑屠便从店头被踢飞到路中央。

他像火团一样爬起，但是刚站挺了眼角就吃了鲁达一记铁拳，“呱”地发出一声怪叫。——刹那间状元桥路头被黑压压的看客呼啸着团团围住，即便是镇关西，事到如今也走不脱了。他被深怀愤恨的鲁达粗壮的身板牢牢钉在地上动弹不得。

“好你个城中虱，倒敢去敲骨吸髓地盘剥那可怜的卖唱父女？教你尝尝这利息的滋味！”

鲁达高高挥起的铁拳，像是揍烂了郑屠的下巴，他仰面朝天的脸孔上鲜血喷涌，手脚也完全挺地笔直。

“活该”！鲁达还想踩几下他的胸口，郑屠的反抗却就此停止了。仔细一看，他一只眼睛已从眼眶里流出，牙齿咬穿了舌头。

“坏了！这厮已不行了，断了气啊。”

鲁达脸上略显后悔之色，并且立即从围观人群中蹿出，他一回头，特意丢下一句话：“切，这个只会嘴巴说，临了倒能装的撮鸟，洒家教你这厮诈死。”

走过状元桥，鲁达的脚步渐渐地快了起来："可不巧，我这个责在保境安民的提辖，倒把这治下的百姓打死了，这可非同小可。"他心里马后炮地自责起来。

他一回到住处，便立即取了些便物和碎银子在怀里，把当月房钱留在屋里，也不顾去向地跑了出去，手里拿着一条杆棒，如同齐天大圣孙悟空腾云驾雾的样子。

同时在当天午后，州里的王观察带着捕快们到他的住处，已经是鲁提辖乘风而走之后了。

不管怎么说也号称镇关西，郑屠家里既有财力也有打手。另外鲁家店的店主也风风火火地跑到州衙去首告。州尹当然不能坐观——立即下了对逃亡提辖鲁达不管何地皆要捉拿归案并可格杀勿论的命令。当然，详细描绘他的面貌个头的通缉令也通知到其他州县了。

# 第七回　兰花粉面恩情泪　剃度出家五台山

虽然说吃饭动筷子也不需什么气力，但再是气拔山兮力盖世的豪杰好汉，一旦落了难便不如鸡。逃亡后的鲁达日日风餐露宿，今天也是腹中干瘪，看上去气息奄奄的。

不知漂泊了几月，他的身影出现在代州雁门县的市中。

雁门县外围着八里城墙，坐落在雁门山中的雁门关，一直是备御北狄侵入的要冲之地。而且古来匈奴南下入侵历史的伤痕，如今在该地繁华景象的阴影里挥之不去。

“咳！在这里告示前还是挤得人山人海，洒家还当逃到这里，就不会追缉过来了。”

夹杂在人堆里，鲁达像没事人一样看着通缉告示和画着自己的图画。

**代州雁门县衙在此告示**

本县奉令缉拿渭州军籍杀人犯凶徒提辖鲁达，若见该犯徘徊当地，应即刻告官出首，包庇者同罪。且若因知情者出首而成功逮捕人犯归案者，即赏首告一千贯。

在鲁达耳边，便有个男子出声读那告示，还有个用手杖支着长着白髯的脑袋的老翁，旁边是边背边记的像个书生一般的人，另外有一群女子、干力气活的和小商贩，大太阳头下人声鼎沸，让人烦躁起来。

“喂喂！你做什么？做什么？”

只是当作别家事一样呆看着的鲁达，朝着背后一个频频拉着自己袖子的老翁狠狠瞪了一眼。

“诶？你莫不是那翠莲的……”

“哎呀，这里那是说话处，往这边，往这边。”

老翁拼命地将他拉到个僻静处，这下才喘出一口气。

“先前便看得个人颇像恩人您，果然是你鲁大恩公，您怎么恁大胆子。”

“诶呀，还真是你金老儿，真是意外，洒家当你回乡了，却在这盘桓什么？”

“其实之后确是要回乡，但是在这地方遇到个姓赵的大官人，受他盛情招待，今天女儿翠莲也在这儿有了一家了。”

“喂喂，你这又不是吃了嘴上好听的贼厮鸟赚了么。”

“不是这样，恩公，这大官人和姓郑的不同，是个真好人，翠莲也在大官人前像口头禅一样说受了恩公您的看顾，不管怎么样先看看我们过的怎么样吧，切请你过来坐坐。”

“你要把洒家带那儿去？什么，是妾房？这怎么成，洒家最不对付这个。”

鲁达便给金老儿硬是拽到了女儿家中，金翠莲听得，便从房里走出。

“呀啊，是鲁老爷。”

翠莲的兰花脸上立下了二行热泪，看到恩人落难，她纤细的少女心当然如同刀绞。

“不管怎样，先请沐浴净身。”

翠莲先请鲁达进去洗澡，其间督催下人侍女将鲜鱼、童鸡、酱菜做几个简单小菜，将酒杯银瓶，茶果点心摆了一桌，然后请他上座。

“老汉我先敬恩公一杯，且请宽心受用。”

“真是令人炫目的一桌酒菜啊，对如今的洒家说真是太客气了。”

“恩公受了这般流浪苦楚，都是为了小的父女。”

“真是破费了，你也不要恩公前恩公后的，这酒也吃得不自在了不是？”

“是是，老汉我不说了，但请再让我讲一句。打那以后，我们就拿了个包红纸的牌位写了恩人名姓，早晚和女儿焚香祷祝，今日得缘再会，我想定是神佛护佑。是吧？翠莲，没有比这更让人欢喜了。”

“奴家说什么好呢，不知怎么，这眼泪就要下来了。”

“这可不成，您爷儿俩的好意洒家心领了，但听你翠莲抽抽搭搭一哭，这酒菜洒家可吃不下去啊。”

“啊啊，不好，真是对不住。鲁老爷您还真是讨厌眼泪呢，奴家心情喜悦，已经不会哭了，还请老爷自在受用。”

不过，刚到天近黄昏时，听得户外人声响动。鲁达本就有些风声鹤唳，急忙往窗下一看，有二三十条年轻汉子拿了棍棒围在门外，还有个官人相貌的骑着马，频频窥探这妾宅内外的动静。

“来了！”鲁达直觉以为是有人要拿他，要跳出里屋。金老儿赶忙一把拉住他的腰带。

“鲁老爷且慢，外头这来者是照顾翠莲的赵家的主人赵员外，这赵大官人也时常从女儿那里听得您的事，非常佩服您的侠义心肠，他大概是搞错了什么情况吧。先等老爷我把缘故告知于他。”

金老儿连忙跑到楼下。不久事情讲清，几个年轻汉子都给喊了回去，只是这赵员外一人和金老儿上得楼来。

“哈哈哈，听了些风言风语，差点作了无礼的事。敝人便是照顾翠莲的，姓赵，您便是久仰大名的鲁达大人么？”

“不不，这边也有对不住的地方，洒家正是曾为提辖官的鲁达，多有惊扰了。”

“没事，知得这事也是一种奇缘，翠莲，今晚就陪你恩公好好喝几盅，我立即吩咐人换桌新的酒肴来。”

大概是长者之风吧，这赵员外五十开外，看上去却是个心胸开阔的人，或也是个见人说人话，见鬼说鬼话脾性的人，面见侠义之辈便以侠义之心对待。在灯火阑珊、酒兴正酣之时，赵员外说道：“怎么样？鲁大人，在这样闹市去处里住，怕也安不下心，不到小可庄上逗留几时么？”

“感激不尽，您那庄院是何状况？”

“只在郊外十里，一个叫作七宝村的安静去处。”

“现在身上也没个依靠，承蒙您盛情，那便望您容洒家这莽汉打搅几日了。”

听到这话，翠莲父女也像自家事情一般欢喜。这样，鲁达便和赵员外并马而行，在第二日到了山清水秀的七宝村。

虽然在官人家里当然每顿管足，鲁达却拘束地不敢落座，看到他扭捏的样子，赵员外笑道："不必介怀，有道是四海之内皆兄弟嘛。"

话是这样说，但这世间并不作这样看，可不能住得太长，鲁达刚想住个十天就告辞，当晚的酒宴上，赵员外却找鲁达商量一件事。

"虽是个古怪的请求，但这也许是宿命，贤弟有没有改个念想，先入僧籍避一避的想法呢？"

"呃？是做和尚么？……这到吃洒家一惊，劝洒家出家做和尚的，您老兄到是第一个。为何要劝洒家这生来无慧根的凶汉做和尚？"

"贤弟当然也会觉得这有点乱来，其实在前两天，因为小可对贤弟有疑，就找了一伙街上的年轻人，冲到翠莲家门口。因为那件事颇传出了点风言风语，之后便颇有些不可大意的谣传在巷间不胫而走，如果出了个万一，小可怎么担当得起。"

"不，给老兄添了怎么大麻烦，是鲁达的不是，洒家明天就起身赶路去。"

"无妨无妨，不过之前说的出家一事，能不能再作考量？如果贤弟有意思的话，某立即准备各种手续费用，五花度牒。"

"老兄说要出家进寺，是何处寺院？"

"去此三十里有座唤作五台山的名山，这山的大道场唤作文殊院，非常壮丽，七堂伽蓝、处处宝塔映照着美丽的翠色，七百出家僧众上头有个高德硕学名唤智真长老，和某亲如兄弟。"

"呵，听得是个不错的去处。"

"而且我家祖宗历代都是该寺的大施主，无论是寺堂建造，还是佛事道场，别说寄进施舍，那座主每事都与我商量。不过某只阙一愿未得圆满，便是送个和我家有缘的人出家入此寺籍，鲁达大人，您怎么看？"

"哦，那洒家便出家看看吧。"

"哈哈哈，说是看看，到让小可有些头疼呢。"

"不，洒家也算是发了道心，也许亡父亡母冥冥里要俺鲁达重新做人，还请麻烦您多担待。"

对他来说，这或许也是一大转机，他虽感有些寂寥，还是下了决心。

准备不管怎样也要数天。到了入寺登山的日子，便有工夫抬两顶山轿往五台山去。一山的长老僧众已经备好了得度和收受赠礼的庆祝仪式。

轿子从大队山僧中经过，在方丈之前停了下来，先吃一碗茶，再用井里泉水洗去垢秽。

……不久在梵钟频频鸣响之中，鲁达等人在导师的引导下，在长廊里绕行，朝着三尊灯华的庄严本堂行进。

看得本堂当中一把禅椅空着，鲁达便若无其事地坐上去，赵员外慌忙站起，咬着朝靠着禅椅的鲁达耳朵道："发愿在此出家的可是贤弟，如何面对长老坐地？"

"哦，确是。"

鲁达向后退去，和赵员外一道像新学生一般地站着。

正面座的是长老和首座，接下来按着顺序排成东西两列，那些看去满身紫金袈裟闪闪发光的大概便是维那、侍者、监寺、都寺、知客、书记等职事僧人。每个人都瞠目结舌，装着似看非看的样子偷偷打量着新来的鲁达，一样地显出怪讶的神情。众人心中咸皆暗自叫苦道："怎么看都是一脸不善之相啊。""那算是发了佛心要出家？""虽是赵大施主的推荐，但实在消受不起他那不逊之相。""……虽说这样，但是长老都应承了。"

虽然无人发话，但是列中诸人的口鼻之中都微妙地吸气作声。但是这鲁达好像是给这森严阴冷景象刺激着想打喷嚏，频频皱起鼻子，鼻腔里咕噜咕噜地冒气。

不知是着了什么魔，鲁达像是一棒子从嘴插到脚一样直立不动，赵员外察觉到了这个，急忙拉拉他袖子给他提醒："快合十，这必须合十作礼，为了给贤弟剃头，上人马上要行剃发的仪式了。"

"啊，是这样么？"

鲁达连忙合十行礼，但见长老上人挥了一下拂尘，从容地坐在禅椅上。大香炉里烟雾腾腾，这一天长老先对供上的香火钱银两、绸布和其他布施的目录恭敬行礼。再咳了一声清了清喉咙，高声宣读起鲁达发心出家受度的愿文来。

……读毕，上人的脸庞在烟雾缭绕之中不知何时显出了入定的神色，在促膝结印，闭目趺伽扶坐了一阵后，便像降神在身一样开口说道："善哉善哉，此汉上应天星，心地刚直。虽然时下凶顽乱行，不得正轨，久后却得清净，证果非凡，必得上品上生……喝！”

长老说罢，法鼓齐起，梵钟复鸣，两个童子近前，摘了鲁达戴着的帽子，执了他手，带到上人法座之下，并令他跪下。

职事僧的维那便拿了剃刀站在一侧，侍者拿着耳盥，都寺拿了梳子，将鲁达的发丝梳作九股。剃刀沙沙作响，从他的鬓角出起刀，直削到头顶心，剃得个圆月似的。

“……”

鲁达只觉得作怪。想着自己容貌会变成怎么一副怪相，正兀自烦恼。当头顶透凉，发是剃得终了，这剃刀伸到胡子边时，他便急起来。

“等……等等，留下这些儿还洒家也好。”

众僧听了皆笑——笑声一住，法座上的智真上人便大喝一声，作首偈道：“寸草不留，六根清净，与汝剃除，免得争竞。咄！尽皆剃去。”

鲁达差些没哭出鼻子。首座便代长者将九花度牒捧上法座，为新入佛门的鲁达请个法名。

上人又板起面目，作了一偈，将度牒交给书记，书记取笔题了法名，其偈云：“灵光一点，价值千金，佛法广大，赐名智深。”

也就是说，为这新发心的僧人取了名叫智深。当书记将度牒交他手里时，他至此在名义上便是个出家人了。长老摸着他青光光的圆颅，授他戒道：“一要皈依佛性，二要皈奉正法，三要皈敬师友，此谓三皈，接着是五戒，乃是杀生、偷盗、淫邪、贪酒、妄语，汝能遵奉么？”

鲁智深一回答，周围不知为何却吃吃地笑起来，原来在禅宗仪轨里，规定只要答应“能”、“否”二字，智深只是处处脸红不已。

晚上在云堂行了一场大斋，赵员外小心地将各种祝礼分发诸僧。他在第二天下山时，将鲁智深喊到树荫里，偷偷说道：“丛林生活艰苦，打头想必难受，万望贤弟好好修行，小可也会托长老好好照应你。”

鲁智深扣扣青青光头道：“虽然这日子真是不便的很，但敬请安心，既然剃了头，洒家只能洗心革面，老老实实过日子了。”

不过，他送走赵员外的山轿后，便回到从林里的一房，活像把官人的话作了耳旁风，自顾着四仰八叉地睡下。

于是，同修的两三个禅和子看到便说：“喂，那新发心的，出家如何不学坐禅？”

鲁智深滚了滚，抬起身子，用两手支着头，一脸疑惑地说道：“三皈五戒之中，没说有不能睡觉的戒条吧。”

几个修行人都惊得呆了，急忙去告首座说智深无礼，但首座也拿他没辙：“不消说了，那个方外人啊，长老说他是天上宿星，我等证果都不及他，你们眼下只得莫作理会。”

这智深的起居，完全像是猛兽占山做巢。谁也干涉不得，睡觉鼻息如雷，醒来便在佛殿角落，净林树荫里到处便溺。

——如此这般，五台山上自夏入秋，过了四五个月，季节已经到了枫叶火红的晚秋时节了。

不知怎地，鲁智深想念起市井生活，便把墨染道袍系了红腰带，新换了僧鞋。直从文殊院山麓的小道上走下山来。

“这儿真是难受，嘴里淡出个鸟来，嗯嗯？那儿的风呀，到把久违的香气吹来了。”

那是带着秋草花香的酒味。

走了几步，但见往下有个抬了酒桶走上山来的汉子，鲁智深见了欢喜，大呼一声：“兀那汉子，少待！”

他张着大手一下按住了那汉子抬着的酒担子。

# 第八回　百花刺青映红肤　醉撼巨山鲁和尚

扁担上挂着的酒桶，在那汉子的肩膀两端晃动着。不用说，从桶盖的缝隙里漏出的一些酒晃在男子膝盖上，渗入地里，放出了阵阵芳香。

“啊呀，真是可惜了。”

看到鲁智深一只手按着扁担，却又去嗅晃出桶的酒香的样子，这酒贩更是惊怪不小。

“师父你这是做什么？你叫住小人却是有何指教呀？”

“这桶里装的是酒吧，怎么看都是好酒啊，这是要运上那儿去啊？”

“山上的仁王门现今正在修缮，这些酒是卖给那些漆工、瓦匠、雕佛工等手艺师傅的。”

“哼！”鲁智深一边不断地抽着鼻子一边说：“该死畜生，你们过得倒滋润。”

这儿接下来的一句话——倒也不卖些与洒家吃——还没出喉咙口，只能咽口唾沫吞下去了。

“看来做和尚真是事事受碍，但既然是出家人，还是死了心断了这念头吧，我说酒保。”

“哎？”

“抬酒上山别给晃出来！都让石头台阶喝了，没看这山道都喝得眉飞色舞七倒八歪么？”

“师父您叮嘱的是。”

“你笑个鸟，洒家都要哭出来了！哎！怎么碰上你个可恨的撮鸟，快给我滚！”

鲁智深眯了眼睛，便大步离了此地。不久，刚看得山麓边一派明媚风光展现眼前，更听得下面慢悠悠的有人在哼小曲。

这一带是当年汉高祖大败项楚大军的古战场，另外同有名的项羽和虞美人相拥泣别的乌江之夜阵的古迹也离得很近[1]，所以近旁的牧童和住人都把这事迹编成俚曲哼唱。

> 九里山前作战场，牧童拾得旧刀枪。
> 冷风卷起乌江水，好似虞姬别霸王。

“哦呀，这又是担着什么来了？嚯嚯，来的又是个卖酒的，看来今天的运气真是差到家了。”

恐怕是害怕这个相貌可怕的大和尚吧，这个酒保登时停止了唱曲，想要快步越过去。但是不巧前面的是山道，桶里多少总要晃出些酒的。鲁智深又一下子给酒香迷得头晕目眩。

“哎呀，喂喂喂……给我等下酒保，你这厮也是个不会杠抬的，怎生晃出来啦？”

“师傅请恕罪，难不成给玷污了法衣？”

“呵呵，可不是这样，我倒想你来玷污了酒家，这桶酒你卖与酒家吃。”

“师傅饶了小的，卖酒给沙门是本山法度所禁，若是违犯了，小的便住不得当地了。”

“别管，酒家也忍不得。”

“你说别管却轻巧，小人可有妻子儿女要养活，万万卖不得，卖不得。”

“欸！聒噪个什么。”

“啊哟喂，好痛！”

鲁智深虽然放轻了手劲，但那酒保跌倒在地，那扁担也从肩膀上滑落了。

一桶酒翻倒在地，一桶却并无大恙。鲁智深急忙把翻倒的那桶救起，再拿了另一桶，两只手一手轻提一手提重，朝远处的眺望台上的亭子走去。

---

1 这里全系作者附会，乌江在今安徽马鞍山市和县东，长江西岸。——译者注

“给你，拿去作酒价。”

鲁智深不知扔了什么什么东西在那兀自抚腰叫唤的酒保身边，比那物件落地要快，他已经掀起酒桶的盖子。身姿一如饥渴的巨兽作声牛饮，咕咚……咕咚……咕咚……他还时常扑棱一下抬起头来咂吧下舌头，甩甩脑袋抛掉下巴上沾上的酒滴。

较重的那一桶首先给他收拾了，确实喝掉这样一桶酒也是有些吃力的。

“呵呵呵……嘿嘿嘿……底下还留着些，好啊。”

他便剥了墨染法衣。露出肌肉，在鲁智深那给酒气冲地通红崭新的隆隆七尺块垒不平的脊背上，那渭水畔的刺青师傅花了百天工夫文刻的百样花鸟咸皆如逢烂漫阳春，汇集一处，栩栩如生。

“嗯嗯，啊啊！真是一览无余，绝景绝景。肚中虫也雀跃了，等着，洒家再喝一巡。”

他两手提了较轻的一桶的两个桶耳，只听得毛茸茸的丹田之下咕咚作响，便将桶里余酒如瀑布飞流一般地吞饮了。不用说其中几分也如同顺着岩石的小溪一样从他的胸毛丛中和法衣边缝里湍湍流下，被那土壤吸走。

“嗯嗯，这下且是心满意足了。”鲁智深刹那间像是给那混沌的愉悦感给吞没了一样，心里觉得天地万物皆为我有，一眼看到脚边滚着的两个空酒桶。

“如何？看你两个腹中空空，真个也没了分晓。就让俺智深和尚度你两个超脱，教你享享后生福气。喝！”

便将两个酒桶一脚一个踢到山崖下去。一个飞到半空摔在林子里，一个掉在山脚下放着的一群牛里，牛群吃得一惊，不久便听得这些畜生们在身后长长地嘶啼起来。智深抚掌大笑，踉踉跄跄、跌跌撞撞地回转上五台山去。

“切，这个撮鸟，为何不放洒家进去？”

“真是个了不得的佛弟子，喂，智深，这里可是山门！是山门！”

“确是这样，像是文殊院五台山的山门。”

“那儿可是立着许大木牌，上写荤酒不许入门。如果有僧破戒喝酒，按规矩可是要青竹板脊杖四十下后赶出寺的。”

“有意思，就权当是给洒家按摩，你来，看门的和尚，你给洒家打打看。”

听到骚动，监寺、提点、藏主、浴主等职事僧人，还有工地里的匠人都黑压压地来看情况。看门的和尚也聚拢起来，说道：“呀！你个蛮不讲理，破戒堕落的外道，不净之人一步也不得放入，快拿水来与他洗了。”

众人一道挡住智深，把他那巨体顶了回去，而且这一交将他顶到了山门前的石阶前。

这真是忍不得了！——“做的好啊！”鲁智深四脚着地，爬起来瞪视着上面，一步一步如大象一样登上前来。职事僧和工匠们看了害怕，只是瑟瑟发抖着后退。鲁智深越发觉得好玩了，好像这一大群人是为了同他要子才聚拢到这里来似的。

“来吧，就从这头开始一个个捉了你们甩出去。”

说罢一下子便跳到人群中，事实上，自他手脚起处，人如灰尘一样给弹飞，还四处追逐逃跑的人群。山上堂院伽蓝，但他所至之处，便响起了地震一样的响动和悲鸣，最后他抢入一间库房，作个大字睡倒在地，鼾声动摇山谷。

这事不仅惊动了一山僧众，后事的处理和纷纷物议也差不多酿成一场骚动。看门僧人、监寺、提点等人争先拥到智真长老座下。

“我文殊院五台山开山以来，不曾开过这样的恶例，且未闻释尊说法里有饲养魔兽于灵域之条，应速将这野猫逐下山去。”

“好了，你等且莫言，这回便开慈悲眼，放他一回吧。”智真长老拼命地抚慰众人道：“事关大檀越赵大施主的面皮，到了明天，我自寻那智深好生埋怨一番，以后一定让他小心处事。”

虽说众人怒气嚣然难平，但是长老既然发话，只能噤声退去。

第二天早上，鲁智深忽地爬起，正要跑到藏王堂里的竹林子中快活放尿。听得上人传召，他慌忙跟在使者后面，诚惶诚恐地俯伏在上人座前。

“唉！智深！你也真个让人烦恼，想来你定是有病在身”。

“不不不，弟子的身体比别人都要结实。”

“我说你定是有说什么便忘记什么的病，你忘记了度你出家的时候授你的三皈五戒么？”

“呃，说病是说这个？”

“既然如此，昨晚你酒醉扰乱又是何故？那难道不是破了山门的清规？”

“弟子再不敢了。”

“你肯答应下来以后不会忘记？”

“弟子今后一定小心处事，是，一定小心处事。”

鲁智深快快地退到禅床前。即便听了旁人咬耳朵笑他，也发不起脾气，脸皮上如同上了锁，变得瘟头瘟脑，沉默寡言。

不过，到了这年一过，正当五台山久待的春天初访的第二年三月初某天，智深呆望着山麓的天空，突然随风飘来叮叮当当的地铁匠打铁声。听得这声，智深突然想到什么，抓起银子揣到怀里，突地蹦出僧堂，略改个道，穿过写有五大福地牌匾的大牌坊，从山东边的参道上一路下了山。

“哎呀，这是哪儿，竟然这样热闹，到今天才知道这里有这样一个去处。嚯，洒家现在怕是到了这五台山的庙前市上。啊，不管了，晚些个再去归命顶礼修功课。”

他兴致勃勃地逛着，眼睛也滴溜溜地转个不停。这里有肉店，也有酒楼，其中夹杂着女子娇滴滴的声音，小毛头的哭声，还有许久没有听到的街头艺人的音乐，旧衣铺、菜店、旅馆、刀切面馆的婆婆。一切都让他想起旧日渭水边的城关镇，不管怎样，这都不坏。

“啊，还是世俗地面好。”

他一边浸透在那市井街巷的人间地气里，迷迷糊糊地游荡着。

“哦呵，看来在这里了。”

他慢悠悠地走进了一间打铁铺的店门。

在山上听到的铁锤声音肯定是这里传来的。停下手来的三个铁匠，排着他们从鼻孔到眼屎都黑漆漆的脸孔注视着进来的智深，不，是仰视才对。

“兀那待诏，今日可好……有没有上好的钢料？”

“喃，师父，你要钢作甚用？”

“莫要取笑，出家人怎得和铁器无缘？给我打条锡杖，要趁手的。”

“知道了，不过师父，这物件打出来价钱不低，怎么个算是趁你手？”

“说来洒家是到也没见过使过趁得我手的器械，也不必急着造，给我打条一百斤重的。”

“师傅莫取笑，这百斤锡杖安是凡人能够使得的？连那三国时的豪杰关二爷的青龙偃月刀，也只八十一斤。”

“那样便打个和关公同样的八十一斤与我。”

“呵呵呵呵，莫作这无谓盘算，师父你也不是三国时刘玄德的忠臣还是亲戚，那物件肥了不好看，且不好使，这里且依小人意见，见有上等好钢，打一条六十二斤的水磨禅杖何如？”

“嗯，这且听你，那就定了。这不和我一道去么？”

“去？去哪边？”

“喝一杯庆祝家火开造，带我到你相熟的店里去。”

“小人手头有活计，只能请您一人就便了。啊，说起这个师傅，打条锡杖要五两银子，请你先付些定金在此。”

“咳，讲些小家子气的事做甚？”

给了些碎散银两，智深晃悠悠地和铁炉里的烟一样向外飘去。然后又在街头东张西望地晃悠。

逛了两三家酒楼，都毫不例外地吃了闭门羹。并且终于走到了街尽处，抬眼看去，只见破厢房里有一家插了酒旗，走进一看，在沾满了牛粪的土墙上，不知是谁恶作剧地涂鸦了一幅“李白泥醉图”。

“……呵呵，画得到有趣，不，俺也要像那般醉他一次。”鲁智深一边自言自语，一边走进门去。

“喂！店家！洒家不是五台山的和尚，所以不要顾虑，卖酒来与我吃！”

“来了来了，请这边坐！”

“我是云游四方路过的，但也不是个讨饭僧，这里有银两，快取大碗来。”

他便贪婪地豪饮起来，立即喝了十几碗，这会便自己站起，用右手抓了摆在昏暗的厨房灶台上一条貌似兔腿一样的烤肉腿，横着啃将起来。

“啊，行脚的，这还是请罢了吧，那不是给和尚家吃的。”

“店家！为何挡着俺？”

“那是狗肉啊，那怎么说也太……”

“什么，是狗肉？不妨，即便是狗也并非贱物，在洒家五脏庙里供着便是弥勒佛，管他什么獐儿、兔儿的，是法平等，安有差别？不错，没有什么行不得的，店家！”

他将这腿沾着佐料啃个干净，把骨头丢到脚边，又取了一条啃了起来。

“光吃菜也不行，喂，把那整瓶的取来与洒家，那是黄米酒吧！嗯嗯，倒是贵重难得。”

不久，当黄昏时分，鲁智深便如腾云驾雾一般飘然朝五台山上回转去。看到路上男女撞见自己尽皆躲避的样子，他不禁哄笑道：“哈哈哈哈，智深大师驾到何不让路？难道你等不知道有谚语说天子出行尚避醉汉么？让开让开！”

第二天一清早，虽说已是拂晓，五台山五峰的西面还能看到淡淡的残月，地面上飒飒松原的边上总算照到了日光。

“呃，真冷，呃，嗯嗯？洒家怎么睡在了这么个地方？”

智深兀自起疑，忽地爬起，虽然寒冷，自己却睡在了一块大青石板上，而且自己熟睡时抱着的物件，竟然是比自己二倍长大的金刚仁王像。这肯定是山门前立的金刚了。

抬头一看，每天都看惯的仁王门像是过了台风一样，被完全打个粉碎，另外一座金刚像也不知去了哪里。到了天色渐渐亮了，鲁智深才看到这座金刚像的脑袋身子手脚零件和碎瓦惨兮兮地在周围散了一地。

这时，一个看门和尚走来喊道：“喂！智深，你总算醒了么，长老以下满寺高僧都在等你，快些到大讲堂去。”

他脑子尚且晕乎乎的，摇摇晃晃地赶去。一看自智真上人以下，在大讲堂的廊下所有职事僧人都神情严肃异常地排列在侧。看到智深来，都寺首先起座：“喂！智深，你好好听着，昨夜你又在山脚下破戒喝酒，大醉归山，不止如此，又和往时一样逞威行凶，打伤十几个门子火工，还把我文殊院的至宝金刚像给拖下坛来打得微尘一般粉碎，对它放尿，口叫快哉，在作了这等登峰造极的弥天大业后，竟在现场睡到今朝，——真是可恶至极，既如此，奉一山大众名义，蒙上人裁可，即刻自我清域中驱逐了去！”

智深开头还半当是在说别人，这下总算察觉到全在说自己。

“呃？洒家智深竟然做出了这等事？”

监寺、书记、首座、提点等职事僧人交口骂将起来。

“还兀自抵赖，去隔壁僧房看看，全躺着给你打断手脚的受伤人，排一排儿叫唤哩！”

“不止如此，从庙前街到山上途中还打坏了眺望台边的凉亭，见了附近家女儿过路，还像饿狼逐小鸡一样缠了不放！”

“所行种种恶事真是不胜枚举，造了这般痴行罪业，到还装作清白无辜？”

鲁智深说不出一句话，不久后便悄悄退出堂去。智真长老派人再度叫住道:“这也是没有办法的事，老衲如果还留你在当山，对你恩人赵员外来说也是横添麻烦，你体谅则个，老实下山吧。”

蓝染的绑腿护胫，一件僧衣，一双布鞋，十两银子布施，这些都是之前便准备下的。

鲁智深没奈何，潸潸落泪，像只温顺的小猫般问道:“以往种种，智深深愧师父，这里赔个不是。但弟子如今也不能料理自己，想来就像绳索勒住脖颈一样难过，师傅，弟子鲁智深今后应该怎么处世才好？”

智真长老听罢，便在胸中排卦盘算，瞑目许久，乃作一偈:“遇林则起，遇山则富，遇水则兴，遇江则止，此四遇之变转，乃你生来宿星之业，鲁智深，你眼下便随你的天性过活，想去哪里便去哪里吧。”

“谨蒙师父教导，弟子就此别过了。”

“慢着，你没个投靠去处却也为难。老衲有个师弟现今在开封东京的大相国寺里住持，众人皈依得甚多，崇为智清禅师，我与你一封投名书，你可到人相国寺去投靠那禅师去。”

“师父真是为弟子考虑得周全，弟子感激不尽。如今临别，有些舍不得师傅……”

看着他老老实实地低头叩拜，侍座的职事僧们看了皆笑——“有什么依依惜别的？”见得他离山，众人各自吐一口气，放下了心。

这一天，鲁智深悄悄地来到了山脚的小镇，在铁匠铺边上的旅店先住下，等待日前定做的锡杖打完。这般等了半个月以后，终于成功完成了，果是一条上好的六十二斤水磨禅杖。

“好，有此一杖，天下山川草木，皆是洒家仆从！”

他舒展起数日紧锁的愁眉，露出十分随喜愉悦的神色，立即朝那开封东京出发了。

# 第九回　新娘多毛桃花乡　瓦罐寺逢九纹龙

这个怪异的行脚僧鲁智深，虽打离了五台山，几度露宿野外，也许是野兽猛禽都恐他样貌甚凶，只要他四仰八叉地一躺，如雷鼾声一起，当夜所住自然化为乐园梦乡，绝无祸事相近。

但最关键的是这鲁智深没带一粒食粮在身，金银也未拿多少，即便要袭击他，也抢不到什么。这天傍晚，他也饿得干瘪，总算走到一个山村。

“这村附近倒是好多桃花，如今也是盛开之时。对啊，今天晚上便在这桃林边上睡，发他一个武陵桃源之梦，却也是风雅之所行。”

不过，有个童颜鹤骨的老人，从他正想进去的桃林边走出道：“这位行脚师父，今晚本家略有些棘手的事情要处置，万一伤了贵客却不好，能另择好地休息么？”

“你是何人？”

“我是这桃花村的旧家刘家的家主。”

“怎么了？即便是个上了年纪的，怎么一副像粘土一样的脸色，看上去像是要哭鼻子？”

刘老汉给问及于此，到真个潸然泪下起来。“其实是这样……”一听他解释，知道今晚乃是他家千金大婚的夜晚。

“什么，是你独生女的婚礼？”

鲁智深越听越觉得作怪，好奇心按捺不住，更要问个仔细。

听那老儿说，这地方有一伙强贼，青州官军也拿他不住，盘踞在村深处的桃花山。这爱女要嫁的女婿，就是这里贼将的义弟名唤周通的，本来也不是刘家起意要嫁女给他。

“前些日子山里下来个使者，说在桃花开时，便要亲来作娶。大婚这晚，当然要把新娘妆扮漂亮，大备酒宴，万事都要办得气派。”

这刘家已经受了周通的预先通牒，他们还恐吓说如果有半个违逆，便要将桃花村烧杀一光。

“哈哈哈哈，如今还用这么老套的手段，好啊，就是说半夜这桃花山的强人便强要来作你家女婿是吧，刘老儿，不必担心。”

“……虽然您这么说，但这……”

“其实洒家姓鲁，原先是在渭水边上作提辖官的，办惯了这种案子，你把洒家带到你女儿的房间里便是。”

“女儿昨日起便整日以泪洗面，现在怕是不见人的。”

“不见也行，你快把你女儿给藏到什么地方去，接下来洒家就代新娘挂着帐子睡在新房床里。那强人周通如来，就盛情款待他，只管多灌了后带进来。……啊不，这段时间让洒家独守闺房却也无聊得紧，新房里也莫忘置了酒，洒家一分酒便有一分气力。”

这刘老汉听了，与其说是犹豫，莫如说是害怕。不过，亲戚们大伙赶来，听了鲁智深慢慢地解释，觉得也就一根救命稻草，却依了他计不题。

于是到了黄昏，鲁智深便混进新娘房间，挂上帐子，横躺在新床上。当然刘家也备了酒食，便吃个酒足饭饱，只管睡去。

不过，他也常常醒来，注意时刻。不知过了何时，外头大概是新郎的行列已到，锣鼓喧天，并且热热闹闹地奏起了迎郎歌。

“……哈哈，婚宴怕是要开始了。”

虽然新房里知道了，但是鲁智深不知何时又沉沉地睡去了。夜过三更，在红烛灯火引导下，一个魔王一般的身影在摇动着来到室外，他却浑然不觉。

一个像是刘老汉的声音低声道：“女婿请自便，小可失礼了。”

然后便噔噔地直往回走，看那老汉脚步声已远，贼首周通便悄悄进了房间。

“呵，还真是黑，哈哈，想必是在害羞不成？”

周通一边自言自语，一边摸近了新娘的新床，并且突然怔住了。

“好大酒气！嗯？是这样么？即便是新房，也有自家吃宵夜的习惯才会这样？……喂！小娘子，啊不，心肝儿，你还羞羞答答地做什么？”

其实，倒还是周通心中自有些忸怩了，但也不管配不配，他便一下子探进帐内，把手伸进新娘衣服里，但是，总觉得有个奇怪物事硬硬地扎着手，好像这肚脐前后生着刚硬的体毛。

“呀，却是着了调包计么？”

他一下惊得摔下床去。智深却也醒了，便忽地跳起，被着新娘衣裳喝道：“等等，新郎官！怎么逃了，这薄情汉！”鲁智深跟着周通追进了房后的桃林。

周通解了拴在柳树桩上的马，折下柳枝作马鞭落荒而逃。鲁智深骑上一匹他手下的坐骑追了上来。——这倒也罢，之后刘家便大乱起来，余下的喽啰们察觉生变，便绑了刘老汉拖上山来。第二天早上回到了桃花山贼穴的木户里。

但是刘老汉却万万没有想到，在那儿，山贼的大头领却正和鲁智深把酒言欢，而昨天前来强娶媳妇的贼寇二大王——也就是头领的义弟周通，却不是一声不响地回了山，在旁边耷拉着脑袋坐着么？

“啊，刘老儿呀，真可怜，给强人捉了么。喂，那新郎官，还不快给你丈人松绑？”

鲁智深哈哈大笑，把事情原委说了。

原来昨晚鲁智深追周通追到那木户口，前来搭救小弟的大头领，竟是前日在渭水畔卖膏药枪棒的打虎将李忠。

“……你几个没分晓的，在这里做什么小里小气的山大王？还不如卖你的枪棒膏药，算是个正经生活。”

眼下貌似正在说教之中。

不过，对这打虎将李忠也好，他的结拜兄弟周通也好，也许做山大王才是合着他们生来本性的生态。但他们表面上还是表示服帖：“啊呀，我们保证以后不对刘家女儿出手便是了。”

他们虽然这样发誓，但怎么看也不像是发自真心。

看到鲁智深面色略缓，李忠更是瞪鼻子上脸般地说道：“我卖了渭水地面住处流浪到此，说来也是为智深你所连累，因你打死了那镇关西郑屠，官差连我们都要缉拿，挨个塞到牢里去。为此不止是我，史大郎也逃离了渭水，不知道避到哪里去了！”

“是这样么？要你这么说，你在此剪径作贼还都成了洒家的过错了。但你等也不要玩这种老套的没出息把戏。威胁良家人，强掳人家女儿什么的，这等下作事还是给我罢手。要干的话也须像个好汉，要长点大志望。”

虽然这么说，鲁智深还是觉得此地不宜久居，便让二人发誓不许第二次找桃花村和刘家的麻烦。看到两人各自折箭发了道上的毒誓，刘老汉也径自回家。鲁智深便飘然离了桃花山。

这样，鲁智深又踏上了去东京的漫长旅途。却不想在奇峭怪峰中一座叫瓦罐寺的荒寺里躲避一夜风雨，他看着那不似人间的景象道：“呃？这儿是建于哪朝哪代？原来接过天子敕使？尚有一山僧众香烟金襕？倒是让人目不暇接，却是荒芜到了这般田地。”

鲁智深更往这瓦罐寺内踏进一步，这荒凉景象就算是他也哑然无语。

钟楼堂宇到处坍毁，本堂尽做了燕雀之巢。仔细一看，观音大士的像上杂草丛生，屋顶也开了个大洞。看地上的足迹不知是狐狸还是狸猫，到处是鸟兽便溺，真个是如入鬼境。

“喂！有人么，有谁在住，知会一声！”

于是在里间有几个皮包骨头的老和尚，弱弱地出来答话：“哦哦，行脚的师兄，这里没有给行人的斋粮吃，快去罢！”

“什么？没有粮吃？那在库房里燃起的炊烟又是什么。终归是你们这些厮鸟从村里讨来的布施吧。洒家肚也饥了，却不拿来与洒家吃！”

“绝不是不愿请斋，我等全依这点米粮，才能苟延残喘。你发出这么大声，当心给外间强人剥了皮！快快离开吧！”

“这样说，你们倒是常常给人打劫喽，那又是忍不得哪个强人啊？”

“这里见住个名唤崔道成的恶僧，还有个叫丘小乙的妖道，两个强人横行霸道……夺了我们的寺，我们没法只得煮点粟米粥，才勉强过活。”

“呵？这姓崔和丘的便这么可怕？不管怎样，你再说些情况与我听，洒家好替你出头。你把那里煮着的粟米粥与我吃些，算是谢我。”

绕到库房里，只看见破窑一般的灶台在黑暗里生着几星微火。坐着个和骷髅一般的和尚自顾着索索地喝粥。看到智深伸手去摸锅，他便缩到角落里去了。看见智深喝了两三碗粥，便啪嗒啪嗒掉下泪珠子，用又怨又毒的眼神痴痴地盯着智深。即便是鲁智深，看到这幅光景也没了胃口，虽然肚里依旧饥着，只得恨兮兮地把吃了一半的粥碗撇到一边。

正在这时，外头响起了嘹亮的山歌声。一看，一个貌似行者的年轻汉子担着一担吃食进了山门。在竹篮子里放着包在荷叶里桃艳艳的牛肉，还有蔬果美酒。智深见了两眼放光。

“是那厮么，占了这寺做巢，让你们断了烟火？”

“正是，他便是诨号飞天夜叉的丘小乙。”

“嘀嘀，这又来了口牲口不是？大概便是那叫崔道成的妖人么，好啊，刚才看到的牛肉，今晚便要祭洒家的五脏庙。”

“师兄你够了！要对他们动粗，怕是没了小命不说，还要连累我们不知遭多大罪哩！”

“哈哈哈哈，你们怕什么？先在这给洒家等着，今天晚上便把那牛肉一片片地割了，好好布施你们几个。”

鲁智深说把便像豹子一样扑了出去，手上那锻成时日尚浅的水磨禅杖发出新铁的气味，闪闪发光。

那行者丘小乙并无察觉，走到原来貌似是方丈庭院的一间房前，放下担子，和等在那里的两个人谈笑些什么。抬眼一看，在一棵大槐树下摆了一个酒桌，那崔和尚搂着个年轻女子靠在桌前。

他们把女子夹在中间，正准备把酒行欢。陶制的杯盘摆了一桌。这时，鲁智深悄悄近得前来。

“呀，这不是个云游的和尚么，你这厮是谁？谁让进来的？”

“怎么着，不许进来么？啊！等等，那儿的小娘子，你大概是那儿村里给他们虏来的有夫之妇还是良家女什么的吧，这儿危险，快走为上！”

“什么？啥危险不危险的！”

这边是恶汉见恶汉，一对上眼反应快。

崔道成忽地站起，起手一刀便如泼出的水，从鲁智深胸口三寸前擦过。但却没到要特意格挡的地步。智深的禅杖便向一边的丘小乙盘旋着挥来。丘向后一退，刷地将腰刀明快地拔出。看这些人运气的架势和神色，其武功都不下鲁智深。

但是，鲁智深向来胆大不知恐惧为何物，并且往常比试并没有一度落得下风过。“喔哦！”他久违地用全身气力咆哮一声。摆好一副应战架势。

智深被两人牢牢地夹在中间，两把腰刀的刀刃一点一点地近前来。这刀头像长了眼睛一样，智深的任何一个小动作都走他不脱。

“不妙啊。”鲁智深额头开始流出汗来。“难道是我腹中空空如也的缘故？”不是，并非如此，他是被二人的剑神精气给逼住了不能动，心里便暗暗叫苦道：“南无阿弥陀佛，这可怎得抵挡，这两个强贼却是少见的好手段。”

鲁智深使锡杖摆出破阵之势只一挥，丘小乙的人影跳在半空里，刀光闪闪宛如新月，崔道成放低身体一摆，飕地拔剑横格。一上一下叫唤着斗了几十合，两边都未曾中招出血，只如平地价画起一道旋风，一下便又如开打时那样成了个三分鼎足对峙之态。

这久斗疲惫的，却是鲁智深这边。事实上他肚里是干瘪了，但眼前确是往日未曾见的强敌。他渐生怯态，给一步一步地逼往角落。即便是豪勇如他，这下也知道了自家分寸。急忙转身拔腿便走。这庞大身躯逃跑的模样，见了煞是可怪。

就像个火球一般，鲁智深跳出山门，沿着来路一路疾奔，跑过石桥，喘着大气回头一看，那赶来的崔丘两个，靠在桥栏上歇息，见他喊道：“这游方和尚！休息好了，再来厮杀一回！”不必说是一副若无其事的样子在那里歇息。

鲁智深在隐蔽地方看了，心里寻思道：“还真是山外有山，这里居然还有这等怪物，洒家以后也要略要慎重留心。虽然遗憾，这里且先败下阵去，回去无非白白送死。啊呀，等下，这下不好。”

一摸身上，要紧的头陀袋却不在。一着急以为已经丢失，仔细一想，才记起方才在库里呼呼地喝粟米粥时，因为怕零粥落下来污了袋子，将它解下来放在边上了。

“这怎的好，那袋里放着智真长老写给大相国寺的智清长老的书信。若是回去取，在石桥上却吃那厮逮了……说来，不带那封信去东京，便是白去一趟啊。”

他过不去石桥，但也没路可回，正在踱步着急时，已经发现自己在朝溪谷里下去的道上了。沿着这道下去，登上另一头，却出了瓦罐寺之北，见是一片赤松林，越往里走赤松越是茂密。但是突然却走进了一片枯死的林子一般的地界，里头隐约有一所旧僧院火烧后留下的废墟，看着是全无一点青绿的枯木林。而且这下他的脚步声，却惊起了一旁岩隙里的一个白衣人影。他先是大喇喇地朝智深这边靠近来，但见了智深，却呸一声咂嘴道："切，却是一个秃驴！"

然后便一下子朝枯木间穿走了。智深给他这声呸撩拨地不爽，一顿脚便追上前去，把禅杖一横道："站住，你这撮鸟为何要笑洒家！"

"我没笑你，无非说了句秃驴而已。"

"这里别无他人，你定是在笑洒家！"

"由你胡思乱想去，大概给我说中了啥吧。近来在世间上就没见几个真和尚。"

这汉讲话却是爽利，形态看也轻盈。白衣作个行者状，看来或许是那丘小乙的同伙。

太阳西下，他大概是急着往林子里的废墟走，突然鼻里啸出一声，迈步便走，大概是早就盯着这破绽。鲁智深大喝一声："哈！"

血盆大口一开，在舞起的禅杖下，那一袭白衣怕要给血染朱之时。那汉子突然横移一步躲过，不动声色地把腰间戒刀柄掣在手里。"和尚，别搞错人，我虽不是个索命的无常，但被休了性命可别嗔怪！"

"你说什么？口气倒不小。"

对手不给鲁智深第二下的机会，拔刀的动作快得看不见。挥起的禅杖如果偏了一些没有防住自家眉心，鲁智深的脑壳恐怕就得像个西瓜一样给他麻利地切作半个了。他退了几步，重新拿好锡杖，摆好架势。

不过，从那穿透黄昏黯淡的眼光和纹丝不动的刀锋中间，却发出个冷静的声音。

"呃，等等，且住了手。"

"你怕了么，行者！"

"不是，刚刚我寻思着，你莫不是鲁提辖么？"

"哎？你却是谁？怎么知道洒家前身？"

"嚯，险些个误伤好人。"

那行者立即收刀回鞘，近前看着鲁智深的脸道："是我呀！史进，是在渭水边作别的九纹龙史进。你却也作了这般打扮，不不，若变装成了这样，就是街上撞见也不一定能相认，从提辖变成个和尚，这真是个了不得的十八变哎。"

# 第十回　菜园看守治虫类　柳荫喜遇禁军客

“呀，这却是奇遇！这人世间真个妙不可言，聚散离合都不成个定数。”

鲁智深如是说道——九纹龙史进也为这场奇遇和斩不断的缘分而兴奋不已。相携一处，便朝瓦罐寺处踏步走来。

——路途里，智深便把如何出家做了花和尚的经过讲与友人分晓，九纹龙也说自己在离开渭水之后，在延安北京之间彷徨不定，如今也未碰到师傅王教头，只得在此枯林废寺里暂避风雨。

“是这样啊，看来咱俩都是风里来雨里去，却又殊途同归。不过洒家这便要去东京的大相国寺寻个勾当作，史大郎却作甚打算？”

“在这里扮作行者，说来也是一时之生计，因为当下全无指望，我正想投访据闻还在少华山的朱武兄弟处落草。”

“这样或许也好。无论走哪条路，在现今这样腐朽透顶的末法世界里，你我这般生来便是棱角分明的，怕是过不得正经营生，越发难在世道上立足……哎！哎！却等等洒家，还有话要说。”

“还有啥？花和尚。”

“那个，倚着那座石桥栏杆上的，便是方才打得洒家可苦的崔和尚和行者丘小乙，这两个记恨洒家不小，尚盯着洒家性命哩。”

“哈哈哈，却是霸住在瓦罐寺的那些贼党么？花和尚，有我九纹龙出手助你，你如今却怕什么？”

正在二人说话间，那边石桥上的丘行者和崔和尚貌似是发现了他们俩，远着看也是巨眼圆睁，杀气腾腾，摆出一副立即要杀将过来的架势。

不过这次却和方才鲁智深以一敌二的情况不同了。可怜见这两个强人忒没分晓，不消多大工夫，他两个自来寻事的，反倒在九纹龙的戒刀和花和尚的禅杖下双双丢了小命。

“好了，这下料理了这两个撮鸟，须快些将忘在库房里那要紧的头陀袋给取回来。史大郎，你能在这略等片刻么？”

“不必，我也进去看看。”

——回来一看，所幸这头陀袋安然无恙。不过那些苟延残喘的老和尚，还有那个不知由来的女子，一并悬梁自缢而死了。恐怕先前见崔丘两个赶着智深，知道他一度败逃，害怕下一个就要轮到自己受罪，恐怖之余，便对后生断了念想，选择了自寻短见。

“啊，该齐的也全齐了。……哎，这几个人也煞是可怜，不过西方路上休要迷惘彷徨，这可不是洒家害你们落得如此。”

智深少见地合十致哀，念了些记得的经文。见此情景，九纹龙在旁说道：“寺庙派不了寺庙用场，却成了山贼强人占山构巢的魔窟，才会有这等事，索性一把火烧掉干净为妙，省得遗祸后世。”

“说得对，一切皆付荼毘[1]，足慰亡者之灵。我俩就此下山吧。”

先前那些死者争食的粥锅下灶台里，还留着如同鬼火一般的火星，智深拿起一根还燃着的柴火将库房点着，两人就着黄昏的山路一步一步朝山麓下去。

“哦哦，花和尚，看那山上红莲景象！”

两人回头一看，那美丽的火焰里溅射出的火星四散漫天价飞降下来。在宋初之时紫云飘薰香，精舍钟常鸣，尚在众人礼拜之上灿灿生光的名刹瓦罐寺，如今伴随庙堂朝政纷乱如麻，其佛法明灯亦处处熄灭者欤？这尽情绽放的末日光辉，却也斑斑染出了世道的昏暗。

鲁智深和九纹龙此后结伴行了二日，不久便到了通向华州和开封府的岔路口，二人相约再会，分袂而别。

话分两头，鲁智深这边不消数日，到达了当时的花之京都东京开封府，便径访大相国寺的智清禅师处来。

1 荼毘，佛家指火葬。

“贫僧是五台山下弟子，名唤智深。曾闻敝山禅师有在贵地座右积修道行者，便欲同从，自我师父处也有介绍书信教持来，敬请禀达。”

说完，鲁智深便从头陀袋里取出智真长老书信交给知客僧人，坐在一堂里，等待传唤。

“喔？五台山的智真长老还真打发了个不得了的人物到当山勾当。”

大相国寺的住持智清读了书信里智深的履历，略感挠头，但大概可以说是禅家特有的脾气吧，他却也不是没给勾起一丝古怪的兴致。

各种和尚出家前的经历固然也有很怪异的，但像智深那样却可称的上稀奇了。——这可是个原在渭州小种经略相公下做提辖，性尚任侠，喜好打架，酗酒，而且还是有杀人前科在，方才剃度出家的恶汉子。

“恐怕五台山容不下这家伙吧。智真是老衲昔日道友，如置他不顾，必吃他笑我度量小，这可怎生是好？”

他便召集满寺的职事僧人，聚会铨议此事。

“这次前来挂单的行脚僧，怎么看也不像出家人，是个个头极其魁梧的人物。”

“首先他相貌不善，端的是凶神恶煞一般。另外知客僧接他时，也称他或是不知禅林规矩，带来的香具、坐具、袈裟等物，全不知如何用度，只是张皇失措。”

“为得全寺，还是体面地打发他走路为好么？”

众口纷纷，没有一个人表示欢迎。智清禅师正为难间。突然都寺一拍脑袋，提出一个妙着。

“物尽其用，人尽其才，既是这么一个人物，打发他去管本寺下辖的菜园子，莫不是一个称职勾当？”

“原来如此，果然如此，也许让他看菜园子却好。”

“不管怎么说，那个酸枣门外的菜园地极其广大，不止如此，附近兵营里的散兵游勇常来滋扰。更要命的是门外有条巷子里尽是流氓无赖，年中每每敲破园墙，大肆偷盗菜种瓜果，连耕地的牛马也不时给他们杀来吃了。……虽这样说，那厮们煞是凶狠，看守的火工僧人可禁遏他不得。”

“这是个好主意，方丈你怎么看？就让那个浪子鲁智深先试着管管菜园子看看？”

“嗯嗯，大家若觉得好，便这样决定了。”

于是全体一致通过，首座立即取了这旨意传达给鲁智深。智深看了，佛然作色。即便是化主、浴主这样的末职也好，他也期待至少在僧职的底端上挂个名。

“莫要嗔怪，待你做得好了，也能一步一步升你到茶头、殿主、藏主、监寺等上职上去。眼下还是先从菜园子管起吧。”

虽然老大不愿意，智深也只能先移驾到酸枣门外的菜园子去。管菜园的职事说来好听，过去一看，也不过住着个略大的看门房子。“真是吃他耍了。不过也好，若要撵这做个稻草人，就别来干涉洒家起居，那样反倒快活。”鲁智深只当做了个大地主，决定过他随性自适的生活。

没过几天，附近街上住着的几个泼皮流氓觉得气氛不对。往常跑去滋扰菜园的家伙，回到落脚处便七嘴八舌地议论起来。

“喂喂，去看过了不，看门的换人了。这次来的厮鸟，却是个脑袋活像八头芋艿的蛮和尚。并且墙门上贴了张蛮难懂的告示。”

“什么？换了人了？姓甚名谁，是哪里来的撮鸟？让我们看看却是什么面相？说起来那告示上写了什么？”

这群蠢蛋聚拢来，围了告示板只顾看，其文云：

今遣当山僧人鲁智深管理此菜园，耕夫使役、入厨菜蔬等一切事宜咸任右者区处。外，闲人不许入内，犯者必加惩治，勿悔。

大相国寺寺务所

“什么嘛，这不是设法治我们么？首先去会一会鲁智深那个鸟人，他在门房里么？”

“在的在的，他在干什么啊？肚脐眼露出，一副若无其事的样子。”

“哼！哼！哼！这胖鸟，可当爷爷们怕你哩。咱们就这样一群人静悄悄地摸近前去整他一整，再装作啥也不知道，肯定能成。”

“嗯，不教这厮吃点灰尘，肯定教他看轻了我们。怎么样？索性就用每次换人看门的时候用的那一招教那厮晓得滋味。”

“哦，那肥料粪池么？就用那一手招待他吧。不管是怎么样的鸟人，管教下了他威风，中！大家一起干，可别手软。”

这群泼皮商议停当，便蹑手蹑脚地悄悄近前来，鲁智深不知是不是察觉了这动静，便伸个懒腰，从门房高处的台阶上走下来，慢慢地向菜地走去。

“哦，您莫不是这次新替来管菜园子的师父？”

青草蛇李四和过街老鼠张三两个混混头，让二三十个小流氓埋伏在后面，自己弯着腰前来。并且为了吓唬人，摆起一副帮会黑道调儿前来寒暄。

“哎哎，小的们都是住在近处的良民小伙，看到告示，知道看门的师父换了，便来拜会，敬请师父好生看顾我等。”

“是这样么，好啊。”鲁智深听罢，瞪圆了眼睛。

“洒家倒是觉得大概是哪儿的敝屋陋巷办白事，你们搞错路却跑到这儿来吊丧了。”

“哈？呵呵，师父到取笑的有趣。喂，大伙儿，都来给这次上任的看门师父打个照面，来来来，这里来，快来唱个诺，唱个喏。”

“不必不必，别给我客套，你说你是来打个招呼熟络面孔，可没打两角酒上门来？”

“这个，哎呀小的惶恐，该给的定例，其实按照这里规矩，是要贵处奉给此方人等的。但还是别说蠢话了，哎，眨巴眼！”他喊来一个小混混。“怎么着，是个俊俏和尚吧。不一道去喝一杯？你快给我飞也似的便去，往街上酒店肉铺弄点下口的酒食。”

“好呀！”立即有两三个人跑了去。

以此为信，这群泼皮互相以眼示意，将智深围在中间，千方百计地设法，慢慢地把他向一个大化粪池前引。智深还不知道这是他们的计策，另外也没有注意到自己背后不远便有这么一个粪池。另外，这池面上黑压压地铺了一层苍蝇，其密度像黑豆一样密密麻麻地积着，故而看不到粪色，也闻不到臭味。智深只是觉得他们一面恭维取笑，却也可消闷，为了排遣无聊，也陪他们耍子。

突然，其中一个蠢物突然大叫：“啊，和尚的脚踝上有一只大牛虻！”

说完就突然趴到他脚边，装出要打牛虻的样子，抢住他一只脚。他们早盘算着抱住脚便一个筋斗把他颠下粪池去。智深无意识地弯起躯体，一下把他踢飞。另外便突然朝急忙要抱他另一只脚的混混一个耳刮子打上去。“恰！”一下，那人便像小孩儿吃耳光似的给一巴掌抛飞了出去。两条躯体正作一道儿落向化粪池里。刹那间响起了钟鸣般的一声水响，满池苍蝇遮天蔽日漫天价飞舞起来。

“喂，可给收拾干净了啊。”

只听得这样一声，盯着鲁智深身体看笑话的众人都给突然飞起的苍蝇弄的晕头转向。而鲁智深早就到了门房的高处地面上。“哈哈哈哈，哈哈哈哈……”地兀自捧腹大笑起来。

看这些流氓怎么把掉到粪池里的同伙搭救上来，鲁智深想到就觉得滑稽。本觉得这看菜园子是个无聊到家的勾当，没想到此处得见如此有趣景象。活在世上真是有趣，他时想着这帮偷菜贼爬进来也就饶了他，有时鲁智深却也不是没有菩萨心肠。之后他每天倒不如说是打心眼里期待着这帮家伙出现。

但是，那帮街上的破落户们倒是聚了头，偷偷地商议起来。

“这下大伙可要好好干。本以为这会的看门和尚和过往的一样都是个呆瓜，却不想瓜里的瓤可不一样。总得设法把这瓜给打烂一次看看。”

十几天以后，大概是他们冥思苦想想出一计。张三李四两个家伙跑来门房说要请罪：“前日里是下面孩儿恶作剧，敬请原谅则个。”他们老老实实地三跪九叩，说要请鲁智深喝杯酒。

看他们态度端正，正巧是伏暑天气，鲁智深也正当闷热时，便当即答应由其摆布。跟着他们前去一看，见园子的蓄水池边杨柳阴里摆了一桌，酒肴足备，篮子里盛着肉食瓜果。二三十个蠢物小心服侍着，他们异口同声地说：“是，此方人等以后再也不敢来菜园子滋扰了，若是有吩咐，不论什么都当听从，以后请将小的们当手下的长工一般使唤。”

“你们今天却是勤谨，无妨，这菜园的出产，庙里人也吃不光，你们适当拿些个瓜瓜果果，也没有什么，要拿便拿。只不过别忘了给洒家上供！”

鲁智深便毫无顾忌地大吃大喝起来。几个泼皮都给他的酒量吓呆了。好几次跑到酒店里去补充。

“哦，这是什么？”

他总算觉察过来，这肩膀上不知给杨柳上掉下的什么给沾到了，肯定是上头乌鸦、鹭鸶什么掉下的粪便。

“切，收拾不到的家伙，才是最难对付的对头。”

智深嘴里嘟囔着，略微调换了座位的位置，那唱歌打拍子的混混们都骚动起来。刚巧在头上叶荫里乌鸦挂啦挂啦啼鸣起来。不止如此，鲁智深的衣襟和捧着杯子的手上，都给灰屑一样的鸟粪沾染了。

鲁智深发了急脾气，站将起来。

“诶诶！聒噪得紧！教你这怪柳给乌鸦做巢！”

“对不住，师父，待小的搬来梯子，将巢捅了！略等片刻！”

“没这工夫，乌鸦也是毁坏这里瓜果作物的同伙，就这么着。”

啊啊，泼皮们都发起了惊叹声，但见鲁智深脱了法衣，露出肌骨。并且他们给酒气煽起的百花文身的缭乱模样给迷了眼睛，不住地看。

不，让他们吃惊的可不止这个，智深抱住了大柳树的树干，半身略微一斜，一下树根周围的土都摇动起来。再嗯地运一口气，鲁智深的半裸身子便照耀在阳光下，众人只见得大树的主根给拔起，毛根也显露在地面上。啪地一下，树干倒仆在地上。

“怎么样，这便是贫僧的余兴表演。”

鲁智深想在众人前装帅，但他失望了。当回过神来，周围的泼皮四散逃跑，比鸟溜得都快。他们不仅惊地卷了舌头，还被恐怖所驱，全忘记了那天定下的阴谋诡计，赶忙逃到街上去了。

他们自此确实是死了报复的心。看到鲁智深便恭敬地喊作花和尚大人、花罗汉老爷，退避三舍，不敢轻易近前。

“这下却不寂寞！”他嘟囔道。

“这样吧，白吃了他们一顿饭，不请回去也说不过去，好啊，这次就请他们来喝酒！”

某一天，鲁智深备了酒肉，反把他们招来园子开了一桌。这些泼皮都欣然赴会。这样，平日里给吓得呆头呆脑的过街老鼠和青草蛇，却也是些天真烂漫的闲汉子，众人又唱又跳，尽情欢悦作乐。

“花罗汉爷爷，今天大伙都有一个愿望，能不能依了小的们？”

“呵呵，有什么求洒家这穷和尚？”

“您不是有一根不错的禅杖么，怎么样，能给小的们见一回花和尚的好手段么？”

“什么，原来是想看洒家演武呀，想看就说，不要你钱，便利的事。”

他便取了原来就久不挥舞的六十二斤钢锻水磨禅杖，离了酒席，先单手挥了挥，摆出八相、青眼、刺戟等架势，然后便表演了露珠碎、旋风破、搏浪、直天直地等种种绝招，最后舞作个人不见，杖不见，只如一个风车般地转，圆灿灿闪起一片光。

当这时，不知是何人，在近旁墙壁的崩塌处忘我地看着，禁不住出声赞叹。

“好，真好，漂亮，真是精彩！”

听到这一声，智深收了架势，朝着泼皮们问道：“是谁在那里窥看，还发出奇怪的运气声的？”

“哦，我去看看！啊呀花和尚爷爷，那人在武艺上可是个了不起的人物，乃是汴京八十万禁军教头里的一个，名叫林冲的教头！”

“什么，竟是林教头么！真是给贵客献了丑，须得有礼才行，喂！哪个去一下，礼貌地请他过来！。”

# 第十一回　风骚吹破鸳鸯巢　浊世起浪佛心吏

林冲有个诨号叫豹子头，联起来称豹子头林冲。

他生来便长着豹子一般的窄额头，琥珀色的眸子，下颚尖锐如燕，故给人起了这么一个别名。

他一看便是个京中军官打扮，装束潇洒。身穿一领单绿罗团花战袍，腰间银带上佩一把漂亮的大刀。脚登一对朝样皂靴，年纪约莫三十四五，不久走得近前，看那个头也是高挑。

鲁智深将他迎上筵来，通名道姓之后，便敬他一盏。可谓是好汉知好汉，内行识内行，两人义气投合，一下子便成了肝胆相照之交。

“花和尚，今后林冲便敬您为义兄，无论年龄、武艺，都是您居先。”

见林冲如是说，鲁智深也答道：“虽然贤弟让俺智深愧以为兄，但承蒙教头不弃，这里便请喝了这杯结义酒。”

如此这般，两人都忘记了时间流逝，绿荫里的清风也好似是为二人送爽。

正当此时，不知从哪儿频频传来了“官人？官人？”，像是在寻找林冲的女子声音。他离开筵席，便在方才崩塌的土墙边上隐微看到了个婢女装扮的女子。

“哦，是锦儿么。我在此地，有甚急事？”

“啊……啊，官人休要坐地吃酒了，娘子不好了！”

使女锦儿六神无主地顺口说着，将急急忙忙赶来是为那般事情向主人哭诉。听着听着，林冲的豹额皱将起来，脸上阴沉，明显地露出了敌意和不安。

“好了，休哭，这事不打紧。”林冲在安慰了锦儿一番后，便回到酒席上：

“小可有些担心拙荆，今天且先失礼，花和尚，有缘再见！”

“哎，豹子头，怎么突然就扫了酒兴？嫂子怎么啦？”

“不，拙荆带着使女锦儿，在去东岳庙烧香回来路上，说是给殿帅府的年轻军汉捉住了调戏，正在为难之间。这不能不管，告辞了！”

说完，林冲跳过那头坍塌的土墙，宛如豹子乘风一跃。

这也没有法子，对林冲来说，他早先恋慕他家娘子多年，不久前方才新婚成家，这大心肝说是给人调戏，却是怎生依得。待他过去一看，在东岳庙并排边上的五岳楼回廊的栏杆上靠着几十个军汉风貌的年轻人，手拿吹筒、弹弓、鸟笛，还有一组挡住台阶口，聚作一堆，不放人过去。

“哎呀，那不是高毬的干儿子高衙内的亲随么？”

林冲心里早觉得莫非如此，一见果然这样。回廊下正是平日里看惯了的一匹白马，上安一具漂亮的金鞍。说来在当今大宋朝徽宗皇帝的治世之下，要问汴梁禁门里威势最大的宠臣是谁，连马厩里的老军都会告诉你：“那是殿帅府的太尉高毬高大人。”——所谓的高衙内，也就是这人的养子。他本是高毬的叔叔高三郎的儿子，要了来养作螟蛉子，便成了光耀照人的禁军统帅家公子哥。

但是这个衙内却仗着他养父的权势，整天不玩些正经的，他身边的亲随也都是些上流社会家庭子弟出来的流氓阿飞，街上人只管这些富贵恶少叫花花太岁。其中也不是没有人暗地叹气：“这真是龙生龙凤生凤，老鼠的孩子能打洞，有其父必有其子啊。”

在东京居民里，有不少到今天也清楚记得这当今朝廷的宠臣高毬过去不过是个无赖闲汉，闹事、赌博、书画、游艺无一不精，终于投身权门，因蹴鞠的妙技被徽宗皇帝赏识，于是像登龙门一般暴发出世。所以说对他的养子高衙内相中别人的女儿老婆就仗势横抢这件事，也只当是他高家的传家本领，丝毫不以为怪。

言归正传。

林冲的新妻，这番却给紧扣在五岳楼大堂的门上，执拗地在高衙内手心里挣扎。

“放开我！我是良家女子。怎么能给素昧平生的你招诱了，还给带到大堂里。快放手！放手！”

“哎呀！这不好吗？娘子说不认得我，我却在梦里早恋上娘子了，今天在此相见，却是东岳庙造设的缘分，啊，这嘴唇，这眼神！”

“啊啊，你这卑污人，却做什么？”

“女人一开始都是柳眉倒竖，口上说是不要，但便要知道一次别家男儿的滋味，便那肯作休。让你吃那一惊，晓得我身子里潜藏的甘泉的甜美。”

“混蛋！色鬼！”

“啊，好痛。痛快！好啊！给娘子这纤纤小手打了我脸颊，我也要以暴制暴哦，便用我这烈火一般爱的暴力！”

“呀啊……谁，谁来救我则个。”

当此时，挡着台阶口的高家亲随都给打趴在地，林冲飞驰直上。

“你这猥琐之徒，对有夫之妇做些什么？”

一下朝着高衙内冲来，在高衙内吓傻了的瞬间，便抱了自家娘子，迅速抽身到回廊角上，摆开架势，等着对方摆出什么阵势反扑上来。

不过对方也被林冲的突然袭击吓破了胆，不敢立即来报复。

“啊，是林教头！”“是豹子头！”他们小声咬了阵耳朵，便立即仓皇逃下楼梯，把高衙内推到白马金鞍上，落花流水般地扬尘而去。

打那以后，新婚燕尔的林家就有些可疑的暗影偷偷潜入，可怜那鸳鸯梦，也时不时地给看不见的魔手威胁搅扰。

林冲知道那是高衙内阴险的迫害和执拗地横刀夺爱，但是正因为知道这点才是可怕，对手是殿帅府头头的家里人，自己不过是一个禁军教头，怎么也挡他不得。

“娘子，我不在家和外出之时可要小心。”

“不，近来要买东西都差锦儿去做，奴家从不外出。”

林冲同他的新妇在家也只得屏气吞声，甚至弄到了墙外有了响动，里边便草木皆兵的地步。但是时常发生妻子给人袭击，林冲在朋友家里喝醉了酒时，家中发生意外云云的事件，就好似中了邪一般。

“被盯上的不止奴家一个，如果相公还疼奴家，一定要当心自身平安，在禁军营里当班和来去路上都要小心。”

林冲的妻子在他出门之时都会泪眼蒙眬地这样同丈夫说，但是做男人的也不得不去，便笑着回应道：“不必担心，我没事，别看我这样，在武艺上，还没人能胜过我豹子头。”

某一天，林冲在演武场门口偶然遇见了鲁智深。他们打那以后又喝了几次酒，关系益发密切起来。

“怎么了？豹子头？每次见你脸色都不好，说来秋风起落叶，贫僧近来寂寞了，不饮一盅么？”

这一天，他便从了鲁智深所请，流连于酒店之间。

和花和尚一谈天，他就把烦心事什么都忘了。不过他不说妻子的事，对方也不过问。

两人在黄昏时从演武场的酒店里出来，晃悠悠地走在路上。突然不知是哪个在背后发出了奇怪的叫卖声，那人不作吆喝，一边自言自语着，一边紧紧跟着他们。

“啊，小啊小啊，世界真小。都城里人物虽多，长了眼睛的却一个没有。识不得这把好刀，真是难为情啊！”

挡在前头的鲁智深和林冲摆着一副嫌烦的表情瞪着他，他便只摆了一副自言自语的样子。但又马上在后面开始自说起来：“这和街上一般卖刀的所卖的可不同，是仔细看一眼便不愿放手的好物，这宝刀若轻放了去，这辈子安能再碰得着？”

这时，前头两个便在以往一直作分别处的路口分开了，看到鲁智深说了句：“过两天再见吧！”望着走去的身姿，林冲自言自语地道：“不亦善哉！人有这真朋友。”

当他起身要走时，那个穿着蓝木棉衣服，头顶抓角头巾的四十来岁汉子便手捧宝刀，提这“出售”的草标，走到林冲身边道：“怎么样，价格便宜吧，只要三千贯。”

“卖刀？刀我腰上有，家里也有，用不着！”

“是吗，军爷你也是个不生眼的。”

“你说什么？”

“这和瞎打的破刀不同，有眼光的话，拔出与你看。”

“确实，刀柄上卷的皮还不错。”

“切！一看就外行，又不是卖这刀柄皮和刀鞘，不要么？”

“啊，等等。”林冲终于为着喜欢而伸出手去，紧紧捏住了这把刀鞘口下三寸边。汉子放了手，林冲不禁从心计较着。

这把刀拿起来，有着令人欲罢不能的持感和重量。拔刀一看，在夕星之下，刀柄下漏出了露水。仔细一端详，他的眼睛便给这绝世好刀给吸走了魂一样，逐渐给放不下的诱惑动了心。

“这汉子，为何要卖掉这般逸品？”

“为着什么，看我这一身褴褛不就知道了。家里妻子老小肚子正饥，你再问价便是罪过。”

“我不要你还价，要多少？”

“这两天虽开三千贯，但却卖不掉，看您还算是个有眼的，便半价给你。”

“我虽要，但钱不够。”

“一千贯，再少一文也不卖了，却要是不要？”

“依得，到我家门口取钱。”

这不只是得一家宝，宝刀据说善能驱辟魑魅魍魉。林冲手里拿着，心里略感宽慰。

但是，过了三天，殿帅府的虞侯陆谦遣了个使者来，打开他信一看，上书：

闻说贵公先时得一宝刀，武人之用心诚为殊胜，高太尉阁下听闻亦喜悦，诚堪与公同庆……外，高公欲以高家秘藏之宝刀共同贵公爱刀互较鉴赏。因此，明日将别遣使者引接，万希携来。

虞侯　陆百拜

“呃？是谁不知何时知道了这刀的事而乱说出去了，难道是因为大路上买的，难免给什么人看到了么。”

林冲略觉可怪，妻子也觉得心中不安，但是既然以殿帅府虞侯的名义来信，那和正式传召一样不可不应。如果只和信面所述一样，想来也是件光荣的事，还等什么？不管怎样，林冲第二天便正装笔挺，和来迎的使者一道向太尉的公邸走去。

进了卫兵列两侧的公邸门，陪着林冲的迎使便道：“通过那儿的中门，朝东边的殿廊过去。在那里的楼上，传达的使者和虞侯在那儿等您大驾。”

林冲按他指点的路线往里走去，但那里什么人也没有。

“怎么回事？”回头一看，在那里一个没见过的卫兵默默地指了指北廊。不知是使人说错了还是自己听错了，往北走还有一道门。那里已和禁中一角没有区别，穿着华丽的披挂的近卫兵持戟伫立着。林冲看见哑然，只得默默行礼。林冲虽是禁军教头，也从没来过这等地方。

林冲只是迷惘，不知该往哪走。便走上一间壮丽的殿阁楼上，窥视园内，更看见了中庭，那里只有一间绿阑围绕的堂间。

“哦，那里却有人影闪动。”

渡过桥廊，他在一间房中的珠帘里悄悄窥视，只见正面堂上的匾额墨香浓厚，一看只有四字——“白虎节堂”。

林冲顿时吓得浑身一震。

“哎呀，这可如何是好？所谓节堂是商议军机之处，听说只有得参枢机的高官大臣才得进入，真是迷路到了一个不得了的地方来了。”

林冲急忙要回走。但是已经晚了。靴音高声响起，另外一边的门扉排开，现出一个将军。这正是往日的毬仗儿，如今官拜殿帅府太尉，在徽宗朝廷里权势熏天的高毬。

“站住，却是何人胆敢窥探节堂！”

“啊，是高大人，小人是受您传召而来的教头林冲。”

“什么？传召？本官何时传召汝了？不记得有这事！说什么怪话？”

“不不，陆虞侯确是有传使来召。”

“陆谦可在？来人啊！拿下这厮，这厮是要暗算我而近前来的。”

“啊？为何要拿小人？小人冤枉啊！”

他四周已被士兵如铁桶般地围住，其中也有着相熟的虞侯陆谦的身影。林冲对他大喊：“派使前来的不是虞候您么？家里您的书信便是见证！为什么要害小人吃这苦头！喂，不要笑，回答我！”

虽然林冲含怒嘶吼着，陆谦一点不听：“哈哈哈，真是蠢话！高大人作甚要召你小小一个教头？敢莫是给敌国行间，潜盗军机？或是对高大人有怨，要来杀害大人？不外乎这二者。军士们仔细了，不要教他拔了手上的宝刀！”

士兵们发一声喊，把林冲压在地上五花大绑了，当天就下了狱。

监狱设在开封府尹的衙门里，这可是从堂堂高家那里打发来的罪人，府尹问起来人罪状，来人什么不说，只推说是要斩立决的犯人。但是府尹职责在身，也不能轻依了他。命当案孔目一个姓孙的查明情况。这样，到调查完毕前，却还要花些时日。

这对林冲来说，也是难中有幸。看来，他在这世上尚属俗缘未了，命不该绝。

这姓孙的孔目，单名一个定字，无论是江湖上还是囚狱里都当他是个慈悲为怀的良吏钦慕，虽然作为绰号不怎么好听，但要说是“孙佛儿”的，到是无人不知。

这孙定素知林冲为人，当下就觉得节堂一件系高家为陷害林冲而捏造的，便争先给他设法洗冤。

结果，因高衙内横夺民妻而起因，并且在他周围的陆谦、富安等阿谀奸佞之辈设局构陷林冲的情实便昭雪了。这也和林冲在公堂上的供状冤情相一致。

“这样，至此以来的谜团，我便全都分晓了。肯定是高衙内执意想害我林冲，夺我妻室。以种种方法来胁迫我妻子家庭，好如他的意！”

主审的府尹也承认了。但即便是府尹，也害怕高家查问。即便是人证物证俱全的明白冤罪，也不能无罪放免，在死刑以外该如何定罪是好？府尹开始犹豫不决。

“好了，请大人善作区处！”

孙孔目在下达判决那天，全不似平日里的孙佛儿，厉色逼问府尹。

“敢问这府衙是为朝廷百姓设的，还是为高太尉家开的？”

“孙定，你作甚如此说？这也所言太过了！”

“府尹大人你这样胆怯怕事，难道不怕给府下百姓万民背后指点着说，这堂堂开封府衙门成了高家私设公堂？不止如此，高家的专横和高衙内平日的暴行，开封的百姓哪一个不知道的？”

“但是，林冲这案子应该怎么断？”

“不管怎样，死罪是万万不可的。但是断得太轻，高家父子也不会干休。索性减死一等，刺配远恶军州。”

“呃，这样了案没差错吧。”

“全无差，高家那里并非没有小辫子可抓。林家保存的陆虞侯书信，见在下官手里。把它公之于众，高家的阴谋诡计就曝光了，下官坚信，即便是高家那里，对此也不敢有意见。”

在北宋末年的浊世里，还能有这样一位良吏。于是当天便下了达流刑的判决，在公堂上向林冲作了宣判。

按照当时习惯，流罪犯要打二十脊杖，脸上刺字。另外在护送途中要戴铁皮木枷，锁上也得施上封印。

流罪的目的地是沧州的牢城营，所谓牢城，就是从各州汇集来的罪囚们的大苦役场的名号。另外要求听许的殿帅府高家，却也拗不过判决，只能闷声不响地按下裁许的官印。

终于到了押送犯人的日子，走出开封府衙一步的林冲的样貌经过一月关押，脸上消瘦失形，显出下巴骨，连路也走不稳。这一天，在大街上聚集的街坊邻居和亲朋好友，见了都不禁落泪：“这莫非是昔日的林教头么？”

在众人目送下，不久便过了州桥，要出都门了。那里还有一群人等着送别林冲，其中林冲的丈人和妻子便走出喊道：“啊，女婿请留步！请许我们在那里的酒店话别。”

说完，便导了林冲和公人到一家茶店一般的店里坐下。当然，事前的贿赂已经都做好了，这才给个寸时见面机会，让他们互相泣别。但是，妻子也不管场合，只是将头埋在林冲怀里哭个不休。即便门外的防送公人敲着窗格喊着“时刻到了！”也是不肯离开。

林冲忍心闭了眼睛，在这里决定分离，便故意狠声道：“却要哭到何时？这样怎生分别？另外仔细想想，婆婆妈妈的难道就是你的感情么？只怕等我林冲不在，那高衙内不知要加怎样的毒手在你和岳父身上哩！还是早点躲起来吧，另外你年纪还轻，如果有好人家，嫁了他家也无妨，还是忘掉在下，早点过上幸福日子吧。”

他立即向酒店老板借了笔砚，写了休书交给岳父。

“好是无情！相公觉得奴家就是这般水性杨花的女人么？给您这么想，奴家不如死了罢休。”

妻子昏倒在地上片刻，起来又抓着丈夫膝盖痛哭。这时，防送公人又敲起窗户催促道：“快点走，快点！”

岳丈急忙把发疯哭泣的女儿拉开，抱作一团，欲死方休般哭将起来。公人们不管不顾，毫不留情地将林冲赶向流刑地去。

这防送公人一个叫董超，一个叫薛霸。按照宋代规定，带着囚徒的公人投宿，路中旅店是不收房钱的。所以对于他们这些小吏来说，每投宿还要自己生火造饭，省下点出差费用作外快。所以囚犯的口粮，只是最低限度保得他薄命了。

出了东京城关外第二天，黄昏时分到了一个小驿站，便见到一个在家乡村酒店门前拴了马等待他们的男子。这人穿着黑纱袍，头顶一顶万字头巾，套着条黄皮的膝裤，脚蹬马靴。反手拿着马鞭施礼道："两位端公，眼下才到，辛苦了。"

他们像是在东京便约好在这里碰头，两个公人见了便使个眼色，立即跑到附近的旅店里，把林冲的腰锁拴在房间的柱子上，返回到原来的酒店。

这个万字头巾男已经准备了一桌子酒肴等待二人，并且各将二十两银子堆成两座山状，放在他俩面前。

"好吧，请尽情吃喝吧，打这到沧州几百里地，路上无有像样酒菜落口。"

"呃，实在惶恐，不管怎么说我等两个在殿帅府的虞侯大人您面前，怎敢造次？"

"放心，这趟并非为公，不要拘谨，我也不欲教他人得知。你们离开开封府衙前天，所派使人送到你们私宅密信里说的用件，你等可都分晓？"

"官人，正为此事。我们两个聚首商量了下，不管怎么说府衙要我们把人犯全身解到配所。倘有万一，我们公人也要受罚，这可怎生是好？"

"我怎不晓这个，正因为知道这点，高家才吩咐说暗地里拜托你们。如果你们不答应，我陆虞侯绝不轻易离开此地！"

"小人惶恐，像小人这样的小吏，上官您这样暗地里来拜托我们，我们怎能推脱。但是我们官小禄薄，上有老下有小，一旦给解了职，只能喝西北风度日。万一东窗事发……"

"所以说我才这般说么！如果你们能在沧州路上顺利地结果了那林冲。不要说赏钱，这辈子高家肯定要看顾你们几个，做个高家的门子什么的，不会为吃饭发愁。"

"呃，既然说到这个地步，那真是感激不尽。喂喂，他也这般说，说是能管一辈子铁饭碗呢。"

"你们真是不够痛快，还在这里犹豫不断么？"

“如果是个普通犯人，一两下闷棍也了结了。但不管怎么说是那个豹子头林冲啊，是禁军的教头，干的不好岂不收不了场？”

“笨蛋！那枷锁脚镣是做什么用的？等到了没人的山里给他一棒，一脚踢到峡谷里去。然后再补上一下不就行了么？不过，要从他脸上把刺着金印的皮肤割下取回作个见证。如何？如果应承，就放开心点，快活地吃下这席酒。这就是银子二十两，作为办事的定金先放在这里了，收好。”

虽然说收取贿赂对于他们这些卑微的防送公人来说是日常收入，但这次下家不一样，级别也不同，让人觉得这弄不好是一辈子走运的时候。

这样，和陆谦告别的第二天早上，两个公人便一手提着水火棍，敲打着林冲的背脊，朝着远在巍峨山影之外的遥遥沧州旅途，气鼓鼓地上路了。

## 第十二回　世道相似生起伏　流罪途入侠豪家

俗间闻说，汴梁到沧州的旅途有两千余里。

沿途都是峻险歧途，防送的两个公人每天拿着绑缚着林冲的锁子头催他走路，一边心里寻思：“怎么着？在哪里结果了这厮？单是个配军也不打紧，咋说也是个八十万禁军教头。即便他镣铐加身，若是干得不周全，反坏了自家首级。”

二人一边走路一边盘算地行了十几日，虽然心留杀机，却也抓不到下手机会。

“喂，老兄，”薛霸朝着董超小声说道，“每天犹豫不定，却怎生是个头！怎么样，该下手了吧。”

“我自有分晓！一下结果了他并非易事。赶明儿起，这林冲就得朝黄泉路上一步一步地往三途河前行。临到头，可不能搞砸了。”

当天晚上，三人到了一座山间旅店，薛霸便赶早了绕到里屋，在脚盆里满满地打了一盆蒸汽腾腾的沸水端上前来。

“喂，林教头，洗个脚吧，这走累的脚就要用热水好好泡，晚上才能睡得好。”

“啊，多谢大哥费心。”

“怎么着？哦，是首枷挡了弯不下腰是吧，好吧好吧，我给你下了草鞋。”

“小人担当不起，那有公人照顾犯人的道理。”

“好啦，把脚伸出来，这儿不是京城，路还长着，不要顾虑。”

林冲听那薛霸的好话赚了，压根不知道这是沸水，傻乎乎地把脚往盆里伸。啊地一声惨叫，要缩回去为时已晚，脚趾给烫坏了，他捂着脚趾，疼得在地上打滚。

“嗬？搞什么，动作这么大。”

两个公人看也不看他一眼，他们按照惯例，自去生火做饭，喝了睡前酒，只管自己谈笑打闹。当然，也如喂马一样，拿个木碗盛满黄粱米饭放在林冲首枷前。但是林冲脚上的烫伤患处生生地疼，疼到林冲茶饭不思，教他夜里也辗转难眠。挨到早晨，公人还给他换了双硬生刺脚的新草鞋，没走到几里地，草鞋的绳子就沾满了斑斑血迹，凝固的血痂和土块混在一起，刮破了林冲脚上的皮肤。

“喂！林教头！搞什么啊。就你这般走，半年也到不了沧州，走快点，快点！”

“啊……啊，怎么也走不了了，还满身是汗。”

“什么，你说走不了？”

薛霸刚要挥起水火棍，给董超挡住了。

“好了好了，你且不要急，这下他脚也该好了，来，走走看。”

他拿了棒头只管往林冲的脊背和腰上咯吱，这比起打脊还远为叫人难受。

这样又走了三天，到了一处名叫野猪林的原始森林。因为疲劳和每晚睡眠不足，即便是林冲这样的好汉，也往往走着走着便差些要睡过去，只是迷迷糊糊地朝前踉跄行步。两个公人见了，便互相使了个眼色。

“啊，真是走得倦了，怎么样，小睡一会儿么？”

“好是好，但是谁来管着锁头，我们睡得熟了，若教走了林教头可不好啊。”

林冲也想休息，便说：“敬请放心，就把小人牢牢捆在树桩上吧。”

“这好吗？那就对不住您喽，就暂且这么忍忍吧。”

林冲便由他两个摆布，他们便把林冲的手腕和脚踝都牢牢捆住，将林冲缚到大树上，一下跃起。

“好，这下轮到我们了。”

林冲看他两个变了面皮，急忙叫将起来：“啊，你们要做什么？”但已经晚了，两人已经一左一右提了水火棍说道：“得！林冲，你可别怨恨我等。对你来说也是命数已尽。另外，我俩发家就看这一下了。高太尉家指教我们两个结果了你，剥了你金印脸皮回去，就教我们一世快活。那个叫陆谦的虞侯下了命令。若要冤魂索命，就找他们理会去。”

说完，两人就狠命地朝林冲头盖骨上敲来，听得两条棒子呼呼生风，说时迟那时快，一条棒头咣地一声发出异样的声响给弹到半空里。另外一根棒子被一条手腕生生掰成两截。两个公人霎时间都给打趴在地上。

在此出现的不是别人，正是听说林冲落难，打开封都门从后赶来的花和尚鲁智深。

“好了，只要洒家赶到，你们两个鸟公人，便和两个使唤奴才一般无别。”

鲁智深朝着一旁的几棵大树挥起禅杖打了数下，无论是如何的参天古木，也如大象屈腿一般倒折下来。两个公人吓得大气不敢出。

“教头，这是恁地惨！”

花和尚汨眼蒙胧，一边抚慰着，一边把林冲从树桩上放下来。

“怎么办？豹子头，老弟你是就此逃走，还要洒家背着你去沧州流配地？”

“哦哦，花和尚，”林冲因为能再会好友，高兴地呜咽着说道：“小人是好汉，一人做事一人担当。如果就此走了，可怜见在东京的岳丈和娘子就要代我受过，小人还是去流配地服刑吧。”

“这样啊，没有办法，至少让洒家送你到沧州就近地面吧。来，和尚背你走。”

“别说笑了，小人是个囚徒啊。”

“不要客气，洒家和贤弟你不是在大相国寺的菜园里喝了交杯酒么。你既是洒家弟弟，须要听哥哥话。”

这样几天里，花和尚便背着林冲行路。两个防送公人给使唤着杠抬行李，在旅店里也把他们把当下人一般呼来喝去。

亏得鲁智深照顾，林冲的脚伤痊愈了。每天的营养也保证充分，便恢复了往日的健康，而且道上有刎颈之交相伴，把那做公的给充作仆役。走着走着，林冲便忘记了等待他的残酷命运和长途的辛苦，不想却快活地行了几十天路。

“贤弟！虽然哥哥舍不得你去，但明天便要到沧州管下县地了，今晚咱们就喝个告别酒吧。”

花和尚当晚在木头旅馆里小设一告别宴，酌酒长叹，互慰离别之愁肠。

“豹子头，贤弟只是担心都城里嫂子岳丈一家人吧，智深我当下还想住在大相国寺菜园里。虽然和你家人身不在一处，也会替你留心，所以不必介怀。另外这些是手头银子，如果有性命攸关的事，就拿出这个消灾。”

便递给林冲二十两银子，并将几个散碎银两扔给一旁两个做公的。

“喂，牛头马面！”

“小的在！”

“虽说明天花和尚便不在，可别让洒家听到你两个厮鸟又要折磨教头！反正你等交差了终要回东京勾当，须记得洒家颜面！”

“小人知道！小人不敢！”

第二天早上出了木头旅店，鲁智深复同林冲作别，便风也般地朝开封的地界去了。

这一天，一行便进了沧州地面。

到了第二天，一行三人走到一个看似村落或是城郊外的地方，见得路上村姑童子成群结队，像是人烟繁盛之地一般热闹。不就，便到了村里引水渠上架着的石桥边。

“哦哦，柴大官人像是打猎回来了。”在河畔捉鱼的男女，推着装满蔬菜的小车的农人，都一道跑到路边，像是引接地主老爷那样排成行列。一个公人便问乡亲说：“桥那头有个大户人家门院般的去处，那见说是柴家什么的？”

“呃，老爷，不知道柴进大官人么？你是沧州护送囚犯的端公吧。”

“这没有听说过，在这附近是这么有名的人物么？”

“不仅是这地界知道，柴进大官人可有名了，他绰号小旋风，不仅照应穷人，这浪迹江湖的好汉，不拣几个也一直当食客养在家里，即便是你们这样看押犯人的，路过门口，肯定会资助你们些物事。住上一晚洗洗风尘如何？不管咋说，这可是个了不得的侠义富豪啊。”

“哦，记起来了，是听说在沧州近郊，住着个持有本朝太祖武德皇帝相传丹书铁券的有名人家。”

“是的，就是如今管叫小旋风柴进大官人的当地豪杰，啊，这不来了，就是骑马的那位。”

抬眼一看，一团人马从上游沿河路上朝这过来。

这一看，就知道他们是打猎回来。大票的庄客中混着抬着野猪、鹿、长尾野鸡的下人。这柴进骑着卷毛白马，跨在覆轮鞍上，头戴一顶皂纱转角簇花巾，身穿一领紫绣花袍，腰系一条玲珑嵌宝玉环条，足穿一双金线抹绿皂朝靴。约莫三十四五年纪，生得龙眉凤目，齿皓朱唇。带一壶狩矢，手拿一张藤卷弓。端的正是一位铮铮侠骨的美丈夫。

“……且慢！”

正在他骑马走过林冲等人的刹那，柴进猛回了头，对一个庄客说道：“看那路口要去沧州的首枷人犯！你去招呼防送的端公，把他们叫来看看，怎么看那人犯，都是生得筋骨奇异，定非凡辈。每天都看押送路过犯人，却没见着这般好汉！”

庄客立即跟去，把林冲和两个公人带到柴进面前。

这一机缘，将给豹子头林冲的命运带来极大改变，这看下文就知道了。不过当下，当两边通名之后，柴进便欣喜道：“这样啊，果然我眼光不错，您果是先前当着禁军教头，武林闻名的林冲林大人？我曾听这里盘桓的食客和年轻人几次说他们曾在都城里受您教导。无论如何，今晚都万望您在鄙宅过一夜！”

这样，他们三个便随了柴进，若无其事地穿过了柴家大门不题。

不过，在当晚的欢迎宴上，还有一个小故事。

在柴家一大伙庄丁和食客里，有一个给“洪教头、洪教头”地捧着的一位骄傲的武师。

他虽然也频频举杯作饮，但见柴进只是敬爱林冲，赞赏他的身板手段，还越了他的席位上去。这位洪教头内心颇是不快。

柴进没察觉这个，只是兴奋地说：“哎呀哎呀！小可也敬两位端公一杯，银子绸缎，但是喜欢便送与几位，就今天一晚，小可负责，就把这林冲交给我柴进使唤。”

不用说，这些财货当然是让公人们开枷的贿赂钱，两个做公的与其说是惶恐，还不如说是能拿到真金白银而兴奋地发抖。

所以这天晚上，林冲得以去了枷锁，快活吃酒。但是洪教头见了便不开心，便甩了个轻蔑的眼神：“这林冲的武艺想必也没多利害，况他是个贼配军！”

“哈哈，洪教头，别介！”

欢宴正酣，柴进总算感觉到了这个。刚好庭院里冬月如镜般圆润，柴进来了兴头，他想如一副壮丽的绘卷一般，演上他一阵武。

“怎么着？整天给宅子里的小毛头和村野鄙夫陪练，却也屈了您一身神技。这位林冲大哥是禁军的前教头，正是良机，可得比试一下么？”

“哦哦，这也有趣！”

柴进刚想让他略等片刻，洪教头早已有模有样地摆开了架子，瞪着林冲道：“没有异议吧！俺的可是锋口不认人的神妙剑法！你既然知道，却敢来么？”

“林大人，这洪教头这般说了，您怎么看？”

“好吧，小可的棒术，也是不轻给外人见的妙术！”

“这样，就到庭上见个高下！”

事情到了这个地步，两个做公的看了洪教头取了大剑矗立在月下庭中，心里暗喜。他们心想如果这大剑一飒之下教林冲落败，他两个正好不必脏了自家手也能到高太尉处交差。不仅他两个正作寻思，满场的人都屏了气息看两边开打。

但这月下交手只消一合，林冲便取了胜。

他手持杆棒上前对敌，当两边白刃和棒头相交的一刹那，谁都没有看清这一招是如何使出的。只见洪教头给打折了手腕，趴倒在地。

“啊，真是利害！真是百闻不如一见，有这等好手段，却要在牢城里服苦役！这真是造化弄人！”

柴进对林冲的际遇深怀同情，第二天在一行出发的当口，便给他平日里交好的沧州长官、牢城的管营、差拨写了亲笔介绍信，并将二十五两银子两封赠予林冲。

“好了，此去保重身体，过后小可自将冬衣送来。”

而且还让庄上的两个年轻庄客陪送到了牢城门外，他的亲切照应真可谓是无微不至了。

# 第十三回　冰雪苦难九死后　狱关一路通梁山

“啊啊，这里便是以前时常听说的阎王地界，沧州牢城营的大苦役场么？”

望着地平线之间鸿雁结队朝南飞去的身影，林冲不禁怀疑自己居然尚在人间。

“我竟要在这样的地方服苦役。”

他几度长吁短叹。

即便如此，柴进的附信和银两也许派了点儿作用。按规矩，新来配军是先要打一百杀威棒，打到半死不活，昏厥在地，教做“地狱新生”。林冲竟得免受罪。另外，新犯通例还会在管营面前剥个精光，喝令四脚跪地，再用铁棒子搅弄后庭，拿钳子拔出舌头，剪掉前面那话儿周围的毛等等，受到各种非人凌辱虐待，这一出也权寄下了。

这样，查勘金印，登记入册，一应手续顺利完结。下面就要决定服刑的劳动场所，林冲便如此这般地记入此方鬼籍之中，要开始他不知何日是头的苦役生活了。

“喂！新到配军，到这里来！你的活儿已经决定是做这天王堂的看守了。这已算十分优待，你还不快谢爷爷的恩么？”

差拨拉着他，走到一片广阔的服刑场，然后指着一处破破烂烂祭着阎王爷的一间祠堂道：“这里啊，喂！听着！这儿叫天王堂，不守规矩的人犯，就会从那一边拖到这里来，半截子埋进前面土里，要么用锯子割头，要么割耳削鼻。这里是这牢城营里执行各种重刑的行刑场。你这贼配军只要每天早晚在神前上香，将地面清扫干净，好生看管不出差错，就算完了你的职事！”

“小人三生得幸，和其他配军真是不能比。”

“是啊，所以别给我敬酒不吃吃罚酒。”

“另外小人还有一事相求，差拨哥哥能不能设法去了我的枷锁？”

“你要拿掉？哼，这很费事啊。”

“银子只有这些了，不能行个方便么？”

“这样啊，对了，你那里不是还有柴家给你备好的物色么？好吧，会替你办妥的。”

差拨取了银两便离开了，不久到了黄昏，便派人来下了林冲的镣铐。

不久到了寒冬腊月天。

大陆的黄土地已经冰冻三尺，但几万号配军却没有一天能休息。这群衣衫褴褛、满身污垢、拖着鼻涕眼屎的人们一大早就像蚂蚁一样络绎不绝地一队队爬出来，晚上又累得半死，像烟雾一样飘飘荡荡地簇拥归去，然后深深睡下。

这苦役场约莫四方三十里，农耕、建筑、锻冶、木工、染坊、造革、车辆制造、放牧、制酪、机织等行业生产一应俱全。不过，这产出没有一点是供这里消费的，全部要运往都城，或充军兴，或供宋朝的权门贵胄们浪费挥霍。

多亏柴进照应，林冲得免尝这苦役的滋味。因为柴进送来的东西几乎都分给了牢头狱吏们，便只有他一个能得到特殊待遇，默许其自由度日。

他有时要为买东西而上街。

于是在某一天，林冲突然听见背后传来了“官人！等一等！等一等！”的呼喊声，回头一看，只见一个商贩打扮的男子飞也似的跑到他跟前来，说道：“呀，果然真是林教头，是我，李小二……这是做的什么孽？恩人您怎生流落到了这个地方。”

“哎呀，真是羞煞人，我给那高太尉陷害，如今刺配在这沧州，您不是以前开封家边酒店里的店伙么？”

“当年真是受教头您大恩大德！今天我家那口子还时常絮叨着，这恩德小人一辈子也不会忘的。”

“哦，我以前哪里照顾你了？”

“当初少不更事，偷拿了账台钱去私用，差点给主人拿了送官。这时不是教头您保了小人么？那时您替小人出的钱，小人这就还您。”

“客套什么？都是哪年的老黄历了！”

“恩，这且不谈，您能到小人那里坐一坐么？哎，说来丢脸，后来我离开了店家，流落四方，终于在这沧州住了脚，如今也开了一家小酒馆了。您若来，家里那口子不知要怎么吃惊哩！”

因了这个缘分，打这天起，他每次上街，都要到李小二店里坐坐。

在里巷的小酒馆里，他婆娘和一个小厮在外招待客人，李小二自已则亲自料理厨房。因为二人和监狱里的管营看守牢子都熟络地紧，每到牢城勾当，经过天王堂，就给林冲洗洗缝缝，捎带几个肉包子。不管怎么说，这是对热心肠的小夫妻，林冲也为认识一个老熟人而心自喜悦不题。

这样，捱过年关，到了一天黄昏。

“不，不得了了，林大恩公！”

“怎么了，小二，你脸色煞白啊。”

他慌慌张张地央求拿着扫把正在扫地的林冲借地说话，于是两个赶忙进了堂里，并把一间房间的门朝里紧紧闭上了。

林冲听了李小二扔下生意急奔过来告变的详细，倒抽一口凉气。这对他来说，确是预报了个不可小觑的凶事。

那是今天午后的事了。

有两个来头不小的客人突然闯到他店里。

一个是个面色惨白的小个子瘦男人，另外一个红脸一副军官派头。两个人年纪都约莫三十左右。李小二还没当回事，说了一声：“欢迎二位。”便突然怔住了，这两张脸貌似都曾在都里见过，那个红脸男子，应该就是殿帅府的虞侯陆谦。

当他正寻思“这厮来做什么？”之时，妻子便出来对来客打招呼，问他们喝几角酒，吃几斤肉。小二靠在厨房边窗上听他们闲谈，果然听得是开封话。还频频听到高太尉、高衙内什么的话头飘出来。

这也罢，但是不久他们就拜托小二道：“喂，店家！我们出去有些事，不跑远，只是去寻牢城营的管营和差拨来这边。并且后面就不要招待别客，我们要包场！”

果然不久，官营和差拨也到了。他们加了菜，添了酒，一段时间里还只是照常吃酒，但突然笑声就停下了，突然变得鬼鬼祟祟起来。

李小二急忙拍拍老婆屁股，和她小声说两句。她便眨眨眼，悄悄地摸到厨房和餐厅的边上，竖起耳朵偷听那四人说话，李小二在里屋也瞪大了眼睛。听了一阵子，妻子从腰到腿突然不住地颤抖起来，肯定是听到了什么可怕的事。

聚拢在桌子上的四张脸，一下抬起胸膛大笑起来，陆谦递给管营和差拨好大笔银两。

然后他们照旧喝酒吃肉，过了不久，在方才夕阳染红房顶的时辰各自回去了。

听到这里，林冲也大吃一惊。

“按你这样说，和陆谦在一道的那个瘦子，当是富安那个鸟帮闲。这厮也是靠着高衙内作威作福的一个佞物，但是这两个撮鸟千里迢迢地跑来沧州做什么？”

“当然是来害您性命啦，我那口子听到这个，吓得背脊发寒，汗毛根根都竖起啦。”

“有钱能使鬼推磨，这里的管营和差拨怕也吃他两个收买了。”

“是啊是啊！不消说了，真是不得了，您千万要小心啊。”

“好吧，要杀要剐都由他，反正横竖都是死。李小二，你和你老婆说，要她别放在心上。”

不过，等到李小二回去后，林冲果然忐忑不安起来，当晚做梦也不好了。

“到好，尔等这般想要我林冲性命？这索性也把来做个乐子。这命，可不能轻送在你们手里！”

为防万一，他早偷偷买了两把带着红缨的短枪短剑藏在阎王像底下。当下便把短剑藏在怀里，装成出去有事，暗中跑到街上。

沧州的市面不算大，他想如果碰见这两个家伙，就一人一刀结果了。反过来也让刺客盯上，好抓住他们的行踪。

几天过去，平安无事。对方不但不来下手，同时也寻不到他们踪迹。

这也正是作怪，自然，林冲警觉也松了。暂且有日子未曾光顾李小二的酒店。

在十天后的一个下午，他便略去打探。

“真是可怪，自此后便没声响了。”

听得林冲小声嘟哝，夫妇两个听了也都放心下来："这比得什么都好，只要今后太平就好。恩人难得来，不筛碗酒吃么？"

"好呀。"

他吃了这许久没沾的一盏酒，在黄昏前便回营了。

但是，他马上被召往牢城营里的点视堂。

"从明天起，调你看守牢城十五里外东门口的草料场，一切起居都在场中草料房里。"

这是一道调职的辞令。

说来这反倒是个好去处，因草料进出有揩油的余地，在同牢难友间也是人人羡慕的一个差使。

"得令！小人这下就去准备。"

收拾了本便不多的行李，他当晚便打东门外去了。沿路上，北风飕飕地呼啸着，翱翔在严冬的苍穹里。从空中降落的莹白雪花像被魔物的喘息卷起一般四处飘扬飞荡。

到达目的地一看，在年久失修到处崩塌的荒凉土墙边，有一间歪斜的对开木门。进去一看，正当中最大的一间草堂，貌似便是看守人所居，是一间附带厨房的木房。

在黄灿灿的油灯光照里，前任的老军听到他的脚步便探出头来："哦，你便是此次上番的看守？今早也有调令过来，说天王堂的看守要来接替。"

"哎呀，来得晚了，实在不好意思。小人平常用的食器杂物都留在天王堂的值班所了，但觉称手便只管用来。"

"是吗？这是老汉我日常用着的酒葫芦，那里也胡乱滚着几个铁锅和缺口茶碗，不介意的话也将就用着。夜壶在角落里。但请宽心，里房里木炭煤球已然堆积如山，这边冷的紧，冬天里炉火断不得。"

"哪里有买东西去处？"

"对对，沿着树丛道往西走两三里地，稀拉地开着几家酒店肉铺，一般东西够买了。不过常有小偷小摸的盯着这个草料场，仔细这个就行了。"

草堂的主人便将事务交割了。

和天王堂不一样，这里是木板旧房子，极其寒冷。确实，看到这大炭火炉，和堆积如山的一堆木炭就该明白了。

大概是初来乍到不习惯，最初的一晚上，林冲给冻得辗转难眠。

天一亮，外头便下起了大雪，而且整天下个不休。

林冲觉得好是无聊。

到了黄昏，貌似是差拨部下的一个逻卒过来朝门缝里望了望。他远去的脚步声也混杂在风雪的啸声中消失不见，小屋里孤灯闪烁，一切又复寂静下来。

“唉，这个时分，若买些酒备下，却亦可排遣些许寂寞。”

林冲兴味索然地烤着火，开始想念起李小二的小酒馆了，但是沧州街上离这太远。一望墙壁，到挂着造型到颇风流洒脱的酒葫芦。

“对了，闻那老军说沿树丛往西走两三里有酒店来着，去看看吧。”

林冲把酒葫芦挂在撒着一把红缨的短枪枪头上，戴起蒙着罗纱的军毡笠，穿起一件蓑衣，打开了给风雪密闭的木门，径自去了。但走了几步想起什么，回到屋里，将炭灰盖熄了炉火，灭了灯，然后看着黑洞洞的里屋自顾着说道：“先便这样，应该无差了。”

他叹一口气，便上了门锁，迈开步子朝远处走去。

这是大陆所特有的魔幻一般的白夜。

积雪深不见底，朔风横扫一般在地上呼啸，路上吹雪纷纷，前途咫尺不能辨。呼出一口气，睫毛就立即结了冰。

“哦，这里倒有一座古庙啊。”

走了半里，林冲在他小憩的道旁，望见了一座不知是祭着山神还是供着什么神佛菩萨的祠堂，他心里略动了些道心，便在风雪里下拜叩头道：“说来或是前世宿业未消，我林冲以清白之身配流此牢狱之地。虽得苟延性命，却落得个和行尸走肉无异的下场。天若怜悯我林冲无辜被难，万望多加护佑我那在遥远京城里的娘子家人。”

他口中喃喃地祈愿，不久便重新踏上了路途。

好容易走到了小集落里的酒店，林冲小酌一杯，而且在葫芦里打满了酒，怀里揣上了几包烤肉干。走上归途之时，已是深更半夜。雪势愈烈，寒风在脚边打卷，他满身都是积雪，用手扶着毡帽檐，朝草料场快步走去。

他若无其事一脚踢开那扇左右对开的木门，进去一看，不禁咋舌。其他的草棚子倒还没事，自己起居的那间草堂却给厚厚积雪给压垮，完全给压了个扁扁平平。

“糟糕，这下不但生不得火，也没地睡觉啊。”

正走投无路间，林冲突然有了主意。

“再这般我便吃那风雪活埋了，对，今晚先到那旧庙挨过这宿，天亮却作理会。”

林冲围着木板屋顶绕了一圈，刨开还有印象的部位，只把棉被夜具拉出，抬在肩上，沿着村道向旧庙走去。

这旧庙还格外宽阔，转眼一望，当中祭着一尊披挂金甲，面貌凶恶的武神像，旁边塑了两个小鬼。供桌上到处滩着烧剩的蜡烛和色纸。他就展开了先前抢出来的夜具。

“真是的，眼前一寸便黑洞洞看不清，还真得在这个气氛诡异的地方过夜啊，好在葫芦里打满了酒，这比啥都强。”

他麻利地掏出烤肉当作下酒菜，仰头饮着葫芦口里淌出的冷酒。

“啊啊，醉到舒服了却好，若还能睡个好觉的话……”

他咕噜地横倒在棉被团上，用手臂枕着脑袋睡下，但果然还是睡不着，雪水浸透了身上的白木棉衣服，内衣给雪粒浸润地冰沁入骨。化雪的水滴声扎着耳朵，难以入眠。

“呃，呃，这奇怪的亮光是什么？”

他突然飞身爬起，朝庙墙上的裂缝向外观望，只见夜空给火光照耀得火红一片。

“坏了，这不是在草料场草堂的位置上么？”

林冲脑袋里还自寻思会不会是炉膛里余火未熄是原因，草棚子不光只有一间，也许大火会马上把草料厂给烧成火海。

“嗨！这可不得了。”

他提了枕头边上立起的红缨短枪，立即赶去救火。但他却戛然停住了脚步。

庙门口貌似有什么人在说话，迷迷糊糊地听不清，林冲用心仔细听去。

“干得漂亮，管营老兄！啊，差拨哥哥也辛苦啦，这下林冲可要烤得漆黑透焦喽。”

这声音在开封听得熟了，是高太尉底下的虞侯陆谦没错。

答话的明显是管营和差拨，另外一个大概就是跟着陆谦的富安。他们看着远处大火熊熊，哈哈哈哈笑个不住。

“真个了得，全是管营和差拨两位哥哥立下大功。亏这大雪，让部下人觑着林冲睡熟，抽掉那根烂房柱，果教一下便塌。大雪那么重，这厮吃房顶上大梁压了，定在梦乡里就见了西天弥陀，着他也是上品上生。”

“不不不，还不光这些，为得保险，我们两个来这里前还朝那压垮的房顶上丢了十根火把。这般便有万一，那厮也活不转来。”

“管营哥哥真绝！想得好周全！”

陆谦在赞叹一番之后，跟着说道：“这样，我们就算是圆满完成了主公交托的使命，能够脸上有光地回京交差了。到归府那天，高太尉总要打赏足下二位，好，在下告辞了。”

“呃，您这就走？”

“恩，这勾当若吃人撞见，对大家都不妙，我一回旅店，等天明就上路，富安，走吧。”

在这帮歹人正作别的刹那间，林冲从里面踢开庙门：“站住！你们几个奸佞！”

一瞬间，离得最近的差拨首先给挂在了枪尖上，噗地一声，他的身子就和飙起的黑红血花一道飞将出去。

“呀呀呀，哎呀！你是何人？”

“吓破你狗胆！林冲在此！”

“哎……哎呀，好汉饶命，饶命则个呀！”

“卑鄙小人！还有何说？”

林冲豹眉倒竖，恢复了他本来模样。他低身一个豹跃，短枪一闪，将富安扎了个穿膛透心，一瞬又将管营那肥大的身躯戳穿，把两个串作一块。拔下枪，接着便朝仓皇逃走在雪地里的陆谦追去。

“佞人！哪里走？”

飕的一下，他手里的短枪便如征矢一般飞出去，枪尖正中陆谦后心，他发出一声异样的惨叫，仆地倒了。即便是深夜，也能清晰看见殷红的血色瞬间将四方一大块雪地染到火赤。

“啊啊，杀了这四个军吏。如今在这皇天底下，我终也成了一个无地容身的犯人了。”

林冲不禁战栗起来，便翻身在庙前下拜叩头，朝着武神像礼拜之后，自言自语了几度：“想来，若今宵那草屋不着大雪垮了，我林冲便要身堕彼等歹谋，或被压杀梁下，或为烧死火中。可怜见我林冲不死，定是尊神御意，诚乃天助神佑，切望尊神往后也要保佑林冲平安无恙！”

说完，林冲重提了红缨短枪，不等天亮，便踢着积雪离去，从这庙门前消失了身影。

草料场的大火因为积雪，不久也熄灭了。但是一时警钟响板乱敲，牢城附近的村子都骚动起来，为备非常，各处都派人出来巡山。

为此，林冲完全给断了去路，他四处徘徊，像个袋中鼠一样乱转起来，一寻思还是不管了，听天由命吧。接着便看见路口焚着篝火，他便混到烤火的村民中说道：“呃，真冷，不好意思，大家巡山也辛苦了。”

“好啊，你也来烤烤吧。”四五十个村民不以为意地让开了，其中一个问道：“哎，大哥你不是村中人吧，这脸上不是有金印么？”

“老兄说的是，我是牢城营派出去送信的使人。”

“你说你是使人？这不对吧！别靠过来！你这一身是血么？”

“啊，你说这血是吧，不打紧，那是杀牛的时候染上的，其实昨晚管营和差拨老爷邸上请客，命我们杀牛宰羊。”

“是这样么，那么就……喂这还是不对啊，这血迹恁地崭新，还带湿气的？”

大伙村民虽然人人都表出狐疑的神情，但平日里见到配军们行状凶恶，也不敢多问。林冲虽也暗自警惕，但一间篝火旁边打开着几个村人御寒喝的酒瓶，看到这个他也不管这么多了。

“不好意思，这个能让我吃些个么？”

但是谁都紧闭了嘴，不说让也不让。

林冲忍不住道：“哎呀，真急人！”便自取了瓶子，吃了两三杯酒。

但是其间，从古庙方向来了几个人，在后面偷偷摸摸地和在场人咬了一阵耳朵。便朝林冲走来，频频劝他酒道：“老兄怕是酒瘾起了么，这个时候想喝多少就喝多少吧。”

喝到这份上，林冲这边倒想搁了酒碗，但他终于休不住，一下子又喝干了半壶，他一边致谢一边起身的时候，对面的一个汉子一下子抛出一张大罗网把林冲整个网起。

“捉到喽！”

众人发一声喊，便将棍棒、钩棒、捕叉等各种捕具在林冲身上乱打。并且像抬死猪一样地把他抬到村里的曝谷场上。

“这厮怕来头不小，等了天明，便送到管营处去，弄不好还能领赏。”众人这般嘶闹着嚷嚷道。但不久村长飞跑过来说：“大伙儿，可不巧。柴大官人庄上的家丁跑过来，说是不要为难给抓住的男人。这是仗义疏财的柴大官人以前看顾过的好汉。柴家人马上要到这里来接人。”

“啊，他是柴大官人的朋友，这不是闯出大祸来了么？”

“不，柴大官人不怪我们，只是教你们万不可说出去，说是有走漏风声的人，便不能容他在村里。那样我这村长便难做人。拜托列位乡亲，这事千万不能和牢城营里说。”

就这样，这晚的骚动过了七到十天，正当风声平息下去之时。

在周围村里的名人，那个小旋风柴进宅院深处的一间房里，有个好汉正在主人柴进面前对他的好意衷心致谢，依依惜别。这人不是别人，正是豹子头林冲。

当天晚上，林冲被救到柴进家里，受到各种照顾治疗，但他当下已经全无知觉了，是第二天才听说的。

这院子里有几十个强壮的庄丁和食客看守着。草料场的火灾和古庙前的凶变发生没多久，柴进就立即听到了风声。他知道了情况后便立即说道：“这定是他们要谋害林教头时，反教林教头把京里派来的歹人连带管营、差拨一并杀了。这管营、差拨两位日来的风评就很坏，这下丢了性命也是遭天谴。但是，林教头却是可怜，绝不能见死不救。”

他立即命令下面人去寻，结果及时地将林冲救回家中。

柴进看着身体康复的林冲，心里很是喜欢，也是依依不舍地告他道：“本想尽量多留您在庄上住几天，但是眼下办不到了。那事以后，牢城营派兵在要道的路口都设了卡，严厉盘问，虫蚁也不放出一个。但是后事请交给小可来办，您先去山东避避，策略我柴进已胸有成竹了。”

“您的恩德，林冲这辈子都不会忘。我这失而复得的下半辈子要怎么使唤，都听官人的意思。”

“那就拿好这张投名书，到山东的梁山泊去入伙，再等待时运吧。”

“哦，这梁山泊是什么去处？”

“教头不晓得么？山东济州临江有个水乡去处，周围八百里芦苇荡，有三个好汉在山上落草结寨。头目叫王伦，部下有两个叫宋万和杜迁的，皆非寻常人物。麾下有七八百之众，尽是世上难以容身之人。另外闻说当今天下失乡客，都投那里入伙。正是浑然天成一个给见不得光的人托庇投身的世外桃源。这三个头领，日来都和小可相善，您若肯去入伙，怕也不会慢待了您。”

“这般说，却也是个求之不得的去处，我也一定要去，但是怎么逃出沧州地界？”

“不必担心，今天小可已设下一局，路上柴进自来送您，您作速打点行装。”

林冲给催着穿了柴家送来的衣服，贴身带了饯别的银两和旅行的用具。

柴进本人却穿了华丽倍于平日的狩猎服饰，骑在马上，出了大门，跟随的有家丁食客几十个，打着旗帜，飞鹰走犬，手上拿了枪棒，大喇喇地跟在后面。

林冲本人给巧妙地混在这群人里，堂堂地走在沧州大街上。路边的墙上时常贴有林冲的通缉令，到处路口也立了“人犯林冲缉捕令”。

“看到了吧！”

柴进从马上朝林冲一笑，林冲也只得无言苦笑起来。

不久，便看到了东街口的关所栅门和哨所。一行人塔塔塔塔地迈着小碎步，快步赶到关前来。

“等等！”守关的将卒们涌了出来，打量了一番，便突然变了态度，好声好语地问讯道：“哦，这不是柴大官人么？今日也要田猎？”

柴进也摆出一副爽朗的样子笑道：“呀，这不是牢城里的看守军爷么？前阵子真是辛苦了，那个通缉的贼配军还没捉到么？”

“全无头绪！终归我们倒运，没日没夜在这看守，这边连街上灯火也见不得。”

“却是那样苦么？小可黄昏回来，给军爷们捎些野猪野鸡，慰劳弟兄们则个，也与些酒来吃。”

“这可教人欢喜，全依了官人！”

“知道了，但是军务不可怠慢，队里人都要细加查问！”

“官人遵纪守法，不必如此，去吧去吧！”

“万一这队伍里有追缉的人犯混进来可怎么办？”

“您却消遣我们不是？”

“哈哈哈，再会！”

一行三十余人，就大摇大摆地过去了。

不久走了十里，林冲一人就单独别去了不题。之后，他便二十余天风餐露宿，不久便在北风彻骨，大雪纷飞的某一天里，到达了一段江边，只见枯芦败葭一望无垠，一副萧瑟景象。在渡口水边，远远就能看见一家打着酒旗的酒店。在那小酌一杯时，有个貌似有些怪癖的酒保，不住地朝林冲身上打量。

“这行人，你这下要往山东哪里去？”

“我正要问你，酒保，这边渡船哪里走？”

“这里不是什么渡口，只是个打渔船的小港。”

“这样，难道便渡不到那梁山泊去？呀，你急什么？”

“你要去梁山泊？”

“正是。”

“嗯？”这酒保眼神里更多了怀疑神色。

“我不知你是哪里听到这梁山泊的，你敢莫是官府暗探？还是别有盘算？若要渡得那边去，不是轻巧能回来的。”

“这样正好！其实酒保，这是给梁山泊头领的投名书。”林冲取出柴进的书信给店主看，店主接了信，还是不住地打量着林冲，然后突然变了神色说道：“呀，这看了就知道，是沧州柴大官人的手迹不会假。请客人恕我无礼。好，我立即去将渡船喊来，您再喝一杯无妨，驱驱寒气。”

这酒店的酒保是什么人呢？他也肯定是作为山东梁山泊山寨的耳目，在这里假借开店哨探消息，不用说自然是这梁山泊强人的手下一员。

他拿着一张想是藏在小店深处的弓走出门去，搭上一根响箭，朝着水面远处的芦苇荡上拉弦一射。飕地一下，响箭振起水声，拖着长长的尾巴向远处飞去。箭落处，一群鸿雁啪地惊起。不久，一艘快船，便穿过芦苇荡，朝着渡口慢悠悠地划来。

# 第十四回　无畏天地梁山泊　巷陌草标吹毛剑

梁山泊方圆究竟有几百里，正确的数字是测不清的，据说只是号为八百里。风浪的日子虽然波高浪险，但在晴天白日里，白云绕山，亘古密林，并且极目眺去芦洲葭汀延绵不绝，景色风光一如唐画《芦荻山水图》。

不过不知何时，不为宋朝治世所容的反骨之辈、不平之徒数百余众，在此结了山寨，公然抗拒官府，号为义贼，时时骚扰渔民和陆行的旅人。以往前来取缔的官军，据说全身而退者并无一例。可以说成了个无法无天的盗贼渊薮。

“原来如此，确是个险要去处。”

这天，林冲乘上朱贵（前头那酒保，其实是山寨成员）呼来的快船，在对岸的金沙滩上下了船，走着走着，便为其地势险要而咋舌。芦花荡间，迷湾重叠，陆路也和迷宫一般，有如三途川的赛河原，萧条水畔，星罗棋布了洞门古道，进入密林里没走多远，突然便迷失了来路的方角。

这样，他好容易摸到山腹的断金亭，在此和大头领王伦相会。

这王伦本在东京一心学问，应试进士科，但看到庙堂腐败，知道这治世无非金玉其外败絮其中，便怠慢了学业，结果名落孙山。终于自暴自弃，四处放浪，来到梁山泊，得了宋万、杜迁、朱贵等弟兄，终被拥戴为七八百号强人的大头领。

“哦，您就是从沧州柴大官人处有亲信携来的豹子头林冲？请坐。”

“您就是王伦头领？小人原是禁军教头，名唤林冲，是个天地间难得方寸容身之地的流浪之人，能容小人在山寨中否？”

“事情我已经在柴大官人的信里细细知道了，虽然大官人说以往受恩于你，定要我处接纳，但其实……”

王伦有些忌惮左右的宋万和杜迁，弱弱地说道：“其实，因为这梁山泊目下也有七八百人屯聚，粮草一直不继。虽然难以启齿，弊处将会资助您银子十两作行资，您能否考虑另谋高就呢？”

林冲愤然拒绝道：“虽然蒙您好意，但小可也不是来问你讨钱使唤的，既这样，就把柴大官人的书信还与小可，小可自下山去！”

宋万杜迁两个见了不禁叹气，连忙留住林冲，开始好生劝说王伦。

“头领，这样待人有些不妥，一来坏了柴大官人面皮，二来江湖上必说我梁山泊是忘恩负义之徒。我们弟兄在此结寨，全凭恩义二字部勒众人，如此岂不坏事？”

“但山寨弟兄也不鲁莽收人入伙，只怕万一。”

“这不过是个借口罢了，若有生疑的，让那林冲立誓便可。”

“立誓么？恩，便这般作。喂，那林冲，你就写张誓文在此。与之相对应，你须在三天内办完一件我王伦吩咐的事。”

“只要留我在山寨，不拣什么都依你。”

“好吧，那么你便再出梁山泊外，潜到对岸的山东大路上，三天之内取一颗首级前来见我。不可枉割百姓渔夫的首级，须要取下有来历的官吏或武弁的首级方行。”

“知道了。”

晚上在山寨的宛子城里，林冲作为宾客得到盛宴招待，但是酒宴里，王伦的态度生疏得很。林冲观其为人，不禁暗叹：“唉，此人嫉贤妒能，器量狭小，他定是惧我将来或会夺他头把交椅。我安能久居这等小人之下？但天下复有何地能容林冲？”他郁郁不乐，对那个三天之约，也就听之任之，不抱什么迫切希望了。

次日，他穿了披挂，提了一把长朴刀，让带路的喽啰划船，来到了山东济州的往来道路上。

这第一天，未见一个人影。

第二天雪止了，天气放晴，林冲盘算下手正在今天，就潜伏在路边，或于林间彷徨，但所见得生人只是黄昏时分回家的穷渔夫和带着孩子的农民夫妇。

“只得一日限了啊。”

因为疲劳和焦躁，林冲的眼神完全变成了虎狼野兽一样。于是略过正午，一个过往旅人跳入他眼帘里。——是一个在急峻的杂木林山道上抬着一大担行李，朝这边下山来的人影。林冲只道买卖来了，便也不看个仔细，靠得近前，一下跃到他眼前，喝道："站住，这过路的！"

他用长朴刀的刀鞘尖突突地顿着地面。对方吃了一惊，连扁担也不管了。

"呀！呀！杀人越货的呀！"

便胡乱地朝着山谷那头跌跌撞撞地逃跑，见他乱喊乱叫和逃命的模样，看来一不是官，二不是兵，只教林冲空欢喜了一场。

"切，这样第三天也要过去了，我的运气还真是不济。"

他且是漠然地看着那扔在道旁的行李担，但是一阵杀气不知从何而来，飕地掠过他的脸庞。

一回头，只见有人说道："这剪径的强人，却是要这担子，还是自家性命？"

这人的话里夹杂着愤怒和嘲笑，声音也和刀刃一样锐利。

一抬眼，貌似就是那个方才夺路而逃的抬担脚夫的主人。

这人是个三十出头的壮汉，一边脸上生着一块青痣，下巴上乱长些红须。背着一顶带红缨的范阳军毡笠，穿着一件颜色说不清的旅行装，腿上是白青相间的薄绸裤，套着一双牛皮毛靴。腰间悬着一把像是多曾见血的一把宝刀。

"哈哈哈哈！"这男子看着林冲僵硬的样子笑道："是要命呢？还是担子呢？你这强人，若给洒家作个挑夫，把行李给俺抬到下面镇上，敢莫到还当作个人情，与你酒吃。蠢物！选那个。"

"嗯，看你举止，你这厮怕不是一般的百姓商贩吧。"

"是啊，如今虽是浪迹江湖，但往日里洒家也真是五侯杨令公的末裔，忝列当今朝廷禁军官佐之列，乃是武人中的武人。当如此，你却若何？"

"甚好，你这头，便着我取了！"

"胡说，看刀！"

两人几乎同时拔刀，就自厮斗起来，火花铿锵四射，活似两条喷射着白光的龙。一个拿着长朴刀，一个取了吹毛宝刀，斗了不下几十合，使尽了各路绝招，但皆分毫伤不着对手。最后双刀拼做一处，两人互相大声喘气，汗液直从鬓毛上掉落下来。

这时，一旁的高地里突然传来声音。

“两位好汉请住手，林冲！三日之约便算了，这位行路的军爷，也请放下刀来！”

两人抬眼一看，是来打探约定到期林冲情况的白衣秀士王伦，以及杜迁宋万两个，其外还有梁山部下几十个贼人。

“豪杰！今晚请来我山寨小住，小可问明情况，向您赔个不是！另外也想问问好汉来历。”

这一晚，众人齐聚梁山泊寨子里的聚义厅，摆下一桌盛大的酒席。

按照王伦的打算，如果只是林冲一个，当要威胁自身地位。如果把个和他势均力敌的人物招至麾下，就有互相牵制之势，易以驾驭，来日也可宽心了。于是他频频劝来人吃酒，低声下气地央求道：“怎么样，闻您浪迹四方，能不能留步敝处，快活过一世好汉生活？”

但来人不露痕迹地推了回去：“不，虽然蒙头领好意，但是洒家其实在开封府里有亲有故，也有家产，总要回去，说来洒家为何浪迹天涯，说来也煞是惭愧。”

他一下喝干了一杯酒，就自嘲般地说起自家事来。他那脸上的青痣，也醉而弥青了。

“我家门历代为国家从军效力，洒家也曾应武举，做到殿司制使官。早就是高太尉直属亲兵里的一个军校了。但是去年道君官家在万岁山的离宫作庭，差了十个制使，到杭州西湖去取名山怪石运到都城。”

“原来有这般事。”

“洒家也是其中一个，将西湖中取来的花木竹石百珍用大船装运，船到黄河中，也正是洒家运拙，半途起了暴风把船打翻，失陷了这花石纲，不能交差，失了面目，只能藏身在乡下野地里，如今逢蒙大赦，终于能……”

“不消说了，您是回京路上吧。”

“正是，洒家正欲回京官复原职，这样才不玷污了清白家世，也不辱没了祖宗。洒家正抬着通融当道大员的财物在担子里到此，未想这林冲突然跳出拿刀砍洒家，这剁下生不出的首级，差不离要断送在你们手里了，哈哈哈哈哈。”

听到这话，在旁寡默不语的林冲突然发话：“恕我通名晚了，小人以往也是个军人，在那高太尉手下勾当，任职禁军教头。听您这话，小人和您以前也算同僚，您莫不是那个绰号青面兽的杨志杨制使？”

“哦哦，洒家正是这青面兽，您老兄既是禁军教头，恁地见居此处？”

“且请看我这刺青。”林冲指着额头上的刺字苦笑，然后便将自己无辜刺配沧州，在牢城营里逃得性命，和落难到此的经过逐一说与杨志听了。

“小人不想说难听的，您但看小人林冲经历，便知这高太尉终归是个指望不得的奸佞之辈。就现今形势，殿帅府里的官吏军人且不消说，整个朝廷庙堂都给奸臣朽坏了，即便您回到京城，也难以长久安身立命。还不如和我等在此桃源地里行侠仗义，快活度日为好。”

“哎呀，虽然洒家也有几分动心，想来还是按先前说的过下去吧。”

“您既这般说，我们也不便强留。”

王伦也只能放弃了，他接着说道：“这样，今晚弟兄们也要尽情欢乐，预祝青面兽杨制使鹏程万里。但也请您他日留心，在水泊梁山这块地面上，还啸聚了这样一群好汉抗拒奸官污吏，如他日尚有机会得您相助，是为小人至幸！”

“一河之流，一树之缘，你不说洒家也不会忘！”

第二天早晨，杨志收了山寨奉上的饯别礼，然后王伦等几个头领盛情相送，他在小船上不断地对岸边送别行列挥手，离开了梁山泊。

好了，下面的故事就别转话头，单道那长身青面的壮士杨志回到开封府之后的事情吧。

来到京城的杨志，就立即解开带回来的行李包袱，将自己在各地搜集的珠玉名砚、金银巧物毫不顾惜地去打通朝廷要路的关节，总算有了复职的指望。最后只要让那殿帅府的首脑高太尉在请文上盖个印的话……杨志的请愿工作便只消这一步了。

“好，指望别出纰漏，这样就能重振我家名声了。”

杨志望眼欲穿地期待着这一天。

过了数日，从殿帅府来了召唤的通知。因为这正是个吉日，杨志谨小慎微地在殿帅府的一阁中等候，然后高太尉推了帐子进来，靠在椅子上，傲然道：

“杨志便是你？”

“是，小人正是之前十个制使之一的杨志。”

“你还有脸皮朝这里来？本官看你履历请文，你家累代受本朝重恩，去年奉旨去西湖搬运花石，路上只是翻了船，居然就此逃匿不来自首，还隐瞒到今，真是太把法度规矩觑得无物！”

“哎呀，事情在小人禀文里已说得分明，小人也是听到大赦，才敢出府。还望恩相宽宥则个。”

“你这蠢驴，给我住口！这大赦令须不是为汝颁的，那十个制使大抵还不是复了命？有两三个失陷的，也老老实实地返回西湖待罪，已都宽宥了。如汝这种逃匿到今天的无法无天之辈，安能任用？这不知羞耻的请文给我快些拿回去！”

杨志给高太尉一桶冷水浇得心境黯淡，绝望如落深渊。过后便独自一人抱了膝，怏怏不乐。

“如今想那林冲说得极是，因不忍玷污了祖上传留几代清名，父母遗下一具清白躯体，才拒绝了那王伦好意邀请，还把这前路梦想寄托在都城里。唉！高太尉你忒刻薄惨毒，此人在殿帅府里这般专横，怎么是洒家这样好汉能久事的。”

杨志当下走投无路，也不想别找勾当去做，身边财物都已在贿赂高官时使尽，当下窘迫到了明天衣食都成问题的田地里。

“对了，祖宗还遗有这口名刀在此。只得卖了它，换点金银接济亲随老幼，余下把作盘缠，远走他乡，另寻生机。”

这一天，他拿出宝刀，插上出售的草标，站在马行街的路口。

但是过了许久，也没人前来问价，到了午后，杨志只得换地方，遂到了天汉州桥桥头的热闹地界。

“卖宝刀啦……这柄绝代宝刀，便让给有眼的客官！”

他扯开喉咙朝着过往的行人吆喝。

这下，有个长满胸毛的大汉傲慢无礼地走近前来，身上一股酒气和油腻交织起来的体臭冲鼻，看见这人，往来行人立即躲得远远地，互相小声道：“看啊，这没毛大虫要去撩拨那卖刀的汉子了。”

“是那没毛大虫牛二呵！真是造的什么孽呵！”

不消说了，这个人称没毛大虫牛二的地痞恶霸小觑了杨志，要来寻衅滋事。

“什么，你这把破刀要三千贯？够了，你却道世人尽眼瞎么？”

“哈哈哈，您许是吃醉了说胡话，您若不买，就请便，让洒家过去吧。”

“口气不小，你说爷爷买不起这刀？”

“您别为难洒家，这刀乃是我家传家宝，在洒家看来如同和自家孩儿生离死别！可不想卖与您这号人！”

“好啊，我要买！免得吃你看轻了，爷爷须有面皮！这必得买下来！不过，这难道不是把钝刀么？”

“您还纠缠人，都说不卖与您了！”

“休要取笑！你还不快下了那草标，要俺买，须要让俺看这刀有多麻利！呵！可别怂！哎，你可别骗俺。”

“在这人堆里说洒家骗你，洒家可不能置之不理。”

“这样吧，三十文的刀切得豆腐莲藕，这三千贯的宝刀却能切得什么？”

“听好，这刀斩铜断铁，绝不卷口！”

“只有这样么？”

“吹毛就断，名曰吹毛刀！”

“你别说得漂亮，若不能杀得活人，要这刀有甚鸟用？”

“自然斩得，这宝刀锻造精良，杀人刃上没血。好，洒家该说的都说了，您可以去了。”

“哦，有趣，那你便斩给俺看！”

牛二抓起一把铜钱，在桥栏上堆得宝塔一般。

“来吧，你个诳骗吃饭的，你就把这里的钱给我斩做两半，若斩得，便有三千贯钱，斩不得，俺可不轻放了你！”

这时，看热闹的已经围了一大圈，有名的泼皮无赖对上放出大话的卖刀汉子，想要看个端详的群集而来，往来更是堵得水泄不通。

“好吧，给你看看。”

杨志走到桥栏前，看着钱眼，瞬时手起刀落，一刹那间，给斩作两半的铜钱，从刀口两侧落下，而且桥栏不带一点刀痕。

“哎呀，真斩了！真是斩断了！”

在人们欢声雷动中，没毛大虫更是坐不住了，他突然拔下一把鬓发，大声喝道：“等等，那流浪汉！这种本事，任何一个当街卖艺的都做得，你现在就给我看看吹毛便断！”

牛二仗着声势在背后朝着杨志，只是狂吠不止。

“也依你，给我仔细了看着！”

杨志左手接过牛二的毛发，拿在手里晃了晃，对准宝刀刀口，然后对掌上吹口气。

“啊啊，漂亮！”

观众们一瞬间欢呼雷动，只见给杨志吹起的毛发，正如给宝刀的精气吸引一般，离了他手掌正飞舞间，齐齐断为两截。

瞪大眼睛的没毛大虫狠狠地大声道：“你们这般看闲话的都闭了鸟嘴。老子还没完！第三说杀人刀口没血，你倒还没咽回去！来啊，流浪汉！给大家见证一个！”

“你要看时，牵条狗来！”

“你要狗做甚？”

“废话，恁地能真杀人？”

“俺想就是如此，你这骗子就把这做借口，做不得就是做不得，快向街坊邻居赔礼！”

“洒家又不卖刀与你，尚纠缠作甚？”

“这可不成！”无毛大虫牢牢捏住了杨志的手腕。

“爷爷要买这刀！你就要说话算话，给买主看看杀人不见血斑！”

“你既这么说，那就拿钱来！”

“俺如今没有钱！便是赊账也得给我！不管这个，你必得杀个活人，让俺看看直不直这个价！不然，你就给我趴地上给大家赔礼道歉！”

杨志忍无可忍，他脸上虽然现出一丝杀气，但语气依然平静：“那样，在场的各位街坊！”

他朝围观者说道：“大家都看见了，是这个泼皮先前种种为难洒家，洒家怎么劝也不理，这下还说要杀活人，说他他也不依！众位，这可怎生的好！”

这下，围观的闲杂人等顿时沸腾起来：“杀！杀！让这个没毛大虫晓得刀快！”

“杀了这厮，街坊就安静了，众人只有快活，哪会伤悲！”

“好汉！靠您了！杀了他！”

听得这些话，没毛大虫本性毕露，他突然朝杨志胸口推了一把，然后去夺这宝刀。——但他的上半身突然就飞到半空里了。这只是一瞬间的事，围观人眼里只见一阵血雾啪叽一声像牡丹绽放一样朝四周盛开。

“哇，当真杀了！”

大家都想难不成还真做出来了，围观人的呼啸中夹杂了战栗的恐惧之声。只见杨志脚边倒仆着没毛大虫一分为二的躯体。并且他垂直地持刀朝上，刀身上确实不见一丝血痕脂迹。

“众位街坊！”

他一动不动地朝着众人喊道：“请大伙安静！洒家不欲给诸位添麻烦，大家都看见了，洒家便是在这天汉桥头白昼杀的人！法不可绾！大家都是见证，洒家这便自去府衙自首！烦请借过！”

看了杨志堂堂丈夫态度，群众无不为之感动，听闻他进了府衙，街坊邻居们就聚集在府衙门前，闹嚷着喊道：“都是没毛大虫那厮作恶恼人，这个牛二平常欺负良民百姓，一点正经事也不做，请大人宽宥了那卖刀好汉！”

之后，每天都有人投书为杨志叫屈，往牢里送物。还有人自为杨志去筹集盘缠，热心街坊纷纷为解救杨志而运动起来。

拘留了六十天，判决基本敲定。官府也正恼这无毛大虫，无论是主审的还是牢头，都成了杨志的同情者。酌量情状，自然从轻发落。

“刺配北京，发大名府留守司贬为军卒。”

判决如此，另外也决定：“所持宝刀充官入库。”

既然得按法度明文规定办，要在额上刺字也是在所难免，不过刺配前的脊杖倒可如毛毛雨般佯拍几下。不久杨志就在两个防送公人的护送下，朝着充军地北京大名府出发。

# 第十五回　青面兽得知遇恩　显神力再赴功名

北京在当时称大名府，曾作为五代各国的首府[1]而知名。

“河北治而天下治，河北乱而天下乱。”

正如这句自唐代相传的俗话，此地西临太行山脉，东遥邻渤海，北靠万里长城，乃是抵御北狄入侵的要冲，有易守难攻之名。

并且近年以来，因警惕东北的辽国和女真的入侵，徽宗和宋廷相当重视此地的守御，乃遣头等大员充任该地的留守司。

人称梁中书的梁世杰正是其人。

因他是当朝太师蔡京的女婿，在这北京担负总揽该地民政兵权的留守司重职，其权势之盛自不待言。

“哦，那东京的杨志却给贬为小卒了？”某一天，梁中书看到了防送公人提交的一张文件，便小声嘀咕道。

因杨志出身累世将门，梁中书也稍知其为人。他盖上了确认接收的官印后，打发公人回京，立即将杨志召至官邸，询问事情经过：“你究竟所犯何科？却给贬作小卒？”

梁中书听了杨志陈述原委后，便安慰他道：“我道甚事？竟只为得这等小事？甚好，且待时机，本官自不教你这般人物辱没行伍之间。”

当下便把杨志留在家里，充作亲兵。

1 北宋仁宗时定河北大名为北京陪都，设留守司。不知作者吉川是否和日后北京的概念弄混了，至于五代，只有后唐庄宗李存勖在此称帝，但旋即迁都洛阳。——译者注不过，即便是靠他的权势，也不能平白无故地提拔杨志。当下只能等待某天在城外的大练兵场上全军操演的机会来测试杨志的本事，如果他能有出色表现，就能大加称扬，予以叙用。

时在春晓二月之际。

大练兵场填满了北京三军的旌旗和兵马，时刻一道，吹起军号，钲鼓齐鸣，伴随着军乐队的演奏，梁中书在副将和大群军士的簇拥之中莅临检阅场。

在严整地阅兵之后，在兵马都监李天王李成和闻大刀闻达二将的号令下，全军向中书台行军礼，呼啸三声，其音震天动地。

全军随后顷刻分成两阵，各树红旗和白旗，听鼓为号，两枝大兵变幻出鹤翼、乌云、水流、车悬、阴阳三十六变等种种阵势，最后齐发出哇啊啊啊啊的喊杀声，混杀作一团，展开一对一的比武。

红方中副牌军周谨表现最为突出，没有人能敌得他一杆长枪。

"周谨，想你平日定是刻苦操练，今日的表现诚为出色！"

梁中书坐在闪光的银椅上，接着说道："不过，那本来的东京殿司制使杨志受逼充军，今日随本官扈从而来。他往日也作为禁军一将，精通十八般武艺，你和他在此一较枪法。"

"属下惶恐！"周谨紧张起来："同一个配军比武，这实在折煞属下。"

"你却说甚？"梁中书故意高声喝道："如今天下盗贼蜂起，辽、女真二贼觊觎国家边界，如今正是朝廷用人之际，若真有武艺过人者，因彼为一配军弃而不用，本官便是察人不明，不忠于国。对此你周谨有何不服？"

"不，属下绝无此意。"

"那便唤杨志。"

给召至军前的杨志，早就体察出这是梁中书的好意，便也不提任何意见。

两人各赐一匹黑马，一领黑袍，使用的枪头改包上厚厚的棉纱，上面沾满了石灰。

"开始！"

两人在点将台前纵马挺枪，厮斗起来。

因为并非真枪胜负，胜负虽然略难判断，但是二人武艺的差距还是明显地比较出来了，每战一合，周谨的身子和黑马的皮上就给石灰沾地斑斑点点，而杨志的身躯和马却看不见一点白。

于是兵马都监李成进至台上，向梁中书申诉：“这对周谨不公，他擅弓马骑射，望大将让他使弓再和杨志比试一回。”

“杨志，你看如何？”

“谨遵旨意！”

于是指挥台上青旗盘旋，金鼓一声，两骑互相追逐，朝演武场南面驰去。

杨志担任给追逐的一方。

周谨朝着杨志连发三箭，三箭都给杨志用单手盾格下。

这次则反由杨志逐周谨，杨志拉弓引箭，先瞄准周谨后心，故意避开要害，朝着其肩膀开弓射去。即便是肩膀中矢，周谨还是从马上滚落。

“杨志的本事在京中一流看来并非虚言，周谨究竟敌他不过，且将周谨职务让与杨志充任，从今以后，任杨志做个副牌军。管军书记，立即颁他状纸。”

梁中书一下令，突然从队列里跳出一个好汉来。

“大将这处置，属下索超大为不服！倒不是因那周谨是属下弟子，而只因杨志武艺在京中一流而赏他职务，却让人觑我北京军中无人！要赏那杨志，待他打赢我索超再说！”

“哈哈哈，我道是何人，原来是那绰号急先锋的正牌军索超，好，好，就如你所愿，和杨志决个高低！”

事态越发紧张了。梁中书复命两人好生披挂，比武场也移至点将台的栏杆边上，梁中书的白银椅子也推到阑前，刚好这时在北京七门的楼门上，一轮红日落入夕云之中，如一张缘饰华丽的伞盖，悠悠覆盖在他冠上。

起始的军乐奏响，当乐声一止，两侧栅中金鼓齐鸣。楼上请注意看！——一面黄旗也早早地磨动。

咚的一声，从远处马场边上，作为烽火报信用的焰火的爆音在夕空下震荡。众人抬眼看去，在西边门旗下立马的是急先锋索超，矗立在东门的一骑是青面兽杨志，两人皆披挂严整，恰如临阵一般威武秩人，两骑慢慢地朝看台这边接近。

“哦哦！”

两骑突然如描画鱼鳞纹一般转圈起来。

索超跨在雪白战马上，挥舞着雕有金色焰纹的大斧，杨志紧紧握住锋利的神枪，两边都一边纵马驱驰，寻找对方破绽。

这一场比试煞是精彩，两者无论是威风气势还是武艺招式，都让人看得如呆如痴，屏声静气。大斧闪耀，枪走电光，两个不知拼了几十合，人马都是挥汗如雨，但是总是分不出胜败，满场臧默，只有一轮夕阳红炎朝着西面一刻一刻地西沉。但两边仍然意气风发，让人怪讶莫非是两个不死之身在那厮杀。

“哦哦，太漂亮啦！”

梁中书不知何时看得痴醉，急忙从银椅子上立起，他满足得不得了，为大名府军中有此两雄而喜悦。

传令从他身边跑出，鸣响了收兵的铜锣，索超部下响起万雷轰鸣般的欢呼声，但杨志这边却是鸦雀无声，无人喝彩。

不过两人还是并排在台下一道领赏。当夜在演武厅的楼上召开了盛大的庆功宴，在酒席上下达了正式任命：“今后，索超、杨志二名并任为我军提辖官。”

人运诚不可测，这场遭遇是福是祸当下并无从知晓。不过之后杨志深得梁中书信用，而他本人亦感知遇之恩，为此人尽力。

春过夏来，不知何时，已闻五月早蝉之鸣，这一天正是端午节。祝贺的客人散去之后，梁中书和蔡夫人只在私室独处，梁中书频频向夫人杯中倾倒菖蒲佳酿，特地向妻子陪好话道：“军务繁忙，都难得一见娘子笑容。”

蔡夫人摆出一副娇媚的姿态，然后像往常一般夸耀娘家威风的口气道：“不过您这荣华富贵，谁不企羡？不自珍重，真是可惜了！”

“娘子言过了，下官可并非向您埋怨，说这荣华，还不是全仗岳丈蔡大恩相提拔，我是做梦也不会忘。”

“说到这个，相公，不久便是家父生日，您没忘记吧。”

“什么啊，下官怎么会忘？泰山的生日不是七月十五么。今年我可得小心处置，不能像去年那样弄得收不了场。”

“相公你啊，去年还真是捅出了个了不得的大娄子，枉费给家父送了那样大一笔金银珠玉做贺礼到东京，路上倒给强人一文不剩地劫去了。”

正如她嘴上数落不中用的丈夫一般，蔡夫人的眼睛里射出了比琉璃耳环的光芒更加刻薄尖锐的眼光，落在梁中书脸上。他回不得嘴，愁容满面。

“哎，相公今年有何主张？”

“所以说啊，今年已经在这北京古都里四方搜罗，暗自备下了价值十万贯的珍物重宝啦。”

“不，我的意思怎生才得把这笔高价的财宝安全地解到东京家父那边去。比起你的心意，不是这个远为重要么？”

“这个在于托付得人啊，不管怎么讲，定是信得过的人物才行得。且须是无论碰见何等强贼，都能抵敌得过的强将锐卒。”

“这北京数十万兵马，就没有一个可以当得起的？”

“不，没有这样的事……”，他急忙改了口：“勇士是有，武艺过人的也不少，但是娘子你不寻思，十万贯珠宝，数目非小，不管我积蓄俸禄有多厚，也不能靠一己之力把这么大的一笔钱财送到东京岳父那里去啊。光是手段好，若是个奸猾狡诈的，不能和他交代这事，也不能派他担任这趟差使。这次护送人选，必须慎而又慎。”

“若真做这般计较，怕是没了人选。但是今年再让父亲白高兴一场的话，相公你脸上也挂不住吧。”

“且等等，还有几十日限，倒也不是全没有合适的人可托付。待我再探一探他是不是可以充分信用。”

如今，梁中书肚里只觉得一个人选合适，这个候补当然除掉青面兽杨志以外，再无别人。

# 第十六回　怪儿如风引宿命　东溪村里聚星辰

近时，山东济州的郓城县，有个知县新来上任。

此人姓时，名文彬。当地居民对他的评价倒是不错。世道虽然腐败到了极点，但其中良吏幸未绝迹。这个时文彬，裁断是非曲直倒是正大光明，私下里嗜好栽种兰花，抚琴读书，在现下的官场里，这样的人并不多见。

“自本官到任以来，倒还没有做出什么显眼的政绩来，当下还是优先确立管下的治安吧！”

他便在某一日在公堂的墙壁上挂起了写有治民要旨的牌匾，在这天朝集结在公堂里的全体县吏训示道：“下官以往无论赴任何地，作为父母官，都痛感理政安民，与民和乐之本职实乃一件困难事业。下官上任以来，亦深感本地诚为难治地面。索其缘由，便是因为那草寇渊薮梁山泊便在本管境内，使得旅途凋敝，民风不淳。不止如此，每日都能闻得白昼里凶恶犯行于市，前官竟不能治，官若不能治盗，岂不吃那土民和强贼小觑了？”

所有县吏都漠然不动，大家都觉得面目扫地。但列中却有两个大汉不快神色溢于言表，对上官训话充耳不闻。

这两人乃是县衙里的两个都头。

一个是马兵都头，名唤朱仝，因他生得和关公一般的好长髯，人号“美髯公”。

另一个是步兵都头，名唤雷横，身长七尺，腕力过人，看家本事是无论是怎么样的土围墙还是小河溪，都能轻巧地飞跃而过，故县人都叫他插翅虎雷横。

因为看到二人对新县官的训令满不在乎地一副反抗的神色，时文彬嗅到气味，一边装着微笑，一边继续说道：“过去的事，本官也既往不咎，但是，今后大家必须精诚合作，维护县下治安，这里有令！都头朱仝、雷横！”

二人在列中稍稍站直。

“虽然是个辛苦差事，还望二位要用心对待！你二人速带了部下兵士，一队出西门道，巡检各村，一队出东门道，巡检县下，剿捕沿途强人贼寇，民人有难事便要相助，两队要定时在东溪村的山上碰头，互相报知见闻！”

“属下得令，现在立即出发。”

“且慢，在东溪村山上，有一株号称天下奇树，远近知名的大枫树。其红叶之美，非他类可比。你们两个作为出勤见证，要各持一片树叶回来。可都知道了？若有玩忽，定加惩处！”

这位新县官时文彬，客气起来很客气，严厉起来也很严厉。

当天傍晚，朱仝出了西门，他这边按下不表，且看雷横这里的情形。

带着二十来个捕手的雷横，自出了东门路，便巡逻各村，第二天也在县下巡回后，来到约好的东溪村山上，站在那棵大枫树下。不多会，朱仝一队也到了，在交换了所得情况后，两个人忍不住大笑道：“哎！辛苦啦。不过就这时辰，连个小贼都觅不到，太平无事，好似是特地来此赏红叶的。”

回去路途上天色已晚，两队各换了道，打着松明下山去。

雷横这边来到山麓边的一个灵官庙边，但一看，这庙门却想妖魔嘴巴一样大开着。

“这庙往日也没个道人住持，却是怪也。”

雷横突然停住了脚步，他多年来的直感告诉他必有古怪。

“嗨！以防万一，列位！拿好火把，随我进去！”

雷横一声令下，部下的捕手们便朝庙里一拥而入。

那里居然有个把这长满蜘蛛网的黑漆漆破屋当黄粱乡的一个大汉，一丝不挂地躺在供桌上，团起衣服当枕头，睡地正高。

“呃，这厮睡相好凶，却没醒哩！”

进来的捕手都给这副景象惊呆了。

细觑这汉，毛腿毛胸，肤色黝黑，不穿鞋走惯了的赤脚上皮如象皮般粗厚，脸上尽是红斑，眉毛淡得若有若无。厚嘴巴边哈喇子流了一地，四仰八叉地睡死在那里。

“呵呵，好个面生凶相的流浪汉，若拷问一下或许能问出些什么，甭说啦，这下子便不必拿张破叶子去给县太爷当土产喽。”

雷横嘀咕完，就一脚踢翻了桌子，把那汉子反按在地上道：“不管三七二十一，快给我捆！”

于是这伙公人出其不意，把这汉子给拿下了。

不用说，这脸长红斑的年轻汉子也狂吠着反抗，但究竟敌不过二十来个带械的捕手。于是便和给打昏的野猪一样给拖到了东溪村角。

说来，这里的山边以一条溪沟为界，分为西溪村和东溪村两个聚落。

往年这西溪村地界传说白天也有妖魔出没，事实上，确有不少村中男女不知怎的就溺死在河沟里了，牛马也常掉进去，发生了甚多异变。

到了某年，有个行脚僧人便发了愿：“好啊，便让贫僧来超度这些孤魂野鬼。”

便在一块巨大的青盘石上刻了经文，雕成一座宝塔形样以为镇压，做了辟邪的法事道场后便走了。

往后西溪村虽是平安无事，但传说西溪村的怨灵全往东溪村跑了。东溪村里甲的保正晁盖大为愤慨。

“虽说鬼怪什么的来几个也不打紧，但既然是我做当村保正，就忍不得这种只利己不利人的事，明天早上便教那西溪村的撮鸟们吃一惊。”

晁盖深夜渡了河，抬着西岸上的供养塔便游了回去。并且堂而皇之地摆在东溪村的显眼地。至此以来，这个晁保正便得了个绰号托塔天王，名传四里。

“喂喂！谁起来去看下，刚刚有个什么人在咚咚地敲大门，喂，都睡糊涂啦！”

晁盖虽然从方才便爬起叫嚷，最后还是自己出了卧房，朝大门走去。

这正是将明未明的拂晓时分。

“真吵，是什么人啊，这黑灯瞎火的。”

开门一看，只见门外黑压压一片人影，松明火光里见绑着一条大汉，这堆人里有认识的雷横。

“哎呀，我道是何人，却不是县里的雷都头么？天还没亮，有何贵干啊？”

“哦，晁保正，带了这么大帮人来惊扰实在对不住，但请您给我手下供应顿早饭，暂借贵宅一角歇一歇。”

“容易的事，都头貌似逮了个大家伙？”

“不是，也不是什么江洋大盗，只是那灵官庙里睡进了个来路不明的家伙，先绑了他回来。那里也是你村地界里，不来和你打个招呼也不好。”

“啊，辛苦了，先进来吧，我现在就叫几个庄客起来给你们准备早饭。”

不久在庄院里便热闹起来，县里的公人们给敬为上宾，不要说酒肴招待，洗澡水也烧地吱吱直叫。

这当头，晁盖朝长屋里的一间暗房里瞟了一眼，作为该村保甲的头头，他也大概觉得有知道在辖地地抓了什么人的义务。

一看，是个褐色躯体上疤痕累累的年轻人，两手给吊在房梁上，只能用脚趾支撑地面。形似遭大火深烧伤的痕迹，全是红斑的脸庞歪在一边，好像在强忍着苦楚。

“嗬，是个村里往日没见过的汉子，喂，你这厮是打哪里来的！”

“是从远处来的，咳，俺只是来此地界寻人，谁想却没来由地将俺捆了，哎，疼疼疼疼疼。”

“什么啊，呃，到是条精壮汉子，你又所寻何人？”

“东溪村的托塔天王！”

“你找他何事？”

“这可不能说，不过这晁盖大哥貌似是当着保正，庄主，这个村是何地？”

“这里就是东溪村，我就是你说的晁盖。”

“哎呀哎呀！是晁保正么？啊，俺这就给你说，俺是东潞州生的……”

“哎，外间有响动，你捡紧要的说。”

“那样，俺风闻有一套富贵可取，想要报知保正，如果是晁大哥的话肯定能谈得拢。”

“好啊，过会儿来细细问你。”

“说什么过一会儿，俺可给当强人给逮了。”

“我想法救你！你就说是我的外甥，对，外甥！五六岁离了村子，听到音信就来认亲，听好了，就如此这般，一定要配合我，我来设这个局。”

晁盖装地若无其事，朝着在庭院里休息的雷横走去。

“哦，已经准备出发啦。”

“哎，晁保正，打扰不得时，惊扰了贵庄上下，真是过意不去，天色亮了，我想该上路了。”

晁盖跟着送出门去，这时瞥见了从长屋里拖出来的那汉。

“嚯嚯，好大条汉子。”

然后突然装得瞪大了眼。

这时候那汉会了意，急忙大喊起来：

“啊，叔叔，叔父大人救我！”

“什么？”

晁盖故意装得惊讶不已，仔细端详了对方便道：“呀呀，莫非你是王小三？”

“正是，叔父！啊啊，叔父大人，您还记得我小三哪？”

捕手们个个给惊呆了，雷横也吓了一跳：“什么，这个流浪汉竟是保正您外甥？”

“哎呀！说来脸红，这厮是小的姐夫的儿子，还是六七岁拖鼻涕的时候，随爹娘便躲催租夜逃到南京后，便无音信了。其后听闻这个小三恶作剧把自己烧成重伤。十四五岁的时候曾跟父母一时回乡，但已经是沾染了城里二流子习气，不久就离家不归，自此以后，姐姐夫妻两个厄运不断，这个赤佬也给流氓恶棍们招诱，只在外厮混，到处都略听得有人骂他不孝。没想到却给你雷都头给逮了。”

“呃，真是意外。”

晁盖对着假外甥怒目圆睁，只是恶狠狠地说：“喂，小三，你为何还要返乡，莫不是来为恶的？”

“不是，叔叔，俺只是饿的干瘪了，也无地投奔，只在那灵官庙过夜来着。”

“你若不做坏事，怎么给做公的捕了。”

“不知道呀，只像发了场噩梦，醒来就给五花大绑了。”

“你却诳得谁？”

晁盖装作发怒，从捕手那里夺过水火棍，突然朝着汉子的肩膀狠命敲了几下。

“混蛋！你说实话，说实话！”

“叔叔莫要打，小侄该说的都说了，正如叔叔所言，小侄无家可归，又给村里说成不孝，只盼望叔叔你好好管教小侄走正路，便空着肚子来寻叔叔。所以，俺一没偷二没抢，只是等天明来投奔叔叔！”

“这厮尚想假哭诳人哩！我会着你的道么？”

晁盖又挥起了棒子，这下雷横慌忙拦住，他当然不是同情这个“小三”，只是觉得本来不过是因为觉得可疑才捕了他，也不必叫他吃这般苦头，便上前劝解。

“既然是保正您家外甥，那就没什么打紧，快解了他缚。”

雷横朝部下下了指示。

“切，真是走运。小三，别忘了都头大恩大德！”晁盖鄙视地瞟他一眼，便对雷横说道：“好不容易有个小功，就这样让您白费功夫了，真是过意不去，我就到里头再埋怨他两句，能请都头就此罢休么？”

他一边说着雷横好话，又送上几两银子，对雷横的部下也各自送了些财物，晁盖这出假戏真做演技煞是逼真，雷横一行人不久就离开了。

后头就是庄院里发生的事了。

换了一身全新的衣服头巾，吃了早饭，那流浪汉恢复了精神，就对晁盖讲明了出身来意。

“小人本来是个博徒闲汉，生在东潞州，姓刘名唐。这是小人出娘胎前就死了的父亲取的名。人见小人这张红脸，取个绰号叫我赤兔马，或是赤发鬼。今后请多见教则个。”

他便按江湖上习惯剪拂了。

“保正您的高名，小人平素就听到，正想面会结缘。其先却从山东、河北各地的私盐贩子处听得一套富贵可取，小人想能接下这笔买卖的好汉，除掉托塔天王，不，晁保正您又有何人？故特来报信。”

“我知道你来意了，你说这套富贵，又是何事？”

“这样说怕有不便。”

“啊，那么等一下。”晁盖为防万一，起来上了锁，下了帘子，然后说：“这样可以了，说吧。”

“其实，近来北京大名府留守司梁中书，将十万贯金银珠宝古董玉器，偷偷送往开封，您怕是不知道吧。”

“却是不知，那又是为何？”

“梁中书的岳丈，便是赵官家底下位极人臣的蔡京蔡太师，为了祝贺其生辰，送得如此一件大贺礼。”

“哎，就是说这帮阀阅之辈，竟然敢光天化日之下大肆行贿受贿了。”

“正是如此，这不是当然的事吗？说来这都是贫民脂膏，不是靠着正道得来的财物。即便这票财物吃我们盯上，上天也不会只将我辈断为鼠窃狗盗之举。”

“去年的生辰纲，谣传莫不是半路里给贼打劫了去么？”

“是啊，保正，这番又教他人徒得这富贵，岂不可惜，小人闻世间都道那托塔天王是个好汉，枪棒武艺俱不是花架子，而且还疾恶如仇。”

“罢了吧，几句漂亮话可说不动我。”

“对不住，小人说得轻巧。但是，连那大名府留守司，在近年这旱涝连连的灾荒年里，到还年年横征十万贯民脂民膏，贿赂他丈人家，这真是天下巨盗！好吧，这回就轮到咱家露露身手，横取了这笔不义之财。怎么样，保正，您怎么看？”

“去年不是让他们弄砸了么？今年肯定不会吃你们轻夺了去，必定戒备森严，难以出手啊。”

“什么啊，连小人刘唐也对自家本事有自信，又何况今次有您托塔天王前来助阵。”

“确实，你说的在理，但是我当下还没这个意愿。”

“那样就要把买卖送人做了。”

“哈哈，容某三思而后行，你先在客厅喝点酒，好好休息。做或不做，在我方寸之间，等我想到万全之策，再来和你商量。”

没有法子，赤发鬼刘唐就给引到会客见里，就着下酒菜，独自一个咕嘟咕嘟地喝闷酒。

他肚里老大不愉快，晁盖的温吞答复让他郁闷地紧：“哈，只把俺当傻瓜了，肯定觉得俺不足与谋大事。”几杯酒更给他的急性子浇了油，忍耐不得。

一看窗外，只见一匹瘦马拴在里门。刘唐大概想到了什么，他自语道：“好啊。”便提起一把挂壁的朴刀在手。

“那个都头雷横怕没走多远，说来也是因为吃那厮捉了，给晁盖看了笑话，他便当俺是个无用闲人。俺这就去追上雷横，逼他写张道歉状，或剁他一只手，也让晁盖晓得我好汉的手段。”

不知哪里来的自信，赤发鬼忽地跳出门去，打庄院的里门朝县城大路上驰马奔去了。

其时，朝阳在牧场的朝路里冉冉升起，白鸟在树丛间不住地啼鸣，丹霞密映下的远山一派雄浑景色，啊！若不是宋朝政治腐朽至此，这世上却也是个人间天国。

# 第十七回　今日休学题壁上　出走村塾定决心

反正不是赶急路，捕手们在县下闲逛般地前行。

给一巡晨酒润了空腹，雷横以下的公人们走得更是摇摇晃晃。这下他们走过那头的石桥，便是邻村地界了。

“噢噢噢！站住！雷横！站住！”

突然身后传来叫嚷声，雷横别转身去，该死！居然是那个赤痣小儿，这厮跳下马来，把它拴在斜杨柳上，一边拍着朴刀的刀背，一边大踏步地前来。

“呀，这鸟人是刚刚松了你绑的晁家外甥啊，做甚要拦我雷横的路？”

“爷爷来要你笔头道歉，快给俺想法子写！昨天把清白无辜的俺无理绑了，这个过失却不能轻饶！来！写张认错的状纸与俺！”

“开什么玩笑？这就把咱们的恩德给忘了？”

“竟说是恩德，教人直惊的也呆！你袖子里藏了从俺叔父处取来的几两银子是吧！唉唉！麻利些，若不取一两赔俺的礼，就剁你一只手腕回去。”

“这撮鸟！”雷横大怒：“我道你是晁盖亲外甥，才饶放你一回，你倒敢蹬鼻子上脸了还！”

“好啊，老虎不发威，你还道我是病猫！在灵官庙里，爷爷是睡熟了施展不开，如今可不同。这便是给你误抓好人的回礼！雷横，看刀！”

挥舞着的朴刀闪电般向雷横劈来，雷横不及闪躲，便拔出腰间的官绶刀抵挡。两边火花四溅地并了几十合。

“这个小赤鬼！”雷横一边搏斗，一边对部下大声说：“我一人足以敌他，你们都远远看着，不要出手！”

不过看形势，结果却并不和他放下的大话一致。

若说雷横的刀法有飞凤之概，而刘唐的这一手朴刀亦有雄鹰搏雏之势，赤发之影消失在旋风里，突如迅雷之姿一跃飞在雷横头上。这过手的每一招每一式皆有流派脉络，合式合拍，各种秘技竞相施展，鹿死谁手诚未可知。

雷横的手下已经看不下去了。

“啊，都头！危险！”

不知是谁喊起来。

众人同时拔出刀来，前去助阵。

不过在此寸前，在路旁树荫里一户人家的纱门里走出一个道风鹤骨的人物。

“列位且慢！”

此人舞起头上拴着一个分铜的细铜锁链，将两边格挡下来。

“两位都请收手，是非曲直如何由小生判之，在敝宅们前这般大打出手，小生安能置之不理？”

此人从容不迫地哈哈笑着，安抚两边。雷横和刘唐都不加思索地收了刀而看着这人。他是何人？却是在此间开私塾的教书先生，绰号智多星的吴用，此人道号加亮，小字学究，人都喊他吴学士、吴用先生。

他着一黑边麻袍，戴学者头巾，其须虽长，但却不是弯腰佝偻的老人，而是个白皙后生，目清唇润，精气过人，深不见底的眼神里，闪烁着读书人特有的慧光。

这吴学士是当地土著，世人都说他读书破万卷，胸谙三略六韬，智比诸葛孔明，才堪前汉陈平。因此济州地面得此人物，牧歌不失其清，读书之声彻于野，人们称赞如是。

“退后，这塾师，当心受伤！”

刘唐尚喘气不止，雷横也自不待言，一众做公的则在观察情况。

“学士！不要出手！这里不关你秀才事。”

“此人是强贼么？”

“不是，乃是晁保正家的外甥。”

刘唐在一侧喊道：“这庸吏，将清白的俺错当强人拿了。”

“你还要说！”

“俺便要说，你快写了道歉状与我！”

“好啊，你还想给逮一回么？”

两人的脚跟踢起了地上浮砂，正又要开打的一瞬间，不知何处传来一声巨吼。

“这蠢物！还要做甚？”

一听是晁盖的声音。

闷声不响从后面奔来的他从马背上跳下，便将二人拦下，先向雷横赔礼道：“对不起都头，这厮真是不可对他大意，虽然多有冒犯，还是请容他则个。”

然后直对刘唐的肩膀擂上一拳：“这个酒囊！才一下子就又吃醉了酒不知道要干什么，跑出来一看原来又要作恶！”

晁盖突然从他手里夺下了刀，然后用刀背在他身上乱打，吴用看了大惊，急忙一手挡下：“啊，保正，也不要这样么。大家都听小生一言，冤冤相报何时了，更兼两边都吃了酒，更要克制！雷都头公务在身虽忍声不得，这里且看保正和小生面，就此作罢何如？”

两人一道低头，雷横也没什么可固执的了，以此为台阶，雷横便收队而去。晁盖先吩咐刘唐回府，刘唐只得跨上瘦马悻悻而返。

后头便只剩了晁盖和吴用两个。

“哎呀，今天真是看得好一场厮杀。保正你来得正好，不然这官刀和朴刀谁胜谁负真未可逆料。雷都头虽然是个有名的刀客，但是那赤鬼也非是一般的手段，搞得不巧，这高手雷横或许也要吃亏。”

“呃，那匹赤马有这等身手？”

“哈哈哈，这赤马所喻极妙，他确有后汉吕布的坐骑赤兔之风，见说是令甥。”

“并非如此，吴教授，这里别有紧要原因，如何，能特拨冗相商一事么？”

“保正特来寻小生，怕有事烦恼吧。”

“何止烦恼，这事非我等粗鄙之人可以计量。”

“保正略等片时，不巧小生今日有课，所以先得留个通告给底下学童。”

两人走进家中，吴用和看家婆子吩咐了些事，然后提笔在纸上沙沙地写了些什么，为了让学童们也看得分明，便贴在教室墙壁上。

“好了，好了，保正，我们去吧。”

吴用微笑，便向外走去。

晁盖的反应有些缓慢，他有点在意吴用在墙壁上贴着的告示。为了让孩童也能读懂，纸上这般写道：

先生有事，今日外出。朗读这番且罢，习字在家自修。可伴青蛙玩耍，当心切莫落水！

这要商量的事能不能做，那也要看事情本身是如何一桩。

对这北京留守梁中书送给开封蔡太师的十万贯生辰纲，不论这提问是“夺或不夺。”还是“若要夺，先生有何良策？”即便号称今孔明的智多星吴用先生，也并不是能一下作答的。

这是在远离人烟的晁家书房中的一室。

“其实如此……”

主人晁盖悄悄地将今天拂晓的事情，乃至刘唐其人，以及他带来的情报都细细说明了，听到这些事，就算是吴学士，也沉思良久。

在给出答复前，吴用暗思世事。

这都是宋朝腐朽的世相在天下这块画布上所必然绘出的一副外道图卷。但若只是归责于人心不古，也是迂见。

若将这一切归于恶，那邪恶的密云还是愈上愈浓，愈上而弥大。而且这些权贵蒙蔽上听，恃势弄权，假公济私，真个恬不知耻。

相反民间作恶，与之相比都是毛毛雨，无非是为了活命，而且是为活出些意思来。都是出于人性自有的本能欲望，或是单纯的逆反。

所以今日反贼草寇遍地横行，但使这些蠢蠢之徒得以发展壮大的根基，难道不就是由于宋朝自身已经化为一片腐土，和那些傲慢地认为“此世如我世，如月满无缺”[1]的达官贵人们的贪得无厌么？

梁中书、蔡夫人、蔡太师，此辈不过是满天骄慢之星中的两三颗罢了。

对这些骄奢贪婪之辈，从地涌出和上方的骄慢星抗争不休的反逆之星，这

1 典出日本平安中期的外戚权臣藤原道长（966—1028）所吟和歌。——译者注

也正是不可避免的宿命。

这些地煞星本借宿于庶民百姓土壤之中，虽然有一些酷爱恶作剧的恶戏之星的性质，但也略晓道义，怀同类相怜之仁，不欺良善，有时也有好汉互惜相拥作泣的男儿气概。

他们性格单纯，莫如说是可爱，生来野性，也让人觉得可怜。但却不失人之所以为人的一点真性情。

对这些人，吴用不忍弃之不顾，更不忍眼见他们受到刑责，如果和他们成为同甘共苦的朋友，使其人尽其用，对他们善加引导，或许对如今这个不可救药的世道能起到一些惩劝的作用，带来一些正面的意义，这难道不都是理世安民的方便法么？这样的话，能给宋朝治下的涂炭生民带来一丝清风，展现一垠绿野，那也是求之不得了。

“晁保正。”

吴用从深思中抬起头来。

“若真要做便做，小生自将智谋助你。”

话虽短，但语气掷地有声。

“哎？真肯将智谋助我？其实，昨晚我做得一个奇梦。”

“怎么样的梦？”

“一个北斗七星落下我家屋梁的梦，怪哉，想来今晓之事也恐非偶然，是吉是凶，实在难断，先生为我决之。”

“不过，小生便说不要做，怕你也不依我。”

“教授明察，就我晁盖来说，即使不走这险路，也有家产在身，不愁衣食无着。但观今日世道，怎么也是心中难平，每日焦躁不定。所以才将这等弥天的事与先生计较。实话说来，小可面前，恐只有从欲而生和从义愤而起两条道了。”

“不过，梁中书今年也不欲重蹈覆辙，必有对应，事不易成啊。”

“我有此决心，教授意见如何？”

“这事须有七八个精细的好汉团结一致，方才可行。若是你庄上家丁用人，却有几十个，也是不济事。”

“我昨晚所做的北斗七星之梦，或有所指？首先是教授和小可，再是那个赤发鬼，这里只有三人，不到此数啊。”

“嗯……”吴学士复自沉思起来。

“啊，也不是没有人，偶然想到几个人选。”

“哦，先生这样深思熟虑出的人选，定是可以依赖的人物了？”

“是三兄弟，这三人都是重情义，好武艺，当事不辞水火的好汉。”

“那么如今这么难得的人物，却埋没在何处？”

晁盖禁不住贴到吴用膝前。

吴学士也一口气说道：“这三兄弟各唤阮小二、阮小五、阮小七，乃是同胞兄弟，住在济州梁山泊边的石碣村，每日在江里打渔为生，私商营生也常作。虽然是胸无点墨的人，但其义气和手段，却是我吴用生平所仅见。虽然有两三年未尝谋面，我想他们也不曾忘记小生。”

“啊，却是那阮家三兄弟么，小可也略有耳闻，这石碣村距此也不过二日路程，何不遣人呼他过来？”

“那三兄弟哪里说请就请得来，即便是我吴用亲去相商，非凭此三寸不烂之舌，也难说动他们。”

“是这样么？若是这般豪杰，那更让人感到可靠了。”

“去一趟也成，不过让我家学童们在家自修的通告，可要延些日子了。”

“今晚若去，后天正午怕也到了，出发之前，便和那赤马同饮一杯壮行如何？”

“好吧，哎，旦夕祸福，人智难测！”

他一度回了趟村塾，到了傍晚复和晁盖相见。这时赤发鬼刘唐也在侧陪席，看来他已经从主人晁盖那里听闻详细了。

三人饮至二更，时时轻声密议，谈的都是北京至东京的地理要路，这十万贯生辰纲若押运过来，可在何地伏他。去年今年行路是否会有变化等等的议题。

这些当然都是未知之数，如今尚在五月初，距离蔡太师生辰七月十五尚有七八十日，若要细密计议，时间却也足够。

“准备日限尚足，不过要拉那三兄弟入伙，越早越好。”

吴用喝足了酒，便立即作了行脚准备，夜间雾霭重重，一点不见阳气。

“好了，不须远送了吧。”

“嗯，此行要避人耳目，刘唐兄，在小生回来前，一定要老实待在晁家屋里，切莫生出事来。”

“先生放心，只听您佳报。”

离开晁家大门的吴学士的身影，立即在模模糊糊的暮霭中淡去了。

过了一日，则在第三天的正午了。

吴用很快便现身在水乡石碣村畔。

这是他往年常游之地，阮小二的家也不必特意去寻，便临着芦花水畔，倚山作屋，插在河中的木杭上系着几叶扁舟，一张破渔网，搭在茅屋围墙上晾晒。

“有人在家么？”

吴用朝窗缝张望，看他们是否在午睡。

“是谁来了？”

有一个年轻人突然冒将出来。

这便是阮小二，他穿着齐腰的打渔装扮，敞开胸脯，虽然横生胸毛的汉子倒是不少见，但他石盘般突起的肋骨，倒让人想起川中长江三峡的悬崖峭壁。

“哎，这真是……”

他那天真烂漫的一张脸，连带上边的浓眉毛和大嘴巴都僵住了。

“呀，稀客稀客，这不是教授么，啥风吹的这是？”

“有急事和你们商量。”

“哎，什么急事呀？”

“我认识的一个富豪说有喜事作庆，定要十尾十四五斤重的锦鲤鱼。因是特地前来拜托的，推脱不得啊。”

“就是上边交代下来的事啰。啊，索性到那边的江滨去一下吧，那儿有家别致的酒亭。”

阮小二光脚奔出屋外，立即将船缆绳解开，把吴用一把拉上船，就操棹驶了出去。船行于江中，恰如自己飕飕疾驱一般。

不久在江心里，有一只小船透过芦丛，簌地斜擦而过。阮小二看了呼道：“哎，小七！小五在那里？小五。”

水声响起，那边也有了回话：“哦，是大哥，你找小五哥何事？”

“大件事啊，吴教授亲自来了。”

“啥？吴用吴教授？你别骗我？”

“千真万确，你小子也快来，我正要请教授去吃一杯。”

“啊呀，不成不成，只当哥是说闲话，这下可真是失礼了。”

大概他正在钓鱼，头戴竹笠，身穿件棋子布背心，在笠阴下一双巨目灿灿发光，筋骨隆隆如铁。他急忙划过船来，靠了舷上来行礼。

“教授恕罪，只是好几时不曾相见。”

“一同去吃杯酒么？”

“小人也欲和教授吃杯酒，正好路过老娘家里，也找上小五哥吧。”

船近了岸，这里也是个环水的小聚落。阮小二从船上朝着一间房喊道：“老娘！小五哥可在？”

“不在！”回答又生硬又干脆。

“亏我还是你们几个打渔的娘！我这几日连鱼也不曾见得。那孩儿只是每日赌钱，真是气人，却才拔了我头上钗儿，不知往哪里去了。”

小二挠挠头，飞也般地划船走了。

“哎，让先生见丑了，好像俺娘正在气头上呢。”

“哈哈哈哈，你们家的这种事，没有什么，也不是第一次见着了。”

“不过时机真不巧，小五哥眼下寻他不着，我们几个兄弟，都好赌钱，但总是手气不好！”

“近来运气不好吗？”

“只是近来不好的话，教授，还算得好了。已经有一年多里都是赚来多少输多少，穷光蛋一个，无论是打多少鱼也填不上这个窟窿。”

“小二哥，你止口吧！”小七在旁横插一句：“尽让人听些无聊的话，亏你还挠小五的头，自己还不是一样的德行，这算什么？”

“真小家子气！哈哈，先生莫要取笑。”

“哈哈哈……”吴用和他们想得一样地大笑起来：“还是你们好，啥时候都这般快活。时来运转，这一旦时候到了，朝东开的花，没准今早就朝西开了。”

他们嘴上说着，其实心里都脉脉相通。都心想“果不其然”，暗自发笑。

船行了一会儿，可以看到村里打渔的聚集的村落了，酒店的酒旗也望得见，在桥边晾着各家洗好的衣服，船头靠了岸。

“啊，教授，这次来得好，小五在这里。”

“哦，在哪儿？”

“看啊，在那边。”

小七一指，吴用看去，果然桥头刚下来一个汉子，正要解船绳。手里提着的像是串了绳子的两吊铜钱。

他眉间杀气腾腾，却也不止是因为赌钱输得不轻。就像他的绰号短命二郎一样，算是他独有的相貌。此人长于打架闹事，这看他的尖肩膀和长腿就知道。他披一件旧布衫，胸口可以看见豹子文身，大概是为了抵消面目里的凶恶气，他头上斜搭的头巾下横鬓里插着一支红石榴花，但未想却起了反效果。

他发现了一行人，就近得前来。

“哦，小五兄！”吴学士打了招呼。

“怎么着，看上去你还不错？”

小五收了他一副写满了惊讶的表情，哈哈大笑。

“我道是谁呢！没想到是教授您，刚刚在桥上就看到了，小二哥，你要去哪里？”

“前面的酒店，来不来？”

“桥头边也有啊，还有陪酒的小娘儿。”

“咳，请教授喝酒，比起女色，还是风景好才有趣味，现在太阳快下山了，看芦水之间，一点一点都是归家的渔船，那头给夕阳照耀着的梁山泊群山也快从赤红的琉璃色转为紫红了。这景致连我们几个本地人也是看得恍惚，就在那里吃酒吧。再往前划点船，到水边的酒店。”

“好吧，三只船船头并在一起划过去吧。”

小五便跳下自己的船去，那石榴头巾随着桨声一起，便从后面追了上来。

# 第十八回　吴用先生罗天网　金鲤入袋归村来

“啊，好酒！连空气也舒畅了！我们兄弟几个今日能够这样相聚，正因为大家都身体安健！小生和你们三兄弟已经许久没有这样举杯交欢了。”

“教授颇喜欢这家酒店啊。”

“嗯，穷渔村里小酌一盏，有时也胜过岳阳楼上金杯玉露觥筹交错，看那江畔绿柳槐荫里炊烟四起，再望这酒亭下莲池的荷花，也胜得那后宫佳丽三千振袖而舞了。”

“哈哈哈哈，看到教授这般好兴致，却是头一遭，是吧，老弟！”

“好啊，好容易带到这里来，俺想还是怎样的去处……不过，大哥。”

阮小五突然插嘴道：“俺几个还没问那，吴教授突然跑到村里，究竟是怎样的大事？”

“这倒是啊。”长兄阮小二又挠了挠头：“说要凑齐十条十四五斤的金鲤鱼啊，近来这里的渔场打不到这般大鱼，但说是教授认识的大官人家办喜事须得用，教授特来拜托，真是头疼。”

“嗯，这确不是一件易事，啊，且不管这个，教授，再来一杯如何？”

“小生酒力不继矣！日下西山，心气朦胧啊。”

“教授，虽是破朽小屋，今晚就在俺们家里住一晚吧，这一杯，也留得晚上吃。”

“哦，那就有劳几位招待了，不管怎么说不得这几尾锦鲤，小生也不好回去和朋友交差。”

这无非是个借口，吴学士心里的金鲤，本就不是什么金鳞的鲤鱼。而是将兄弟三个一网打了，顺利说服三个人加盟晁盖等人要干的大买卖，不过他觉得在这个酒楼里谈这个事实在不是地方。

“好，还站得稳，喂！酒保！算账！”

“啊呀，怎能教教授坏钞，酒钱兄弟几个凑着付！”

“好啊，那小生也要弄些土产。酒保，装一大壶酒，切二十斤牛肉，杀一只鸡，装在那小船里。”吴用说着，便拿一两银子付给酒保。

阮氏三兄弟也各划小船，不久便载着吴用，行驶在泛起夕浪的江面上，走上了回家路。

“好，到了。”

他们把吴用带到了白天曾到的阮小二家，这三兄弟里只有长兄成了家。他们立即将吴用带回来的牛肉和鸡交托给大嫂和渔场里的帮佣小孩，让他们准备料理。

“教授，在这里即便喝到天亮也无妨，不要客气，只管尽情吃喝。”

说完，阮小二将临水的里屋上挂着的门帘卷起，月光映入房间，照耀着酒桌。

这时几样荤食也上齐了，他们开始吃酒。

江上的酒意这下也早全醒了，四个人侃侃而谈起来。

“俺说教授啊，您学问兵法虽然深通，但对世事却有不明之处哪。”

“嗯，这确实是这样，但请小二兄弟备说仔细。”

“若只当是江海里不拣什么地方各种鱼都能齐全，却是不谙世事之人的见解了，俺这里便对教授备说详细。”

“什么啊，你这咋呼的。”

“确实说的有些装腔作势了，我们那石碣湖作为渔场，猫掌大一块地方，要打一尾十斤的大鱼，怎么看也须划到梁山泊那里才能捞得到。”

“这却作怪，这里水路连通梁山泊，而且眼界里也看得到，何不去那边捕鱼？”

“梁山泊，那里却是个大虫地界，可去得的？”

“大虫地界？这话愈发作怪，出了什么状况？”

“呀，也没什么可以说的。”

“难不成官府令行斋戒，不准杀生，在那儿禁止渔捞？”

“怎么会是不准杀生，若胡乱靠了过去，可要没命的！早前那梁山泊却是兄弟几个衣食饭碗，但是近来可不得了，多亏那些家伙兄弟几个越来越打不着鱼，贫困潦倒！真是可恶，总是拿他没法，兄弟们，是不是。”阮小二看着他的兄弟们叹息道。

吴用听了，心中暗暗留意，看来这就是引出这三个兄弟真心话的关键了，当下他便放下酒杯说道：“呵呵，这吃亏的原因不是关乎你们生计的紧要事么，你们三个年纪不大，身体强壮远胜于人，怎么却束手待毙的一副神色，小生有些不明白，不再说详细些么？”

即便狭小，这兄弟三人也是在石碣村的渔子之间鼎鼎大名的，听到吴用口里跑出束手待毙四个字，肯定是心感不平，三兄弟便开始交口抱怨起来。这正中加亮先生吴用下怀。

“不管怎么说，这个梁山泊，如今成了盗贼巢窟！当今天下多少犯了弥天大罪的都投那里下脚，安能抵挡得他？”

“这倒是第一次听说，那里有着何等人物？”

“有个白衣秀士王伦，算是这伙强人的头，这厮听说原先是个东京来的落第举子，底下还有摸着天杜迁、云里金刚宋万、旱地忽律朱贵几个头目，喽啰七八百余，无论如何恨他恨地切齿，也不是光我兄弟三个能对付的。”

“嗯嗯，这下确是没奈何，这伙贼势却炽。”

“更加近来又有个入伙的，说原是禁军教头，人号豹子头林冲，是个手段不得了的人物。当下说到梁山泊三个字，小儿也不敢夜啼的。”

“啊，这也却怪。”

“教授，你做甚摇头？”

“虽说如今是个浊世，但上有官家朝廷，下有路府州县的各级官司，怎么放得这么大的一伙草寇无法无天，还占了山东一角地面，实在难以置信。”

“是啊，教授，现今这官司公人，多是庸鄙之辈！授受贿赂，祸害良民的本事倒是长进。若来收租或捕盗下乡，不仅把百姓家里猪羊鸡鸭吃个干净，还要漂亮女儿陪睡，回去还要捎带土产。这到不管他，碰上点厉害的山贼泼皮，跑得比谁都快，即便有强人打劫，你去告官出首，没一次来得及时的。”

“真糟糕啊，这可确实？”

“若觉有半点假，教授你且在我村住半月看看？”

“小生可不消生受！幸得我那边土地有个保正名唤晁盖，却是个刚强好汉，多亏他，没有这般事情。”

“所以对付那伙强人，钱钞和气力少了那样都不行，这些做官的，看那土地越贫瘠，百姓越老实，就越要欺压。”

“是啊，教授，我们也不是性子卑污，去偷看那些做官的家里，但大抵来说，他们却是大秤分金银，终岁美衣食，这都是榨取那民脂民膏得来的，真不能忍。我们干死干活，怎么也过不上那般好生活，真是觉得心里不甘！”

“说什么，这还是好汉的话吗？”智多星吴用突然语重心长起来，像责备他们一样盯着三兄弟的脸。

“你们刚才还在极口指摘那贪官污吏，但立即就说学不了他们那般奢侈生活什么的，真是些没出息的言语，于人面上不好看啊，列位好汉！”

“对不起，教授，发了些无聊的牢骚，实在惭愧。”

“不，你们何必向小生赔礼，小生只是把你们几个当自家兄弟看待，却这般说。为何这样三条好汉，须得今日这般衣食无着呢？”

“兄弟三个感激不尽，只有教授才能这般教导兄弟几个，如果有个教授这般的好人物，能够看中我们几个的骨气和手段，肯带挈则个的，却也好了，但却没有这等人物啊。”

“不，有啊。”

“有吗，教授？”

“也不是无处可投啊，索性上梁山，却不欢喜？”

“哎呀！不行！不行！”

三兄弟哈哈直笑，大摇其手。

“若是这点盘算，也不须教授相告，这梁山泊早晚都看见，要去早去了。听得那个白衣秀士王伦是个器量狭小、一无侠气二不讲仁义的小人，兄弟几个即便饿死，怎么能屈居这等人物之下。”

“说的好，你几个还有骨气！若这里有一条你等可服膺的好汉，看上你们几个手段，说要带挈你等，你们作如何想？”

“哈哈哈哈，有这等人么？”

“不然，或许真有？”

“那样的话不说也明白，好汉惜好汉啊。”

“说的是。”

“真有这般人，兄弟三个为他走汤蹈火也不辞。”

“那么小生这里再说一次，现在就见有一个能帮掣你们的好汉在此，你们想会一会么？”

“敢问他是谁？”

“距此仅数十里的东溪村里做里甲保正的晁盖，这人方才说起过，小生平常观他许久，确是这山东河北第一等的人物。”

“啊，莫不是那个绰号托塔天王的大庄家？”

“你们倒知道？”

“不是，只是听起过，据说是个侠义两全、仗义疏财的人物。”

“你们还躲闪什么？其实这番遣小生来的，正是那晁盖，特来托你等一事。”

“那是什么事？教授说要十条金鲤鱼，那难道是诳骗我等？”

“那无非是设个口实，这个还请恕小生。不管怎么说，这一桩是没有窥穿你们兄弟心底，不能随便说出来的机要之事，如今我已不疑你们三个的义心了。”

“何事相商？”

“详细情况，等那位晁盖和几位喝了交杯酒，再细作商谈，这事若能成，不但能平取一套富贵，尚可膺惩朝中的奸官污吏，诚为快举，可谓一石二鸟。晁盖切望你三兄弟和他共襄盛举。便教小生吴用说你三个前去。”

“此话当真？教授！”

这三个兄弟眼里都放光了，短命二郎阮小五更是感激之余，手舞足蹈着说：“终给盼来了！终于有人看中俺这脑袋，这身板的价值了，哥哥！是不是？”

“是啊，我这身躯本想只要先生愿用，什么时候都肯出力，居然连晁保正都看得起弟兄几个，要兄弟们去助力，不说二话，我们立即在这里发誓吧。不论怎么样的机密都只管说，别看兄弟们粗鄙，出卖别人的下作事是不会做的。”

“事情其实是这样，今年七月十五，为了庆祝朝中蔡太师生辰，北京那边要密送十万贯的生辰纲到东京，这行贿的是北京大名府的留守梁中书夫妻。本来这些金银珠宝，都是横征暴敛来的生民膏血，取之天亦不以为过。如何在途中出手截夺这笔金银，等你们和晁盖及其他同席好汉相会之后，还须仔细计议，大抵就是为此。你们不立即与小生同去东溪村么？”

“当然要去！”小五二话不说地嚷道：“喂！小七！这可是你平常梦里才有的好事啊，怎么着，这可不是做梦，还真来了。”

三兄弟兴奋地手舞足蹈。第二天天一亮，三人就做好了二三日旅途的准备，在吴学士之前就朝东溪村去了。

月色还带五月初的凉爽，薰风有如年轻人爽朗的心一般吹拂着袖子。

一行到了东溪村是后天正午，大概晁盖的庄院确实显眼，村道整洁也非石碣村可比，村里的仓库，房顶都错落可见。

——在那边一道土墙门外，在槐树树荫下说着“今天便已到了？”而等候一行大驾的正是晁盖其人，食客赤发鬼刘唐也在一侧。

两边老远地便相见了，咸皆“呀！”“呀！”地一边挥手，一边走上前来。

# 第十九回　六星设坛盟誓约　门外又添一豪杰

当夜酒宴的景象，煞是隆重。

吴学士将兄弟三人引出，他虽然为此费了一番苦心，但却也不言己之寸功。

“这便是小生所言的阮氏三兄弟，请先来相见。”

晁盖一见这三人，便感情投意合。另外三兄弟亦见晁盖样貌重厚，观得他豪爽的性格之中亦有厚情重义之处，一下子也为其为人所陶醉：“若是和此等君子相交，便是兄弟三个早就期盼的男儿交情，赌上一生，亦不后悔。”

被他们“赤马、赤马”地喊着的赤发鬼刘唐，虽然其人物在吴用和晁盖之间略显逊色，但这也是精悍，并非邪恶，和短命二郎阮小五却是一对不错的组合。

他们作长夜之饮，通宵欢谈，在略睡片刻之后。在第二天早上，六名志同道合的好汉漱洗沐浴，站在晁家里间的祭坛上。在坛上神明之前点起红彤彤的蜡烛，将金箔纸钱、色纸扎马、香花、线香、牛羊全牲等供品满满地排了一供桌。

这是盟誓的仪式。众人取了土烧杯，将羊血注入神酒里，接着晁盖接过吴学士起草的誓书，朝着神坛朗声宣读。

闻说北京大名府留守职梁中书，于任地残害百姓，恃权自恣，多年为富不仁。尚连年馈赠生辰纲至其夫人蔡氏岳丈蔡太师之京邸，直达巨额。兹以蔡太师今年七月十五日生辰为期，又向都城东京窃输十万贯不义之财。其藐视国法纲纪如此，天岂许其不义者邪？

吾辈六人于此盟誓，欲代天加此邪佞以膺惩之铁锤，以腥风一飒褫奸吏肝胆者也。若有违背盟约，心怀叵测之人，必受天罚冥诛。

伏乞天地神明照鉴。

“好了，按顺序来吧。”

诸人焚纸烧香，交代礼拜。

撤了供物，六人在客间继续饮酒。

突然，门外响起了骚动的声音，晁盖正细听间，一个庄客跑来，一副嫌恶的表情报告道：“打搅主人吃酒，小的罪过，但请借地说话。”

“啰唆，这里可是高朋满座，你们闹什么？”

“呃……有个游方道人，硬要打门进来，我们挡他不得。”

“你说是道士？真不巧，最近的道士和尚之流，别看穿得人模狗样，走起路来架势十足，实际问他经文仪轨，全都不省得。只当断衣绝炊之时，便来村中讨羹饭吃。若难以打发走，与他一升粟，教他上路。”

“但是，他全不把这些东西当回事啊。”

“那他要我们布施什么？”

“只是求会主人一面。”

“别消遣我！我安有一一面会这些乞丐的空闲？说来你等年轻力壮的庄客有一群，怎么就挡不住这么一个贼驴？”

“主人你虽这般说，嗨，你来那边看一下就晓得。他嘴上说着自己是一清道人什么的来着，如果碰他一下，人就像毬一样啪啪地给弹飞了。”

“什么，他还动手？”

“他还朝着我们说，你们动手我可不管你下场，贫道见到晁盖之前可在这里不动了，在那里大喊大叫，即便我们四五个一起上去赶他，一下子就给他打趴了。总之我们是挡他不得。”

晁盖总算站了起来说道：“吴教授，各位兄弟，我先出去一下，几位只管吃酒。”

他一到门前，确只见得大群庄客只是远远地缩在那里瑟瑟发抖，里头不少人还给伤了手脚，一脸痛苦地翻滚呻吟。

“他人在哪里？”

“那里！那棵槐树底下，没看他还一副笃定样子，恨煞人地满脸堆笑般坐着哩！”

“是那个吗？”

晁盖气鼓鼓地走上前去。那道人见晁盖来，也同时站起身来。

看那道人，穿着修行人的短裾白衣，系条脏兮兮的缲边带子，并不负笈，而背着一把古铜剑。脚穿八乳麻鞋，却是一副行者打扮。看他年纪四十出头，面色如黍，大口边满腮羊胡子，眉毛少作八字，让人看着觉得有些滑稽。形貌如同一株青松，一眼可辨。而且更让人看了可厌的是，他手上拿了把鳖甲纸的团扇，只管着朝怀里扇风。

“这道人，你倒是气势很大啊。”

“可不是贫道要闹事，只是这里的雇奴们擅自要逐我走。”

“你要什么布施？”

“还作这般说，贫道非是来要饭的。”

“那你何不走路？”

“只欲会主人晁氏。”

“我便是晁盖。”

“啊，您就是？”

“有话就说。”

“不可在这里讲，因有特来报晓的情事，乞借一僻静地面二人说话。”

“好，那就请这边坐，缘分难得，来人！看茶！”

二人静悄悄地进了门里，但也没进客间，只在一间小房间里说话。

“惊扰贵庄，实在过意不去。贫道名叫公孙胜，道号一清，蓟州人氏。说来惭愧，我自幼喜好武艺，往来四处武术道场，也有些名气，人呼为入云龙。因略通些方术，善能呼风唤雨，行隐遁腾云的法术，这并非贫道自吹自擂。”

说到这里，这一清道士公孙胜倒摸几下山羊胡子。他得意照人的眼光里，确有方术师特有的冷峻神色。“贵村保正托塔天王晁盖的名号，贫道早已如雷贯耳，今日幸得会面，别无见面赠礼，只带来一件可得十万贯金银珠宝的买卖，还请保正笑纳。”

晁盖一听大笑：“先生莫不是说北地生辰纲一件？”

“呃？”

一清道人顿时表情愕然，圆瞪着眼看着对方的脸。

“不可思议！这一件贫道还未说与任何人知，为何保正却知道了？”

“哈哈哈，我还道你要说何事，却白惊我一遭。”

“保正何从知晓此事？”

“只是胡猜一下看看。”

“不，这正是上天感应，这件富贵注定由保正您亲取之。天与弗取，反受其咎。且这密送的生辰纲本属不义之财，取之何碍？”

正当这一清道士为了说服晁盖，施展三寸不烂之舌之际，突然有人推门而入，朝着他们大喝道：“你们好大胆子！商量这等弥天的事，我已经全知道了也！”

“啊呀？”

一清道人吓得一下从椅子上跳起，晁盖和推门进来的吴学士哄然大笑。

“不不，公孙道长，不必惊慌，介绍一下，这位是……”

不待晁盖说，吴用接过话头通了自己智多星吴加亮的名号，并说：“不想能在这里见到，实在是意外。小生也早在江湖上听闻一清道人公孙胜的名号了。”

“啊，您便是吴学究加亮先生么？哈哈，世间如此窄小。不过，您确是晁保正的心腹之人吧。”

“里头也聚着几位此番和我们志同道合的好汉，保正和公孙道长不移座里屋么？”

“先生同意，那便再好不过。”

晁盖先站起身来，引着公孙胜进了里屋客间，于是又新加一人入伙，加上阮氏三兄弟和食客刘唐，汇此一堂的好汉却有七人。

晁盖不久说道：“先时小可做梦，梦见北斗七星落我家屋梁，便自惊醒。如今偶然齐此七人。此梦兆却非事成之吉兆耶？”

“确是。”

吴用点了点头。

“吉兆再三出现，此诚是晁家积善之报。刘兄应速潜入北京大名府，秘密探知这生辰纲将取何道输送，有几人护送，带头却是何人，逐一报于我等知晓。”

“不必如此。”公孙胜插话道：“不必去胡乱侦探，这些事情贫道已打探完全了。”

“啊？道长已经知道了？”

“他们不走小路，今年特向黄泥冈大路上走。”

“那样倒是侥幸，正巧在黄泥冈东边一里地界，有个绰号白日鼠的闲汉是我相识，他居处可当我们落脚的地方。”

这里，晁盖也提出了自己的看法。

“这下手之时，却是用武横取，还是依计巧夺？”

“只有临机应变。”吴用说道：“来者若以武则以武应之，以谋则以谋挑之。具体施行策略，不到当场也不便画定。对方也是精细之辈，若被他窥破伎俩设下圈套，反而不妙。”

“正如教授之言。”晁盖和公孙胜异口同声地说道：“若拘泥事先定下的妙计，随敌之应变，或亦置己方于死地。所谓机关算尽，反误卿卿性命。还是各持自在之身，神出鬼没般行事方是周密之举。”

众人于此谋定，便饮酒到深夜，第二天拂晓，阮氏三兄弟为能悠然行路回石碣村，便特意起早，来吃早饭。

“时至若发，便来急报你三个，且莫误事。”

“教授放心！”

三兄弟嘿嘿笑着，穿了草鞋。晁盖赠其路银三十两，三兄弟只是不受。吴教授看那三个固执，笑道：“何必忸怩，这银子不管你麻利收下还是推脱，晁家只是一片好意。不如先拿了这银两，去清了你们的赌债，岂非上策？”

这样，三兄弟作别而去。公孙胜和刘唐且在晁家庄院里做食客。吴用家住近处，便先归塾，照旧给村童做教书先生。时常暗中密访晁家里院，茶话之间，将紧要消息暗自通报，然后便又若无其事地回塾自和童子们嬉戏去了。

# 第二十回　伪成商队十一车　杨志引领出北京

这里是北京大名府里梁中书的府邸。

在后房花园里，弥漫着黄蔷薇的薰香，一只波斯猫趴在苑廊的栏杆下，这猫半醒半睡打着迷糊，咪起一只小眼看一只中亚产的白色哈巴狗正在玩弄蜜蜂的样子。这些宠物全是因着整天百无聊赖的蔡夫人的收集癖而搜罗，是她引以为傲的赏玩之物。

“啊呀，又断了水了！有谁在！我吩咐了不知多少遍，这鹦鹉的水不能给断了么？”

如今，站在鹦鹉笼下的蔡夫人，正发出那不输鹦鹉的尖厉喊叫，召唤后房的侍女。但是她丈夫梁中书立即卷起窗帘探出脸来卷舌抱怨道：“却是聒噪，不能安静些么？”

“哦，相公尚在，何事劳烦至此？”

“你说何事？有事待查，正在检阅档案呢。”

“相公若得闲来，能否到这里苑廊的长椅子下少坐片刻。”

“真是的，本官也累啦，不倒杯茶与我么？”

“哎！那也莫在那厢发呆。有点机密的事要说，先屏退丫鬟，说完了再吃茶不迟。”

“却是何事，看你急样。”

“但是相公，你也不寻思寻思今天是几日了，看看天上，不是已经飘起夏云了么？”

“这么说，倒也听到知了初啼了。”

“您却胡说，知了声音，二十天前就听到了。送赴东京家父处的生辰纲，备是备下了，但你却要作怎生送？”

“自得在七月十五号那天万无一失地解送停当。但是此度押运使谁人担得？这带头人选，却令人有些为难。”

“相公以前却不是说过你心里已有人选，此人莫非不行？”

“可行与否，这个不用过却怎得知。”

“要作这等说，不管是谁，那也得使过才有见教，却不是呆话。”

“好啦，休得这般不问情由地大呼小叫，门口可站着卫士，吃他听了，我梁中书可有脸面御下？”

“对了，你说这军健人等，我却思那从小卒拔上来的提辖，叫甚青面兽杨志的，教他担当却如何？”

“说到这杨志，倒是精通十八般武艺，要论本事，在这北京留守司十万兵马里也是数一数二。但他来这里日子尚浅，光就他心地难测，还不能全信他，这点上我尚且犹豫。”

“若做这等计较起来，什么人都信不得了，日限不快到了吗？就唤来杨志，吩咐下去如何？”

“娘子你若依得，那就让杨志办吧。嗯，不管本官作恁想，三思还是杨志好，除掉那头青面兽，也没人做得这事。”

“那就请相公您立即摇铃吧。”蔡夫人指着吊在廊厢上的响铃，对她的丈夫发号施令。

梁世杰是靠着他岳丈蔡京蔡太师才得以登龙门的人，平时一直是妻管严，只能唯唯诺诺地去摇铃。于是中门外站岗的卫兵听到就跑到庭中行礼听令。

“立刻传青面兽杨志。”

“得令！”

卫兵立即退下，不久进得门来拜伏在地的，就是当初在北京大名府的演武场上耸动十万兵马的青面兽其人。

“杨志，抬起头来。这番有一重事教汝做，汝能赌上性命完成么？”

“恩主吩咐，杨志敢不答应。但是小人能否完成，还请明示内容。”

“就是要护送本官夫人蔡氏的父亲蔡太师的生辰纲，无差送往东京相府一件。当然，要带何人扈从，多少军马，全由你点。”

“何时出发？”

“在此三日中。”

“运送物品又在何处？”

“这庭院角落里的十个捆包。本官已行令大名府衙备上太平车十辆，在护送军人以外，再由麾下挑选十个力士，一辆配一人推运。而且每车都插黄旗，上书献贺蔡太师生辰纲文字。即以此威风堂堂之行列，厌阻山野之贼氛。”

“承蒙恩公看顾，但是……”

“你却说你不愿？”

“望请明公将此重任交给别人承担，属下窃闻去年价值十万贯的珍好之物，皆途逢贼难，尽为草寇掠夺而去。”

“所以正因看中你一身本事，今年便着你去。你居然……”

梁中书有些激动，他嘴唇发干，眼色也发红了，拼命地说服杨志从命。

“本官正是看中你英雄手段，才想要设法抬举，你不晓得本官心意么？”

“属下感激不尽。”

“真是不爽利的人，在给蔡太师的礼单之外，还外附本官亲笔别书一封，正要荐你立身出世。只要你途中不出差错，将生辰纲解送到东京，这腾达之路也开了，恁地这般执迷？”

“但路途上紫金山、二龙山、桃花山、伞盖山、黄泥冈、白沙坞、野云渡等要隘，都是有名的草寇强人出没去处。杨志即便有心效力，也不能白白送死。”

“啧！你还没分晓？护送军兵，不择多少都随你带去。”

“不不，即便点上几百人护送，这些弱卒只听了强人出没，登时跑得一个也无，只是不济事。”

“你说甚？你难不成是要谏本官莫送这生辰纲？”

“是的，属下本想肝脑涂地，也要谏止明公此行。但事到如今也没奈何，杨志只能认命了。”

“这么说，你是说你下定决心了？”

“但要属下接受此事便要依我主张，那些大喇喇的官车、官旗全不要用，赠礼也改打成由人扛抬的行李，护送的力士须是精锐的方可。”

“哦，这好似山东地面的行商打扮。”

“正是，属下也打扮成一个商队长，尽量不要引得强人眼目，只要风声不露，属下以为就能无事将礼物送到东京蔡太师门前。”

“一应事务全交由你办，立即准备出发！”

准备日限的两天要过了。

但是临行前，杨志却请愿要面见梁中书，在拜谒之后，杨志却泣道：“却也便休，这怎么也不是合适属下的差派，请容属下辞退此行。”

“你又为何事如此推辞？”

“但是明公你却不从我约！听说在预定行李之外，夫人又追加了一堆送给蔡太师家女眷的种种礼物，还让姓谢的都管带着两个仆从跟随。”

“哈哈，难道他们拖你后腿？”

“不止这样，这夫人直属的都管和奴才，怕是路上不听属下命令。加上路上草寇出没，险路重重，他们安能忍得这种种困苦？”

“这倒说的是，此行必定艰难。”

“对于同行之人，无论身份，必须律之军法，使之畏服。这一行或要通宵前行，或要拂晓启程，还常要伏于草莽，脚踏热砂。请明公授权属下对不服指示之人军法处置勿论。不然不能带队。何况还有夫人属下的都管仆从。”

“好，我这就行令这些人和其他的力士一样，都要绝对听从你的指示。如果有敢不从抗拒的，都随你处置。你的理由，本官会细细对夫人说明。”

“那么属下立即出发，只望明公将这个命令写成按印令状，立即赐予属下。”

“好，你也要对本官提交一张保证安全输送重宝十一担的军令状！”

“得令，既然如此，下官明早就押送宝物出北京西门。”

第二天一大早，天还没亮，梁中书的官邸就忙碌起来。

扮作力士的护卫军健，都是身强力壮之人。他们每一个，都要抬上沉重的行囊，集结的情形十分郑重，让人觉得可靠。梁中书夫妇二人亲至廊下前来相送。

夫妻特意喊来姓谢的都管，交代他万事都要听从杨志指挥，不要和他争执，途中注意身体不要得病等，可谓是千叮咛万叮嘱。

“主人不用担心，小人是属下里最为年长之人，一定和随行人等和睦相处，杨提辖，以后任凭吩咐。”

夫妻两人和杨、谢二人握手别过，然后一行人便出发了。

一行押运共十七人。基本扮成一样的挑夫样貌，杨志和谢都管充作队长姿态，戴着挡日头的山东笠，穿着无袖青纱衫，下穿麻裤打绑腿，脚蹬轻快麻鞋。每人腰间都耸出一物，想来是腰刀的刀身。

一行迅速地走出漫是朝雾的街道，来到了西城门口，杨志一人手拿藤鞭，另一手提着山东笠的带子，朝城门鼓楼喊道：“我是梁中书大人的使人！要去东京！快开城门！”

城上立即“哦哦”地答应，同时门边的守卫为了要应付这次不按时例的开门，全队开列在门口防送。

“请出行！”

带头的队长一喊，巨大的铁门发出尖厉的声音左右开去。

其时正过五月间，大陆的砂地早给烈日晒得灼热火烫，夏天通红的朝霞云色彩仿佛灼人眼球一般并高高堆积于地平线上。地热透过鞋底，烧灼着诸人的脚底。

这一行蚂蚁一般背负着行李的行列，没走多远，便早就给累得汗流浃背，面朝黄土背朝天地大口喘气。平日嘴里来去开封东京什么的话语虽然常说，但是真要靠这一步一步踏出来的千里行程，又岂是说走就走的？不，这炎天灼土下的酷暑，他们又怎么能克服得了呢？

在他们不久就要到达的云峰彼端，正唾手等候他们一行的绝代北斗七星的射人光芒。杨志是无从得知，那些正在痛苦地喘气的军汉挑夫们，更是做梦也想不到。

# 第二十一回　黄泥冈上七枣商　林中窃笑待宝来

这十五六个挑夫模样的军健，每日在大陆的热砂黄土上如同爬行一般前进的身影，有如在炎日下蜿蜒排成一列运物的工蚁一般，慢吞吞地向前赶路，煞是可怜。

他们各自背负的十一个行囊，每一个都不轻，概因里面塞满了为庆祝蔡太师生辰，总价值十万贯的金玉玩好之物。但他们每天大颗大颗掉向地面的汗水，根本不能和里头的一颗珠子相抵。

“你们这些该打配军，东京尚在千里彼方，如今撑不住，往后怎么办？快走！快走！走慢的打肿你屁股！”

负责押运的青面兽杨志手里握着一根藤鞭，他腰间的腰刀也不是摆设。——梁中书已经赐他生杀之权，途中若有人胆敢违抗命令者军法处置，另外一个派来的谢都管，这次行程上也不敢对杨志埋怨什么。

斗转星移，离开北京大名府的城门，已经过了十数日。期间只有二次逢雨，这也只是附带着剧烈的雷电天气，一瞬即消的大阵雨而已。其余每一天都是炎日当空。

杨志在这晚到了旅店后，就聚齐了挑夫军健和谢都管，对他们训话。

“好，今后行程才是紧要路途。北京遥遥在后，开封千里迢迢。虽然说的雅致点道是万水千山雄壮征程，但前头二龙山、桃花山、伞盖山、黄泥冈、白沙坞、野云渡等险隘地面与草寇渊薮，就在等着我们。今后必须给洒家仔细了！万事须要小心谨慎！光靠蛮力扛抬，决计是过不去的。”

杨志就这样劈头盖脸地给了他们一堆毛骨悚然的警告。

“所以，从明天起，你等迟起也无妨，清晨也好生休息，我们小心行路，你等把话好生记下，都去睡了！”

为了安抚人心，他加上了一句。

但是士兵们却没一个脸上有愉悦神色，当天在旅店寝室里，这些人就开始互贴耳朵开小会了。

“喂，当心点！那个青痣配军，又兀自在那里胡说八道了。这厮连等人撒尿都急不可耐，连说还不快走、还不快走。”

“可怪，那厮整天七月十五、七月十五念佛般念叨，倒突然说可以睡懒觉。”

“管他娘，睡觉才是俺们这些人能喘气的时候。只要保条小命到了东京，回去时没准就不会遭这个罪了。哎，下辈子要投胎，千万别当兵。”

第二天开始，押运队早上晚起，黄昏早投店。只在白昼里赶路，之后十来天都是如此。

光是这样的话，他们的牢骚倒可以少了不少。但是杨志的想法只是为了避开草寇强人出没的时辰，因为七月十五日限并无放宽，为了在白天里能够尽可能地加快速度，他自然催赶的比之前更加苛烈了。

“什么，你说想喝水？给我憋着！水喝多了只会流汗更多。给我望梅止渴去。”

“这可行不得，怎么想着梅子也不生津。”

“你他娘的还不出口沫子。”

杨志操起藤条呼呼地挥舞着。

“配军杀才！每晚不是给你们吃饱喝足，还睡足到太阳高照！别给洒家讲条件！”

“但是，俺这里不休息，便接不上气了。找那个树荫让弟兄们喘口气吧，直要热煞了。”

“闭上鸟嘴！你听说哪里人夏天赶路给热死的事？”

“呃，头晕目眩啊，杨提辖！”

“什么？”

“许我们坐地吃些干粮吧，行不动了，身子开始晃了。”

“切，你们这些杀才！每见了树荫就要叫苦！以为还有几天限？”

“列位看到没有？这提辖又出此言，这个早听腻烦了。”

“你有分晓不就济事，干粮给我边走边啃，这七月十五晚了一天，没赶上蔡太师的生日，就是前功尽弃！”

“已经没指望了。”

“那么，你想死一次试试看么？”

“忒无情理，正因俺拖家带口，才在这里掉这不带盐的汗。”

“那么就别给洒家说这些有的没的，等赶早到了东京，要吃给你吃，要喝给你喝，你让洒家耍刀也好倒立也好，要什么都由你。”

“……啊啊啊啊，老天给俺下雨啊。”

但是不巧连天大旱，盛夏烈日更胜火龙。一片蓝天如同滚热的玻璃幕，今天也是万里无云。

到了当天傍晚，总算走到一条小山道上，树木叶子都给晒萎了，一丝无风，溪水干涸，岩石也干裂了。哪里都不掉一滴水。

“啊，这里算是到了太行山中的一岭么？”

连轻装的杨志都上气不接下气。

看那巍巍群山，越登越险。在雨天里给冲刷出来的路，就成了河床。林木恰如刀枪倒植于地，隐闻虎豹之声。

杨志无心地停住了脚步，他想盘算一下至此以来的行程，以及今后该走什么路。回过神来，谢都管以下十一个挑夫以及其他兵士，已经靠近了一座山峰背面。

“啊，不行了。俺不管了。”

“你把俺五马分尸，俺也走不动了。”

“啊，你挪挪地方我过去。”

这些人口中嚷嚷，各自放下行李，一边打着呵欠，四仰八叉地趴倒在地。走到这里，他们已经是一副死猪不怕开水烫的样子了。

“啊，你等腌泼才！”

杨志转过头，察觉到他们破罐子破摔的情绪，就飞奔过去，把藤条挥地啪啪响。

“谁准你们歇脚？你们这些杀才寸时也不让洒家省心。”

“算了算了。”梁家的都管谢某出来打圆场。

“不管怎么说，这样酷热天气，不让军士歇脚就太过苛刻了。杨提辖，你休要生这么大脾气。”

“都管，你居然也听任他们休息么？”

“不是让不让，爬到这里，人自然就垮倒了。即便是小人我，若还教忍受，也要呕出五脏六腑。敢莫教他们于此休息片刻，就延误了太师生辰？”

“连你个懂事理的都这般说。难道你觉得只有洒家杨志任你抱怨却赶教走路。你究竟知不知道这乃何地？”

“不是说快要越过太行山的一岭，走过这里便过去了么。”

“你这话好生轻巧。”

“不对吗？”

“差矣！正如你说的那样才不成话。方才洒家观察周围地势，这里就是黄泥冈。是世上人见人怕的一个强人出没地界。你在这里大意，说不定就正中贼骨头下怀。”

“哈哈哈哈，杨提辖的看家本事又开始罗。每天都说这里有贼人那里有草寇，把这些话来吓唬咱们。这大白天的哪会撞鬼，真撞上了才有趣。还装老江湖，就让我们看看你说的中且不中。”

“该死配军！”

杨志愤怒地迈出一步，朝着那边怒吼起来。

“连你这等杀千刀的也哭哭啼啼。都说为家口才服这苦役。万一真出了事，别说讨赏，连命也作无！洒家负责这趟押运，是为防万一误事，才抹下脸孔严厉管束你等。你没分晓么？给你一鞭子也是慈悲为怀。”

“嘿嘿？头回听过这不是？慈悲为怀的鞭子！”

“贼配军！”

杨志凶相毕露，正要拔刀。谢都管大吃一惊，急忙上前拦住。

“等等，杨提辖你且饶他一着。你年轻气盛，不要性急误事。”

“不，你放开洒家！必得让这些贼配军知道撩拨洒家的滋味，为严明纪律，须要他脑袋！”

“那一人分的行李谁来背？小人是背不动的！”

“一担行李总有办法！比起这个，还是严明纪律来得要紧！你这老驴！住口！”

“不行，小人不能不管，光靠你血气之勇，怎么拢齐十五条心？不生和气怎生行的路！杨提辖，你不曾吃苦，哪知道世间艰辛。”

“胡说什么？洒家也曾流浪四方，广南、西川、交州地界，洒家全去过。”

“只是单枪匹马又算什么？”

“什么？如今这世道可是黑暗一片的末法世道，你小看在这乱麻一般的天地里独身流浪的艰苦？”

“喂！杨提辖！”

“又作甚？”

“虽然在没人山里，当心别说没王法的话！你既蒙梁中书大人简拔在大名府食官家之禄，说如今是个黑暗末世，将置圣明于何地？难道眼下不是天下太平？胡说乱道！都是拔舌头的罪。”

这下杨志却是张口结舌不能反驳。

平日里胸中块垒难下之事，终于不经头脑说出来了——杨志虽然心里后悔，但是说出去的话泼出去的水。就算好不容易完成了蔡太师生辰纲的大差事，一旦往后若姓谢的向上面进谗，一切都要打水漂。完了！杨志有如被指到要害，突然面孔惨白下来。

刹那间——

一只飞鸟般的人影从他眼角边掠过，貌似就在前面松林子里。

“啊，有可疑人等！”杨志脱口朝那边喊道。

和谢都管的对话里不愉快的争执，当场的一切情绪都给吹得没影了。对于杨志来说这弄不好也是个解围的好机会。大概是看见了什么，他突然疾步奔跑起来，朝着对面松林里藏着的一个男子的身影追去。

他跟丢了在松木之间如脱兔一般逃走的男子的行踪，却不想撞见了另外一伙正聚拢一块的行商队。

他们围坐在松林子里面一块阴凉平地里，装着木桶的七辆江州车横了一地，七个老弱人等或盘腿胡坐在地上，或趴在地上打盹，还有靠在车背和树根上的，各管各休息。并且他们还一边互相打趣，一边擦着日头上晒出的汗。

“哎呀？”

他们见了杨志，一起跳起来。

“你等是何人？”杨志跑近了问道。

“你才是什么人？”对方也学舌般地问道。

“不，洒家问你们打哪里来，是干什么的？”

“呵，俺倒想问你才是何方神圣。哈哈，莫不是常常出没在冈上的强人？”

“别开玩笑，你们才是强人样貌！”

“你还真高抬我们了，不巧我几个都是老弱，做点小生意。你是做什么的。”

“洒家本是开封的商人，雇几个挑夫抬着从朔北进货的毛皮到都城去。听说这一带不安宁，刚好看到这松林里有个可疑的人跑进来，洒家便过来看。”

“哈哈哈哈……”

“哈哈哈哈哈……”

七个人大笑起来。

“这还真搞成捉迷藏了，俺们这边刚要纳凉，就从北面山麓上下来十六七个彪形大汉，肩膀上抬着什么，俺想这可不好，撞上这黄泥冈盛产的剪径人了，正吓得胆寒，一个伙计说先去看看情况……看来你们不是什么歹人，不打紧，继续歇着吧。”

“哦。”杨志信了他们的话，便露出笑脸道：“大家都是做买卖的，这也是幸会，那么列位做什么生意。”

“你看这桶里。”

“啊，这不腌着枣子么，敢情你们是卖枣的？”

“这物事乡下地方不稀罕，城里人爱他下酒吃。我们七个是合伙的，打濠州来。天气热，这桶里的枣子也要坏了，大家赚几个钱都不易啊。”

“真是的，谁和钱过不去啊。”

“怎么样，官人，喜欢的话不买几个去？”

“虽然难得，算了。”

杨志一边赔笑，一边回到自己这边人围坐的地方。

谢都管看到他回来，就半带嘲讽地说道：“怎么着，杨提辖？你这自豪的佩刀杀人可快利么？”

“不，洒家道是贼，原来只是几个小贩子。”

“呵，从你口气看，还当来了真强人。”

“别说风凉话了，都管老儿你别咬住了不放。”

“什么话，我们正谢你不及。小人要吃些干粮，好容易有个空当，大人您也歇歇吧。”

“算了，就当今天碰着雨，行，都且歇了，你们都给我歇了。”

这就杨志来说虽然是掉面子的事，他这也是权作遮掩。但是既然这些士兵已经和谢都管串通好罢了工，杨志也算是针尖对麦芒，只得认栽。

正巧，不知从哪里传来了村歌之声。那是一个男子的声音，他“嗨～嗨～嗨～”地哼着调子，刚好和抬扁担的步子合拍。士兵都扭头看着后面的山道，只见一个汉子抬着个桶从后面上来，白酒的芳香一下子冲进他们鼻孔。

“喂！等等！”

终于有人发话。

“呃？客人有什么吩咐？”

“这是白酒吧。”

“如您所说。”

“抬哪里去？”

“山那头的村子，后天那里要过节会。”

“那么你不卖了？”

“正是要卖才抬来的。嗨，给的价钱好就给你。”

“你一桶卖多少？”

“出五贯就给你，这里还是半道，也没个脚力钱。”

士兵们偷偷地聚到一块，个个样貌像是眼前见了饵的饿鬼。他们喉咙嘶鸣，鼻孔出气，然后响起了铜板的声音，他们好像在凑钱打算买酒。

从刚刚开始就瞪着他们的杨志突然拔出了刀，一下站起，用刀柄敲着木桶道：“喂！天杀的！你等莫非要买酒，想买来喝么？”

“钱可由我们自己出！”

“洒家不管谁家钱，谁许你这等弄了？休要得寸进尺。”

“这也并非什么了不得的事，头儿你也须是人，应该知道弟兄们心情。我们几个已经忍不得了，这个酒放眼里不吃，心里放他不下，等会怎得起身。”

“别吃人取笑，都一个个没见过酒的馋虫样子，竖起耳朵给洒家听仔细了！这道上卖的酒，即便就是你单身走路，也不能看见就哈喇子乱淌！不知道吗？你们这种把持不住的没分晓人，不知有多少着了那下蒙汗药的贼人的道。这帮蠢驴！”

这下比起挨骂的兵士，可是卖酒的汉子两眉倒竖，就要发作了。他哼地冷笑一声，立即抬起了扁担。

“喂！挡着了！快从桶边滚开！你们消遣俺？这大热天里哪儿有那疯癫卖蒙汗药酒，荒唐透顶！”

# 第二十二回　英雄智取生辰纲　杨志暗窥死谷心

这酒贩子丢下的话，虽本是冲着杨志去的。但是这些士兵的妄念，可是一下给煽动起来了。

“等等，喂！好容易凑齐了钱。”

“讨厌！讨厌！俺不卖了！再会喽！”

“啊，别生气。即便他那么说，俺们的头有时也倒会通融的啦，人心还是肉长的嘛。”

“随便你们！对人家卖的东西说三道四，这里若是市集或是村里人多地面，俺还能做得生意？”

看来这酒贩极其生气，话也越说越响了。刚刚在那边松林树荫里乘凉的那群枣商也兴致勃勃地过来，并且还用凑热闹的口气交口问道：“怎么啦，这什么事啊？”

看他们如此大吵，这些人每一个眼里都闪耀着好奇的光芒。

“哎，危险哪，这卖酒的仁兄为何气愤，先卸了桶。”

“哦，这不是昨天住在山脚下的行商弟兄？这你们也听到了？实在可恨。”

“嗬，你和他们吵架吗？俺们那里也听到响动啦，俺这里还以为出了真强人，吓了一跳，全都过来了。如果只是吵架，这就好了。哎呀这嘴说得，别吵别吵，吵架可不好。”

“也没到你说的那地步，虽说谁也难免吵个嘴的，但是他们说了太欺负人的话，俺才急起来的。他们说俺家卖的酒里下了蒙汗药。”

“是谁？谁啊，挑这么过分的岔子啊。”

“就是那里拿腔拿调的、一副青脸的客官。俺家代代都老老实实卖酒过活，哪有一天做亏心生意的。”

“好啦！你也饶他一遭。你不发急，对方也不说话。大概他肚里还自后悔说了过分话哩。比起这个，俺们也饥渴了，让俺们几个也吃些吧。”

“俺不答应，这个不成。”

“为啥？你也忒薄情了，又不是白吃你的。”

“俺当然知道，但是本来俺即便不在这里卖，也能从俺家世交的老主顾那里做成好生意。可别不把俺当回事。”

“别消遣咱们，又不是咱们对这酒说三道四。你小子还真是个怪人。来吧，你消消气就卖给咱们。卖酒的哪里不是做生意，你也是个明白的买卖人吧。”

“你们要俺消消气，俺也是个实诚人，虽也想着卖给你得了，但是不巧俺没带什么酒器。”

“有了，要盛器的话这里有。”

两个枣商的同伙跑到车边，一个拿来两个椰子壳刨的碗，一个人的手掌上放满了手头的腌枣。

他们把这些东西在酒桶盖上一摊。

“喔，下酒的也有了。”

七个人围着酒桶，逐次将椰碗伸到桶里打了酒，美美地吃着。并且还噶几噶几地嚼着枣子。一桶白酒立刻就见底了。

“啊，痛快极啦。大概是在这荒山野岭里难得撞见的缘故吧，琼浆玉露都比不了这个。呃，这暑气也解了。”

“别光顾着受用，酒钱还没问呢？酒保！干了一桶，你怎么算？”

“一担十贯铜钱，单桶就算你五贯！”

一个人取钱递给酒贩子，另外有个人掀起另外一桶酒的盖子，一下子把酒碗探进去。

“再让俺喝一碗！”

他正要一口喝干。酒贩刚巧回过头来。

“喂！这可不行！”

他把刚喝了一半的酒碗一下子抢住。但是拿着椰子壳的商人一下子巧妙挣脱，径自朝着松林里逃去。酒贩子也固执不放，骂了句“畜生！”直追上去。

但留下来的人趁他不在，将另外一个椰子碗探到无人看管的酒桶里。酒贩子警觉过来，回过头，更以吃惊的面孔大喊道："你们几个贼！"

他飞也似的跑回来，劈头夺下碗，把碗里酒倒进桶里，并且朝着四处跑散的小商人们大吼大叫："该死，你们这些天杀的小贩！给你好颜色你还上脸了！给俺死在荒山里得了。"

杨志手下的军汉们大气不出一声地看着，只是一个劲地咽口水。有道是斋僧不饱不如活埋，何况他们还一口没吃。不用说，他们给烧烤般的酷暑晒得干涸的喉咙正在冒烟，咂巴着舌头像打鼓，馋得受不了。他们沉默着，用怨毒的眼神盯着坐在另一头的杨志，但终于馋虫出肚，聚拢了和谢都管埋怨道："都管老爷，开个恩，到杨提辖那里说说看，眼下的路都是山道，翻过这岭也是没有水吃的。怎么着？把留下这半桶买来吃了吧。去央他一央，让咱们吃了。俺肚里馋虫已经咕咕作响，这忍不住了啊。"

谢都管内心和这些人其实是一个想法。不过因为他也不能简单地和他们穿一条裤衩。于是就装成给他们吵得厌烦了的样子，挪到杨志跟前，开始替士兵讲起话来。他还装出一副你若不愿不管也成的口气，躲躲闪闪地说着："切，就这德行！"

杨志恨恨地咬着牙，但是眼前的这个老都管也好，还是这些士兵也好，如果他们把刚才自己的失言在抵达东京之后添油加醋地说出去可收不了场。他觉得如果太得罪这些人，也不是后面行路的良策。

他不但这么想，而且从方才的观察得出了结论，这两桶酒并没有可疑之处。于是他摆着一副很不愿意的神色说道："没法子，那么下不为例。你们润了喉咙，出发以后可要卖力些。"

"哦，那你算答应了，军健们想必会很高兴。喂！弟兄们！高兴吧！提辖许了你们了。"

当然，谢老都管自己也装出高兴的样子。当他回到军汉和酒桶旁边，大家都欢呼起来。

"不成！不成！绝不卖给你们！"

虽然军汉们欢呼雀跃，但这个酒贩依然是固执得很。

"与其在路上吃这些干巴巴的窝边草，还不如到村里过节，和大伙儿一起痛快！让开让开！哎！今天真没好事。"

“您还生气不？算了吧，咱们给您赔个不是。”

“休要聒噪！不是你们赔不赔礼的问题。”

“真是死心眼。”

“嘿，爷爷就是死心眼了怎么着？”

“那个，我们都凑齐了钱，跪下来求您了。您就这么放着我们不救，罪过啊。”

“你还不放手了？真麻烦，算了，你们这么想喝，就随你便了。”

“白喝可不成，五贯钱在这里。”

“不是五贯。”

“呃，还要涨价？”

“你别小瞧俺，这是刚才几个卖枣子的喝过几碗的，留下的部分只能折价。四贯就可以了，俺可不来多赚你一贯的。”

“嘀，酒保您还真是个正经买卖人，兄弟几个真佩服。”

他们捡起地上丢下的椰子碗，按照顺序一脸正经地排在桶边。

随着他们舌头作响，喉咙里咕嘟一下。礼赞，惊叹，随喜之声就有如泉涌。他们正如一群渴死鬼趴在一眼仙泉前一般。

“喂喂，前面的还不住了口！你还顾不顾都管老爷了。”

“呃，这个倒是，都管老爷，您也来一杯。”

“这正是好酒，呃，真好。来，杨提辖你也来一碗。”

不过，杨志可不肯饮。本来他就不会去吃这种酒。但是喉咙的干渴，他和那些人倒是一样的。终于，桶要空了。

“您就喝一口吧。”

杨志不情愿地喝了半碗左右。

“多谢！靠列位，俺今天算是能回老家了。哈哈哈，祝列位心情好。”

卖酒的男子一边嘴里恭维着，就抬了空桶，朝着他过来的山路一溜烟地走了。

这个时候，在离开这里一段距离的松林里，那七个枣商纹丝不动地如石像一样窥探着这边的动静。

听到消失在下山方向的酒贩子高亢的山歌声，就像传来个信号一样，七个人拍手哄然大笑。

“怎么着，顺利吧！”

“确是今孔明智多星吴教授想出来的妙着，正如教授所计。”

“活该，这些贪官污吏的走狗们。”

“倒也！倒也！这下放心啦。”

“哪里哪里？得！快下手吧！”

七个影子迅速从松林中闪出，各自推出七辆江州车，肆无忌惮、大摇大摆地走到杨志、都管和十七个官兵面前。立即把车上的腌枣桶撇到了谷底。并且把方才挑夫们放下的十一个行囊一台装上两到三个，一下子拉上布盖好。

“好，成了，你们就等着化土吧。”

“之后就给乌鸦野兽当饭吃喽。”

“咱们去了，不送哦！”

完全是凯歌高奏的样子。这下，梁中书夫妇送给蔡太师的金银财宝，在此便和杨志一行分道扬镳了。这么说来，这七辆江州车的布幔盖着的十万贯财货，将会飞到哪里去呢？

“啊……啊……啊啊啊。”

杨志眼睁睁地看着这一切，但是他束手无策。脑袋里只是空空地回音绕梁，眼睛虽然看见，但视觉神经上的信号已经传不到脑髓里了。他两手抓着草根，口流水从指甲缝里淌出。腰像灌了铅一样抬不起来，满身发冷，脱了力气。嘴巴歪在一边，想说话也发不出声音。

“谢都管在哪里！军健们到哪里去了！”

他头脑里只剩下一些泡沫般的念头。

蓦然，他趴在地上的额头忽地抬起，转着眼珠观察周围。

无论是谁，都像给拍到沙滩上的死鱼一样。没有一个人有个正常表情。只是有时在他们身边飘过一些“啊呃，啊啊”的嘶哑怪声，奇妙地抽搐几下。

“啊啊啊啊啊！”

杨志像要紧抓天空一样一跃而起，但是又一下仆倒在地。后面只是昏睡过去，没有一点记忆的碎片留在他的脑海里。一刻过去了，又一刻过去了，当他找到了迷失的自我时，七月二日的月亮已经从太行山脚升起，像魔鬼的獠牙一样明亮地挂在天上。

说来这七个枣商是谁扮作的，当然无须多说不会是别人。就是东溪村的保正晁盖、寄食的赤发鬼刘唐、同村的塾师吴用，以及给这位吴先生拉入伙的石碣村渔夫阮氏三兄弟，还有一清道人公孙胜。无外是以上七个人。

不，这里还有一个额外的加盟者。

这厮的演技至关重要，便就是那个给列位看到了扮作酒保的出色演技的汉子，他就是住在黄泥冈近处，名唤白日鼠白胜的一个闲汉。他因平日里就和晁盖相熟的关系，一伙人的落脚点就选在了白日鼠的家里，他也起到了不小作用。

那么，接下来就还原他们下药的顺序，这也当然费了不少心机进去。

起初，先让这七个人喝了一桶酒，并且算了账。

在这空隙里开了另外一桶，擅自喝了半碗的就是赤发鬼刘唐。

刘唐一逃，扮演酒保的白日鼠就赶上去。

乘着这个当口，留下的人就开始自顾地争吃桶里酒，这也是喝给人看的。

当白日鼠装作大吃一惊回过来和他们争执，吴用先生就偷偷把蒙汗药倒进碗里，并搅进酒桶里。手起处，蒙汗药瞬间就化到整桶酒里去了。

然后他们就照着计略发一声喊逃走，酒保夺下他们的碗跟在后头骂。于是便成功地施展了这一番策略。后世把这场好戏取名叫“智取生辰纲”。

“哎呀……洒家这是……”

青面兽杨志醒转过来，呆呆地看着天空，上弦月的光芒，明亮地从空中射来。

“是这样啊，给算计了！别中计了别中计了地想着，洒家终于没留神着了贼人的道啊。”

他惭愧不堪，无地自容。两手紧紧攥住发根，两行悔恨的泪水淌在脸颊上。

“洒家还怎么回北京复命？这个已经无地能容的空壳子躯体，还是跳进悬崖里，作个黄泥冈上鬼，吃那过往行人的笑，算是个下场。只有这条路了。”

他踉跄起身，像幽灵一样摇晃着向前走路。

另外十六个人还静寂无声地趴在地上，杨志能最先挣扎起来，还是因为他只吃了半碗药酒。如今他站在悬崖边上，也不觉得这算不算个侥幸了。

“娘生洒家杨志三十余年，究竟是为什么而活着？”

在看到了生死绝崖的刹那，杨志以往三十年间自己的经历，就像走马灯般在心头转悠起来。

父母的脸孔、弟弟妹妹的声音、武艺的教头、教书的先生，还有生他养他的故乡一片天地，在他一生中各种支持帮助他的人，都拼命地拉住他的袖子劝阻说：“奈何要寻死！”“寻死容易！投胎做人难啊！”拼命地留住他。

“啊，可怕，枉死在这里比什么都可怕。果然洒家还不想就这么结束。生死究竟何义，就着洒家日后去探寻吧。”

他急转了身，跳到岩石后面去，像从死神手里挣脱一样回到了原来的地方，抬眼一看。这十六个丑陋的杀才还在乌珠翻白，倒在地上口吐白沫。

“混！混蛋东西！”

他用尽全身力气喊出一声，但突然想到了什么。

“好啊，洒家要死，也不殉你们这种贼杀才。洒家的命可没那么贱！往后，逮住今天这几个强人，或也是洒家的一道使命。往后这条命怎么使呢，这都是留着这条命后才能拼出的事。”仔细一找，自己已经完全没了印象的佩刀落在地上。他将它拾起，插入腰间鞘里。抬头一看天，一阵夜鸟正落在斜刺里。他觉得走这个方向是天意指示。便不管前路是何地，朝着山脚走去。

当晚已经深了。

在黄泥冈的一头里，都管和挑夫的兵士们终于给夜间的冷风吹醒，急忙各自爬起来。

“这可怎的好？”

他们如今才为自己的大意而发愁。

“姓杨的逃了。”

谢都管不顾自己责任，先骂将起来。

“现在想来，那厮倒还有点感觉到这酒有毒了。不不，不管怎么样，这事情就这样办，大家可听好了！可不能把过错摊到我们头上。如果要问起罪来，大家都要杀头！所以不如先告状为强，等到天明了，就地告官出首！”

“呃，怎么说？”

“把事责全推杨志头上！就说他和黄泥冈的草寇通谋，巧言巧语赚咱们吃了药酒，然后横取了生辰纲，逃匿不见！都懂了吧！不管谁来问，都作这般说！”

“弟兄们都懂了！可恨这厮，大家都毒他入骨！上了公堂就这么供！”

“你们作为活见证，也许还会给州官拘上些许日子，但是我须得星夜回大名府去告变。梁大人必然愤如烈火，立即差人上告东京蔡太师，下面定行文济州衙门，严令缉拿人犯。”

话分两头，杨志怎么样了呢？他当然做梦也不知道自己离开以后，余下的人会这么恶毒地构陷他。

不过他半分心境也算轻松了，当晚就不顾前路地走着走着。天一亮，他发觉自己来到了黄泥冈的南面，就更往南行，漫无边际地行路。

“哎呀，不成不成！”

他一度要寻死的时候，把官给的路费、通行证、解送状什么的一股脑儿包成一团摔到断崖下面了。这下身上分文也无。

“既然要活，就要肚饥，如今才想起来，真是滑稽。接下来怎生是好？也不能讨饭啊。”

走到村里，肚里饥肠开始叫唤了，没奈何，他随便推了一家门进去。

“打搅啦！”

这里倒是村间常有的小酒店，一个满脸堆笑的女子前来请他点单。

让她做点肉食，造些米饭。他想既然进了酒店，不吃些酒也不好，便摆出些要吃酒的神色。

“略把些酒吃！”

这女子倒是个贤内助相貌，颇懂得斟酒的规矩礼数。

因为杨志不甚好酒，没吃几杯青面兽就成了赤面兽。他吃饱了肉，把米饭吃得一粒不剩。重拿了腰刀挂在腰间。他有些找回了夜来不知跑到哪里去的元神。举动总算是完全回到了自己原来的性子。

“哎！客官，你不付钱，我可为难！”

“什么？你说什么？”

“请你算饭钱。”

“确实，先赊着吧！”

“您消遣我呢！”

“洒家身无分文，不过，洒家是好汉，有钱自来还你。”

“不得了！这行路的吃白食啊！”

女人叫了起来，杨志只装没听到。他走出门去，朝着那个执拗地赶上来的老板娘瞪了一眼：“别吵！”

瞪完了，又兀自哈哈哈哈地大笑起来。

“老板娘！老板娘！不要这样认死理地跟在男人后面！洒家本生在名门，也是个有来历的人，近日马上就还你钱，就先让洒家在别处先借了钱吧。”

但是在女子背后传来一个年轻男子的声音：“别诳我！你是吃惯白食的吧！啊呀，大伙儿快来！揍扁这个流浪汉！”

这人许是那女子的丈夫，他手提刺叉，像冲进火场一样凶神恶煞。听到他的喊声，近邻的百姓都提起锄头棒槌什么的赶将出来，将杨志围个水泄不通，朝他大骂起来。

“呵呵！来了好大伙人啊。”

杨志用醉眼瞟了一周，看到事情闹大了，也暗自吃一惊。

“吃点早饭，还真是闹出大事来了。看来盘算着接下去怎么活的这阵子，倒也忘了一些事。事到如今也没有办法，只能靠拳头算账了么？”

# 第二十三回　二侠相会二龙山　刺花和尚鲁智深

“啊，等等！大家都往后退！”

这个貌似是老板娘丈夫的男子，大概是突然想到什么，急忙喝止了大群村人，从头到脚地打量着对方的风貌。

“喂，白食大将，貌似在哪里看见过你过。”

“呵，要洒家通名么？”

“却不是问你姓名。”

“洒家行不改名坐不改姓，就和你明说吧，洒家便是那号青面兽的杨志。”

“呃，你当真是青面兽？”

“哦，怎么突然变了脸色？”

“若如您说讲，莫非是过去在东京的殿帅府前当……”

“是啊，这就是那个杨制使落魄潦倒的样子。”

“哎！请恕小人无礼。”这男子抛了手中刺叉，唱个大喏。“虽说不知您便是杨制使，但也多有得罪了。”

“哦哦，你变脸还真快。”

他居然说到自己以前的经历，杨志自觉有些脸红，便忍不住要知道此人来历了。

“那你是何人？”

“小人生在开封市中，家里每代都是杀猪卖肉的，名唤曹正。”

“是吗？难怪洒家想你一个田舍汉，居然一口字正腔圆的开封官话。”

“小人惭愧。在开封住时，曾向禁军的教头林冲林师傅学枪棒，人喊小人作‘操刀鬼’，小人对此还有些得意。后来代父到山东行商，不想折了本钱，只得流落江湖，如今总算在此开得一间小酒店，刚刚和你口舌冲突的女子，乃是小人之妻。”

“哦，是这样么，这终是洒家不好。”

“不管怎样，请您先和小人回店一叙，这样小人夫妻都过意不去。”

曹正夫妻重新请杨志到他的酒店里坐定，出来凑热闹的邻居也各自不知散到何处去了。

杨志不图受到曹正夫妇的款待，几天都在这村酒店的里屋过了。其间，他自然把在黄泥冈身遭大难，和眼下进退两难的处境都向曹正备说详细。

“啊，是这么一遭事。不成啊，如今这个饿鬼世道，要把十万贯的什么生辰纲全鳞全尾地搬运到东京去，本来就是登天般的事。不必担心，无论什么事，小人夫妻都先担待着让制使藏身，现今您就先在小人店里养身体吧。”

“感谢好意，不过洒家已经多次犯下失陷重物的罪过了，无论是北京的梁中书，还是东京的蔡太师，或许都嫌疑洒家最重。不管怎么说，洒家成了天下通缉的要犯。藏匿这样的重犯，恐不利于贵宅。”

“好了，不必如此顾虑。”

“不不，若因此不利于恩人您，洒家何能立身于世？明天便告辞。”

“您这样说，却能上哪去？”

“这种时刻，到想起那个水泊梁山了。”

“听说恩师林教头现今也在那里落草。”

“不过有个卑污小人在那里啊，就是大头领王伦，洒家观他是个胆怯而多疑之辈，还爱显摆他那些微末学问。洒家不能居于此辈之下。”

“那么梁山泊对制使来说小了些，不去投二龙山入伙么？”

“哦？那里有藏身之处？”

“那里见有三四百号强人在彼落草。山在青州之南，头领名叫金眼虎邓龙。”

杨志听了大喜，在黄泥冈上陷得他半死不活的一肚子怨毒为之一空。第二天他便换上夫妇赠他的行装，拿了些散碎银两作路费，自打青州去了。

走了数日，他终在青州天空的一角，眺见一座拔群的高峰。

“这便是江湖上传闻的二龙山么？”他走到山脚下，盘算着当晚哪里有可以露宿的地方，在林涛之中四处徘徊。

这时，某棵大松树之下突然响起一声大喝。

“给洒家看着！你这厮不长眼么！”

他背后有人大声斥责。

“哦，这里还有活人啊。”

杨志回头一看，有个满身酒臭的大和尚忽地站起，如今取了一根给杨志踢了一脚的禅杖兀自立在大地上。

“喂，你这蟋蟀！还说甚！”

“什么？”

“还装模作样地插把刀在腰上，洒家睡得正好，你倒一脚踢到这禅杖上，发出声响，扰了洒家清梦。”

“洒家道是踏了枯木，没想是个和尚的禅杖，这天下人来往路上，睡了却怨谁？”

“你却消遣洒家，这里是二龙山山寨大门下，不是个人烟繁茂之所，给洒家赔礼。”

“不巧洒家脾气最恨给人强逼着低头，你这一脸讨食像的和尚在此为难洒家，不会是要硬要几文小钱吧。”

“多嘴多舌，是不是讨食和尚，吃洒家一杖就知道。”

说完，飕地一阵阴风从杨志身边擦过，若不是杨志眼快跳开，怕已经没有人形了。

“啊！”

杨志也闪电般地拔出了腰间的佩刀。不过他又“啊”地惊出声来。

那对手的和尚脱了法衣，露出一身肌肉，一面百花缭乱的刺青，刚好跳入他眼帘里。

“哎，花和尚，收了禅杖吧。”

“你怕了么，胆小鬼！”

“不要恶语相向，哎，真是无缘不曾能相会。”

“你说得好听，却是打哪来的？”

“洒家和你都曾在东京住，先看我面上金印，我就是给那高毬一伙奸臣相逼，无辜被罪，给充军北京的杨志！”

“啊，俺道是哪个，却是在都城的天汉桥头叫卖传家宝刀，把那来凑热闹撩拨人的无赖汉牛二一刀两断，名满开封的青面兽杨志啊。”

“这正是在下，你不是那在郊外大相国寺菜园里充看守的花和尚鲁智深么？”

“呃，真是奇遇，你如何知道洒家。”

“这身刺青乃是名传整个都城，连三岁小儿都知道你花和尚大名。你这花和尚为何流落此处？”

“说来话长，怎么样，不走走么，到那边的马头观音庙里吃点酒，洒家一一说与你听，也想问问你怎么跑这里来了。”

鲁智深先迈开步子走去，刚好杨志今晚也正要找个落脚点，天黑后，他们便在庙边谈了整晚。

——送走林冲后的鲁智深的境遇发生了大变化，这也自是当然。

他首先便将他的遭遇一一说来。

之前义兄弟林冲蒙难流配沧州之时，他在路上把两个防送公人当奴才使唤，这两个公人终于把无法动手暗害林冲的经过在回京之后一一向高太尉告了状。

于是立即有令逮捕花和尚，几百个捕吏公人顿时包围了大相国寺的菜园子。

这一晚的骚动闹得非同小可，为了逮捕一个鲁智深，开封王城为之震骇，都民彻夜无法入眠。当晚鲁智深烧掉了菜园子的门房，逃上了大相国寺的房顶，遁入巷中。到了拂晓，出现在城门的警戒线前。他玩弄一众卫兵如股掌之间，一下子爬到鼓楼房顶，翻过城壁，之后就没了影踪。

“之后又是流浪四方。想先前洒家也是个军官，在延安府小种经略相公下做个提辖，却因恃勇闯祸，不得不登五台山出家，本想洗心革面，在菩萨和亲娘灵前发誓重做人。但怎么也不顺。洒家怎会落得这番田地呢？大概是洒家前世不修，虽想安安稳稳地喝酒睡觉过日子，但总不得太平，洒家到了哪里，总要生出事来。”

鲁智深讲了一通经历后，杨志恨恨地道：“要把咱们这些想要过回太平日子里的良人逼到绝路里的鸟人，正是世上的贪官污吏！洒家的遭遇，到略和你不同。”

他也把至今为止的遭遇向鲁智深倾诉，说明了流落二龙山的缘由。

“哦，咱们两个的目的到偶然地一致了么？”

鲁智深一拍手。

“其实洒家也想且在这二龙山的宝珠寺落草度日，去访这山寨的头目邓龙。”

“那你已经在此落脚了？”

“没想到邓龙那厮避而不见。只教个喽啰传话说在山脚下比试，若洒家胜得，便敬为宾客，接上山寨。洒家信了他话下得山来，这胆怯小人却立即关了三道寨门，叫也不应。没法子只好到村里打了酒，在此等到了第四天。但是这个所谓的比试看来是个局，洒家着了他道了。”

“和尚你人太好，就此善罢甘休么？”

“正恨得牙痒，想怎么打破这三道寨门，但这门甚是坚固，不管洒家怎么勇武，只能望门兴叹。”

“只可智取，呃，洒家正被那儿的强人智取了生辰纲，居然还说智取。”

“你若有妙计，洒家愿意一听。这么一来，白白从这退下去也不是办法。”

“不，还是先撤，先回洒家之前提到的曹正小酒馆里去，告诉洒家二龙山这去处的正是这曹正，和他略作谋划，总有法治这邓龙。”

带上花和尚，杨志在几天后回到了曹正开酒店的那个村子。

“三个臭皮匠，能顶诸葛亮。”

当晚三个人在喝了一巡之后，不知是想出了什么妙计，齐声哈哈大笑。

# 第二十四回　五里云雾不知贼　何涛妻弟正遇鬼

往日的名刹二龙山宝珠寺，如今也化作寇贼殿宇，不闻千僧讽诵、梵音回荡，却有一罗刹赤鬼一般的大汉卧在铺着豹皮的卧榻上午睡。

“嗯？什么呀？远处有人喊叫……莫非是在寨门口？来人啊，谁去看一看。”

张开眼，从伽蓝殿里到山阶前的邓龙，像老虎一般张开了口，对他的手下一声大吼。

“是！”

五六个喽啰刚爬起，从下山路方向有个小头目带着几个人跑上山来，跪在台阶下禀告道：“头领！近乡百姓捉了近来在山下喧闹的大和尚抬上来啦，如何处置？”

“什么？”邓龙一脸意外：“这今日却刮的什么风？说到近日里这个和尚，乃是大闹五台山、烧了大相国寺菜园，从开封东京消失不见，天下通缉的花和尚鲁智深。故而还颇用了一番心思，将这厮逐下山去。不过又怎么会给几个土民轻松捉了，其中必有古怪，你们要仔细询问！”

“但是头领，小的仔细问过打头的人了，没有可疑的地方。”

“什么叫没有可疑？”

“那厮从这里给赶跑以后，因为没吃没喝，便跑到村里名唤曹正的男子所开的酒店里，到那儿去出这里受的气。”

“那又怎么了？”

“他吃到泥醉，便爬进别人家里说要借宿，还要借零花钱，敢抱怨一句，便打将起来，村里人抵挡不得。不止如此，还胡说什么要上梁山，如今就收了二龙山的邓龙做俺手下给你们看看，到处说大话吓唬人，这不可笑么？”

“这蠢物，便到处说这梦话么。”

“所以说酒店主人曹正和村里的保长们想出一计，某晚先延那大和尚上座，管待得他好了，再在酒里下了蒙汗药赚他喝，这下就成了。”

“嗯，做得不错，却是绑来了么？”

“虽说是粗绳捆作一团，但那厮麻药一醒，还要踢打靠近的，挣扎不休。于是就像猎户拖野猪一样，一大伙人气势汹汹地抬上山来了。他们齐声请求说靠自己收拾不了他，请头领亲自处分。”

“是吗，方才的骚动是这么回事啊。好，摆酒设席，把那厮给我拉上来！啊！等下！即便绑了也不可大意，要仔细看守着！”

不久。

通过给数重鹿角防守的三道栅门，大群草寇簇拥着押送五花大绑的大和尚的一群百姓爬上山来。刚到殿上，鲁智深背上便给推了一把，跪倒在台阶上。百姓们一齐仰望着邓龙请愿道：“是邓头领么？因为这个大秃驴，村里可不得安生！敬请随意处置，千刀万剐、五马分尸，悉听尊便！”

“嗯嗯！做得好，你就是开酒店的曹正？”

“没啥，小事一桩。”这个百姓挤挤鼻子，看了一眼旁边的另一个百姓。邓龙怕是做梦也想不到这是扮成百姓的青面兽杨志。邓龙转过眼去看着曹正说道：“喂！那是什么？你旁边摆着的两物件。”

“是，是，这是从这秃驴处夺下的禅杖和戒刀。”

“是这秃驴的器械么？拿到我跟前来。”

“是，现在就给您看！”

曹正一边显摆这好不容易端上来的兵器有多重，一边把物件放在了台阶正下方，刚好在鲁智深身边上。

“蠢货！”邓龙怒吼起来：“我叫你递上来！怎么放在这里？”

一直耷拉着脑袋的鲁智深闻言便发一声大吼道：“不用，摆这里就行！”

邓龙给吓了一大跳。

“这个贼撮鸟！却是怎么了？”

“邓龙，你却还有工夫东张西望么！”

话音刚落，绑着鲁智深的绳子就一下子解开了，他拿起禅杖，大吼一声，跳上台阶，朝着吓得倒仰的邓龙眉心就是一下子，顿时眼珠迸出，脑浆四溅。

那捆绑的绳结全是活结，鲁智深一动，杨志和曹正等人也手持戒刀，将慌忙跑散的喽啰们截住。他们不用说是连忙下拜讨饶。

于是，二龙山宝珠寺的贼巢立即易了主。花和尚和青面兽二人被奉为头目，和四百草寇举行了盟誓大会。当晚，山上贮藏的美酒给尽数搬出，大宴一场。

曹正带着其他百姓在第二天自回村去。二龙山一带，山间翠绿风景，乡村中气象为之一新。二人严诫部下不可恃强凌弱，行极恶无道之举，即便是做贼，亦需一身反骨与今时大宋治下紊乱朝纲相抗，一把眼泪与天下好汉共生。

这样，杨志等人虽暂借二龙山宝珠寺落草，且观形势，这且按下不表。单就这黄泥冈事件的处理，官府方面是一点头绪也没有。

这场离奇案件的侦查，正如堕入五里云雾之中。载在七辆江州车上，如卷入旋风一般给夺去的十万贯金银珠宝到底跑哪里去了？谁又是犯人？天下舆论为之骚然，各种传言不胫而走。

“事到如今，小人不论怎么请罪，都是没了面目。这可恨的该杀配军——还算是蒙受重恩的青面兽杨志。我们全着了他道了。路上跟随输送的十六个人全给他赚吃了毒酒！……事情就是这样！”

从黄泥冈不分昼夜地飞奔回北京告变的梁家谢都管，就是这样在主人面前进谗称犯人就是杨志和与他勾结起来，埋伏在道上的七个贼寇。

梁中书闻言大惊。

他不觉得那老泪纵横的谢都管话里有假，用一个词形容他听到这消息时的表情就是：怒发冲冠！

“什么？杨志在途中和贼寇通谋，赚你等吃了毒酒？盗取了宝物逃匿无踪？该死！这忘恩负义的狗奴才！安敢诓骗本官！立即将他捕来，本官要亲手将其剁为肉泥！”

另外一方面，在东京的太师邸里，到了蔡太师生辰那一天，也终于没有迎到梁家的贺礼。

“这是怎么回事？”蔡京心里纠结起来，贵宾满座的庆生宴也没吃痛快。

到了深夜，北京大名府的快马便到了。

“啊？今年又是如此。”

蔡京读了梁中书的道歉信和事情始末的报告书，身上根根毛发都竖立了。在愤怒的同时，他同时也被这连续两年如同诅咒一样的不祥感包围，感到毛骨悚然。

不待天亮，他便唤来心腹的幕僚严命道：“黄泥冈此地当在济州管下，你立即派人去济州衙门，在捉到犯人之前，都要作为本相的眼线，待在州衙里，监督那里的官吏们好生破案！”

那受命的幕僚当晚就策马径朝济州赶去。

来到当地一看，济州衙门早就翻了天。

当然如此，北京大名府留守职接连不断地下达了各种逮捕令、移交令、催促公文。快马使节没日没夜络绎不绝地前来催逼破案。当府尹听到这位幕僚自报家门道：“现奉蔡太师钧旨，前来监督案件办理”时，居然看也不看一眼。大概是睡眠不足加上恐惧，二人对坐的时候，这位府尹也是心猿意马，语无伦次。

“大人不远千里前来，下官惶恐不已，当下州里的捕快已全力侦缉案件。如果有人敢玩忽职守，立即处以罢职减俸等种种处分，下官认为案情不日即将水落石出。暂请使节赐暇办案。”

“府尹大人，这可不巧。”来使板着面孔道：“光说这些，可让人放不下心。这从蔡太师特遣在下代为监督前来一件，便可晓得事情非同小可。太师可是严令要在十天内，捕得当天出没在黄泥冈上的七个枣商、一个酒贩，还有梁家的叛徒青面兽杨志等凶徒归案，押送东京发落呀。”

“什么？十日为期？”

“万一过了十日，那事情可就不妙罗，不但府尹大人您要发配沙门岛[1]，在下也没脸回京交差。望请大人明确这一点，在下现在和您可是一根稻草上吊着的两个蚂蚱，想逃逃不掉了。”

府尹脸上发青。

之前他就写了一脸的焦急二字，事情这么一来，他更是一刻也不敢大

1 即山东烟台长山列岛，宋代常流重犯在此。——译者注

意了。

“把缉捕使臣何涛给我唤来！”

传令的立即朝那些人的公房里走去，他想把自己身上的压力推卸到下属身上。

“何涛！汝这几日都做的什么好事！”

“府尹大人，您还觉得小人办事不力么？”

“汝莫要顶撞！汝现在还有工夫在公房里悠闲度日么？”

“大人莫要取笑，小人底下几百个暗探，不分昼夜地正四处缉查犯人踪迹。这绝没有光靠小人一个脸色大变，到处乱跑就能破案的道理。大人你知道小人这几日愁眉紧锁，苦心分析案情的苦楚么？”

“住口，光这点苦，本官也吃过。本官好容易得举进士，做上一州太守，其间不知多少辛劳！你十日之内，就要把犯人全部逮捕归案！”

“这委实难办，就是神明上身也干不来！”

“不管做不做得到，这是蔡太师下达的严命。他还派了亲近前来监督。如果十天内捉不到人犯，本官削职不说，你也脱不了干系，刺配沙门还算轻的！”

“太胡乱了！即便有人前来督办，这也催办不了！”

“你敢这么说，就是你还没有着力办案的证据！好啊，就让你的身体记得这次上命可不是闹着玩的！通判！把刺字的匠人给我喊来。”

府尹想必是火气不小，他命令左右抓住何涛的两腕，在额头上刻上了“流配某州”的金印，只是阙下了具体的流配地。这对他来说差不离是一只脚已经踏在牢房门里了。

“呃呃，好痛。这不知道是不是往常玩忽使命的报应啊，事已至此，在州衙里是不好办事了。”

他一边拿布接着额头上淌出的血，一边朝办公房走去。抬眼一看，夕阳西下，对门的暗探休息室里那些探员是不是因为连日奔波劳累不堪了呢，一个个都坐地休息，连声笑谈。何涛只觉得一股无明火生，便朝着门口嘶喊道：“喂！你们这群懒虫！难道都到了退职年龄，要告老了么！”

“哦，是观察！您脸上怎么了？”

“给你看看，你就知道！”

“呃，真糟糕！”

“你们以为不关自家事么？听好了！上面说十天以内，黄泥冈一件若不能水落石出，我就要发沙门岛充军！你们还居然不当回事！”

“小人们该死！虽说这样，属下们也是筋疲力尽，整天在外头到处嗅风声。”

“那你们居然还有闲心在这里高声谈笑！杀才！你们真是出力办案，那就给我漫山遍野地去搜！一根草根也别放过！平日里这个说要吃酒，那个说家里有人生病给我两天假，总是到要紧时候给我出丑！”

“好了，好了，大家干活！为着观察的额头，大家也得拼命。今天晚上就再排查他一夜，没有法子，就权当做了蟋蟀，到草里埋头探路吧。”

即便何涛背边传来了这样的声音，他心里还是不甚痛快，当晚便回了家。

他妻子看见饭桌前丈夫一脸愁容，便问道：“怎么了？相公？脸上怎么给刺了字？”

“还不是因为那件案子！既然给缉捕使臣做妻子，就不要多问。”

“也不是没看出来，但何必要这样呢？”

“无论如何也要十天里破案，而且犯人的踪迹根本如坠五里云雾。娘子，也许我也只有十天里能见着自家灯火了。”

“别这样说，怪吓人的。”

“但是也没有法子啊，这次不光是交代府尹大人，而是蔡太师亲有钧旨。如果这次出了岔子，我这辈子就栽了。”

“呃，有人在门前，是谁来做客？”

“我当是谁，是何清吧。这个做贼的弟弟肯定又是赌掉了钱，给我看他一脸衰气，今晚我不想见他。”

“好吧，我就陪他喝点酒，早点打发他走路。”

走出房门到廊前，她的脸色与平日里大有差异。何涛的弟弟何清听说大哥略感风寒，也没有办法，只能以嫂子为伴，兴致缺缺地喝着冷酒。

“嫂子，今晚怎么阴沉沉的，表情都这么冷。”

“叔叔，你也应该知道了。”

“什么啊。”

“你哥担心的事啊。哎，你怎么这种脸色，真是不讲兄弟情面。”

“俺又不知道啥事。哥也是个衣食无忧的捕盗官，各种红包也收得不少，过得滋润。到还有嫂子这样水灵漂亮的夫人，还担心个啥？俺是不懂。”

“别开玩笑，你也应该知道。叔叔难道没有听到黄泥冈上那件事么？”

“是那个么？”

“还会是哪个？”

“哈哈哈哈哈……”

“你这么恶心地笑个什么，真让人不自在。”

“不要这么见外嘛，俺再怎么也是哥的亲弟弟。但是呢，这大哥因为弟弟不肖，到还真是经常要犯伤风啊。”

“真怪，叔叔今晚怎么也说得这么见外。”

“不不，俺心里也时常后悔来着，不想今晚能让嫂子您这样陪俺吃酒，心里就更过意不去啦。”

“算了，你尽说些作怪的话。其实今天蔡太师的心腹来到衙门，说十天里不能破案，不仅府尹要丢官，你哥也要刺配沙门，这脸上给刺了金印赶回来了。你喝些酒就罢，休要再胡说乱道。”

“嗬，这倒是打第一回听到。如果真有这般事，还是早唤俺来的好。老给你俩当作‘那赌徒又来讨钱花’可不好，这下门槛都要高了么。”

“等等！叔叔你刚才说什么？”

“什么是什么？即便是你这个赌棍叔叔，在这些小事上还是有些门路的。”

“别教人急啊，叔叔。莫非你对黄泥冈上那事听得些风路？”

“算了，反正哥也总会知道，那些平日里拿他钱花差的公人暗探总会说与他知。”

“真是的，你不说就别说你知道啊。”

“不是俺不想说，这哥老是和俺弄得两边下不了台，俺可不想和他吵架。哥可是个有手腕的观察啊，一句话没你这种人出场的分，弄不好又要针尖对麦芒了。嫂子，今晚多谢款待，俺这就不打搅了。”

“啊，等等，你既然有风信，我就不能轻放你走！现在我就叫我相公过来。”

“但他不是感冒么？呵呵呵。”

“相公！相公！”

还没等妻子叫唤，何涛在方才就贴在门边上听二人说话了。一见到弟弟，何涛便捉了他手道：“是为兄的不好，贤弟不要怄气，再吃一杯如何？”

“呵，是哥啊，酒已经吃足了，你这相貌甚是不好啊。”

“平日里因担心你如何生计，没让你见着好脸色。为兄一把性命都在你身上，快把知道的都与我道来。”

“嘀，是黄泥冈上的小贼吧。”

“小贼？兄弟你别搞错了。”

“不过，老哥，不管是小偷小摸，还是江洋大盗，这伙贼的来历，都在我肚里。”

“呃，此话当真！”

何涛急忙跑到里屋，从书橱里拿出十两纹花银，一下放在酒桌边。

“虽然就这点，你说出便赏你。”

“对不住，哥，俺是个倔脾气，光这点俺可懒得理。”

“怎么了？贤弟，还嫌不够？”

“算了，只是这点小恩小惠，俺是更说不得了。即便是俺这个赌棍无赖弟弟，就这一遍也要在哥面前有点人样子，这可是钱换不来的。”

“那你要怎么才肯说。”

“呃呃，真是不错，这哥哥嫂子两个，都活换了一张面皮。”

“别说出去，这钱全是官府的赏金。如果还不够的话，为兄的只有给你下跪了。清弟！你哥给你叩头，救为兄这一着。”

“好啊，和你说也行。”

何清朝自己怀里拍了一下。

“这伙贼寇，全在兄弟便袋里了，可逃不走！放心吧，大哥。”

“呃，在你便袋里？”

“俺虽不是变戏法的，但还是请哥哥嫂子两位仔细看了，得来全不费工夫啊，这就是证据。”

他把两手深探进衣襟里，取出了便袋，只见里头一个皮钱袋，还有一本小册子。他只取了这册子放在手上。

“呃，这不把详细说与你们知晓，你们也是一头雾水。嫂子，速去把窗子和后门全关紧了。隔墙有耳，扑火的飞蛾也不能大意。……关好了吧，哥哥，事情是这么一回事……”

何清放低了声音说道：“两月之前，差不多六月半的时候吧。你知道的，安乐村地界有个王客店。按照章程，每晚都要登记旅客的姓名、去处、职业、住处、年龄。每到关门时分，都要到账台详细抄录下来造册。每七天缴给保长，保长再收集了这些账册，每月一次上交官府存档。这个规矩哥哥也知道，且不必计较。”

“嗯嗯。”

“那家店的主人王太公，夏初开始就卧病不起，店伙们个个都是不识字的。刚好那时俺自在那里赌钱，输得一文不名，俺想管他的，就先住在那店里了。好啊，要离开那天缴不出房钱了。于是俺就大胆老脸的说下次再还吧。对方答复倒爽快，要不扭了你送官，要不就在账台代记半月的账。这回连店主也出来好生和俺商量，俺觉得有趣，就在那店里做了二十天店伙，迎送往来客人。”

“呃，你还做过这样的事。”

“于是俺可忘不了，那是七月初的事。”

“呃，是七月三日？”

“是啊，有七个卖枣的推了七辆江州车前来，时在黄昏，正一起在门前脱草鞋。”

“……”

何涛喉咙里咕嘟地响了一声。

“俺那时瞟了那伙人一眼。然后俺赶紧别转眼去，只管装店伙样。这七个人里为首的寡默汉子，俺在哪里见过。一下想不起，就躺在床上仔细想。这个人啊，几年前，俺曾合着一个闲汉去投奔他。这肯定是那时见到的当庄主人，郓城县东溪村的保正，好像叫晁盖的人。”

“嗯，后来怎么样？”

“怎么着呢？他们那时应该都记在账上了。第二天俺拿了账本仔细一查，七个人全写了李姓，什么李春、李长、李达、李周什么的，生地都写了濠州的某村，说要去东京，做卖枣生意。就是说到东京去批发枣子。俺正觉得奇怪，想要报知保长。第二天几个人就起身走了。然后过了一天，有个同赌的来拉俺去赌，俺兜里没钱，不愿意去，但是还是到了村里的赌场去凑了凑热闹，到了晚上，两个人输到精光回来了。就看到村口的三叉道上有个形迹可疑的家伙，抬着空桶飞也似的走。”

“是这样啊？”

“和俺一起的人看见了就打招呼，哎你不是白日鼠白胜兄弟么？哦！白大郎！虽然叫他，他却不应，头也不回地消失了。什么啊，难不成是弄错人了，哥两个都笑，然后俺便和那兄弟作别回去了。结果第二天黄泥冈上的事，安乐村也有传闻。说七个卖枣的和一个酒保演了一出大戏，赚十七个押送生辰纲的兵士吃了药酒，一口气夺了十万贯金银珠宝。村人交口传说，一连传了四五天。哈哈，俺就打这时候，把账本上的名字全抄在自己的小笔记上了。哥，就把这当证据交到上面，一件功劳莫教他人做好汉了。”

“哦哦，感激不尽，为兄就收下啦。”

何涛高兴得手舞足蹈，立即拉了何清去衙门报信，关起门来，和府尹商量了半宿，便挑了十个本领高强的士兵跟着二人直朝安乐村而去。

一行人到了村里，天色已过了夜半三更。那闲汉白日鼠的家下了冈日常就能看到，他们狠狠地敲门，一个穿着肚兜的女子出来开门，一看势头不好就往里跑，何涛一行急忙跟进。

“白日鼠！走哪里去，我们早自黄泥冈上来迎你了。”

何涛冲进门大喝一声，白日鼠吓得跌出了被子。

“官，官人您说什么，俺中了热伤风，正发高热养病呢……”

“是吗？生病了到好，省得我们动粗，不劳您走路，老老实实地就擒吧。”

白胜和他妻子两个立即给背缚了，一伙公人将他家搜了个底朝天，赃物都埋在他床台下，刨了几尺地后，挖出一个塞满金银珠宝的麻袋。

满脸苍白的白日鼠和抖个不停的老婆给蒙了眼睛，骑在马背上给逮回了济州城。一进衙门，府尹就立即升堂审讯，审到天亮，但两个人什么也不说。府尹休息了一下，便继续开庭，这下便是大刑伺候，拷打了半天，妻子早给打昏过去，而白日鼠虽然抵死不从，终也熬不住，开口供道：“呃，俺全招！全招！这事的主谋就是东溪村的保正晁盖。小人早先受他照顾，受他之托扮作个卖酒的，按他吩咐行事。另外六个都是未曾见，是谁也不晓得。”

“好，这样也罢。只要捕得晁盖，底下六个便是挖出萝卜带出泥，全都有着落。”

府尹当即将一纸公文授予何涛，因为人犯非在本地辖下，需要官司之间通牒行文，请求协助捉拿。

虽说是这样，但这样的手续也颇花时间，如果走漏风声，那可前功尽弃。期间何涛也算费尽心思。并且为要辨认犯人相貌，之前参加押运生辰纲，之后一直作为证人扣留在衙门里的三个挑夫军健也得准备陪同前去。

“首先还是由我一人独向郓城县去，和当地县衙知会一声，准备万全，再让大股捕快和辨认的人证前来为宜。”

何涛对部下细作吩咐后，就在夜半单身驰马朝辖区外飞驰而去了。

# 第二十五回　两耳各饰仁义珠　救友危难驰东溪

这虽是各地的官衙前头都常有的风景，在这郓城县城的大道上，代笔铺、小饭店、茶楼等商铺也是鳞次栉比地排列着。

“喂！小二！但下口菜点不拣什么都来些，我有紧急公事，不弄些早点与我吃。”

“什么？要近晌午了？哈，我要吃早点，你们却要吃午饭了么？”

彻夜策马驰向邻县的济州缉捕使臣何涛赶到郓城县内，走进了县衙对门的一间茶楼，他心想不管怎样，先填饱肚子再说。

“嗨，客官久等了。”

“我已饿得干瘪了，说起来有事问你，小二！”

“有何吩咐？客官。”

“我方才窥看这县衙正门，今日也不是休息天，但恁地关得严实？难不成这父母官过了晌午头也不开堂省事？”

“客官差矣，县衙里一大早开始就把事情忙得差不多了，如今这告状的和做公的，都在午休呢。”

“哈哈哈，是我弄错了。看来这个脑袋还没把时辰正点给倒过来呢。不过我略问下，你县的押司是何等人物？”

“客官哪，看，刚才出来的那位仁兄，就是本县的押司。”

“呃，哪位？”

何涛立起身来，朝着店伙所指的方向看去。确实有个县吏一身押司模样打扮，刚从县衙的门庭里走出来。这个人体态均正，个子不很高，年纪约莫三十出头，肤色浅黑，眉清目秀，两个耳朵上各挂着一颗珠子，从步态就能看出此人为人持重。

“啊，老兄莫非是……”

何涛立即奔出门去，向那人唱个大喏。

“押司，小可冒昧，能否请您到对面茶楼里小坐片刻？”

“哦？”这押司一听，脸上露出诧异的神色。

“您是哪里来人？”

“小可是临近济州府的缉捕使臣，名唤何涛，凑巧有事要拜托押司，详细进楼边吃茶边说。”

何涛强把他拉进茶楼，在寒暄一阵后便问他姓名道：“小可斗胆问押司尊名？”

“哎，我也说晚了。某姓宋，名江，住在县下宋家村，正是县衙里的押司，每日到县衙当勤。”

“诶？那么您老兄就是那个有名的，江湖上称作及时雨宋江的那一位？”

“哈哈哈，这何足挂齿？呃，您先抬起身子来。”

“不不，老兄请上座。”

“不敢当，您是远来之客。说来您这济州的观察大人何事来敝地公干呢？”

“其实小可现有一件紧要公事在身。”何涛眼中放出了缉捕公人特有的锐利眼神，低声说道：“贵县管内，有几个人犯须火速捉拿归案。”

“呵呵，您就是为行手续而来吧。”

“正是，小可身带济州府尹亲笔的公文，正有一事相求。”

“无妨。不过这是怎么一件案子？若不问清，也不知道这事是否是宋江职责所至，还是得由他人负责。”

“您也应该在江湖上听到风声了，就是黄泥冈那件案子。”

“哦，就是北京大名府押运到蔡家相府的十万贯生辰纲途中遭劫之事么？小可已有耳闻。这个弥天大案，难道已有线索了？”

“正是如此。从犯之一的白日鼠白胜夫妇，业已捉拿归案。但他供称另外七个正犯，都是郓城县人。昨夜小人已经安排下公人前来捉拿，便先来贵处联络，此事希望得到贵县谅解和协助。还请押司暗地里通报知县大人一声。”

“知道了，这正犯七人是何许人物？”

“还未完全查明，不过为首的已经明确了。主谋就是贵县管下东溪村的保正晁盖其人。押司莫非认得此人？”

宋江眉间一时闪过惊讶的神色，但何涛并未察觉。宋江也压抑情绪，不让对方发现自己的心理波动。

“呃，姓晁的保正是么？也许有这个人，但是我记不清了。某忙于官衙内的公事，不怎么和近乡保甲里的人打交道。不过既然已经查到这一步，这伙强人已是瓮中之鳖，要拿他诚属易与之事。”

“虽然得麻烦押司走一趟，这张公文还请立即呈上知县老爷处。”

“不，这样反而麻烦，这公文开封非老爷亲手不可，从手续上经过我反倒不便。如今正是午休，知县老爷正在官邸休息，还是稍后您亲自呈交为好。”

“有劳押司指点，稍后能陪同小可前去么？”

“此事方便，就由在下陪同前去吧。”

“真是有劳押司费心，接下来的事拜托了。”

“这都是职分内的事，毋庸拘谨。不过县太爷现在还在午睡。我也刚好要回家取一公事必要物件。能请您暂且在此休息片刻，等我回来再作理会么？”

“无妨，请押司自便。”

“那样回头见。”

宋江先答应下来，把何涛稳住，然后便走到大街上。

但是拐过一个路口，他便径往县衙的里门去了，唤出一个小厮吩咐说：“过会儿县太爷就要从官邸到衙门里来。那样的话你就立即到正门前的茶店里去见一个叫何涛的济州府公人，给他传话说没见到宋押司回来前在那不要动。明白了么？”

他再三叮嘱之后，便迅速离开了。

不，还不止如此，宋江还从官马厩里拉出一匹快马，立即跨上，快马加鞭地疾驰而去。说来也怪，他这不是正朝晁盖所住的东溪村方向驰去了么？

这里，有必要向各位看官更详细地说说这个宋江的为人。

他一家历代在郓城县宋家村行医，宋江是三兄弟里的老二，因为他事两亲至孝，为人重义气，村里乡亲都喊他作孝义黑二郎。

因为他生得黑，有人喊他作“黑宋江”，另外还有个绰号叫“及时雨”。

绰号一般起到爱称、嘲称和蔑称的作用，但是却少有作为敬称的。宋江这里，这个绰号却包含了众人对他的敬爱。

这所谓“及时雨”，当然意思是指人们在渴望降雨时祈求的甘霖一般的大善人。就这点来看，他平日里是怎样为人敬慕，一眼就分明了。他乐善济困，好打抱不平，还好交结江湖上的好汉，能使一口剑，也习枪棒，在县衙里人望甚高。只要有这人在，就听不到衙役里有贪污纳贿的传言。

这位宋江一进了东溪村，就立即在晁家庄院前的大槐树下系了马。

“保正在吗？”

他气喘吁吁地敲门。

庄客一传，晁盖立即就出来迎接，他像平日里一样招呼道：“呀，我道是哪位，这不是宋押司么？快请进。”

“不必，今日没空进客间长叙了。保正，快找个无人的小房间，小弟有紧要事件报知。”

“什么急事？这里现在也没人，快说吧。”

“晁保正！”

宋江眼睛放亮了，紧盯着晁盖的脸，不觉眼眶里都是泪水。

晁盖心中一紧，不觉“唉！”地叹出一口气。

“您怎生犯下了这么一件弥天大案！”

“呃？”

“小弟宋江平日常敬你为兄。您也常常接济邻人，照顾村里公益，即便是作为这东溪村的大户也好，还是里甲的保正也好，都是个响亮的人物，受众人的信任爱戴。如今小弟怎么能见死不救？”

“押司，您说的这话是什么意思？”

“如今济州衙门已经遣来一个叫何涛的观察，行文本县，立即逮捕晁盖以下六个共犯！”

“啊，敢情是事泄了么？”

“黄泥冈的案子，那个叫白日鼠什么的已经全招了，济州府说是人赃俱获，证据确凿。……保正！”

宋江突然紧紧握住晁盖的手。

“您这么一个富足人家，居然做下这样一件胆大包天的凶案，小弟也搞不懂你到底要干什么。如今也没空说这些了，这是大名府留守司和蔡太师相府紧紧盯着的案子，天罗地网已经布下，您还是快点避难吧。”

“押司，今天的事，小人心里已有准备。能让押司您立件大功，也是小人一直以来的企盼。您这就带我去县衙出首吧。”

“您说什么浑话！若是要亲来捉您，宋江也不往这来了！小弟现在不是什么押司，而是以一个百姓身份，难舍平日里的交情，便飞赶来报信。罢，罢，您乘现在赶紧走吧！”

“呃，押司为何这样照顾小人？”

“小弟一家亲戚年来受您恩惠照顾匪浅，和您也是喝过交杯酒的兄弟。兄弟有事，我又怎能舍义而不顾呢？济州的公人已经混进当县来了。等那个在茶店等待呈文的何涛亲见了知县，完成了行文的手续之后，那便晚了！您得立即逃走！”

“感激不尽！”

晁盖也紧紧握住朋友的双手，好汉意气之泪簌簌地落下。

“晁盖生涯难忘押司救命之恩！”

“不要道谢！小弟必须立即赶回衙门。事已至此，千万不要犹豫！”

话刚说完，宋江就要走了。像是不舍分别，他和晁盖一道走过里庭的廊下，来到离亭。晁盖喊了三人的名字出来相见。

听到晁盖声音，出来会面的是吴用教授、公孙胜和刘唐三个。晁盖指着这三人道：“事到如今，我也不瞒押司了。那三个便是小人的同伙，另外还有姓阮的三兄弟。他们已经分得钱财，自回石碣村家中去了。诸位，这是县里的宋江兄弟，大家都来认识下。”

宋江在廊下和他们略作招呼寒暄，便翻身朝门外走去。不久他骑马的身姿就朝着县城，有如远去的燕子一般消失了。

晁盖送走宋江后，便走回到里庭。心中烦闷，不觉泄出口道：“糟糕！若是我一人陷了，却还好了。那人是县里的押司，虽小也是个公人。他明知道放走了天下通缉的贼人的话，将要祸及己身。唉，我只顾着自己，却没想到这个。”

见晁盖盘着手叹气，过来的刘唐、公孙胜、吴用三人悄声说道：“怎么了？出了急事？”

晁盖将详细情状说与众人，便道：“如不是这宋江报信，我们七个都要一网成擒！必须立即想个对策。”

“事情败露的倒比预计的早。这白日鼠也是个口风不牢的，一受刑就熬不住。”

“吴教授，这可怎生是好。”

“三十六计，走为上计。刚刚这宋江是……”

“县衙里的押司！他和我晁盖义同兄弟，平日里就有心腹交情。”

“这么说，他便是江湖上说的及时雨宋江了。难怪他不顾危及自己，也要前来报信。我们必须立即走，也不负他一番好意。”

“往哪里？”

“先去石碣村，到阮氏三兄弟那里暂避。”

“教授！那三人都是打渔人家。小去处安得容下庄里许多人马？”

这时，公孙胜和刘唐异口同声地道：“梁山泊！那江对岸不是梁山泊么？”

“对了！”吴用也猛然张大了他那和他年纪不相仿的老成眸子：“既然如此，索性渡过江去，上山落草。”

“但是教授，山上那伙会爽利地接纳我等？”

“不必担心，我们手上各有金银，可以作为见面礼送出一部分。”

“确实如此。”

四人立即达成了一致意见。立即将“智取生辰纲”夺来的金银珠宝打了五六个包，让十个心腹的庄客背了，附上吴用和刘唐两个，作为先发赶向石碣村。

留下的晁盖和公孙胜，就将大伙庄客集合在一处，向他们告别，把家私财物分与众人，虽然应该立即赶往石碣村，但惜别的人群里，也有多年亲昵的侍女和老幼人等，依依不舍之间，却延宕了时辰。

另一方面，宋江驱马归城之后，立即将马归回衙门的马厩，来到之前的茶店里。一看，何涛一副等不及的神情，正站在店口。

“久等了！刚好家里有要客相访，不便不见。”

“押司您总算来了，小可正想怎么办呢？”

“对不住！现在我们立即去公堂里呈文吧。观察这边请。”

这时，知县时文彬正在一心不乱地审阅公文。宋江悄悄地进门说道：“这位是济州过来的何涛观察，带有重大公文急请批示。敬请大人阅过。”

“取来。”

时文彬朝着花梨大案正了正身子，正式从何涛手里接了公文，立即披阅。

“嗯，是何观察么？事关重大，呈文辛苦了。”

“敬请贵县多加协助。”

“这个自然，文书里说蔡太师也派使人驻在州里，多方催促，说是严命十天内捉拿正犯归案。大家都是给朝廷做公的，知道这上命确实紧急。好吧，就调当县的厢军，速将这些贼寇捉拿归案。宋江，立即下去安排。”

“属下得令，不过走漏风声反而不妙。不若等到黄昏，便调遣风力公人，疾风也似的去捉拿，拿下那姓晁的保正，余下六个都有下落。”

“交给你了，但是本官实在搞不懂。”

“老爷哪里弄不明白？”

“那东溪村的晁盖人望甚高，对官衙也一向未有不敬之举。怎么会主谋犯这等弥天的罪。”

“人不可貌相啊。不论是谁，哪有能轻巧窥破他腹中事的。”

“哈哈哈，果然只看皮相上，一天也做不了缉捕破案的差事。好吧，把县尉和都头喊到尉司里，本官亲自督励他们办事。”

时文斌果然是个能吏，他便带了宋江二人别往尉司公堂而去，对属下说明了事情的紧要，并另作训话，加以勉励。

过了一刻，县尉、都头以下的士兵便在公堂大厅里秘密集合，带队的都头就是美髯公朱仝和绰号插翅虎的那个雷横。各人都披挂齐整，各带弓矢刀枪。

“好，出发。”

众人气势汹汹，正待要走。当时已值黄昏，夕云如旗帜一般向西流去。

“且慢！”

朱仝喝止道：“进了东溪村，可不能磨磨蹭蹭的。却有什么计划呢？这才是紧要的地方。”

“对，这个要紧。”

雷横也和着朱仝，向县尉说道：“相公，您有策略么？”

“嗯，目的是晁家庄院，那里前有村道，里门也别有一条路啊。”

“这样的话，人马只朝一面去，那就吃他们打别道走了。不如兵分两路。”

“嗯，那便伏一队人马在里门，以我吹哨为号，两边同时破门进去，捉拿贼寇。”

“此计甚好，不过未称万全。”

朱仝摸着胡子道：“晁盖房子别有一条逃命路径，别人谁也不知，单就我晓得。”

“呃，那有三条路？”

“做公的平日里就要多生心眼，我一直盯着他紧。”

县尉便说：“那却不好，那便是常说的隐蔽路径吧，朱仝，这条道也得封上，我分你一半人，你好生把这逃路给塞了。”

“不，因为是条小路，人多也无用。要三十个也就足够了。那样我便先发前去。”

接着，县尉和雷横也骑马在队伍前面，乘夜赶到了东溪村。

“啊！啊！起火了！”

“那个位置正是晁家大院！”

“喝！教那厮们察觉了么？”

公人们的喊杀声立即从被撞破的大门中涌进门院里，在炽烈燃烧的火光中，喊叫着“官府搜查！”，手持捕叉、朴刀、枪棒的士兵冒烟冲了进去。

“好几处出了火！不能深入！你们到那边去搜查！那儿的角落也要注意！”

雷横频频扯着喉咙嘶喊着下命令。

虽然这样，他心里还是念晁盖的旧情，想要私放晁盖。所以他故意弄大动静，开始瞎指挥起来。

不但如此，朱仝心里和他也是一个想法。

他所谓的隐蔽小路，根本是随口胡诌的。目的就在减少主力人数，尽可能让晁盖方便突围，所以他特地不和大队人马一起行动，只是在村里左顾右盼。

不过，当下晁盖还没有走出里屋的一间房子，他在指挥庄客和下人在家里四处点火。

“事已至此，道长！命运由天，我们逃吧！”

说完，他便打破窗户跳将出来，越过土墙，朝外张望。

这时，在里门方向窥探的朱仝察觉到，便特意喊手下说：“哦，西边的土墙有蹊跷！快绕过去！”

他特意把官兵向反方向引，跑到那里，还特意装得一副焦急模样，跺地大喊："哎！他们朝大门方向走了，我们快去大路上候着！"

但是，在这种紧急场合下，人们的行动往往和赌博的骰子一样并无定数，常常会出人意料。朝东面的路口像脱兔一般飞奔的晁盖和公孙胜，不图和朱仝的手下撞个满怀。

"发现了！不要跑！"

那些部下的士兵当然不知道头儿的心思，当然给追赶的晁盖更不知道这个，便各自拔了刀。

"你们要死么？要死的就过来！"

公孙胜拿了把道士的直戒刀摆好了架势。

"敢挡路的，就吃贫道一刀！"

看到士兵们心生退意，晁盖大喊："公孙道长，不要做无谓杀生，快逃！"

两个人朝着暗夜去了。

但是，骑在马上的县尉却急奔过来，并且一副异样地亢奋道："朱仝！贼呢？"

"啊呀，相公！晚了！快借我马！"

"怎么了？"

"只要有马，便走不了他，但给跑丢啦！快借我马！"

看朱仝催得急，县尉与马给他，朱仝看着左右的兵士道："唉！你们这些没用的，快跟我马走！"

他一边大骂，一边狠抽一鞭，马飞驰而去，士兵们徒步是赶也赶不上。

朱仝特意把部下撇开后，便立即赶上了两个朝前疾奔的人影。为防万一，他特意张望了一番，见当下无人，就从后喊道："喂！晁保正！走横路！横路！朝那边林子走！"

晁盖回头一看，吃了一惊。

"这不是朱都头么？"

"我是特来拿你的，不须多言，你们赶紧逃吧！"

"您既然特来捉我，何必如此？"

"勿作他言，您有万一，只会让乡里痛心。快朝梁山泊逃吧，即便落草了，也要保得一条性命！"

“感激不尽，都头吉言，小人一生难忘！”

“呃，不成，雷横的手下朝着林子里的路朝邻村去埋伏了。保正，不要管了，朝这里的高粱地里穿过去吧，不管怎么说先往南走！”

说完，朱仝就策马朝雷横那里奔去。

雷横看到朱仝策马奔来，就立即出声问道：“这不是朱仝么？贼寇哪去了？”

“我正要问你！村里不是有可疑举动么？”

“呃，县尉相公到说朱仝前去捉拿了。”

“嗯，但是扑了空。那里的林道呢？”

“也没有别的路了，便到林子里搜索一回吧！”

两个人正像在互相探底，而且他们都真心祈盼晁盖无事逃走，这样是怎么也不可能捉着人了。

忙了半夜，众人腹中饥饿起来，士兵们的动作都开始拖泥带水。雷横和朱仝不想却同时作态唉声叹气道：“好个手脚麻利的贼寇，真是神出鬼没。”

“而且今晚好个泼墨般的黑天，这不是明摆着的么？我们算尽人事了。”

听到二人报告，县尉也丧气了。更加叫苦的是何涛，他刚带上从济州赶来的部下，虽然做好了准备，但人生地不熟，没法和雷朱二人一道赶去，成了马后炮。

“唉，真是不成体统！我何涛又有何面目回济州去！”

当晚，在县衙的公堂里，那热心公务的时知县更是衣带不解，彻夜直等消息。

“没有办法啊。”

虽然他也叹息不已，但时知县并不怀疑部下作诈。

“可惜走了晁盖，不过他底下的食客、庄客、下人都捉了来么？”

“捉了邻居两名、食客两名、三个佃户，作为证人带来了。”

“立即带到堂上来审！”

这审讯又花了一天，但也不是没有效果，其中一个食客受刑不住，把他知道的全盘招认——那火中逃走的是晁盖和公孙胜，之前以村塾先生吴用和赤发鬼刘唐为先发，到石碣村阮氏三兄弟家里碰头，打算上梁山落草。以上口供，当堂立即做了笔录。

何涛只带了这一份供述和知县的返牒，红着脸跑回济州来，对正等地焦急的府尹一一报告。府尹听罢立即说道："这样也好，先把白日鼠白胜带到堂上，要他辨认那阮氏三兄弟。"

府尹紧抓了这根救命稻草，拼命般地下达了指示。

白日鼠已经耷拉了脑袋，再也没胆抗拒，把他知道的全吐了个干净。抓住这些供词，和府尹在密房里商议了几个时辰后，何涛一脸疲惫，瞪着血红的眼睛说道："这样总算可以拉出一支像样的捕盗阵容了。"

他喝了一口茶，就对部下的暗探们讲明情况。

"这可危险！说到这石碣村，不是在梁山泊边上么？"

那些密探异口同声地说道。

"连打渔的都知道那一带是这山东首屈一指的险要去处。方圆都是曲折的弯道，到处生满芦苇。其间水面广大不下大江大河，又和河汊混杂一处。说来不是个正经住人的地方。"

"要跑到那种地方去捕盗，简直是水底捞月，竹篮打水。何况对手也不是一般人物啊。"

"必须装备齐全，点起船马，捕手也不能是一般老弱，必须点起堂堂官军阵势，派遣大兵前去方能济事。"

其实何涛自己也没什么自信，听了这话反倒暗自称幸，便直接把手下话向府尹报告，要他重作考量。

"说得确有道理！"

府尹算是下了决心。

"好吧，本官别差一名得力的兵马都头助你，增兵五百人，武器全从州里的第二武库里调拨，这就分明是一支官军了。本次可和平日里捕盗不同，须要堂堂正正显出官兵的威风！"

这还是济州府衙设置以来的头一回，之前根本没有派出这样阵仗前去捕盗过。

这样过了数日。

在石碣村芦花荡里的一户渔家里，连日里都有些怪异的举动。

绰号立地太岁阮小二、短命二郎阮小五、活阎罗阮小七的三个兄弟突然在这一片水乡的狭窄小屋中，迎来了晁盖、吴用、刘唐、公孙胜四人。

“事不宜迟！”

当天，他们就把家私财物载到一艘船里，然后麻利地操起桨舵，立即将据点搬到湖心洲中的一座草屋里。

当晚，阮小五去备酒，小二、小七则去杀鸡捕鱼。

“好！大家今晚权吃了这杯搬家酒，先让小二的奶奶和老娘带了钱财，到远处先避一下。我们这里现在不能有负累。”

“这倒是，教授。”阮小七对吴用道：“即便那做公的如何来人，到这里湖上也是束手无策。后事且不管，今晚还请大家宽心休息。”

“小七，先商量些后事，要去梁山泊，只得走水路，这路怎么走？”

“这个么。”

当酒菜备齐，阮小七开口说道：“不管怎么说，那里不仅难入得去，更是个难出手的险处。即便在俺打渔朋友里，也没几个知道那里哪儿可以停船的。不过呢，先上岸到了大路上，先去李家村十字口的酒店，却有办法。”

晁盖插话道：“什么？那么说，那酒店的酒保本是那梁山强人一伙的了？”

“是啊，正如晁大哥你所说。”

“呃，酒店的酒保，居然是梁山的同伙，这倒奇了。”

“想要入伙的，便朝那里打探风声的朱贵打个招呼，只要那朱贵答应，就会用一支声音极大的响箭为信，那样对岸便有船来接，另外没有别途可以进去。”

“哈哈哈”，众人听了都笑：“这么说，我们听了便更想一见了。即便不是在逃，也要进去一趟看看。”

这湖上的夜里，不见一盏灯火。当众人酒兴正酣，欢声鼎沸之时。平日里和三兄弟相熟的一个渔人前来报信。

“可不好了，众位好汉！五六百官军已经到了村里附近地面啦。”

“是吗？”阮家兄弟朗声答道。

“来得好，你不喝一杯么？”

那男子看得呆了，忙划船往回赶。虽然席上静默了一阵，但七人照旧开始摆起了龙门阵。

“难得到还来得早。既然说是官军，看来来头不小啊。”

“小二哥，他们既然来了，别消兄弟们志气。”

“当然，这可不是在地上，这从水路来，却不知兄弟几个都是水里的精怪，不多送他几个下去，让他好好观赏这龙王府里何等美景。”

“若还有余下的，我小七和小五两个自把他们像烤鱼一样串起来。”

等三兄弟说罢，公孙胜也醉了半分，单手拿了酒杯，高声说道：“不，几位兄弟，你们意气固然不错，但毕竟有五百来敌，光靠你几个武勇还对敌不得。到时教你看贫道公孙胜的本事。”

晁盖默然不语，只让他们说，这时便对吴用小声道：“教授虽有身手，但今次不比那舞文弄墨，您毕竟未经那大厮杀场，在此多有不便。虽然不好意思，还请您把重要物件装进船里，事先行船到方才阮小七所说的李家村十字路口的酒店附近，等待小可等后来便是。对了，我教刘唐护卫你去。喂！那匹赤马！你好生跟了教授，在天亮前到那里先行等候。不要担心我们，拜托你了！”

# 第二十六回　湖岛河童唱秋色　官军百舟俱陷火

风吹于身上冷得紧。水中天上均一色青蓝，大湖秋色盎然。

此湖宽广如海，吸容山东无数河川之水，涨吐之时几连与山东外洋。

“瞧那便是。听闻那七个贼早已逃出石碣村，便藏在那个隐蔽浮巢般岛上。”

先头一条船上，何涛叉了手立定在船舷。其后大小数十条捕盗船，船舷上官旗翻卷，满载着捕手公人的弓矛刺戟，荡漾着白波赶行。

只听得芦苇中间传来清亮的渔歌声。定眼一看，芦苇隐藏的水洲阴处，一个渔夫操一条小舟过来了。

好似突然醒悟过来，捕手[1]中一人叫道：“啊！阮小五！”

“就是他吗？”

捕盗队的船有摇橹的，亦有划桨的，还有撑竿的，从河埠尽数夺来，种类繁杂。得令扇形划开，远远将小舟包围起来。

阮小五单手操橹柄，仰头大笑。

“哟，当差的你们来啦？捕手和蝗虫一般，数得多来老爷便怕么？这群胆小鼠辈！”

何涛单个进前，道：“是条壮汉……来人，拿弓箭射死他！”

“少引老爷发笑！你这等大官爪牙，虐害百姓，才是强盗贼寇！再不觉悟，

1 原文“捕手”，原本翻译为“巡检”，与前面翻译对照，统一为“捕手”，读者应可以理解。——译者注

被召捕的将是你等！”

话音未落，众人瞄着他的身影和小舟，一齐放箭。同时却只听得扑通一声，空留水花浮空，阮小五的身影透过青色湖水可见，如怪鱼一般四下游动。

“不好——别放跑了！”

拿弓箭射水中，自是无用，刺戟四下里乱搅又投入水中，徒然搅出可笑泡沫，个个涨灭而已。

不得已，将船又往芦苇深处划去，只听得芦苇荡里又有人嘲笑一般哼着鼻歌而来。众人看时，见前面两个人乘坐小舟，那小舟之影犹如水上飞马一般，直横越过众人鼻子跟前。

“呀！正是阮小七和阮小二！”

“快捉人！还等什么！”

何涛高声呵斥，眼前舟上人道：“何涛，这江水里可没有好捉的鱼。或是来捉蜻蜓？”

见此人头戴竹皮笠，半披蓑衣，手上捻着条笔管枪，口露白牙只顾笑。

何涛大怒，奋力拿手中枪掷去，却白白入水中沉了。其余众船一齐向前攻击，见小舟调转舟头，返划入对面水路，只顾逃走了。其舟脚之速，难以言表。

“堵住贼人了！”何涛鼓舞众人道：“两岸是浮巢一般小岛，这条水路必定是死路。快快追赶那二人！”

然而预想落空，与实际正相反，越往深处去水路越发狭狭了。那许多捕盗船遮二无三跟了过来，船帮桨橹撞作一团，结果同伴之间无论左右俱动弹不得。

“适可而止吧，尔等蠢材！”

何涛大骂部下。

“你们都久居陆地，惯做公的鼻孔朝天的人，来此水上成什么模样？——快稍往后退些，去左右湖沼里。”

便将手下分成十人或二十人的各组。

“浮巢小岛亦不算大，拨开芦根便知状况。尔等去找出贼人藏身处，寻见了就呼喊。”

便令众人上岸去寻。

谁知去了数组，等了许久并不见一个组来回报。日没沉西，水面萧条，芦荡染成一片红色。

“来五六人乘此小舟，随我一道去走一遭。我须自走去巡视。”

划过红色湖水，疾快小船带着黑影，从岸至岸约划行了五六里水面——忽见岸上一个百姓身影，提着把锄头。何涛叫住问道：“汉子，这里是甚去处？”

“你又是何人？”

“如你所见，官家公人。”

“来此地做甚。这里唤作断头沟，湖沼尽头处。”

“阮氏兄弟的打渔小屋可在此地？”

“啊，那便在前面树林里。”

“多谢。”

何涛即可便差手下三个捕手上岸来。——未等踏实地面，何涛便大吃一惊。只见那汉子似早有准备，提起锄头来，一口气把这三个捕手都打翻了。

“可恶！”

何涛与两个部下由小舟跳下浅滩，只见水底下钻起一个河童般的人来，水中只露出半身，把何涛两腿只一扯，扑通扑通……直拽入深水里去。

“小七，小七，好了快浮上来吧。”

不一会儿，兄长阮小二，看着水里如此呼喊。只见水底下一人笑着浮上水面来，很快摇去浑身水，正是弟弟阮小七，身边何涛趴着，杂布一般抛在草丛里。

“这厮便不值什么！如兄弟明言，将此捕手总头目捉了来。接下来做成菜罢了……何涛，抬起脸来让洒家看！”

“饶命啊！好汉！”

“哈哈哈，如何叫起好汉来？平日里吸民脂民膏来大鱼大肉，走路生风端架子的官人，今日落入兄弟手里，磕头叫好汉成么……这样便饶你不成？”

“小人家中有个八十岁的老娘，无人养赡，望乞饶性命则个！”

“使这般哭啼手段。拿他如何，兄弟？”

“且把他用卷席包起来撇在船底。要杀随时可杀！”

“他们来了……招呼吧。”

阮小二并指呼哨一声，水上听得清楚。忽然薄暮之中出现四五个打渔的人。将卷在苇席里的何涛扔给他们后，小二、小七两个各驾了一只船出来，不知又向何处划去了。

“今日是怎么一回事？”

“带队的何涛亦犹如燕雀一去不复返。究竟如何？”

“快看天上那云，不妙，颇有奇怪！天空似也变得怪模怪样！”

漫天星光似要落下的深夜，忽然芦苇荡中发怪声，起一阵飓风搅动湖波。同时夹杂着冰冷雨点的怪风犹如摇动一座小山，令挤作一团的黑色舟船上下剧烈颠簸。

“啊！南无阿弥陀佛！”

“船都好似洗芋头一般挤作一处，危险！危险！船要撞坏了！”

实在危险。舟船你撞我磕咯吱作响，橹桨并断，船舷开裂——黄昏起便群泊于这一处，等待何涛和同伴发信号的大小舟船数十条，犹如瀑布冲刷下的树叶互相碰撞。

还不止于此。此时湖泊远处来风，又见两团火光，划越暗沉水面，直飞过来——众人骚动未定，火光早来到面前，原来是两只小船上面满满堆着柴草，小山一般烧作大红莲。

说时迟那时快，火焰柴堆撞入船队里一烧，凄厉火焰到处播撒开来。此时毫无法子。火光沿着船一条条烧将过去，狂火乱窜。船上官兵都似青蛙一般跳入水，除了水中无他处可逃，一个个都淹死或烧为火粉。

天可怜见逃得岸上的众官兵，只听有人喊：“受死！”

只见早有一人等候多时，手持戒刀。其武艺高超，直如其诨名入云龙，便是道士公孙胜。

又见手持管枪的阮小七，手里挥舞大刀的小二、小五，引着浮巢岛上打渔的十几个人赶来。

“休教走了一个！”

到处追赶四散奔逃的官兵。还将官兵逃亡之处都烧作一片野火。

天未破晓，大小捕盗船尽皆翻覆，趁夜色逃得性命的捕兵不过寥寥数人。

——夜色翻白，水面升腾狭雾，黄烟低沉飘荡，异样鸟鸣之声划破清晨。

“何涛，知晓厉害了？”

“轮到你这厮吃刀子了。”

“既然是带头来的，哪能允你乌龟一般合手讨饶而去，吃记痛快的吧。”

阮氏三兄弟从小舟底下将卷席包裹的何涛提将出来，扯到岸上。

不远处两人手叉腰间微微发笑，乃是公孙胜与晁盖。

晁盖只在后方施以指挥，昨夜修罗场中却未曾动用腰间之刀。

“三位兄弟，”晁盖见机发言道：“要杀这厮吗？这等蠢物，杀他何益。放他回去便了。”

“哥哥是说放他回去？哥哥这般慈悲，却令济州百姓反恨我等。”

“哪里，教他吃这一番苦头回去，百姓看了也可出恶气了。拿这厮之口，回去将这番遭遇告知济州府尹[1]，还有京城蔡太师，我等不是好撩拨的泥足之辈！总要杀尽大宋天下贪官恶吏！好了，回去吧！”

“这厮好运道。小七，既然是晁盖哥哥指使，没法子。辛苦你一回，送这狗官出路口，放他去吧。”

“晓得了，便走一遭。”

阮小七使一只快船载了何涛送回去了，两个时辰后回来。对四人复命道：“只放他回去，不知他吹何法螺，蒙骗百姓。我割下他两个耳朵来做表证。那厮满脸鲜红淋漓，好似红蜻蜓一般，飞也似去了。”

“这般也无不可。”

晁盖苦笑道，其余三人也笑起来。

各位好汉这日午后渡便过江，迳投来那个梁山泊渡口——李家道口——吴用和刘唐早去那里等候，七人在朱贵的伪装酒店中聚首。

---

1 此处原文“济州奉行所”，当然完全是日式行政称呼。前文多处涉及此官，都翻译为“济州知州”，但原著中则明确为“济州府尹”。——译者注

# 第二十七回　仗义林冲骂王伦　火并筵席行刺杀

此地建有一轩伪装茶店，多年来旱地忽律朱贵虽在此把望梁山泊渡口，却从未见过这许多相貌堂堂的客人来，慌忙迎接自不必说。

且这七人皆非等闲之辈。

朱贵虽说看尽世间各色人物，却对这一干人等颇感敬畏。七人中年序最长的智多星吴用，将为何前来投奔之经历实说与朱贵听了，并报上各自年龄、诨名、苗字姓名等。朱贵即一一听取，写下书状，即教手下一人持往对岸山寨报知。

“抱歉，此处粗陋，头领许可前，请诸位先在此处暂候。”

这一晚朱贵杀羊倒酒管待，招待众位好汉。

山寨返牒，夜半送来。次日天明，许多大船前来，朱贵请众多好汉一同下船。

这一日清晨彩云绚烂。芦洲一望无际，其中疑似间杂紫金青银之花，水色清澄犹如无限之琉璃。航行片刻之后，早来到一处水口，只听得岸上鼓锣鼓笛齐鸣。众人看时，见一排迎接哨船。船上人均做迎宾之礼，奏欢迎之乐。

又过了两个江口，来到金沙滩，又见许多挂旒旗，一列人等。这便是头领王伦，领着山上一班头领出关，肃立迎接。

七人出船舱，肃然踏沙上岸。

晁盖施礼，王伦回礼道：“小可王伦，久闻托塔天王晁盖大名，如雷贯耳。众位英雄尊名，昨日亦从书中得知。尽皆天下闻名的好汉，今日光临，实乃草寨之福。”

“寨主抬举了，小可实在汗颜。晁盖是个不读书史的人，甚是粗莽。与这几位兄弟一同无天下容身之处。只求头领施以仁义，不弃幸甚。”

“此处非说话处……且请到小寨，再有计议。”

王伦领头，一行人都跟上山来。

经各道关口，到得梁山泊大寨之中。此处便是“聚义厅”。

众人入厅深处，王伦手下好汉在左边一字儿立下，晁盖等在右边一字儿立下。寨中众小头目皆立于阶下。

在此处众人正式报上姓名，动起鼓乐，致欢迎祝词。

“各位劳顿，请客馆内暂歇。”众位客人便由朱贵引领，经客廊至客馆内，拣房安歇。

午后山寨里摆开筵席。宰杀两头牛、十只羊、五头猪，烹制无数佳肴美味。酒是山东珍酿，秋果是山林中采摘来，寨中艺能之士亦所在多有，歌弦管笛与水色共鸣，似又上飘云端。

“啊，今日真醉了，许久不曾如此欢喜了。”

晁盖欣喜不已，回到客馆内所住房中，如此说道。又对身边吴用说道：“原以为天下已无处安身，未料王伦对我兄弟一行如此盛情迎接，实乃古道热肠。已不如如何相谢，此恩义不可忘报！”

“哈哈哈哈。”

“先生，何故只是冷笑？”

“我笑兄长真大善人。”

“晁盖自是善人。”

“不错，适才筵席之上，兄长与王伦交杯换盏之际，此话已说多回。又说虽为贼身却不做那不义无情之徒，又道世间不平、怒于恶政，真是开了心扉诉说啊。”

“这有何不可？”

“只道这些尚可。——兄长又说出断头沟奇策，捉放何涛，公孙胜与阮氏三雄如此豪杰，那王伦便有些颜色变了。非止如此，目中有狐疑踌躇之色，想是猜忌我等，恐怕我等陷害。”

“果有此事？并未察觉。”

“他手下幕僚，杜迁、宋万两个自是平凡，只有豹子头林冲英才不凡。——

那林冲原是京师禁军教头，兵法诸事晓得。我看此人心意，实不甘居于王伦之下。”

“往日倒听闻这王伦是个小人。只是我等已至此处，怎奈何？”

“无论如何，总要起风波。我已有一计，教他本寨之人自相火并，虽有波澜，确一举扫平此处不满不平之气，端正规矩序列。”

次日天明——只见前夜说起的林冲，早来叙礼。

吴用代众人向前称谢昨夜款待。林冲浅笑回道：“所谓款待，非止有形有色之物。如有失恭敬，奈缘小可不在其位，亦无办法。望乞恕罪。”

“林教头不用多言。”吴用善意相迎，转过话头道：“小可久闻教头在东京时，豪杰名高，不知何故与高毬不睦，致配发于沧州流刑之地，其后缘何又上此山？”

“高毬！”林冲咬牙切齿道：“听高毬二字，毛发直立！流刑苦楚，泪尽不能言……来此容身，皆是柴大官人书信举荐之恩。”

“柴大官人，莫非是江湖上称为小旋风柴进的么？”

“正是此人。闻人说柴大官人是大周皇帝嫡派子孙。”

“教头得此人推荐上山，武艺超群，名声赫赫，为何王伦不让这第一把交椅与教头坐！”

“哈哈哈，小可便是位次低于他，亦可忍耐。只惧怕对众位豪杰有非礼之处，心下不安。难得众多豪杰有心到此相助，似锦上添花，说起此事……”

“只是王伦本心并不欢喜？”

“此人便是妒贤嫉能，无容人度量，疑心深重。小可惭愧讲实言，此客馆乃关外矮房，不过是路过旅人粗陋安歇处。此非礼之事，请各位豪杰原谅则个。”

“此小事无须挂意……既然王伦厌恶我等在此，留在此间徒令贵寨不和，我等自投别处去便了。”

“请勿急行。此事反令头领与小可之间不和之情昭然若揭。虽说那王伦头领，公然打算驱赶众位豪杰下山，只是这天与邂逅，林冲与诸位难分。怎生忍得与众豪杰空会一场，自此诀别……且请宽心，由小可处置。”

林冲面红耳赤去了。过了午时，南山水寨又有小喽啰来相请，道是午餐招待。

将赴会前，各人洁身，自做准备。晁盖小声问吴用道：“先生，此午餐会如何？”

“我看今日必有事……林教头恐怕将出手火并。”

“我等一旁静观？”

“他要杀便杀。如他与那王伦只言语冲突，有妥协之意，我吴用凭着三寸不烂之舌，煽动他二人舌战。兄长只需静观。”

“如此着实有趣。”

晁盖放下心来。吴用为防其他不测，又道：“……眼见便要鸣锣开场。兄长身边各藏了短剑。只看小生拿左手捻须为号，兄长便可一齐拿出短剑协力……记住捻须为号！”

出客馆，只见宋万亲自骑马，又来相请。寨中小喽啰抬了七乘山轿，七个人都上轿子，走山路，越峰道，直到南山亭子前下了轿。

此处临水亭榭，倚栏眺望外洋，风光绝佳。

各人分宾主左右两排坐定。卷起珠帘之后，可见后庭园池，莲叶碧青，芙蓉香色，实教人不知身处山寨之中。众好汉把酒数巡，谈笑风生，午餐会正至酣处。

只是不论是谁，只与王伦提起七人入伙一事，王伦便把闲话支吾开去。众人便噤口不言一阵。好似要令树上生竹，宋万、杜迁两个便开口再扯起话头。

因是午餐会，杯盘很快就退去了，代上美酒果盆。不止如此，又端上一美盘，里面放着五锭大银。

“各位豪杰，小可备些饯别小礼，万望笑留。”

王伦突拿起银盘子，置于晁盖等人桌上。

“虽感蒙各位到此，王伦不胜荣幸。只恨敝山小寨是一洼之水，不过是分用雨水接盆中勉强过活而已。哪里是什么龙宫居处……少许银两请各位笑留，烦请比寻他州，别处大寨歇马，以扬众英雄冲天之志。”

晁盖心想果然如此，微作苦笑，鼻中哼一声道：“头领误会了。我等一同江湖漂泊之身，虽眼见破落苦寒，却聊有些盘缠使用。速请纳回厚礼。”

“何故推却？无须多虑。”

“已知头领真意，我等只此告别便是。”

“并非如此，众豪杰误会我意。非是弊山不纳众位豪杰，奈何只为寨中粮少房稀，一人冬季便难以安居。”

说到此处，默默无语的林冲双眉似燃起青白色怒火，从末席交椅跃起，大喝道：“王伦，休虚言妄语！”

“什么虚言，林冲，诸位豪杰面前，你这是何话？”

“我自听不下去！前番我上山来时，你也推道粮少房稀！米仓中实堆储如山！”

“住口！这忘恩负义之徒！——要不是柴大官人举荐，我留你这无能之辈，在此空耗饭食！”

“无能？”

“你上山以来，可有寸功？”

“林冲自知无有寸功。只量你也不过是个无能之辈，官途无望的落第书生，流浪末途得一巢穴，集聚一群作恶之徒而已！”

“林冲你好大胆！日后教你知晓！”

“妄论日后！今日便知晓如何！”

“你要作甚！”

只见吴用摆开两手，立在两人中间道：“两位稍待……只因我等上山相投，反坏了头领面皮。晁盖哥哥。”

“先生，如何？”

“如你所见，因我等招引山寨不和。只今与头领相别，下山去吧。”

吴用使眼色，其余五人也一齐离了椅子，皆道：“就此告辞。”便聚作一团，要下亭子。

王伦心觉气氛怪异，连忙留道：“众豪杰等等，何须匆忙，且请欢心再饮一杯，杯尽再别。”

突然末席座椅踢在一边，撞桌上果盆散落一地。林冲伟岸身躯立起，直抢入王伦身旁。

“咳。”

吴用便把左手将髭须一摸，口中咳一声。

“不要火并！”

刚要走下亭子的众人便返上来。阮小二便去帮住杜迁，阮小七帮住朱贵，阮小五帮住宋万。

晁盖与刘唐两个，左右拦住王伦，口中道："头领莫要动怒！"却抓住王伦环腰带，令他动作不得。

"王伦，瞧你这副面孔，山寨头领便是这般态度？不知廉耻，这落第书生，在此假装仁义！"

林冲拿住王伦，痛骂不止。吴用虽假意扯住林冲胸前，形似要遮挡林冲，两眼放光却只看着王伦。

"你这婆婆妈妈的贼，全无大量大才，也做不得梁山伯之主！贼头鼠目，早合咬舌自尽，不死便滚下山去！"

林冲这般大骂，王伦五体乱颤，两条腿虽愤怒踏地，却哪敢上前去。

杜迁、宋万、朱贵，被这几个紧紧帮着，亭中气氛实非同小可，他哪里敢动。

"你们……眼见我王伦受此人侮辱，为何不动！我的心腹都在哪里？快快拿下林冲，斩下头来！"

王伦口里直叫。吴用却凑到他鼻前道："果如此言，斩了吧。"

便抬手，退下。放开了林冲身体。

王伦伸手去摸佩刀，却未及拔出，那林冲头爆青额，直撞入来拿住王伦，将手中短刀去心窝里只一刀，又往腹脾深深刺入。王伦面上浮现死前苦痛……扑扑有声的鲜血，在众人脚下画出艳红绒毯模样的绯色牡丹。

"……"

林冲手一放，王伦尸首倒在亭上。晁盖以下，暗自掣刀在手。吴用朗声叫道："如有不服者，向前说话！——今日扶豹子头林冲为众兄弟头领，山寨之主！可有异议！"

朱贵、杜迁、宋万都跪下，只管磕头。堂外众小头目及小喽啰，只是欢呼，并无异议。

林冲却仰天大叫道："此言差矣！先生何出此番言语！我今日非为自己出身，杀头领而夺其位。做不得这等事。徒令天下豪杰耻笑。切勿强推林冲接此物，若如此林冲只有退隐江湖。……林冲亦有片言，不知众位肯依我么？"

众人异口同声道："愿闻其言！"

"别无他言，只愿各位亦存此意。请静肃听我道来。"

# 第二十八回　善人佛心婆喜欲　街巷妾宅柳花开

林冲指着众人说道："人之天性所具之物谓之器，我林冲却并无此器。今有兄长晁盖，实为人上之人。应立他为山寨之主。可有不服之人？"

"这可使不得，使不得。"

晁盖连忙摆手，再三再四推辞，满堂之中却已掌声雷动。

林冲便叫道："众人皆无异议吧？晁头领，众望所归，不必推却！"便把手向前，将晁盖推在第一把交椅上。中间焚起一炉香来。将王伦兜巾拿来，冠于晁盖头顶。

"吴用先生在此，便请做军师，坐第二把交椅。"

"这如何使得？吾乃村中学究，哪及孙吴智识？"

"不必谦让。事已到头，先生固推，众人困扰。——第三把交椅，便请公孙先生坐，以副帅助于帷幄之中。"

"小可如何敢占上，还是林教头坐此位。"

虽一同推荐，但林冲还是让了此位，坐第四把交椅。

刘唐坐了第五位，阮小二坐了第六位，阮小五坐了第七位，阮小七坐了第八位。——其后是杜迁坐了第九位，宋万坐了第十位，朱贵坐了第十一位。至此新选梁山泊主脑排次坐定。

次日布告全山，将聚义厅清扫干净了。立坛日月星辰，供酒牛马生血，于天地神明之前立誓。

"理应畅饮尽兴，开筵席三日庆贺！"

连吃了三日筵席，寨中犹如过节一般，米仓酒仓俱见底。胃腑终有限，全山上下七八百人都吃尽喝足了。

其后便将刀、弓、箭、戟、矛等兵器立于寨门，教演陆上军阵，水上舟兵，安排朝夕殷勤，总比过往严厉。

只因晁盖为人大气风范，吴学究有才识，公孙胜与林冲英气冲天，自然上下顺服，未有不平气。日渐生养和乐气氛，英雄好汉之间生死与共之心。

这一日外洋灰蒙，冬季降临。

芦荻显霜白，舟船结冰水，鸿雁之声凄然千里。

“留在京城的妻子不知究竟如何？”

林冲远眺飞雁，思妻之心独痛断肠。遂将思念之情备细诉与晁盖、吴用，两人亦极为同情，便即刻派人下山去取林冲眷属上山。这边厢阮氏兄弟已将老母妻子俱取上山，聚为一部落。

两月后小喽啰还寨，道林冲之妻被高太尉父子迫害，威逼亲事，无奈自尽身死，其父张教头亦自缢去世了。

“……如此，生涯遗恨。吾妻贞烈，不损节操。”林冲见说了，潸然泪下。那报信小喽啰亦自哭泣。晁盖与吴用等亦怅然蹉叹。

初春一日，有一舟探报上梁山伯。——官军乘驾大小船只三四百只，见在石碣村入江湖荡里，窥机要来进犯。

此番领军者乃是济州知府军官黄安，带领约有两千人马，战备亦与前回不同。

“好！来便来！冰雪消融，杂鱼泛泳，莲根出水！——众兄弟长冬不觉，醒来空闲无处打发，正可叫官军开开眼界！”

寨中骁勇精壮之士，莫不摩拳擦掌。——金沙滩边展开水战，舟船飙荡白浪薄天，鼓噪厮杀芦荻惊觉，二日二夜矢风剑戟扫荡，喊声直冲云霄，那几百艘官军水船，如同枯叶一般俱粉碎无存了。

实属可笑。此一战非梁山所求，官军非但未能剿灭梁山，反倒送来无数山寨所需之物。点检收获，实乃巨量。马匹数十，兵船百余艘，弩弓、铁甲、石火矢炮、帆布、粮食等，全数入库。

“正愁冬日里坐吃山空，山寨缺粮少衣，未想如此收获。愿官军如春风一般，时时吹拂而来。”

凯歌号角高奏阳春，梁山泊上下意气风发，共贺大功。

船只装备俱失，连领军的黄安也被生擒，七零八落的残余官军一口气逃回济州，在官府门前哀号，哭诉惨败经过。

未经多时，府厅内接官亭上，蔡太师使官与携中书省文书的新任官，正由东京到此。——令解任原府尹，打点行装，立即前往开封东京，问败兵之罪。

“果然追究罪责？”

旧府尹虽说是面如土色，那新官听得门前败兵哀号，心中亦思忖道：“将这件勾当抬举我，却是此等地面，如何收捕得这伙强人？”

上任便手足无措。

待得两三日，交接得各项事务，旧任府尹自回东京听罪。府尹换任告示，与协同警戒梁山泊贼寇布告，一同行下所属郓城县衙署。

郓城县知县时文彬，教押司宋江看这一叠文案。

“此事甚为可惜。济州府尹失脚，新府尹已上任。此公文报先前走失七人大盗，逃亡始末，与梁山泊一带水土地理……先将此公文着书记誊写，急行县下各乡村，教一体守备。”

“小的知晓，这就去办。”

宋江下去押司房，立成文案。

宋江手下有一个聪明伶俐的助手，唤作张文远的，吩咐他将此公文行下各村。黄昏时分，宋江信步走出县衙来，向一成不变的街市行去。

“这不是宋押司吗？”

忽听得背后有人叫，转回过头来看时，却是住在偏巷媒婆屋里的一个精瘦婆子，唤作王婆。这个王婆口齿利索，见她身后又引着一个婆子，身材肥腴，却与她说道：“阎婆哟，你真有缘，适才我说到谁来着……这便是我说起的押司来也！真是缘分，快快行礼！”

“王婆，你说缘分，是什么说话？”

“押司你听我细说。他那阎公老爷昨夜因害病死了……虽说是又贪杯又唱曲的享乐人，却也是嫡亲三口儿的一家，做工过活。”

“嗯，此实为可怜。”

“这阎公老爷是享尽了福。押司啊，他蹬腿走了留下一身债……阎婆身无分文，没做道理处，哭啼央及老身。可老身哪里有钱，正在这里走投无路的……只见押司打从这里过，望押司可怜见他则个，给这阎婆做成一个棺材，好将死去家公葬了吧！”

“这可都是实情？”

“押司！我老婆子还能将死人诳你！”

“那好，亦成供佛善举。你拿我的名刺，去县里陈三郎家取具棺材，买纸钱吧。”

“果然宋押司名不虚传，便是重生父母，再生的爹娘！阎婆，快快拜谢宋押司！”

“休要如此，大道上拜什么。只一副棺材，有杂费使用么？”

“实不瞒押司说，棺材尚无，那里讨杂费。不过买了个饼去供养……”

“原来恁地。再与你些银子做使用钱。”

宋江便又掏出银子两锭，抬腿便走了。

这两个婆子欢喜去了，径去取了棺材，发送了当。次日便至墓所出葬。又过数日，王婆携带馒头，登宋押司宅上谢礼。

“世间宽广，却不曾见那般人物！”

——王婆回来后，极尽赞誉美词，道：“只闻宋押司家里住在宋家村，他一人却如书生一般独居县内。常常见他济人贫苦，心存良善。”

“真是救命恩人！”阎婆亦感激不尽，又赞宋江实为救困好汉，容貌堂堂，直说到男人之品，道：“若是三十年前，这般好人品的押司，决不让他独守空床……”便遮口笑，王婆也笑道：“你这把年纪，还道风韵犹存么？只你女儿，长得好模样。”

“我这把年纪，自然小的高攀不上那高龄之花。只我这女儿婆惜，若道是宋押司要了去，我这做娘的倒也甘愿，这可是真心话。”

“说来婆惜是十九岁。阎婆的女儿论谁个提起，都道是标致美人，人看一眼都着迷！又学会唱曲儿，省得诸般耍笑。”

“这也怪你，生在这山东乡野。他那死去的爹还在东京做买卖时，老身我也晨入汤，寝化妆，这女儿从小教习花蝶美艺，色街行院的人家，大酒楼的主子，哪一个不爱她！有几个直要收她做养女。”

“便又夸起女儿来了。晓得了！晓得了！”

“我可存念要结女儿的好姻缘。”

“老身亦不说笑，那宋押司到底如何？”

“你是做媒的，都托付你了！前日里亏了押司救济，无可报答他，与他做个亲眷来往甚好。”

“报恩是美事。老身只得使出浑身解数办成此事。只是那宋押司，说是不近女色的，怕事难做成。”

虽说如此，这王婆一张嘴亦有说动千海千山之力。其男性观出于独特信条。此后每日去寻宋江闲暇说笑，看着时机成熟，便将婆惜之事备细说了。

这宋江也非是木人竹头，心中亦有好奇之心。作为衙门里公差之人，置个女人亦无人奇怪。不如说往来独身，遭同僚取笑。——这般想来，便依允了王婆所说。

宋江一时心动，就在县衙署西面巷子里讨了一楼房，安顿了阎婆惜在那里居住。

仅此色道，便是圣贤亦难割舍。宋江原不谙此道，如被某怪附身一般。反观那阎婆惜娘儿，如鱼得水，没一月之间，家什衣裳具备，打扮得满头珠翠，遍体绫罗。吃的是山珍海味，香料胭脂摆满娘儿两个梳妆台。

这宋江沉迷此道，实乃不幸之人！这阎婆惜虽是十九岁绝世佳丽，言语间却处处下品，金肌玉肤亦觉腻味了。——宋江便渐少在婆惜房里歇息。那婆惜却哪里肯放。无时无刻心想狂野情欲，却遭冷遇，情欲转为恶意，艳眉之间颇有怨色。这冷艳神色更令宋江不喜，那婆惜却越发焦躁，终至起意小觑那宋江。

一日傍晚，宋江对婆惜道：“今夜带一个友人同来吃酒。婆惜，你且备些酒菜。”

宋江少见的带来一人。

婆惜娇滴滴地施礼。宋江见此，面有耻色，介绍道：“此乃衙署同僚，书记副职张文远，人都唤作小张三。衙署里多有照顾，你们可得亲近。”

“小女子有礼了。”

婆惜鬓角插花，低下头来施礼，张三也还礼。见此二人，年纪相若，对比果然一对俊男美女。婆惜拿眼招惹张三，张三性来多情，也眉来眼去，那婆惜闹得两耳赤红。却不知宋押司在一旁见了，心中嫉妒气愤。

## 第二十九回　君子难处女下流　野眷相恋似胶漆

这阎婆惜原是美人，这一夜分外美艳。向宋江撒娇虽属本分，却不能与对张三的执念相比。交杯一回，补妆片刻，又揣掇衣裳，处处露出醉艳之态，妖媚人前。

“啊，良辰美景，月光如烛，夜色如此愉悦。”婆惜好似顾影自怜般诉说。张三即接过话头来，“见夫人之房，内置许多乐器。夫人莫非爱丝竹之乐？”

“好见外，叫什么夫人。”

“那便叫婆惜姐姐。”

“真讨厌，姐姐也是你叫的么。话说小女子妙龄之时，长于开封都城，临近多有柳巷，自然学得一些。”

“姐姐不必过谦，必有妙音在怀。小可吹笛，请姐姐弹胡弓，合奏一曲？”

“奏何曲呢？”

“便是现下东京最盛的开封竹枝曲吧。”

“开封竹枝，小女子好久不得闻了。母亲，请给大官人斟酒，听我二人合奏。”

二人便操持吹笛胡弓合奏，一时陶醉，旁若无人。婆惜愉快，宋江之心亦是愉快。虽说他是此妾房之主，但不与世人同量，自有君子肚怀，不以这女色饮酒嬉戏为念——及时雨宋公明绝不会深坠此道。

那淫邪女流，却对这木头人般君子，颇感无趣。便是一房同睡，亦毫无情动之处，虽说是地狱之中救回母子两个的大恩人，到底不认是本命男主，床帏之间亦越发冷淡了。

“想那官人带回来的张文远，说是手下当差的，却是好后生……”

她在那晚一见张三便心里喜欢他。与面黑貌丑的宋公明相比，那张三生得眉清目秀，齿白唇红，自然是这女人所好。两人分别之际，便如恋人相望。那张三又学的一身风流俊俏。

“还是跟了那人好……”心下早生淫念。

其后张三便偷偷一个人往婆惜宅子里来了。名说是访客，实乃偷入妾宅的情夫。那阎婆是靠女儿生活，只得巧做逢迎，拿酒菜招待。事后所见，宋江将张三带往妾宅吃酒，实乃一大失策。

这张三是个酒色之徒，这事自然精道。那婆娘自从和张三两个搭识上了，好似初识男人一般，打得火块一般热。婆惜淫荡本性似来自阎婆，勾引那男人在楼上帐内贪图火热情欲，翻云覆雨，多行苟且之事，阎婆在楼下亦不禁偷偷咂舌。

自然有些风声吹在宋江耳朵里。临近街坊上下窃窃议论，亦察觉婆惜态度日渐冷淡。宋江并不为意，自肚里寻思道：“别无他法……为了一个女子，没来由惹气做什么？又不是我父母匹配妻室。她不愿见我，我只不上门便了。”

宋江自此便全然忘怀婆惜之事，只在县衙里尽力奉公。这一日将晚，宋江从衙署门中出来。

正是黄昏时分。

街角茶房里一个剃除胡须的汉子，旅人模样，见宋江出来便拿眼瞄他。

“啊呀呀，那不是宋押司么？”

“客官原来不知？那位便是人称及时雨，县里的好官人宋押司。”

“好，茶钱留下了。”

“哎，客人，这茶你一口没吃啊。找你钱。”

“不吃了。”

汉子抬脚便走，头也不回。

他脚上穿八搭麻鞋，腿上绑白绿相间护膝，腰里挎着一口腰刀，头戴白范阳毡笠儿。

走得如飞燕一般，直追过无数店家灯阑，至宋江身后叫道：“恩人等一等！”

宋江回头看道：“是叫我么？”

“大恩人如何忘了小弟？我便是晁盖大哥庄上曾拜识尊颜，蒙恩救了性命的赤发鬼刘唐便是。”

“啊，原来是你……叫人吃惊。你如何来这里？”

“感承彼时大恩，特地来酬谢……此处并非说话处，请去酒坊一叙。”

路尽处酒楼前挂一暗色红灯笼。两个上到酒楼，拣个僻静阁儿里坐下。刘唐倚了腰刀，向着宋江扑通跪下。

“昨秋之事，众兄弟九死一生，得蒙大恩人施以援手，救了性命。晁盖头领、吴学究、公孙胜、阮氏三兄弟，俱托付小弟来此酬谢恩人，诉说诸人思念之情。”

“莫行此大礼，何须如此殷勤，叫小二遇着了见怪。”

“失礼了。”刘唐也落座，随即便唤打酒来，吃过数巡，道：“蒙哥哥荫蔽，今梁山泊寨里聚集得七八百人，秩序井然。这都亏得哥哥的大恩，晁盖首领以下一众头领，梦寐不敢忘却。”

“晁保正弟兄们安好，我也放心了，也多谢兄弟你来报知吉信。”

“想兄长大恩无可报答，一众头领商量来去，特使刘唐赍一封晁头领的书信，并黄金百两，相谢恩人。这是我等一番寸心，万望收纳。”

“这礼太重了……”宋江低下头来半晌，终将那封书取了，又将十条金子中取了一条，和这书包了收下。

刘唐催促道：“押司，这还有九条金，也请收下。”

“贤弟你听我说，原本这一条也不该收，只感动众位情义，欣喜异常，收下这一条。宋江自有官俸过活，并不缺钱使用，余金请带回吧，拜托。”

“恩人，这却让我为难，报恩之金哪有取回之理。”

“众兄弟一番心意已知，这一条金足够了。”

“哥哥有所不知。今日山寨不同王伦在时。吴学究军师号令严明，小弟怎敢将回去？到山寨中必然受兄弟们耻笑。”

“既是如此，我便写一封回书，与你将去便了。军师见此书，必不见责于你，亦表明小可心意。”

宋江随即取出怀中笔砚，备细写了一封回书与刘唐，收在包内。两人又吃了几杯酒，均吃得两腮通红。

“既然兄长有了回书，山寨中众头领俱等回音，小弟连夜便回去，告辞。”

两人同出酒店。——正值初夏时分，宵月已攀上屋檐。

“你这就回山寨吗？”

“还须另走一趟，去谢县里那雷都头与朱都头。当日也受那二位的大恩。”

“贤弟，你要去谢恩则可，但是金子不要将出来。”

“这却为何？”

“那雷横虽是个人物，任职县里都头，平常却喜好饮酒。若让人瞧见身边携带巨金，恐惹事出来……近日县里来了不少州府耳目，见有可疑之人便要缉拿。贤弟切须小心谨慎，不可托大。”

“多谢指点。若陷在山下，实不可活。那小弟不在此耽搁，这便去了。押司今后也请保重。”

刘唐压低范阳笠至眉角，形如蝙蝠，一忽儿县外街道走去了。

宋江望其背影，肚里寻思道：“……好生险事。早是没做公的看见！与梁山泊探子会面，惹出一场大事来，怎生事好……”晚风吹在身上，打一个激灵，急急转身离去，才转个弯，却一头撞在阎婆身上。

“啊，押司啊，今日叫我撞着你！这些日子您贵人真难见面！”

“阎婆啊。近日县里事务忙，摆拨不开。”

“这可不行啊，都不见押司影子……您不见我女儿，她可怜着呢。”

“我可听人道她忙着呢。”

“啊呀，这是谁挑拨你？可恶！可恨！外人说的闲是非都不要听他……今夜押司胡乱走去一遭。”

“你不要缠，叫人瞧见。”

“那押司便走一遭嘛！叫老婆子遇见了，若还是不来，我女儿听说了必寻死觅活，饮毒的心都有了！”

“婆子，你莫吓我！”

“我老婆子……半截入土的人了，怎生是好？”

“你哭作甚，这人来人往的。我去，我去。”

宋江禁不住阎婆撕扯，终跟她去了。

阎婆耍弄老舌根子，又加上路边一把眼泪一把涕，君子哪里受得住？宋江此时微醉，稀里糊涂便被她扯往妾宅去了。他心里亦有些意思，想瞧瞧婆惜今日模样如何。

# 第三十回　闷闷相并二人枕　兰灯梦斗无解脱

“瞧这女儿，已吹熄了灯歇下了。这年纪便如此……押司你在此稍候片刻。”

阎婆走入宅里去，故意往二楼高声叫道：“我儿呀，娘回来了。你苦等不来的押司官人，让老婆子我带回来了哟。……快快别只顾睡了，点起灯，施用胭脂。”

二楼上一片漆黑，忽听得一阵响动。

“悄声……”

小声说话的是女儿婆惜，房中似有别个男人。刺绣花枕落在床下，床边露出一条雪白的身子，衣裙都交在一起。云鬓厮乱，原来这淫娃正与张三行房中秘术，白裸狂痴中，披头散发梳理不整。

“这可如何是好？”

张三更吓得痴呆了。听楼下是此宅之主兼衙门里上司宋江来了，急得如风箱中耗子一般，两头无着落。屋子里连转了几圈，无处可藏，那婆惜便手脚麻利打开二楼窗户。

“姓张的你做什么呢？快快从这里攀走屋顶。千万别落下去，下面沟可深呢。快走，缓两三日再来吧。”

推着男人攀爬出去了。关上窗，便无事人模样，点起一盏兰孤灯，坐在梳妆台前，口里喃喃地向楼下骂道：“这短命！又恁得，难不成玉皇大帝下凡？”

阎婆晃悠悠上楼来。

“我儿，悄声！刚做得好事！稍稍伺候着些押司，自有钱粮入门，也是生意。”

“老娘也须记得年少时遭际。那张黑皮脸，谁耐烦伴这厮！我胸中憋屈，相陪不得！”

“我儿，我母子两个这般吃喝享乐，都靠着押司的荫蔽。断了这财路，直要饿死街头！我如今不容易请得他来，你却不起来陪句话儿，只颠倒使性！”

“你说什么鸟话！他自不上门，你到还请他来作甚！”

“如何使得！我儿，你这性气直叫人操心。你且胡乱陪他吃一盏酒，撒一回娇，自有好处。”

阎婆楼上苦劝一番，又下楼去摆出笑脸道：“押司，请上楼去吧……莫要见怪。我那儿，望不见押司来，气苦了，哭哭啼啼使性……哈哈哈……老婆子便在楼下准备酒菜。”

也不计较今后如何，先教两人重归于好。阎婆狡斜着眼看宋江上楼去，转身去灶下。

婆惜屋里安一副精美梳妆台，涂朱座椅，一顶百花幔帐分开两面，床上胡乱放置刺绣花枕，贴里安一桩睡床。

侧首放个衣架，散落挂着丝绢寝衣，刺绣枕头。一个锡灯台照亮房内。地上又落着一个宝珠钗，宋江拿眼一扫，婆惜便有知晓，便不动声色捡起，插在头上，道：“官人你来了……从何处来啊，这般喜色。”

“适才和衙署里一个同僚相会。”

“衙署里的同僚，岂不是天天可相见的。”

“哈哈，那般事计较作甚。”

且说阎婆早准备了些酒果，一盘子托上楼来。见女儿面相不善，斟酒道：“这女儿使性子来，老身亦无法子！……哈哈，押司，你不合是个男子汉，只得装些温柔，教她转心……来来，再吃一盏。”

“……其后拜托了……楼下还有不少菜蔬，我去拿上来。”

阎婆抬起脚逃也似出房门去了。——她早瞧见宋江要走的意思，出得房门去，门上却有栓，便把栓给搭了。

宋江暗忖道：“那虔婆倒先算了我。”

阎婆下楼，先去灶前见烧一锅鸡汤，望着红头火苗，内心暗笑。孤男寡女凑在一屋里，自然成就好事，便是这老婆子的门道。出巷口去买了鲜鱼肉羹之类，都把盘子盛了，一桶盘托上楼来，搬将入来……却没料想屋内与她着想门道有别。

看两个人，只低着头，哪有那个意思。——怎生使得！阎婆只好强作欢笑道：“这是如何了？我儿，怎地像那新嫁妇一般装聋作哑。新郎新妇绝不似这般！起来把盏酒。”

“老娘，倒酒来！”婆惜拿起杯来。阎婆心中叹口气，道：“瞧瞧，果然还是想吃酒吧！”

“你又知道什么！这是解闷酒啊！”

“我儿啊，为娘的懂你女儿家心思。押司这不是在这里么。定要耍你的气性……啊呀，菜都要凉了。”

老婆子又走回灶前，叉腰直叹：“真叫人操心！”

又忙了好一会儿，估摸着上面的事总成了，又搬脚上楼。回到楼上，却见光景全然未变，两人照旧阴沉……只有那婆惜勉意吃酒至两腮通红，宋江亦满面赤红。那婆子见了，心里欢喜道：“若是今晚兜得住，那人连恨都忘了！且又和他缠几时，却再商量。”天色已暗，宋江住处又远，没做道理处，肚里好生进退不得。

时已夜深，却听得楼下传来脚步声，有人拍门问道：“押司，押司在吗？”

“什么人啊！”

阎婆去开了门，见一个小哥立在门外，直往屋里冲，正撞阎婆额头。

“——还道是谁，原来是卖糟腌的唐牛儿。你往人家屋里跑来做甚？是要做贼么？”

“谁是贼？我在楼下呼喊多时了，未见回应，却见楼上亮灯火，正不知有何怪异……请大官人来说话！”

“大官人？你哪个官人？”

“人人知晓便是宋押司，及时雨宋公明。我时常在街上得宋押司资助。今日又有些事要相求押司，从宋家村到市街里具遍寻不着，终寻至此处。押司定然在此！”

“啊，是唐牛儿吗？”

宋江闻声，从椅子上立起。心里寻思道：“这厮来得最好！平日里虽讨些小钱使用，今日却是天降救兵。只借他来脱这泥沼。”

谁知那婆子也是伶俐之徒，门口一把拦住宋江，死活把宋江推回座上，转头骂唐牛儿道：“姓唐的，你这不要面皮的杀才，出去！出去！”

“啊……你这老泼妇，怎地推人出去！我又不是寻母豚有事！我要见押司！”

“姓唐的，放你娘的狗屁！却才见押司过来快活，你倒不撺掇押司来我屋里，颠倒打发他去！给我下楼去！出去！”

“啊，危险！”

“你自寻死！”

这婆子乘着酒兴，去把唐牛儿耳脸上只一掌。唐牛儿平素只敬畏宋江，便卷起袖子，扑上前去只一推，那婆子吃了一跤扑倒在地。两人撕扯了好一会儿，终究是老婆子的毒舌与力道占了上风，那唐牛儿败下阵来跑了，口中兀自骂道：“老乞婆！你须记得！”往地上吐口沫，白地里跑不见了人影。

那婆子喝了两口水，平复气息，拿言语扯笑了一回，再劝两人和复如初。收拾帐台，铺了床褥，香炉里焚起情香。

“鸳鸯绣枕两个，并在床头。再等着天色见亮。我儿啊，今夜且须叫押司欢喜，拿出床底间本事来。”

老婆子熟知花街柳巷的手段，连呼吸也带三分淫邪气，便是这阎婆为人。宋江想回却抽身不得，理性与人情之间似火延周身，被这一只老奸巨猾的老猫与那一只美猫，玩弄于股掌。

“不要生闷气了，快快睡下吧。我儿啊，这可是享乐之事。凡是世间女子，行此事至天明，可愈百病……哈哈哈。”

两盏灯亦灭了一盏，阎婆又吹灭余下一盏，下楼去了。

二楼房内，其后便好似化作青蓝湖泊。从窗口映入一弯残月，渐渐升起至屋檐之上。初夏时分，仍有一丝寒气。见有流星飞过当空。

宋江喝得烂醉，酒气引得头脑胀痛，自肚里寻思说：“这婆子女儿和张三两个有事，我心里半信不信。今夜我只得权睡一睡，且看这婆娘和我情分如何。”

不动声色原是宋江擅长之事。——去看时，见那婆娘不脱衣裳，自倚了绣枕，扭过身，朝里壁自睡了。因白日里与那张三偷欢，婆惜一番情欲炽热被宋江打断，正自恼怒。肤色如海棠花般娇艳欲滴。若说起来，可与世传杨贵妃醉卧之姿色媲美，妖淫猥亵无可言状。

宋江见此淫状，心中更觉屈辱，把头上巾帻除下，放在桌子上；脱下上盖衣裳，搭在衣架上。

婆惜毫无动静。却拿全身听着这边厢响动，于此女只是平常之事。“可恨！”宋江见婆惜姿态越发不满，脱去了丝鞋净袜，腰里解下鸾带，上有一把解衣刀和招文袋，往桌上置去，却落在了地上。

那招文袋中，放置从刘唐手中得来的十两封金以及晁盖手书。——晁盖手书未有闲隙去看，夹杂入其他公文中。连忙拾起，小心挂在床边栏杆上。——躺在床上，只见婆惜的玉背便在眼前，却不见她转过身来。便气恼地倒转身体，两足伸至婆娘肩头处，拉过床褥一角遮身。

# 第三十一回　姜汤惊醒行错着　愤怒房中舞寝刀

宋江与那婆娘，虽上一张床上睡下了，却哪里行地床底间事。男女身体之间似有磁力，若相容相合则滴血汇一，相斥之时却摩擦出火。“……畜生！”相互之间恨意纠结。

“哼哼哼……”只听那婆娘冷笑。侮蔑之意如冰水袭来，宋江心里气闷，床褥中身子发热。婆惜又硬着身子，将宋江两足推开。又听到模糊“鸟……”作骂声。宋江只得忍耐，心里转而自怜道，我堂堂男儿，为何甘受这泼妇的欺辱。

“此处实难入睡。”

婆惜再度冷笑时，宋江终于挨不下去，钻出床褥。婆惜的白足触不着物，面朝壁口中骂将起来：“你这人真讨厌！半夜三更又要什么！”

“你这贼人，为何发笑！却是要我！”

“我笑什么？自然是天下还有这等男人，哈，你不羞这脸！”

“你太无礼！我今后永不再来！”

“那可正和了我的意！不送啊！”

宋江忿那口气，两耳边打铁一般嗡嗡作响。胡乱穿了上盖衣裳，带了巾帻，两手叉开房门，急下楼来。

“……啊，这又是怎生一回事？”

虽听得阎婆在后厢询问，宋江毫不理会，好似盗贼一般只顾开了门走去街上。正是五更时分，街上并无往来人影。

从街口过时，见一盏赤红明灯看时，却是为夜间浪荡子卖生姜汤的王大爷，来赶早市。抬头见了来人道：“哦呀呀，这不是宋押司吗？可是衙门繁忙，通宵公务？”

“哪里，友人家中夜来酒醉，捱到此刻回去。”

“押司必然伤酒，且请喝一盏醒酒二陈汤。”

“最好……好汤啊。大爷，生意兴隆。”

“哪里，哪里。只正直做买卖，街坊乡亲也都照顾，可捱得过。”

“细想一番，我在衙署里公务夜深，时常来吃你的梅子生姜汤，长年得你照应。你却从不曾要我还钱。”

“押司，这点钱计较作甚。”

“这如何使得！”

“押司，我等小民能自做买卖过活，全托押司这般好官人的荫蔽，不叫那些恶汉帮闲来欺负。”

“我算甚好官人？实在惭愧！”

“押司在此犹如门上封神，县里百姓都靠着押司，每夜才能安稳入睡啊！”

“啊，我想起一事来了。”

“何事啊押司。”

“王大爷，我日前问你有何心愿，你道是无儿无女，差一具棺材钱。好，今日我有金子在身上，便与了你做棺材钱。”

“啊，押司还记得这回事……若蒙押司与终身寿具，老汉今世不能报答，后世做驴做马，报答押司恩德！”

王大爷喜笑颜开。——宋朝之世间风俗，生前要准备好棺材，放在家里，才可静候百年归寿之时。

宋江今日蓦然想起前日曾给王大爷许愿。人生在世，心怀惭愧愤恨之时，往往着他人处寻求“真”之美德，以助人而救自身。——宋江便往怀里摸去。刘唐手中得来的十两封金。

这封金便给王大爷做棺材钱吧，宋江如此想。

“啊！没有！……记得是拿书信包着的……金子也在一起。”

“押司，这有甚急？慢慢与老汉不急！”

“等等……啊呀！不好！”

“老夫的棺材便宜时置办便可。”

“大事不好！这棺材钱，要做装我的棺材了！——大爷，休怪。不是我说谎，金子不在我身上，却还有一件物事，和金子做一处放着。宋江绝无虚言，我去取了，日后与你！”

话音未落，宋江慌忙寻原路，急急奔回阎婆家里来。

“那厮搅了老娘一夜睡不着！此时清净了，再倒头睡一日。”

宋江愤然出门去了之后。——婆惜爬将起来，解开薄衣，解了下面裙子，袒开玉体，横陈蒲团上，口里兀自说道：“同是男人，偏巧赶上这般货色！这蒲团被这厮捱过，一股臭味！”

将手扇扇鼻前，拿起一枕头去别处放置。

哦？却突然瞧见一物，微微怪异。

素白芊手伸向床头栏杆，拖下条蜀江织的紫罗鸾带——极重要物事贴身存放才用此带——见鸾带上镶着翡翠玉和玛瑙做扣子，封住里面物事。

“哈哈，黑三那厮好似无头苍蝇摔门出去了，忘了鸾带在这里！……老娘且捉了，把来与张三，他定欢喜。”

便用手去一提，回躺在床上，兰灯之下往鸾袋里摸索，袋中却摸出一把短刀，那十两金子。又往招文袋深处摸索，正抖出梁山泊晁盖的书信来。

书信并未开封，婆惜拿指甲将封挑开。——话说梁山泊贼寇之事，三岁小儿亦知。去年冬来，临近地界捕拿汹汹，骚动不已。婆惜屏住呼吸，细细将书信读了。……却听吱呀，吱呀，楼下传来悄悄上楼的足音。婆惜慌忙把这封书原包了金子，插在鸾带里，塞入怀中，背过身去装睡。自然，进来的是宋江。悄然进房里，径去床头栏杆上取时，却不见。

“……哪里去了……明白了，婆惜，你藏起了吧？”

“谁啊？这般聒噪。”

“你快快起来，我忘了物事在此，快将出来。”

“什么物事，却来问我！”

“定在你这里，片刻前还在……那鸾带里的，是衙署文书和重要物事。快些还来！”

“呸！你只道说起衙署，便得依你！婆惜可不是让你耍弄的！”

“果然是你藏了鸾带！”

“你道老娘是贼啊！”

“啊，我一时气冲，言语不当。须不曾冤你做贼。”

“与打劫贼通同的，可是押司你啊！”

“你，你读了书信？”

“不巧我多看些曲本，颇识几字。”

“求你了……”宋江心下发急，单膝跪在床前，低头讨饶。

“莫要作声！那书信虽是与宋江无关之人将来，让旁人得去，直要惹出天大的误会！宋江性命不保！”

“没承想你这厮是和贼寇一伙！却不知那梁山泊为何送与你一百两金子……你若没做大事，恁地送你这许多金子？”

“你不要叫！你要我如何，我便如何，只求将书信还与我！……如何，婆惜，我宋江求你了！”

“着实有趣得紧。真的我要如何便如何？”

“我只依了你！”

“那好，只依我三件事便罢！”

“多少件事我也答应！”

“第一件，你可从今日便将原典我的文书来还我，再写一纸任从我改嫁张三，并不敢再来争执的文书。”

“这个依得。”

“第二件，我头上戴的，身上穿的，家里使用的，也委一纸文书送与我，不许你日后来讨。”

“这件也依得。还有一件呢？”

“这第三件颇难，只怕你依不得。”

“我都依你，你快讲来！”

“那一百两金子，快把来与我……分手钱！”

“此刻没有。”

“书中见写梁山伯使者送与你一百两金子，怎说没有！”

“我自取了十两金子，其余教他把了回去，那九十两我自去张罗。”

“你待瞒谁？快快一百两将出来。不见金子，绝不还鸾带！便是杀了我也不还！”

“你若不相信，限我数日，我将家私变卖金子与你！”

“到时候还你鸾带！老娘这里一手交钱一手交货。要不去公厅上告我盗取，老娘随你便！”

“婆惜！”宋江直起身来，气得泪洒当场，眼前模糊。——“金子稍后必予你！……先将那物还我。有得罪之处，我赔礼便是！……婆惜！”

那婆娘见宋江屈软，却越发蛮横，满面厌恶之色，道：“不还！再饶你一百个不还！你这厮口中吐气我也嫌臭！——你若不给百两金，我也不要！到公厅之上告发了，少说亦有五十两金打赏……”

宋江听了“公厅”两字，登时双目冒火，一把扯住婆惜白裸的双肩，使力拉下床来，却见镶嵌翡翠的锦织鸾带正在那妇人胸前拖着。

“你要做甚！我喊人了！”

“原来在这里！快放手！”

“绝不放手！我死与你看！”

那婆娘白裸着身子，拼命厮打，死也不放。争斗间，那把短刀落在床下。宋江狠命，将那把刀子抢在手里。婆惜本能地“噫”一声，缩成一团。

突然扯起喉咙高喊：“杀人啦！”

这一声绝叫，瞬间提起宋江狂气来。——却叫第二声时，宋江左手早按住那婆娘，右手却早刀落；去那婆惜脾腹里只一剜。婆惜披散一头黑发，扑倒在宋江胸前。带着热气的鲜血飞出，将宋江两手染得血红。宋江面皮苍白，将婆惜两眼合上了。

“……”

便将尸骸塞入床下，叹出一口气。

赶忙系上鸾带。抽出晁盖那封书来，便就残灯下烧了。那婆子在下面听女儿叫，正不知怎的，连忙奔上楼来。

“啊，阎婆……”

宋江慌忙将兰灯吹熄了。窗外却入来一道明光，正映在那似海藻一般披散黑发上，浸于血泊中。一张白刺刺的脸，好似无常鬼一般。

“这般响动，你两口儿做什么闹？天不见明，却还未安生。”

“……你自去看。”

“看什么啊……怎地如此凌乱？”

“你女儿忒无礼，被我杀了！”

“却是甚话！押司休要取笑。”

“这般还能取笑……我此时亦恍惚，难以置信。但我真个杀了！一时气冲捺不住，什么善理学识都忘记了，只变作个田夫野人，做此等事！”

“押司，你莫吓我！你如此眼凶，竟说这般胡言。”

“你不信时，去房里帐台下看婆惜。”

“啊呀”大叫一声，阎婆滚倒在地，吓得浑身颤抖，口合不拢。

“苦也！却是怎地好？这女儿果是不好，押司不错杀了……”

“我亦后悔，一时气冲杀人。你莫慌，并不向你动手。一世也不走，随你要怎地！”

“啊，只要押司不杀老身……死便死了，这贼人，只是老身无人养赡！”

“你却不用忧心，我颇有家计，只教你丰衣足食便了，快活半世。……看天已渐明，便去陈三郎家买一具棺材与你。邻舍街坊见了，便道得急病死了。”

“如此甚好。千谢万谢恩人，只是请恩人一道去取了棺材。”

“让旁人瞧见岂不坏事？”

“我全身瘫麻，口不能言。再者说押司养婆惜，近邻街坊都知道。还请一道走一遭，便可早早发丧。哎，这女儿惯使性子，有今日之祸……”

宋江见阎婆抹泪，心中亦沉痛。便急急洗了手上血污，带了婆子，早投县前来。

县城里薄雾笼罩，天色未明。一户户清早起来打扫，人车左右往来。转过街来，见县前一排杨柳茂密。宋江转头向阎婆道：“这边走。”

却见阎婆往横巷子里去了。

“你走去哪里？陈三郎家不是那条道。”

阎婆眯着眼道：“想此时那厮还未起身。”

莫名跟在身后绕个远道，直来到县城中大路口上。路边店家正陆续开门，往来行人渐多。大路两旁，清晨时俱开早市。

“押司……你做的好事！”

阎婆反过身来，目露凶光。宋江见了心头一惊。那婆子伸出两手，把宋江袖口一把扭住。

“你这是要做甚？”

那婆子发喊叫道："有杀人贼在这里！众位乡人，宋押司杀了我女儿婆惜！别放走了这个杀人贼！"

宋江慌作一团，急道："不要叫！"

"杀人贼呀，杀人贼！"

宋江狼狈，连忙掩那厮的口，哪里掩得住！

# 第三十二回　地下囚室一困鸟　再生铜铃鸣友情

“道谁个杀人？”

附近开早市的商家、往来的男女老幼，登时围作个小山一般。

其中虽有不少人飞奔来凑热闹，但并无一人出手助那婆子，众人只是打闲发笑。——阎婆虽向着众人高喊“这个杀人贼害死我女儿！”，但众人都知晓宋江为人最好，上下爱敬，满县人没一个不让他，哪信他是杀人者，却道这婆子是着了狂病，哪里信她说，都同情宋江。

正在那里没个解救，却又见一人直冲入来，把婆子手一拆拆开了，叉开五指，去阎婆脸上只一掌，打个满天星，扑倒在地。

“押司，你快走！少与这疯婆子纠缠。这厢我唐牛儿自做道理！”

这亦亏得宋江平时行善积德，有道是好人众人帮，奸恶无人睬，正遇着个天降救星。

宋江绝体绝命，正慌得眼花头昏，被唐牛儿一喝之下，顿时清醒。便如脱兔一般走了，瞬间不见踪影。

婆子挣扎着爬起身，哪里肯得干休，一把却结扭住唐牛儿，叫道：“好你个唐二！你原是杀人贼的帮凶！”

“你这是何话？”

“少装不知！上公堂去说！”

阎婆便拿住了唐牛儿替宋江，拨开人群，直投进郓城县衙署里来。

知县时文彬听得有“早晓时刻杀没人”的事，慌忙出来升厅。听了阎婆与唐牛儿诉说原委，知县沉吟良久，仰天叹之。

原来知县和宋江最好，心想宋江往日宽仁，衙署中当差的都敬重他为人，实乃一员良吏。不成想犯下如此大罪，便有心要出脱他。

知县便教慢慢审理，只道阎婆心平了，再做计较。却不料阎婆不依不饶，又上厅来告："杀人偿命，天经地义！告相公做主，斩下宋江头颅！"叫喊不止，哪里肯歇。

知县先好言相劝阎婆回去，因听得唐牛儿前夜之事，便令把唐牛儿捆了，禁在牢里。一边拖延审理，一边肚皮里寻思如何开脱宋江。

却不料有一个属下跃起，便是那个张文远（张三），原是阎婆惜的情夫。——却自个带了一干人等，来到阎婆家，取尸首校验了，又取了左邻右舍的口供，并寻得宋江刺杀婆惜的一把行凶短刀，写了状子，叠了一宗案。上厅来禀告："知县大人，人证物证俱在，宋江乃行凶杀人之贼，已无可置疑。他自然不来自首，若不捉拿恐放他走远了。"

张文远嘴角冷笑，只管再三催促知县捉拿宋江。

张文远不只恨宋江杀了他婊子，兼恨宋江平日里受众人爱戴，令其不得升迁机会。但知县亦知其心中恶意——因此只顾遮掩，张文远只管来催，两个僵持许久。

怎当证据确凿，阎婆又上厅来告。知县情知阻挡不住，只得押纸逮捕公文，差人去宋江下处捉拿。

宋江早已逃去，差役只回来复命道："凶身已不在下处。那宋江自事件以来，不知去向。"

张文远一旁侧立，闻言暴青额怒道："你几个做什么态！过了这许久，他哪里还待在下处！他本生于宋家村，父亲宋太公并兄弟宋清现在宋家村居住，可以勾追到官，责限捕拿。"

几个做公的便急急赶往宋家庄去。

宋江老父宋太公，预先已开得门路，公差众人袖下收了贿赂，便又空手回衙署报知县时文彬道："据那宋太公所言，早在四五年前便因宋江一心求仕途，不愿家中私事相扰，去本县官长处除了他籍，日后家主之位让与宋清。……开了执凭文贴在此，宋江已非宋家人，凡事一概不问。"

知县面现喜色，道："既有执凭公文，无碍他老父及弟。只可出悬赏钱，行移诸处捕捉宋江便了。”

那张文远自然不服。三两日又挑唆阎婆去厅上披头散发，跺着脚苦告道：“知县大人这般行事么！哪里像个知县！手下人杀我儿，却拿捕不来？眼前恶党却没分晓！”老婆子越发使性，厅堂上跺脚。

“人命大如天！我女儿死得甚苦，老婆子谁来养赡？若不肯与老身做主时，只得去州里告状！州里告不得时，便去京城告！拼了这把老骨头，定要为我女儿报得这仇来！”

这时那张文远又上厅来，先假意劝说老婆子道：“今日且请先回去歇息。知县大人自会替你做主。”两人实惺惺作态，演一出双簧。

张文远又拿言语去催逼知县。知县情知有理，只得差两个都头多带捕手去宋家村大户庄上搜捉宋江。

那两个都头便是美髯公朱仝和插翅虎雷横。

两个都头便领了许多人，径奔宋家庄上来四面围住，向宋太公示了公文，道：“太公休怪我们！虽念旧日之情，怎奈上司差遣，盖不由己。只得你庄上搜一搜看，好去回话。”

“都头尊便，自细细地去搜。”

宋太公亦听天由命了。

两个自进庄里，四处查看一回，走入土藏廊下一般幽暗的里间。——见一个佛堂，四壁阴阴发冷，打开一扇厚实房门，见摆放佛具的供床，所在位置颇为奇怪。两人动手将其拖在一边，揭起那片地板来——原来地板上有个洞口。

雷横沉吟片刻道：“朱仝，我去查别处有无异样，此地窖你来看。”

便做了个眼色，欲说还休，抬脚出佛堂去了。

朱仝慢慢下入洞中，面上触到一物事。见是一条细索头。将索子头只一拉，铜铃一声响。

“谁啊……”

一人从地窖里钻将出来。定眼一瞧，便是宋江无误。久不见日光，苍白面色，胡须粗硬，身形见瘦。

“原来是朱都头，究竟是来了！”

“押司，休要惊慌。我和雷横两个，平日都知你仗义仁厚，于公于私，多年受你的照应。怎可将你绑去坐监？”

“如此，都头如何向知县交代？”

“此事无须担心，小可自支吾。知县相公有些觑兄长之心，只是被张文远那厮和这婆子在厅上发言，说要在州里告状，实在可憎……此也不是安身之处。兄长却投何处去好？”

“感激不敬！”宋江垂颈道：“小可寻思有三个安身之处。第一处是沧州名士，小旋风柴进庄上。”

“果然如此。”

“第二处乃是青州清风寨小李广花荣。第三处是白虎山上隐居的孔太公庄上。若能拜托那庄上兄弟看顾，到也暂可容身。”

“兄长平时交际宽泛，当行即行，立刻便可动身，切勿迟延自误！”

朱仝便拜了一拜，爬出窖子。与雷横两个为防事有万一，开门出来对众捕手道：“宋江真个没在庄里。里外遍寻不着。地下可有机关，仔细搜一搜。我们再拿宋质问，如何？”

朱仝和雷横便拉了宋太公入佛堂，将门合严实，窃窃说了良久，说成何事，旁人原是不知。

众捕手公人又在庄内床前灶下搜了一回，并无异状。看日头西沉，宋家排下酒食，犒赏众人，将出许多银子来，袖下行贿。宋朝上至朝堂，下至村舍，行污纳贿原是通例。朱仝、雷横都喝得酩酊大醉，连夜相别了宋太公，引一行人回县去了。

两个向知县禀道：“庄前庄后，四周村坊都搜遍了，其实没这个人。宋太公言道，早已将宋江除了籍，多年未见。既无根基，自然身轻如燕。”

知县以赞同态度说道：“宋江果然早逃亡他州了。最初强言宋江潜伏其父庄上的，便是那个张文远。既然如此，只要做了海捕文书，人犯肖像，发诸州衙署知晓。”

知县一本正经，一边做常规文书，一边叫朱仝私下安抚张文远和阎婆。

张文远亦没奈何。

他与宋江之间为女子闹出事来，衙内早已风言风语。那阎婆亦得了一些钱财。张文远为了衙署里当差，不失地位，亦不好与众人交恶，面皮上便缓了。

如此“婆惜被杀凶案”便由郓城县衙，发往诸州悬赏捉拿去了。这一个小小的涟漪，不多时便被忘却了。

# 第三十三回　宋江叩门小旋风　不期撞遇病好汉

晓星初见时分，宋家庄内枯莲无风。梧桐木下片片落叶，飞鸟来去鸣蹄，声声凄厉，宋家父子肠内痛如刀绞。

“一路凡事小心。此处之事，不用你忧心。”宋太公老泪纵横。

这一日清早，送宋江与宋清两个上路，见其身影没入庄外小雨一般薄雾中去了。

宋清本无罪，宋江道：“你且居家中，服侍老父余生。”太公却道：“若是知县转意，又叫人来搜捉，徒折损你弟。如今世相，此庄院经营也难，与其教清儿一生蹉跎与此，不如随兄同去了。你两个前程万里，休得烦恼！”两人便一同出门去了。

太公之感慨，也非无理。宋家地下早挖有躲藏洞穴，便出于防祸之心。——那时大宋朝廷，奸臣当道，谗佞专权，非亲不用，非财不取，天下恶霸横行，弊风及于州县地方，大小丑恶贯盈朝野。

如宋江这般县衙中押司小吏，做来最难，但犯罪责，触怒上峰，轻则刺配远恶军州，重则抄查家产，又须连累父母亲族，一门宗亲。因此许多官吏，预先教爹娘告了忤逆，出了籍，各户另居，不相往来。家私钱物尽皆藏匿在地下，日日忧心而过。

“那般日子，哪堪一生忍受？不可教宋清也躲藏地下。”宋太公真意如此，绝非虚情。

宋江走几步一回头，宋清亦恋恋不舍。老父身影已渐渐隐没。清雾蔽日，细雨蒙蒙，两兄弟戴着范阳毡笠儿，行在县地交界的枫林道上。

二人行程漫无止境。

多日行来，终来到沧州横海县境内，小旋风柴进门前。——往时豹子头林冲蒙罪，流刑去往沧州途中，也曾在此受一夜安歇之恩，其后走投无路，又得柴进推荐上梁山。

“哥哥，这庄院果然宏大！”

“那是自然，庄主乃大周皇帝嫡派子孙……其人是个现世的孟尝君，仗义疏财。”

投向门侧，见有庄客，便以名实告，求问庄主所在，道是正在邻村。

“且请在此稍待。”

二人在门前河边，解下毡笠儿，见有一个庄客慌忙赶来，叫道：“你等教客官在门外等候，庄主知道又要骂了！请二位到亭子里坐一坐。”

便和宋清在庭院里四角亭里，解了腰刀、包袱，待庄主归来。

举目望去，庭院宽大，霞桃连片，柳圃镶湖，其间白鹭、鸭、雁等百鸟朝聚，水面上栖息。远远听得田间童歌，牛马成群而过，真乃画中仙境。又见楼台二座，其下书院亭榭回廊，言之不尽。

“贵客降临，失敬！”

只见马厩那一头，柴进骑着马，引三五个伴当急奔出来。已闻庄客报知来者姓名。

便将宋江宋清两个引至泉楼一客房内。

两边相互拜了。各为江湖盛名之士，亦无须讨教尊名。

“小弟实在庆幸得见兄长！兄长如何得暇来到荒村敝处，是有何公家差遣？”

“让大官人见笑了。宋江原在郓城县做押司，不想犯下一件大罪，只得弃了押司位与家中老父，前来投奔大官人。”

“素闻兄长君子之风，如何犯罪？”

“实在惭愧，被一女子陷害，陷了情痴，做出没出豁的事来。”

“哈哈哈，兄长也犯女禁，小弟着实不曾想到。”

“大官人莫笑，虽说是一时气冲过失，犯科杀人之罪不可免，我已受诸州海捕，无处安身。”

柴进听了不以为意，反增亲热之情。便把杀了阎婆惜的事告诉了一遍，柴进不改笑颜。

“原是这般情状。兄长此番失策，无可奈何。只天下事，祸福相依，兄长此番离乡去家，今后必可纵横天下。请兄长放心，只管藏在柴进庄里。”

柴进专一结识天下好汉，庄上来往之客络绎不绝，对宋江、宋清两个自然亲近。两人感叹世间得遇如此侠义之士，实足庆幸，这样过了数日。

话说一日初更左右。

“今日又吃饮至欢，山珍海味无数啊。”

柴进着意服侍欢饮，酒宴至半夜不休。三人喝到醉时，上讨朝廷黑暗、民风颓丧，下诉胸中志气，哪里肯住。

见天色已晚，宋江道：“我且躲杯酒。”起身如厕。借了一个提盏蜡烛去净手，蜿蜒廊下只顾踏去，夜风满怀。转到廊下暗处，宋江一个趔趄，似脚上踏着一物。

这一踏，却带起手上蜡烛火星，落在暗处蜷屈身背的一个大汉脖颈上。

“啊，烫，烫……”

那汉子猛地挑起，把宋江劈胸揪住，大喝道：“不长眼么！你这鸟人！”

宋江也吃了一惊。

为何这暗不见光的廊下有个汉子，宋江虽不明所以，只是为客在此，连忙平身下去做赔。

试问此人为何在此，那汉子一串说起：“你也是来投奔此地？瞧，我颈上都是火泡。本便害病在身，躲在角落睡觉，还要来消遣我！”

一番骚动，众庄客赶来，连柴进也飞奔而来。

“住手，住手！”先劝下害病汉子，道：“你昨日便道抱恙不支。今日也不来喝酒，却在这里闹，可见也非大病。还是进来坐一坐。”

便引入来，坐在酒席边。将及时雨宋江、其弟宋清，介绍一番。

那汉子听了，急忙伏在地，脸上怒气顿消，长拜道：“却才甚是失礼！实在是有眼不识泰山！世上皆道兄长的大名，我时时梦中便想去投奔兄长！”

这大汉长跪在地下不起，看了直令人腋下生汗。

宋江平心静气，转头问道：“大官人，这是您庄上家人，还是贵客？”

“是途径我庄上旅人。只是在敝庄落脚已一年有余，直如家人一般，因此冒渎兄长。”

“万望恕罪！小弟虽是无名之辈。”那汉子慌慌张张，说出自己姓名，何处人氏。

“我是清河县人氏。姓武，名松，排行第二，人都叫作武二郎。”

“哦，原是清河县的武二郎，江湖上多闻说了，不期今日却在这里相会，真乃奇遇。”

“小弟贱名，污兄长贵耳，实在惭愧。”

“二郎因何在此？”

“小弟在清河县，因酒后醉了，打了一架，一迳地来投奔大官人处避难，只待事态过了。今欲正要回乡去寻哥哥，不想一波未平一波又起，染患疟疾，不能够动身回去。”

“原来二郎生这一场病，却叫我二人得相遇。”

“适才被火星烧了脖颈，对治愈疟疾或颇有效。”

“哦，为何？”

“惊出一身冷汗，敢怕病倒好了。”

“哈哈哈，正是因祸得福。”

满座皆捧腹大笑。便换了新杯盏，男子汉之间披露肝胆，饮至尽兴，将近闻鸡鸣声时才罢。

由此宋江、宋清二人每日吃喝快活，武松也终要起程，忽一日急来告别，对宋江道：“小弟因哥哥还在家乡，心下挂念，如今只得归去望他一回。”

“何必急于一日？再留一日吧.”

柴进为他饯别，从库中取出秘藏三领新袄，分与宋江、宋清，又给武松一领做路途上穿用。

见这新袄色泽新鲜，闻之芳香，原是跨越大漠，由西域传入之布料。武松穿了，头戴着个黑干漆笠儿，脚上穿白紫靴，腰间插把腰刀，手上提了哨棒，相辞道：“多多相搅了大官人！如若得闲时，再来相谢，今日只得家乡去走一回了。”

这一日吃过辞别酒，便出恩人柴进大门而去。

宋江之事暂且不提，只说那武松踏上旅途。

话说武松一路快赶了几日，这一日已到阳谷县地面，山腰之上。

“嗯，这是何意？”

举目见一个酒店，挑着一面招旗，上头写五个字：“三碗不过冈。”

“主人家，我要吃酒。小碗不畅快，把大碗筛来。”

“来了，来了。”

武松见主人家端上来少许猪肉、牛肉，便道：“这些哪吃得饱？你有熟牛肉，切二三斤上来。”

“客人，你酒量可好？”

“担心做甚？我吃多少，你卖多少，只管做你的买卖。”

“客官，我家的酒虽是村酒，却比吟醸的滋味，非比寻常。客官吃酒后如何打算？”

“便是你家招旗上的自吹自擂？”

“不是自吹自擂。但凡客人，来我店中吃了三碗的，便醉了，过不得前面的山冈去。”

“哈哈哈，我却已吃了三碗，如何不醉？”

“我这酒，初入口时好吃，少刻时便倒。”

“休要胡说！三碗哪里够！再倒三碗来我吃！”

又一口气吃尽了，那酒家一旁看呆了。

“再倒三碗！”

“客官，够了吧！”

“再倒三碗！”

“你道俺是喝酒不尽兴的汉子么！”

武松去身边取些银子，又教切了几斤肉，咯吱咯吱咬着都吃下肚。

“吃得好！所谓三碗不过冈，酒价虽高却值当这些银子。”

绰了哨棒立起身来，便望店外走。

酒家赶出来叫道：“客官，客官，你哪里去？”

“叫我做什么？自然是往前走去。”

“客官向前走，前面可就是景阳冈。”

“如何？”

“你且回来我家看抄官司榜文。如今这景阳冈上有只吊睛白额大虎，吞食往来客商与本乡百姓，已坏了几十条性命。”

“呵，老虎，可曾把你这鸟店子倒翻转来？”

“客官不要取笑！我是好意救你，须知性命要紧！”

“虽你如此说，要去清河县，须过景阳冈。”

“请客官不如就我此间歇了，等明日慢慢凑得二三十人，一齐举松明火把，一边吆喝一边过岗子。你可来看这榜文：可教往来客人结伙成队，于巳午未三个时辰过冈，其余时辰不许过冈。更兼单身客人，务要等伴结伙而过。”

“什么榜文，我却未见。便是有虎，也去会他一会！”

“客官这般不听人言，被那老虎吃了，可与我无干！”

“我如被吃了，将骨头送与你，代做酒钱。哈哈哈！”

武松朗声大笑，大踏着步，走入昏暗深林中去了。酒家摇着头，自进店里去了。

# 第三十四回　武松醉上景阳冈　拳打猛虎好英雄

约行了四五里路，来到一个败落的山神庙门前。

过了此庙，便是一条上景阳冈的山路。

武松出酒店时，刚过午时。踉踉跄跄一路走来，只见千层古林，夕阳照下尽染血红，脚下山路已昏暗不清。

“哦，此处有一张县内榜文。”

抬头去看，只见写着：

**阳谷县告示**

为景阳冈上新有一只大虎伤害人命，见今官民行捕未获。虎猛嗜血，残害日甚一日。过往客商人等务必谨慎。

“原来端的有虎。如何是好？”背上稍觉发凉。

想了一会儿，武松仍不以为意。醉眼蒙眬之中，反倒自觉愉快。

日暮西沉。一步步上冈子来，见虎眸一般的半月由谷间跃出。酒力越发发作，脚下自软。

“……不怕虎，却怕在此处又犯寒病。”

走到近山顶处，只见疏林中山道上一块巨大平青石。武松解下毡笠儿，往大石上放翻身体。虽无在此安睡打算，但当不住醉意，终还是睡去了。

半轮明月映照，这一个巨汉凛凛相貌，犹如在大石上刻了一尊武人像。武松时年二十六七，唇红齿白，头发披散，隐藏不敌锋锐之双目合起。只听他鼾声如雷。

——正是地上宿命，清河县一市井中侠儿，正应百八星下凡命数也。

一阵风过了，树木摇晃作响。天地寂静，树叶交织斑驳，飞鸟走兽一瞬间，似乎都失了声响。只见一身躯庞大之物，弯曲脊背扑扑地走来，满身金毛黑斑，鼻端一针毛，双眸如镜般射光，口中低声嘶吼，嗷嗷嗷……

嗅知人体香气，激起饥肠辘辘与亢奋之情，摇着尾巴跳了出来。这大虎却也颇感奇怪。虽是大如一座小丘般，却小心谨慎绕着大青石绕圈。一张血盆大口，凑到武松脸边，把前肢往半空里一抬，伸出爪子，似要抓向武松口喉。这爪子却未落下。武松两眼一睁，正与大虎的两眼对上，两个竟对视片刻。武松内心一片空白，浑身如石铸一般丝毫动弹不得，只管盯着眼前大虎。

不知为何，那虎却又绕大青石转起圈来。武松回过神来，闪在大虎背后。那大虎因背后看人最难，为其弱点所在，性来不喜背后有敌。便发了怒，往半空里一扑，向武松撺将下来。

“嗬！”

武松身子只一闪，便闪开这一扑。那大虫便把前爪搭在地下，把腰胯一掀，掀将起来。一股腥臭之风，卷起沙砾掀来，那一对发怒金瞳冲燃，武松又一闪，闪在一边。大虎再度跃起，一张血红的虎口，四只巨爪之下，要将武松撕碎片断，却又被武松闪过，不得已使出最后一招“剪”。

原来这大虎之天性战法，只是一扑、一掀、一剪。如三般均捉不着时，这百兽之王气性自没了一半。武松原不知这许多，但觑大虎气虚，他自往前一跳，向虎额上的银丝，尽平生力气一拳打去，二拳打在虎鼻上，三拳打在虎眼上。

那大虎连吃三拳，性发起来，一声震天咆哮——自然武松并不怕它。武松先自纵深一跳，身体如球一般直跳出七尺开外，间不容发，却见大虎把黄皮虎尾倒竖起来只一剪，武松好似被其击中身体，却不妨两脚飞轮似地闪，令大虎狼狈不堪。大虎又一兜兜转将回来，眼见其早已头晕眼花。

武松乘隙将哨棒拿在手中，施展浑身本领，舞地风轮也似，在大虎眼中必为奇异幻景。如同面前有数十人身影一般。虽反复猛吼飞跳，力道却是见弱，虽终于咬到哨棒，两个拉扯苦斗了一回。武松却迫近身去，两只手就势把大虎白额毛揪住，提起铁锤般大小拳头，十下二十下只顾打。那大虎眼里、口里、鼻子里、耳朵里，都迸出鲜血来。咆哮声撼动群山，又只顾乱踢。那武松哪里顾，又打了五七十拳。那虎痛苦不堪，把身底下爬起两堆黄泥，做了一个土坑。武松却把虎嘴直按下土坑里面去，慢慢见虎动弹不得了。

武松放了手来，坐倒在地，大口喘息一回，茫然四顾。终于回过神来，拔出短刀，往大虎的心肺里又刺了几刀。鲜血喷涌出来，将武松衣袖染红了。

——武松捱下景阳冈往西去，近天明之时走到村庄附近，乡里人见了他这般模样，自然吃惊不小。

“客官，这位客官！”

几个人直追上来问。

“这位客官，昨夜你从何处过来的？”

“还用问何处过来。除了那景阳冈，还从哪里来？”

“啊？没见到吃人大虎？”

“大虎？那只大虎，被我一顿铁拳，打死了。”

“怕没这话？”

“你不信？不信还问，拿人取笑！”

又过来两个猎户，又一样来问他。武松照样作答。见了武松身上血迹，众人半信半疑间，都一同上冈子来，看见那大虎作一堆儿死在那里。众人把大虎四肢缚了，十几个人肩扛起来，抬下冈子来。

村中鸣起钟，敲起板，全乡哄将起来。女子小儿都涌来看，鸡牛猪羊啼鸣，闹闹嚷嚷。

“老虎死了！老虎死了！”四下里欢呼不绝，屯街塞巷，都赶来看。

早有人报知村官，飞来迎接，又有县衙一众当差的飞马赶来，呼来村官与那一干猎户问道：“听闻打死那老虎的壮士，并非这乡里的，乃是一个过路客官。且凭一对拳脚，便打死吃人恶虎，果然英雄了得！……到底是何人？”

“那壮士下冈来，不知走去哪里了，遍寻不着。”

“什么，已走去了？难不成并非世间人物？快去找，想必还未走远。”

说那武松，困乏一身。此时正坐在村中酒家里打盹。虽是又饥又渴，原本来此吃食，却挡不住困乏。

“壮士！壮士！请醒来！”

突然听耳边骚动，又有人摇动身体。武松睁开眼来一瞧，只见县里公差和村官……四周挤得层层叠叠。

“这位便是打死老虎的壮士！”

犹如过节般，欢呼雀跃声响彻天际。

武松还睡眼惺忪，便被众人推出外面，将乘凉轿来抬了。——转头一看，那只大虎横卧在前方一架台上。武松心中纳闷，如见梦幻，念道：“真怪哉，抬了我和这只虎，往何处去？”

公差与村官俱以英雄手下奴仆模样，敬武松道：“请壮士往阳谷县衙走一遭。今日得壮士来到，除了这个大害，乡中人民有福，客旅通行无碍，解了县令相公难处，相公必亲自来迎！”

把段匹花红挂于抬轿上，众轿夫将武松与那前面的大虎一齐抬起。

轿列行进之间，男女老幼群集而来，往武松轿子上投五色折花，迷得武松两眼都睁不开。又抬出鸡肉、羊肉、酒壶、馒头，争相献在武松膝下。路旁点起爆竹，梆梆地震天价响，民众欢呼挥手，不忍武松离去。轿列几乎不得前进。

这过节一般气氛延续至阳谷县境内，更白热化了。那县里人民听的说一个壮士打死了景阳冈上大虎，皆出来看，沿途堵得水流不过。武松心里倒着起慌来。

“如何这许多人……这莫非是帝家排场？”

知县也来迎他，待以贵宾之礼。摆开筵席，知县坐于主座，读毕感谢状。又将百姓富户凑集的一千贯赏赐钱，授予武松，说了许多赞誉之词。

武松禀道：“如此重金，实愧不能受。小人偶然侥幸打死了这只虎，又不曾有一文钱的花费，只途径那山冈教小人遇着而已，非小人之能。——请把这一千贯给散与众猎户，并给乡里遭虎害之遗族去用。”

“果真如此？”知县对武松这般无欲，颇为吃惊。

“请散财与众人，小人才得满足。”

“嗯，壮士果然忠厚仁德。即是如此，任从壮士，散与众人……武松，我今日就参你在本县做个都头，如何？”

“若蒙恩相抬举，小人感恩不尽。只小人正要回清河县去看望哥哥，正在旅途之中。”

“不妨，清河县与我这阳谷县只在咫尺，要回便可回……书籍，尔立个文案，今日起武松便是本县都头了。”

武松对这凭空落下的出人头地机会，口中只是嗯嗯作声，并无多少愉快之色。

便在县衙里休养身体四五日。来做庆贺喜之人络绎不绝，每逢道喜之人，武松便低眼道：“哪里哪里，一时侥幸。”搔着头，不知所措模样。

那一日，武松出走县前来闲玩，见孩子们玩弄竹马，正有趣得紧。一隅树下坐着一个卖馒头的，其人毫不起眼，忽立起喊道：“这不是武松吗！”

这汉子一边发喊，一边就将枰杆往脚边掷下，直扑上来抱住武松。

“啊？”武松一时哑然，看时，顿时笑开花，两手一把也抱住这个汉子，口中叫道：“这不是大哥吗？你怎地在此处啊？”

“武松，真的是我弟弟武松啊！”

“兄长莫哭，看这里人来人往。实在没想到，在这条紫石街上遇到哥哥。难不成在家乡清河县有何苦楚？”

“那里并无甚事。”

“想来如此。哥哥为人宽厚，遇事忍让为先。难不成是来逃债？”

“哪里。我近来娶得一个老婆。”

“哥哥成了亲事，却不在本乡过活，实在奇怪。我实不解。”

“我慢慢说给你。二郎，来来。”

这个武大郎，回过头来把卖馒头的物事收拾了，往池边坐下。

这对兄弟虽是同腹所生，武松从前便想：“哥哥实是好人。只身不满五尺，面目丑陋，实是可怜……”反对哥哥抱有同情之心。

每每听得那些近邻的孩童相欺，大郎面前高喊“猪猡！猪猡！猪身上盖破布！”，便愤怒无端，动手去打——兄弟两个长成之后，仍是如此。因此武松逃去他乡之前，谁敢来武大面前欺负？

去年武松不在时，武大倒得了一桩姻缘，且这女子还是个美人。好似遗失霓裳羽衣，下凡仙女一般的可人儿，却嫁了三寸丁谷树皮……此女名唤潘金莲。

这桩婚事自有原因。

那个金莲，娘家姓潘。原是清河县里一户大户人家的使女，长至二十有余，越来越标致出色。那个大户主人性急猴一般，总来缠她。这般大户，拿使女做家当，以情欲相逼之事，本是常有。

只那金莲心中情花并无盛开之意，哭喊不从，又去告主人婆。

那大户吃了婆娘一番嫉妒辱骂，又受家中老小取笑。以此记恨于心，更胜情欲百倍，却倒赔些嫁妆，找了个贩卖家奴的，要把金莲白白嫁给县内公认极丑又穷困的男子，便是那武大为妻。便是害其终身不幸的毒计。

武大是个傻好人。娶得这美妇进家门，每日伺候她早饭晚羹，随她的差遣。

“娘子啊，金莲啊。”

每日价地欢喜。这等模样，自然又被街坊里取笑，都道：“那三寸丁倒有天上掉下一个美妇，上天不公！”

一班人不时在武大门前叫道：“好一块美肉，倒落在狗嘴里！”谩骂不休。

被欺辱久了，便是武大也忍不得。只好带了金莲，离了家乡清河县，搬来这阳谷县的紫石街赁房居住，每日仍旧挑卖馒头。

“原来有这许多事。兄长这一年间受苦了。得遇美妇入门，一生之幸。世间原有嫉妒成性之人，不用在意。”

“兄弟，我自是这般想。每日出门卖力气亦自愉快，金莲实是好妇人啊。”

“如此便好。见说嫂嫂如此贤惠，我也想早去拜见嫂子。”

“哈哈，说是你嫂子，她年纪直可做你妹子呢，你见着了可不要着慌。也罢，与我一同回家见一见吧。”

“不巧手上空无一物，没个见面礼。还是走一遭吧……哥哥，担子我来挑着。”

“这怎使得？再说你我两个，挑担尺寸相差太大。”

这武大是五尺短矮身材，一根扁担正与他尺寸相合。——两个边行边说，走在街上，过往行人没一个想到此二人原是一对同胞兄弟。知晓的人，也只向武松回过头道：“看那个汉子，便是打虎英雄武松！”

一路被人窃窃私语。

“兄弟，我初听人讲起打虎英雄，还想不到便是自家人！金莲要知晓了得如何高兴！我亦可扬眉吐气了！”

正说间，来到武大家门前。这家原是一个茶坊间壁，地处偏僻，透过枯柳见有石桥。街角有一个茶店，茶店主人叫王婆，武大之宅便北邻这个茶店。门上挂有一席芦帘，武大站在门外向里面叫一声道：“娘子，我带了一位稀客回来。”

只听一阵脚步声响，从楼上走下一个妇人来。只见一只白玉手，由房内掀起帘子来，问道：“你回来了……这是哪位客人。”

只见她眼神中风流含笑——眼光扫过武松，金莲这一对明眸，与其艳丽身姿，好似有蛊惑男心之物隐藏。

原来如此，难怪武大在家乡受闲人嫉妒排挤，住不得了，连这武松见了金莲美态，亦头昏目眩。

# 第三十五回　嫂子见弟嫌兄丑　武松入家又离家

“兄弟，上楼来，家中虽说促狭，不必计较。”

街上遇见武松，带回家里，武大兴高采烈，气势也壮了，引荐武松给妻子道：“金莲，原来与你提起过我有个出门在外的兄弟，今日带回来了，便是这个武二郎。”

“啊，这位便是叔叔。”

金莲叉手向前，做摆柳之姿，向武松行礼，长睫毛下一对明眸，立时将武松上下看个通透。——武松亦纳头便拜，前额直碰到嫂子的一对绢鞋之前。

“拜见嫂嫂。适才听兄长说起嫂嫂许多贤惠。兄长此生有福，我二郎实在高兴。今日叨扰，请勿见怪。”

“哪里，叔叔不要客气……我们便是一家子人。”

“金莲，你也听说那景阳冈上打死大虎的壮士，原来便是我家二郎！”

“啊，如此说来，县里新做都头的，也是叔叔了？”

“正因二郎打死了那大虎，所以县令相公强要二郎做了都头。二郎来此县之前，只路过旅人而已。”

“做了都头自是好事。是吧，叔叔？”

金莲露出珠玉一般白齿，浅浅而笑。眼角流转爱娇蛊惑之色，武松心下悚然，这便是自家嫂子，兄长之妻？

“二郎，今夜你便在此安歇吧。我出去买些酒食回来，好好管待你。”

大郎说着出门飞快去了。

“酒食如何不使女眷去买？”武松正自纳闷，金莲却早已看武松这表人物，看得呆了。

虽说武松与武大郎是嫡亲一母兄弟，却差异悬殊。大郎身材五尺，县里人都唤他作三寸丁谷树皮，三分像人，七分像鬼，徒惹人耻笑。这武松一身筋骨，这般长大！实乃男儿中的男儿。哪里像家里这个晦气主子！金莲寻思着，眼中含泪。

“叔叔，你现在哪里安歇？”

“新进就任县里都头，俗事繁忙，今胡乱权在县衙里安歇。”

“一人独居？”

“独自一身，容易料理，早晚自有兵丁服侍。”

“那等粗汉服侍叔叔，怎地顾管得到。何不搬来一家里住？早晚要些汤水吃时，奴家亲自安排与叔叔吃。”

“怎可如此烦搅嫂嫂？我那哥哥，性极善良，住清河县只顾老实做买卖，时常被宵小之徒欺负。嫂子想必也有许多苦楚。如此家兄，要嫂嫂忧心。”

“都是一家人，叔叔何必这般客气。实想不到你那哥哥，有一个这么高大的弟弟。——叔叔，请问青春多少？”

“我今二十五岁。哈哈，旅途之间不知不觉。”

“如此说来，长奴家二岁。”

金莲拿眼珠子扫去，武松顿觉心中一紧。碰巧此时，武大买了酒肉果品归来，搬上楼来。

“金莲！金莲！看看我买了许多！那些做买卖的眼都看直了。头回见我武大买这许多，哈哈。”

“真是个不晓事的。”

金莲使出平日里颐指气使的调子，指着武大的鼻子破口大骂：“这般寻常小菜，还搬上楼来做甚！放在厨下，去教间壁王干娘安排便了……只是这般不见便！”

这一晚，夫妇两个款待武松，吃喝尽兴了。那金莲是个使女出身，嫁与武大之前，是清河县第一富户家的使女，惯会小意儿。

当日夫妇两个又苦劝武松搬来同住。武松虽深夜赶回县衙安歇，清晨醒来，想起昨夜酒性之下便应承此事，径投县里来，禀告县令道：“恩相，武松有个亲兄搬在紫石街上居住，街市上偶遇团聚。武松欲就兄长家里宿歇，早晚衙门中听候使唤，不敢擅去，请恩相钧旨。”

“你今后住宿兄长家中，每日前来衙门听差？”

“正是。兄长将武松一手拉扯大，原当尽孝。”

“此事甚好。便教几个兵士助你搬取物事。”

武大叫了个木匠，就楼下整了一间房，铺下一张床。搬家那一日，虽说物件并不多，武松还是带了三个兵士，引到哥哥家里。左邻右舍围观之中说道：“哥哥，今日起就承你照顾了。嫂子今后也要多受你照应。”

于武松而言，此非平常住宿处。与兄长同居一屋，兄弟两个俱得欢畅。武松又择日价置备茶果，招待街坊四邻。买了彩条缎子，送与嫂子金莲——这样缓缓过了四五日。

话说武大郎，依前每日挑了担子，上街去卖馒头，武松则每日自去县里画卯，承应差使。只是卖馒头这营生，起早贪黑，自然在这狭小屋中，武松与金莲两个独处之时便多了。

潘金莲看着越来越美了。

女子体中秘密酝酿之美色，与着意显于人前之淫心，生理上产出怪异。朝夕化妆不坠，皮肤之下厌厌显出燃情狂欲，凝脂也常常自毛穴里透出一股专为诱惑男人的女香来。

“……啊，嫂嫂，每天早晨受你烧洗面汤，实在过意不去。我不过借宿在此一兵卒，这哪里使得。”

“叔叔，却怎地这般见外。”

“哥哥每日也要早起，嫂嫂服侍哥哥便好。”

“啊呀，谁道我没服侍那厮？来，叔叔再饮一碗茶。”

“实在太麻烦嫂嫂了……时候不早，我得去县里了。”

“叔叔，你麻烦我，我也乐意。画了卯，早些个归来吃。我每晚做可口好菜服侍你。”

走出门外，武松心中叹气。那嫂子却拿我这做兄弟的当一家之主，每日朝晚尽心服侍，真过意不去。

回到家中，连洗浴时也跟来帮忙洗背。[1]又时时拿出酒来，相邀对饮。

“嫂子，等兄长回来了，三人饮酒甚好。独一人饮酒，无甚美味。”

“今夜那厮可回不来，说是去置买面食。叔叔，金莲不行么？”

“嫂嫂要作甚。”

“叔叔还佯作不知，教人心焦。拿酒杯呀。”

金莲虽拿出妖艳美姿撩拨他，武松却是个硬心直汉，不着她的道。只要朝夕得见兄长家中和睦，便心满意足。其实对于金莲那般花容猥态，频频撩拨，武松心中愤怒慢慢聚积。闲来不禁闷想，又不禁自嘲道：“我这般心焦是为何？”

那金莲独自一个焦急，心中烦恼似千万发丝，越积越多。

这一日清早，纷纷扬扬飞下一天大雪来。——金莲自想，今日便要将烦恼除尽。

武大今日也出门去卖馒头，归来甚迟，那妇人还着意令武大去做二三件杂事。至午后，金莲央间壁王婆买下些酒肉羹汁，去武松房里簇了一盆炭火，烧得一屋温暖。

“啊，果然一场大雪。这天色昏暗，昼如夜般。”便等着武松归来。

早知这一日衙内无事，武松早半日得回。只见武松踏着那乱琼碎玉，赤红着脸归来。——原想如此天候，大郎也不会出门去做买卖吧。

“大哥，好大的雪。我带了酒回来，喝一杯吧。”

揭起帘子，自把身上雪拂了，走入家里来，却不见大郎，相迎的只有往常一般含情脉脉的嫂嫂金莲。

“……今日也出去了？早知如此，留在衙内和众人一齐饮酒了。”

武松心下怅然，口中无言。金莲却越发殷勤。只因心中动情，绯红面色直烧到指尖。窗外雪簌簌得落不停，屋内火炉升腾紫金火焰。武松解了制服，入房里搭了。那妇人却去关了后门，将前门上锁。深夜一般寂静，桌子上已摆放些果品菜蔬。武松只默不作声，冷眼相待。

“叔叔，为何这般面色……平日里在大郎面前言语甚欢，怎地在我面前这

---

1 嫂子替小叔子洗背这句话，作者是根据日本家庭情况所写，其男女之防并不那么严重。如果发生在武松与潘金莲之间，武松应该是当场便不能忍受的。——译者注

般不作声？”

“嫂嫂抱歉，二郎我其实性少言语。”

“那么，我和叔叔自吃些酒吧。”

“适才县里一个相识的，已请吃了酒。既然嫂嫂相请，权且再吃两杯。”

“叔叔却来诳我。适才进门时，却道要吃酒么。”

说犹未了，金莲已相酌了三四杯。今日须得表明心意，金莲心中虽主意已定，果然还需勇气相助。直觉身不在此间，泫然欲哭，体内狂性翻乱，哪里按捺得住。“二郎，请满饮此杯。若不成嫌弃我倒酒么……啊，泼出来了。”

“嫂嫂今日是怎么了？”

“叔叔还不知？看我这对眼，须知晓我意……”

“嫂嫂，你饮太多了，怕是醉了。”

“那么叔叔来扶我……啊，愉快，愉快，再斟一杯……先饮尽此杯。”

那妇人把身子倚靠过去，娇羞倒在武松膝头。两手搭武松肩头，酥胸微露，云鬓半乱，体香直透出衣裳，脸上微微堆着笑，全似魔女。罂粟朱色唇间，娇喘吐息……成全了吧！成全了吧！她似再无余力起身，只在武松怀中乱颤。

“嫂嫂，嫂嫂，你无事吧？”

“苦闷得紧！叔叔，抱我！”

“这，这样子？”

“再紧一些！”

“那么，这般如何？”

武松突然站起，竟两手一抛。——只见潘金莲身子与裙裾舞蝶般腾空。

“你这做奴的淫妇，恁地不知羞耻！”

那妇人重重落倒在房门口，传来一声好似拍打湿布之声，却见其一骨碌又爬起身来。既不哭泣，也无痛色。睚眦红裂，眼中似欲喷出火来。

“好啊，你竟敢辱我！女心思男，有何不可！像你这等木头人，好不识人美意！”

心中怒火哪里按捺得下，又向前一步，向着武松恶狠狠道：“这许多日来亲切待你，你以为出于叔嫂之情么？这般翻脸不认人，休怪惹现世报！”

开了后门，好似带起一股风，气愤愤地走厨下去了。

漫天雪花更纷纷扬扬。

挑灯时分，武大好似雪人一般归来。听见声响，金莲双眼哭得红红的奔出来。武大放下挑担儿，问道：“怎么了？是不是和二郎闹了？”

“哼，你也知晓。你惯常就宠你那弟弟，今日便来欺负我！”

“我那弟弟虽不会好言语，但从来老实，哪会欺负你。”

“老实？老实人会拿自家嫂子调戏吗？”

“二郎做了什么？”

“我是说不出口！那等羞煞人！你看看我这乱发。你要还不回来，不知要受他何等猥亵呢！”

武大听了，心中动摇，面上灰暗。转念一想，莫不是武松在县里喝了酒，一时玩闹而已。他自知武松好酒。

“金莲，二郎在屋里？”

“那厮怕是已睡下了。”

“那好，明日必会搔着头给你赔不是。你也莫要生气了，既是一家人，看在我面上休要多计较。”

那一夜中，积雪屋檐下，武大只由得妻子爱抚。金莲蛇淫之情早已撩起，直透白肤而出，初次将狂炎般情液注于武大，却教小心善良的武大吃惊不小。只因金莲媚叫毫无克制，总担心楼下弟弟听见了，好不羞惭。

一番情狂之后，武大翻身睡去了。那妇人至早无话，清早起来下楼，独自笑起来。

“你那弟弟走去了。”

“二郎已经走了？今晨如何这般早，衙门中有差遣？”

“你自去看他屋里，行李都绑做一处了。果然那厮羞了，没脸儿见你，要出这家门！”

不一会儿，三个侍从兵来，说奉了武松的令，径去他房里收拾了行李，并道武松要搬去县衙里宿歇。武大那一日因大雪不止，没有上街去卖馒头，便如虚脱了一般恍惚度了一日。

# 第三十六回　好色恶邻和合汤　廉后罂粟开淫花

武松在县衙里受众人喜爱，英雄了得，又通人情，不在下属前作威。

“武都头，知县相公唤你去。”

“唤我去？莫不是你们前日在酒店里喧哗，教相公知晓了，倒来训我？”

便走入县令衙内。

“有一事托付于你。”知县教武松坐下，取一份公文辞令与他。

“今有一件差事，须是武都头可去。这份公文，定日要交与开封殿帅府。另外，还有一担礼物送与我在东京城里住的一个亲戚，都头可领几个兵士同去。”

“须何时上路？”

“后日便可行。路途遥远，又听闻近年盗贼横行，恐途中不好行，须是都头这等英雄好汉方去得。万事拜托于你。”

“小人得蒙恩相抬举，安敢推故。即蒙差遣，便去准备。”

次日，武松走到街上来，买置路途所需物事。怀中自有差旅银两，便想买些兄长喜欢之物。

自出了武大家，便未再去过，算算已有四十余日。此番往东京去，早晚亦须二月有余，若天候不利，三月也难回。

“那日以来羞于相见。今便携酒去赔不是，好歹修复如初。毕竟哥哥能娶得妻室，他满足了便好。我折损些面皮又如何。”

武松便买了一瓶酒并鱼肉果品之类，手上提了，一径投紫石街来，直到武大房门前，往那芦帘中张望。

“这不是叔叔么，今日怎地来了？”

“嫂嫂，二郎专上门来给你赔个不是，那日喝醉了。”

“那都是过往之事了，休要怀心。快快上楼来，大郎也快回来了。”

“便等哥哥回来。嫂嫂，这些酒肉，你先拿去。”

“实在教奴家过意不去。怎地如此多酒肉。”

金莲心中却会错了意。这妇人一般心思，以为男子俱难逃诱惑。那妇人余情不断，见武松来访，心中自想道：“莫非这厮心中放我不下，却又回来？”便将武松引上楼来。金莲去自房里妆台前坐下，重匀粉面，再整云鬟，抹些香油，换些艳色衣服穿了，又去见武松。

“叔叔，这是用那一日你送我的缎子做好的衣服，却不好看？”

摆弄衣裳，搔首弄姿，又做出一番媚态来，绕着武松身子边转。

虽说早先吃过苦头，这妇人却毫无悔改之意，忍不住又妖声艳语不绝。如同猎物撞上了蜘蛛网，那蜘蛛把丝线越收越紧，必吞食之而后快。武松心道，这嫂嫂又作起了，不由愤怒。只顾隐忍不言。武大终于归来，见武松在楼上，不胜欣喜。

“哦，二郎你来了。真是好久未见了。最近如何啊？”

“哥哥，今日实来作别。相公差遣，要去两三个月光景。”

“啊，要去远处不成？”

“奉公命去往开封东京。少则四五十日便回。哥哥，前些日子让你忧心了，今日不来致歉，路上也走不安稳。小弟有不周全处，请哥哥原谅则个。”

向兄长致歉，也不想惹怒嫂嫂，武松只管自低下头。金莲面上亦是赤红。楼下王婆上来告说已安排下饭食，立时将酒肉上楼来摆在桌子上。以送别酒之名义，三个人交杯喝了数巡。武松最后肃颜道：“大哥，嫂嫂在上，有句话小弟特来说知。”

武松正襟危坐道，夫妇两个还是首次见他这副模样。

“兄长，我们在故乡清河县过活时，或你搬来此街上住以后，专有些畜生来骂你是卖馒头的三寸丁、短矮破布等，每次我听到了都气血上涌。毕竟我兄弟两个从小相依为命……只兄长天生纯朴，不与人争，原是好性子。”

武松自觉眼含热泪，武大垂着头只顾听。——金莲一旁横目冷对，不由心想，哪个是兄哪个是弟？

“武松居于一地时尚无事，今要离县百日，但须朝夕谨慎。莫要受人诓骗。嫂嫂，你是个精细的人，不必武松多说。俗话道夫妇二世缘，我哥哥为人质朴，全靠嫂嫂做主看待他。嫂嫂把得家定，我哥哥烦恼做甚？岂不闻古人言：篱牢犬不入？”

那妇人被武松说了这些，一点红从耳朵边起，紫涨了面皮。转过头，寻一张草纸掷给武大，道：“你这个龌龊混物！瞧你这一把眼泪一把鼻涕的……你听二郎言语，好似我是那等恶女鳖老婆！”

武松当即立起，桌上放下一锭银子，原是部分路途资费。

“嫂嫂，这些银子，权抵前些日子在此住宿花费。我不在时，哥哥每日且少做买卖，迟出早归，早闭了门，省了多少是非口舌……睡前吃些酒，快活度日便好。凡事拜托了……哈哈哈，武二这般好似媒婆嚼舌根。——哥哥，我这便去了。”

武松下楼来，武大相送。临出门，武松又小声道：“大哥，我的言语休要忘了。”

“知道了……”

见武松走远了，武大站在檐下，不觉眼中堕泪。带着哭丧脸回到楼上，见金莲坐着咯咯笑，自个喝得兴起。又掩面倒在桌上，哭泣不休。

“什么夫妻二世缘，我是受不得了。这半世便苦死我也！”

次日武松早起，离了阳谷县，望东京去了。心中忧心卖馒头的武大郎，此后境况未有见好。

“这日头正高，你怎么已归了？买卖不做了？”

“二郎走时不是嘱咐过，每日只做一半馒头出去卖，晚出早归为好吗？”

“混沌浊物！没料想你是这般好吃懒做！听你那兄弟鸟嘴，也不怕别人耻笑！”

“晚上酒菜呢？金莲，你做甚生气？”

“还要喝酒，哪里有钱？”

“二郎走时置下的银子呢？”

“呸！那一点微末！还能留到今日！明日又如此早归，便不开锅！”

过了数日，冬已将残，天色回阳微暖。处于小盆地中的阳谷县城，春柳萌芽。渐渐蠢动起来却无处绽放的还有一物，便是那金莲的肉欲身躯。

又一日，那妇人手中拿了一个栈叉，向门前来叉那帘子。——未曾料到冬雪化水，把钉子腐化了，拿叉杆叉不牢，那帘子倒去，金莲口中娇一声“啊”，往旁跳开。也是合当有事，却好一个人从旁边走过。那人口中喊一声：“小心！”伸出手来扶住金莲的身子，对着怀中陌生女子笑吟吟。

“奴家一时失手……官人何处弄疼了？”

“哪里，哪里。”

那男子戴着染色头巾，看其约莫三十四五年纪，面皮白净，行颇风雅。

这桩小事，说过便过。那人亦无机会多说半句，只好行走开去，回头一看。金莲也回过脸来看了一眼。

那男子心中微微一颤，脚下一转，蜇入武大郎家旁边，王婆茶坊里来，去里边坐下了。

“哎呀大官人，真是稀客，今日什么风吹您到敝间来了？”

王婆急忙笑着来唱喏。——这小本茶坊，来一个如此发迹有钱的大官人，实不寻常。

原来那人在县里开一个一等一的生药铺。这个老铺子，常年包得阳谷县药材生意。铺子主人复姓西门，单名一个庆字。

这个西门庆，为人风流倜傥。在县衙公人里面也颇有些面皮，因此与人放刁把滥，说事过钱，满县人都饶让他些个。——那王婆见了他，自当成财神一般奉着了。

“婆婆，我有一事私下请教……你凑耳过来。”

“大官人，老婆子的耳朵结成了蛛网，哪里能凑到大官人嘴边。啥事尽管吩咐。”

“并非是要与婆婆计较……适才在你家间壁，遇上一个雌儿，真是美人胚子。”

“您真眼疾！”

“那雌儿可有老小？”

“有是有，却苦了那娘子！可怜那般标致！”

“如何却苦？”

“她家里那个老公，便是每日在县里卖馒头的，人叫他三寸丁谷树皮的武大郎！”

“啊呀婆婆！你此话当真？”

“那对夫妇，去年才由清河县搬来本县。世间夫妇百千万对，各有不同，只这武大与金莲一对，不知哪世的因果，真是‘骏马却驮痴汉走，巧妇常伴拙夫眠’。”

“啊，王婆，你这碗梅汤煎得甚是美味。相比寻常茶水，还是梅汤好喝。”

“啊呀，大官人你看我这贱嘴多舌。”

王婆进去提了一壶梅汤出来。见那西门庆拿肘子至在桌上，引颈张望邻家楼上。

“大官人……合你的口味？”

“梅汤自然最好，香气尤佳，那酸味么……婆婆，你可知梅这个字，也通写作楳。那个楳又可通媒人之意。”

“大官人果然戏弄老婆子，我哪有这般学问？”

“我非搬弄学问，只请你做头媒。”

“大官人，老身可做了一世媒。……这茶店中做了一世买卖，不过是旮旯里一个窝，无人来往，哪里进得钱财？最有闲工夫，替人说些姻缘做个媒，得些小钱使用。”

“原来如此，这招牌上书梅汤、生姜汤，还有招蜂引蝶的和合汤啊。”

“大官人也来一个和合汤？”

“不愧是婆婆，我想喝的汤，想必心中已有数。”

“老身这把年纪了，总晓得事。……只是他家自有亲老公，虽是蠢物，折花也不是那般轻巧之事。”

“哦，想起今日还有急事，我自去看煎药。婆婆，好亲事拜托你了。”

“啊大官人，别急着走啊。这桌子底下散落银两，莫不是官人的？”

“哦，这些钱怎落地了。麻烦，婆婆你就替我拾了去吧。”

“……实在过意不去！”

过了几日，这西门庆又来喝茶。其后过得两三日，便见他在门前两头来往，急作热锅上的蚂蚁。王婆只道他是个招福的报春鸟，且教他来手里纳财进宝。

这个王婆可不是一般老实本分婆子。为头是做媒，又会做堕胎，也会抱腰，也会做小的，也会说风情。左邻右舍无事不精通，哪家有人屁股上长个疮，她都晓得。便是所谓做“杂趁”的，耍些手段弄些小钱，只是这西门庆却非一般鸡鸭猫犬之辈，乃是千年一遇大财主，岂肯放过？便将其余闲事一概推脱了，只为西门庆张罗好事。

# 第三十七回　五事俱全行色事　金莲出墙瞒亲夫

那药材铺的主人便似丢了魂魄一般，昼夜不安生。往日里只在花街柳巷出入，自打见了潘金莲这一面，却似丢了魂一般。

亦知那王婆是见钱眼开的，却只得又去王婆茶店里告饶。往日里风流倜傥的西门庆，此时着实可怜。

“婆婆，如此下去我性命不保，求指点则个！这是你要的棺材本钱！先与你这些银两。”

“啊呀大官人，何消得这许多？……只是大官人，你也知他家里有人。还有这色事一桩，实在最难，要五件事俱全，方才行得。不过大官人也不需老婆子多嘴舌，岂非班门弄斧么？”

“婆婆，端的要听你指教！今日我只捧出一颗初心！”

“大官人既然说正经，老婆子自然不怕捱耳刮子！要让女子动心，这份初心最要紧！其次非得这五件事：第一件，要有缘分；第二要容貌；第三要驴儿大的行货；第四要有钱；第五要闲工夫。”

“我最有闲工夫和钱。”

“您的相貌也是赛潘安啊！老婆子要年轻也不会放过！”

“说起男子行货，我也养得好大龟，不输驴马。无论哪个姐儿拉上床去，都是哭爹喊娘跑出来。”

“那可真是无忧了！只是最难的一件，便是要有缘分。”

“那如何才得有缘呢？”

“夫妻总是夫妻。那早晚卖馒头的武大，成日价金莲金莲的，两眼盯得紧。

总得先设个法儿，避开那厮，才能与金莲有缘。”

“果是如此！干娘，我只听你言语便了。”

“大官人，老身还有一桩事求你……”

“儿子迎娶花费么？不拣怎地，我都依你。……到底有甚妙计，捕得邻家这莺鸟？”

“老身却在白昼里，笼子里盗来这莺鸟，却诱到这店里来，好好啼叫与大官人听！”

“这如何办到？”

“大官人却又慌了！慢慢听老身道来。却说她原是清河县大户人家讨来的养女，做得一手好针线。我却走去与这雌儿说，有个施主官人与我一套衣料，央及老身拣个好日，去请个裁缝来……若是肯做，这事便有一份光了。”

“果然是一条好计策！”

“大官人，你便买一匹白绫，一匹色绢，一匹蓝绣，再用十两好绵卷一卷，里面塞些请针线的礼金，今日趁早都把来与老身。”

“如此甚好，明日便可成事。”

“大官人休要心急，明日不过先打个照面。若是肯来我这里做时，却要安排些酒食点心请她。”

“果然用心。”

“吃些点心，总要费些功夫。大官人与她日日见面四五天，混个面熟了，总有可以搭句话处。大官人可要显出气势。”

“好歹要成事了！今夜回去，可睡不着。”

“其后便是缘分将成，看舟船摇荡、波潮上涌之时，我倒些酒来，放些媚药在里头，却使眼色与你，便出门前。那以后就看大官人的本领，却也不能心急火燎，反坏了事。可先假作把袖子在桌上拂落一双箸去，你只做去地下拾箸，将手去她脚上捏一捏，她若闹将起来，我自来搭救，只是此事也便休了。”

“如此教人忧心啊。”

“女人家心思，原揣测不着。老身也不知究竟如何。我先自出去，把前后门拽上。若无意想从，便闹将起来。若是她不作声时，这事便九分光了。其后全看大官人手段。这时节，老婆子自然不会打搅大官人的好事，哈哈哈！”

街坊邻居，武大自然想不到隔屋有贼策划诸般事情。春色渐浓时节，武大回来的时刻越来越迟。若一旦早归，必遭金莲劈头怒骂。

“今日就放过我吧。着实辛苦，休半日养力气。”

“混沌浊物！剩这许多馒头在笼里。”

“看看日头已西斜，这时候没人买馒头了呀。”

“定是你在街上不着力叫卖，偷闲打盹来着！不见了的馒头也定是让你喂狗吃了！……这也叫休养力气？”

“金莲，瞧你这模样，是哪里吃酒来？头上沾的什么彩屑？”

“都怪你不体面……这五六日，便是做些针线活，赚些点心吃。”

“哦，教你辛苦了……金莲，是谁请你做针线的？”

“便是间壁王干娘央求我，她言语那般亲切，要给近处一个财主做祝寿衣服，教我去她屋里裁缝。”

“如此，为何要吃酒呢？不过是做些针线活，将酒出来岂不奇怪？”

“你这人，恁地没知晓！今是黄道吉日，做了财主的衣服，可多多进财，自要吃些酒庆贺，这也不懂？”

“不晓得……”武大灰下脸去，又小声道：“金莲哟，我也知小本买卖赚钱少，可二郎临出门时，要我早回家闭户，省了是非口舌，也没有错啊。”

“又搬弄你家二郎！”

“你也听到我兄弟出门时，着意嘱咐须小心谨慎。就算街坊里笑我胆小，也免受小人欺瞒。”

“受小人欺瞒？讲明了是谁来欺瞒啊？”

“那个隔屋的王婆，人都道是做些不正经营生。”

“那你去做针线好了，做不做得来啊？我是一个叮叮当当响的婆娘！谁敢欺瞒我？”

“金莲，俗话说小心驶得万年船，做针线到晚间才回家，总不是个事。”

“你便听外人处说来，欺负老娘！好啊，明早你起去，一笼两笼的馒头多卖了去，若天色见明便不让你进门！”

这一出戏，都叫那隔屋的王婆偷偷在厨房窗下支起耳朵听了去。

次日清晨，金莲早早便将武大驱出门去卖馒头，有如舞动飞羽一般飞奔去王婆家里。将出那些白绫青罗红绢来，尺量了长短，便铺在膝上缝起来。

“好手段！金莲呀，老身也活了六七十岁，眼里真个不曾见过这般好针线！”

“哎呀干娘，你这话说得可真羞死了！”

“瞧这针线走得，当真绝妙！……针路好，五指舞动好似神仙，老身见了，不由得被这般可爱衣襟吸引……那做药材的大官人，眼界恁地高，见了这手活也赞不绝口！”

“那位大官人说什么？”

“求问这是谁家宅上娘子。”

“啊呀，如何求问这个？”

“金莲呀你听我说，亦情有可原。那大官人虽金银无数，却惜娘子早死，膝下又无儿女，想必心中苦楚寂寞。”

“真个难得这等好人……啊干娘，有人立在门外。”

“啊，好像便是大官人。真是说曹操曹操到！施主大官人，你来得正好，且快进来看一看。老身正要叫金莲停歇一会儿，可这金莲老老实实，手上针线哪有停歇呢。”

那西门庆，出门前特意裹了顶绀紫色新头巾，穿了一套整整齐齐衣服，好似一个戏子，闻身上还有脂粉气。进了门，递送果物吃食与王婆，往一旁椅子上坐下，满面堆笑对金莲道：“娘子有劳了！如此赶急做工，怕有伤你玉体，说会儿话吧。”

“无妨，奴家自小爱做针线……”金莲脸便红扑扑的，低下头去，手上针线也停了。

“这等粗陋活计，大官人是否满意，奴家心下不安。”

那王婆便去厨下，将果物与一壶新茶都放在桌上，都搬将来。

“娘子一同喝口茶吧……不过润润嘴，稍后再拿酒菜来。”便起身离席。

“啊，干娘，每日里都吃你的，真不好意思。”

“这何处说起，老婆子自要吃酒，娘子相陪而已。难不成不愿陪老婆子？”

“陪干娘吃酒自是不妨，总教干娘破费。”

“这又何妨。都是缘分，也早厌烦了酒楼茶水。来到此处，愿与娘子共饮一杯。”

“您这话真讨巧。”

“说来遗憾。世人皆道我西门庆是个讨巧之徒。……婆婆，这酒日后再吃吧，今日我先回去了。”

“大官人生气了？都是奴家胡说，奴家这厢赔礼了！”

潘金莲慌忙扯过膝上的衣物，立在西门庆面前。

# 第三十八回　卖梨小子知秘事　捅开天窗大祸来

西门庆哪里真心要回去，不过是想引动金莲情思而已。

王婆心里瞧今日情形，已知有五分了。巧法鼓动男女间犹如船帆与海潮相会，便靠这老婆子的操橹手段："一者缘法，二者来得恰好。两位都不要走嘛。"便将预先备好的酒壶托在盘子上搬来。西门庆暗思这老婆子做事果然天衣无缝。

三个人吃了数巡酒，王婆腮帮子通红，问道："大官人品行如何？"

"何有此问？"

"问你一声，何必多虑。良妇在此，礼数总该敬杯酒。"

"眼见娘子困扰，小人如何敢？"

"大官人少装蒜罢。正是娘子害羞，才要大官人敬酒，如何却说这话？金莲也多喝两杯，这般羞涩，叫人心焦。"

"哈哈婆婆，休要责骂我两个了。娘子，不敢动问青春多少？"

"奴家二十三岁。"

金莲终开口小声回答，顺便举杯濡了濡唇。

"如此，小人痴长九岁。娘子不惟做得好针线，人品又极好。……武大郎好生有福啊！"

"大官人，快休要提那人。娘子没那福气嫁好郎君，单只提到一个武字，心里便闷。"

"便是这等一言难尽。小人命薄，也不曾招得一个好家内。可叹此生孤苦。"

“听闻大官人先头娘子前年殁了……也是大官人说起，老身口不择言，都说阳谷县第一的药材铺主人，西门大郎已殁的娘子，却并非良妻。”

“说不得。小人先妻是虽是恶妻，嫁与小人时已身染重症；问诊吃药花费也不知用了多少，不幸还是殁了。如今家里虽有几十个使唤人，只是不敢再续房。”

“官人，你养的外宅在东街上，自有美人服侍快活，却不要隐瞒。”

“便是唱慢曲的张惜惜？”

“你和李娇娇却长久。街坊邻居，哪个不知哦？”

“哪里的话？不过是使她兄弟去读个官学，又养她老母亲，一来二去不见生而已。平日里我也不往她门上走。”

“倒也是，花街之中大官人的相好无数，又兼巨富，眼界高于常人。哪里的娘子可中得官人意的。”

“虽如此说，世上却有佳人。”

“大官人，你说世上佳人，可是对谁有意？”

“世上之事总须如此。对小生有意之人，小生却无意。小生有意之人……”

西门庆摇头晃脑，却把一双眼只看着金莲。金莲不胜酒力，雪白肌肤犹如莲花一般泛红，娇羞低下头去。王婆与西门庆互打个眼色。

“瓶里有酒没？……便再筛两盏儿和大官人吃。老身去县前那家有好酒的买一瓶来，有劳大官人坐一坐，说一回闲话。娘子也好生在此安坐。”

王婆看看事成，直起身来走出房门，便把索儿缚了房门，却来当路坐了，耳朵凑去听屋内动静。

“娘子，来来，你与我再喝一盏，瓶里还存少许。”

“大官人，你瞧我脸上已火烧似的，不能再饮。”

“武家娘子，必是有酒量的，再喝些吧。”

“休要提起武家，奴家想起那冤家，心中苦楚不尽！”

“哦，小人不好！都怪那老婆子，什么已殁的先妻、养的外宅，都拿出来污浊娘子的耳朵。小人年岁才出三十，此数年间好似童男一般孤独度日！心中绝无旁属，此非虚言啊！”

“大官人，旁人见你这般人物，哪里想得到？”

“那么娘子如何看我？”

“奴家……”金莲媚笑着拧过身去：“大官人的心思奴家哪里知道？”

“娘子也并非对男子没见识的，却对小生这般言语。”

“说起奴家所知男子，只有那……”

“娘子为何落泪。都怪小生贱口，快莫哭了。再饮一杯吧。”

西门庆此时却把袖子在桌上一拂，把那箸拂落地下。

正是拿老婆子教他的手段。

正落在妇人脚边，西门庆蹲身下去拾，只见那妇人的一双脚儿正翘在箸边。西门庆心中道，我便捏她一把，若她闹将起来，便是用蛮力，也要教这雌儿从了我！——西门庆血往上涌，便伸出手去。

“啊，落桌下了……”

不料那金莲扭着细柳一般的腰，也蹲下身来。西门庆口里说着“不用搅扰娘子”，手上却不停，直捏到那妇人的手上。至此哪里还有矜持，好似爬虫一般迅猛，西门庆紧抓住金莲的玉手，揉捏不止。金莲口中娇喊，却不挣逃，身子乱扭。睫毛闭下，呼吸紧促，眼见身体支持不住。西门庆直凑到金莲鼻前，见一股火热气息早已按捺不住。西门庆阅女无数，如何教眼前女子愉悦万端，自有狡智。

金莲由椅子上滑跌下地，西门庆抬起胳臂将那妇人揽入怀中，将舌唇伸过去。金莲嘴唇上欲火燃烧干裂，亦凑上前去，好一通热吻。便是西门庆亦从未遇过如此情热。

“娘子，娘子，你莫非怕了？”

“你真个要勾搭我？”

“只求娘子成全小人！”

西门庆体形硕大，将金莲四肢压在身下，无所不至。金莲在下面做出处女羞颜，娇柔怯怯。两手四处乱抓，白花花的背贴住地下木板，磨来蹭去，伸展扭动。嘴里吐出将死一般的气息，却是无比炙热。此番两人直入行乐天国，肆无忌惮的两下捕捉，一个娇艳欲滴，另一个狂猛胡进，哪停得住。金莲忽而在西门庆怀中乱颤，忽而襟颈曲向后仰，黑发飞舞间微微张着小口，顶出舌尖。却又躲开嘴去，徐徐浑身脱力。西门庆吸取精气一般，在金莲嘴里又乱咂了一回。见她一对明亮眼眸中艳笑情形，西门庆情欲更上涌，将金莲身子叠起，又狠力千百抽插，贪欲哪里得休。金莲平日里只晓得武大般无力男人，今日如直上九霄，绝叫不止。两人全身香汗淋漓，确有似两头猛兽互斗。西门大官人得偿所愿，远在其预想之上，却听到屋外响动。

"……"

王婆在屋外，欲走还休，门前转了一个时辰，隔墙听屋里动静止歇，故意咳嗽三声，推开房门入来。

"啊，婆婆回来了！"

屋里一对男女云雨才罢，正欲各整衣襟。王婆进来时，金莲手捋一头散发，转过身去，云妆并乱。

"你两个做得好事！"王婆口中大怒道："请你来家里做衣裳，不曾叫你来偷汉子！"

那妇人上前扑在王婆怀里哭道："干娘饶恕则个！"

"这娘子，却不道是大官人勾搭。"

"干娘低声！今日这十分好事都已完了，闹将起来如何是好。"

"大官人须知此事轻重。"

"远近防范，绝不教那武大知晓。以后所求除那神仙佛祖，就只有干娘了，从今往后，望干娘首尾成全！"

"你两个在我屋里行事，老身已是同罪。大官人，此生入土，得大官人照应可好。"

"知晓了，知晓了，从今往后早晚孝敬干娘！我两个全凭了干娘！"

"如此甚好，老婆子也可放心。……金莲，你也要有觉悟了吧，这可不是一日之事。"

"干娘，你说什么奴家也依你！"

"你可交了好运了！"王婆拍了拍那妇人脊背："今日为始，每日不要失约，得大官人宠幸。……只是那武大虽愚钝，天长日久，总有事发一日。今日已晚，先回家去吧。"

金莲便起身，由后门回家去了。西门庆立地取出一锭大银来，送与王婆。虽未明言，那王婆也着实惊叹西门庆勾搭妇人的好手段。西门庆脸上显露"今日才知晓我乃此道高手"之神色，满脸油脂回家去了。

自那以后，一对鸳鸯便天天把王婆处当嬉戏池，偷作一处。说西门庆恩情似漆，道那潘金莲更心意如火。那妇人过往做女奴时压抑的情欲，如今化为淫妇本性，哪堪一日离男子之精气，与西门庆云雨无休，竟如每日功课一般，不行淫事便一日郁郁寡欢。

自古道，好事不出门，恶事传千里。不多几日，两人密会的传言已遍及街坊邻舍，只瞒着武大一个不知。他人口中窃窃私语，不免讪笑于他。

话分两头。且说有个郓州军汉家的小孩，取名叫作郓哥的，年方十三四岁。

因为他父亲殁于沙场，家中止有一个老母，靠赚些细小零钱，补贴家计，人都道他生得乖觉。那郓哥每日头上顶着些时新果品来卖。

“卖时鲜桃子啦！这位姐姐，要买雪梨吗？”

时常走来县前许多酒店里，向往来男女招呼买卖。

其日，正寻得一篮儿雪梨在街口卖，有两个闲人边剥梨儿皮边窃窃私语。其中一个转身去了，郓哥忍耐不住，问另一人道：“这位叔叔，你们适才所讲果真？……西门庆拐上了武大老婆，每日只在王婆茶坊里相会厮混？”

“你小孩子家，恁地一对好耳。这事县里都传遍了，定然不假。”

“那武大果然可怜，须有人去教他知晓。”

“教他知晓作甚！早晚惹出祸事来！郓哥，我却教你一个法子，赚的三五十钱养活你家老母也好。”

“哦，什么法子却好赚钱？”

“我教你啊，就只顾撞入王婆家去……凑耳来。”

这多嘴好事之徒，便喃喃咕咕教了一回。郓哥得了他的话，眼珠子滴溜溜转，将果篮儿载在头上，谢阿叔的指教。

“阿叔，今番赚得了钱，往你家厨下送一篮雪梨。我可赚些小钱，也好教母亲高兴。”

“大庭广众的，你高喊作甚！快去快去！”

郓哥赤着一双脚，早望紫石街走来。

抬头一见，却正好见王婆坐在小凳儿上纺线。毗邻武大家，静静挂着芦帘，悄声无息，也不知有人无人。

郓哥转动猿猴一般眼珠子，口中咳一声，看着王婆道：“干娘，有礼了。”

“啊呀！原来是郓哥。你冷不丁大声作甚。”

“今日有上好雪梨，拿来卖钱。——还有杏子。”

“不要，你回吧。”

“却不是要卖给干娘的。”

“什么，那你要卖何人？”

“便是里面的大官人。”

“什么大官人。”

“干娘情知西门大官人今在里面，请成全我赚三五十钱，养活老母。”

“放屁！你个小猴子！你哪只昏眼看这里有什么大官人！开口净胡言乱语！”

“情知是在里面，我可是千里眼顺风耳。”

“你当自个是齐天大圣手下含鸟猢狲！也来老娘屋里捣乱！再敢高作声，大耳刮子打你出去！”

“哼，我是猢狲，那婆婆你呢？便是个‘马泊六’！”

“贼猢狲！谁说的昏话！”

“天知地知，早有报应，为何慌张？”

“再敢胡说！”

“大官人！里面的大官人！”

“哪有大官人？”

“我去房里便寻出来。”

“这条野狗！”

“啊！痛啊！竟出手打人！”

“贼猢狲！你也知道痛！这还痛！还痛！”

“啊！痛痛！老咬虫！没事得便打我！”

那婆子一头叉，一头大栗暴凿，直打出街上去。郓哥跌坐街上，雪梨篮儿也丢出去，那篮雪梨四分五落，滚了开去。

“老咬虫！等着瞧！”

郓哥一头骂，一头哭，便街上拾梨儿在篮里，头也不回，走去了。

# 第三十九回　奸夫闷绝武大郎　淫妇砒霜藏泣中

话说武大郎如往日一般，挑着馒头担儿在游园里卖。日当正午，近旁仅有池中几只水鹅呱呱作响，哪里有人来买馒头。

“武大，我讲的句句是真，没半分虚言！你却如何还不信？”

郓哥心中懊恼，又加平日里便与武大亲近，一径奔来寻到武大郎，前言后语都说了。

武大闻他说了，却如何信他？情愿庇护金莲。那西门大官人又是县里卖药材的大财主，有头有脸，如何偷人老婆？实不足信。

“你便不信我？世间风气如此，你还混不自知，却不晓得被人小觑了？——来来，把手来摸我头上疙瘩。”

“郓哥，却怎地来有这疙瘩？”

“还不都是为武大你，街上人道今日那西门庆在王婆茶坊里和武大娘子勾搭。我上门去探虚实。……不料那王婆老猪狗，不放我去房里寻他，还一顿大栗暴打我出来。老畜生，气杀我也！”

“真个有这等事？”

“又来了！你老婆被人偷了，只瞒你一个！武大你还气平？”

“郓哥，如今怎生是好？”

“咦，你自个哭作甚？洒泪淹不死那两个鸟人！”

“唉，胸中这口闷气！郓哥，若真如你所说，我上吊自缢罢了！”

“什么？你莫说笑。武大哟，你吊脖子了，那厮两个倒落得快活！快休要如此，我助你一臂之力。”

“却要如何？”

“唯有将那奸夫淫妇，捉奸在床。明日我若是见那西门庆走去街上，便来叫你。你便装作挑卖馒头，尾随在西门庆身后。天大的事，切须小心。”

“那西门庆功夫须了得！”

“他功夫再高，左邻右舍都拿眼看着，开门做生意的人顾及世间言语，谅他也不敢撒泼！我先去惹那王婆，引她出茶店来。见那厮走开，你便只顾奔入店里，寻着那奸夫，叫起屈来，引众人来做主。”

“嗯，嗯……只是，我老婆将如何？”

“你自家老婆，怎生问我将如何？你要愿意，打个四仰八叉。”

“这……这我如何敢做？”

“那你少说也要教奸夫写下赔礼状子，言明今后决不再犯，捺了指印，打老婆两三耳刮子，拖回家里去，如何处置全随你意就是了。”

“即是如此，明日便借兄弟之力。”

“好！明日可别缩头！话已至此，我肚里饥了。”

“这些个馒头你可随意拿取。虽不多，也抵得今日所卖半数。”

“再与我些小钱吧，馒头好带回去给老母充饥。”

郓哥得了几文钱，取了馒头，自去了。武大左思右想，落了几回泪，心中绞痛。

一脸阴沉归家去了。武大当晚在家，气自不顺，金莲却并不还口。原来那妇人近日因自觉愧疚，只得收起倨傲态度，迁让他些个。那一晚见武大归来，还特意道：“怎恁般脸色？”

当夜消灯睡在床上，那妇人还往武大身上凑。武大闻她肌肤上有男人异臭，唇上空余液香，心里愤恨，口中支吾道：“似染上风寒，全身无力……”武大翻过身去，独自气闷，直至天明无话。

次日——武大虽说已染风寒，那妇人却决计不留他在家休息。武大也不多话，如常日一般做两三笼馒头置于挑担儿上，出门去了。

“武大，西门庆那厮已往那处去了。你快跟去。”

正午时分。

那郓哥一如约定，游园树荫下向他招手。武大慌忙收拾了担儿，抬头一看，却已不见了郓哥。

往何处去却是晓得的。要将那偷情男女香艳处捉到，慌忙反倒坏事。

话说那个郓哥，见西门庆如同往常，带了个戏子一般的头巾，直往入王婆茶店里去了。

“武大那厮真磨叽！”

在树下伸长脖子张望数回，终不见武大身影出现。街坊家的狗吠叫起来，郓哥按捺不住，斜刺里奔向茶坊，店前立定。

“老猪狗！你昨日做甚便打我！”

那婆子听得叫骂，跳起出店来一看，鼻中哼一声，虽无言语，却仿佛道：“小猢狲！老娘与你无干，快滚！”手中拿着针线活计，自顾做起来。

“你这‘马泊六’！没言语了吧！”

“……”

“老咬虫你瞎了还是聋了！”

“……”

“做牵头的老狗！直什么屁！”

那婆子大怒，放下活计，叉开手冲上前去。

“小猢狲，想死成全你！”

“啊！”

这小猴子却待要逃，王婆出手极快，一把抓住他衣襟，一巴掌打下去。

“叫你知晓死活！”

王婆揪住郓哥一只耳，直拖往近旁巷子深处。

郓哥哪里肯去，往路上坐下，死顶住王婆腿脚，奋然抵抗姿态。

“我来了！”只听武大走近。他眼见此景，原地丢了担儿，直往王婆家里冲去。那婆子见是武大来，急待要拦时，却被这小猴子死命顶住，哪里肯放，只得张开鬼婆子大口，叫唤起来。这叫唤却教武大失了方寸，王婆门前停下脚步，战栗不止，哪敢往里走。

“蠢物！蠢物！武大，错过今日，奸夫淫妇便逮不着了！”

被郓哥小儿一番呵斥，武大又壮起勇胆，大踏步抢入茶店去。

“畜生！做得好事！奸夫出来！”

野猪一般直窜入昏暗厢房去。

“啊！那冤家叫喊！”

“什么？武大！”

一对男女狼狈不堪，忙取挂于床头的衣物穿着。那金莲露着白胫玉腿，穿下袴结纽带。那西门庆亦失方寸，慌不迭便钻入床底下躲去。

“你这人急上场时便没些用，躲床底下能躲过么？”

金莲虽慌作一团，却立时回过神来，口中大骂西门庆卑怯。西门庆未及还嘴，武大从后伸出手，早将她一头长发拽住。

“淫妇，你有何话说！”

“你做什么？疯癫蠢物！”

“你道谁是蠢物！奸夫，你也给我出来！”

“原来是武大！”

西门庆咻溜一下，从床下钻将出来，挺胸张势，翻一对白眼，觑那矮个武大。

“你莫大声，凡事可说。”

“还说什么？你竟敢偷我老婆！”

“偷便偷了，待如何？是你看管不住老婆。”

“写赔礼状子来！你，你笑什么？”

武大上前待去揪西门庆，未料西门庆人壮身高，他如何抓得住？

“竟敢无礼！”

西门庆拿手一叉，武大便扑通倒在地下。又早飞起脚来，使出娴熟腿技，正踢中武大心窝里，扑地望后便倒了。

“……哎呀！”

武大缩在地下，虽道未死，却也伸展不开了。西门庆也未回顾一眼金莲，自顾往后门奔走了。门外王婆浑身沾土，自顾自骂个不休。那郓哥见不是话头，撇了王婆撒开，早逃得没影。

街坊邻舍早知茶坊里龌龊事，见今日闹将起来，却因那西门庆了得，王婆难缠，谁敢来多管。只由门窗缝里张望，好似出来说话便是罪过。

“金莲，莫要慌张。今日之事，早晚必至。”

王婆与金莲两个搭手，就地下扶起武大来，见他半生半死，上下肩搀着，便由后门扶归金莲家中楼上。武大做死做活，口里吐黄水，夜里呓语不绝。

次日，西门庆打听得没事，依前自来王婆家里，招呼这妇人走来做一处。金莲哪还顾及家里死活，每日娼妇也似的往邻屋走。——那武大眼前只一扇孤苦北窗，要汤不见，要水不见，只得自起身张罗，兼肋骨激痛。好容易见那妇人回来，浓妆艳抹，面颜淫红，武大几遍气得发昏，咬牙切齿念道："畜生！畜生！"泪流涕泣，以至昏厥闭气，口齿发黑。

无力时，便躺在屋里叫喊："……凡事有报！我死自不妨，与尔等争不得了！我的兄弟武二正在归途。早晚归来，必不与尔等干休！"

西门庆由金莲那里听了这话，脸都变色。

"大官人！"王婆凑过去交耳道："此须当机立断。我有一妙计。"

"干娘有何妙计，教我和娘子两个走去他乡吗？唯此不可。"

"这算何妙计？老婆子今只听说，大官人的药铺里进有砒霜。"

"砒霜？"

"吃下砒霜必死。取一服来与大娘子，教下在饭食里面，把这矮子结果了，也可教你们每日同一处不担惊受怕！"

三个人议定毒计，只有武大不知。妇人归来看武大，只因药汤全无米食不进，只见他有一丝没两气，骨瘦眼凸，看看将死。

那妇人坐在床边假哭道："你想吃什么？……你说便是，我去做与你。都是我的不是了。"

"求你饶恕了我吧。"

"你真知错了？"

"王婆家我再不去了，昨日我便没去。"

"听你如此说，我身子自觉无事了。金莲，我哪里想死啊？病愈了便做买卖，教你欢喜，不再做出那等事来。"

"都是我的罪过……我调药来与你吃吧。"

那妇人将自王婆处得来的砒霜暗藏身边。只是病人疑心深厚，不得机会。

"要有力气须食米饭。"

先做了可口饭食来与武大吃了。武大以为金莲已回心转意，将饭食吃尽了。武大夜间又苦闷起来。那妇人却将砒霜抖在药盏子里，喂武大吃了。毒性登时发作，武大肚里痛的七颠八倒，只叫苦。那妇人怕街坊听见喊叫，便跳上床将武大卷在蒲团里，使濡湿绣绢死死闷住武大口鼻。夜沉墨黑……灯里油尽，枯灭而去。

金莲怕将起来，跳下床来，下楼去唤那王婆。王婆听得，独个上楼来看，只见那尸骸模样，形极悲惨。谁见了都知绝非病死之状。

“好，收拾了这物便成了。”

西门庆心头悬念，一早便来了。听王婆道“事了了”，顿时心口大石落地，忙不迭教买棺材津送。遮掩众邻舍耳目，又拿银子去入殓火葬处打点，终究要把尸骸化成了灰，才得安心。

“大官人，我听闻地方上收敛的头目是那何九叔，他是个精细的人，只怕他看出破绽。”

“这个不妨，我自吩咐他便了。他不肯违我的言语。”

“大官人便快去吩咐他，不可延误葬仪。”

“邻舍来吊问时，也教娘子假哭一回，莫露破绽。”

“这有什么难处。大官人自去查看娘子模样。”

西门庆心下半信半疑，去邻屋楼梯上伸头张望。只见棺材已运至门前，一应物件都布置停当，无半点差池。金莲哽哽咽咽哭了半夜，此时正在灵前垂着粉脸。

金莲回过头来，两人视线一触，西门庆便慌忙四顾，不交一句言语，自出门去了。众邻舍擦肩而过，陆续上门来吊问。

“这不是西门大官人吗？时辰尚早，往何处去？”

衙门前巷口两人遇着。

“啊，九叔，你又往何处？”

“听闻报，昨夜里那卖馒头的武大郎病死了，我已先拨了火家去整顿。这会儿我去敛他的尸首。”

“此事果然还须九叔劳苦。”

“此是小人执掌之事，如何说劳苦。”

“九叔，请先借一步说话则个。今日尚未进早食。”

“若吃早点心，此时只有那花街里茶馆。”

“有何不可？此时花街自有一番风景。”

何九叔心中道，这大官人要请我吃早点心，却是何意？面皮上不好推却，只好随他去了。吃完早食，正在分手之际，西门庆摸出一物来，掷入九叔袖里，转头走了。九叔低头一看，乃是草纸胡乱裹着一锭银子，他做衙门里团头，也未曾见过如此大银锭。

九叔顿时心中疑忌。这西门大官人，便是县令相公也要让他三分。全拜他财主之力，上下银子使用，衙门内都助他则个。

“……无事送来这许多银子，却又作怪！须得谨慎行事。”

九叔心中这般思量，来到武大门前揭开丧帘，里头线香萦绕。上楼来，见金莲哭眼红肿，正向着悼唁来客回礼。却哪里逃得过他这对老眼？只心里头冷笑，西门庆的银子便是这来历。

“……盖棺之前，依循管理，须看验一回，便可入土安葬。”

九叔一贯驯熟，看验武大尸首。死骸之眼睑、口腔、鼻腔内一一看过，又翻起腹背来反复看验，忽口中叫道：“吃，胸闷！胸闷！”往后便倒，癫痫发作般乱颤。

众人吃了一惊。那王婆与金莲更是魂飞魄散，疑心砒霜之毒仍存，若气散于九叔身上便大事不好。却见九叔又渐渐地有些苏醒，道：“轿子也好门板也罢，快抬我归家去养生！”众火家急忙寻扇旧门，一迳抬何九叔到家里。

他家里妻子，见他早晨好端端出去，却被人抬着归来，惊慌不定，坐在床边啼哭——那九叔觑得无旁人在时，却道：“教你忧心了，我自没事，装病而已。”

笑着直起身来了。

便向妻子说了原委，又将西门庆那里得来的银子将出来看。

“……这武大暴死，必有蹊跷，绝非病死。”如此结论说与妻子知晓。

“如此说来，我也早听街坊流言，武大那个婆娘是个不良的人。只是那西门庆，我等决计招惹不得。须得封住口舌……这金子也收不得！”

“我亦忧心，这银子留在身边，万一东窗事发，须受牵连……”

“你如此行事便可……”九叔妻子是个心细的人，便道出一个法子来。

“果然高明！好，便依此计行事。”

当即拍膝起来，欢喜道：“你这般贤惠，今日才教我知晓！”

其后三个火家前来，道九叔归后，那王婆自拿出十五两银子与那三人，道：“此时正佛前诵经。这些礼银请收下。”其意似指看验尸首之事。

“有何不可。”九叔道：“得的钱帛，你们自分了。验尸判词，你们代我写了。……不合衙门规矩？我这不是急病在身么……此事于衙门里自有那西门大官人安排停当，无须多虑。”

如此，三日通宵行法事，武大尸首装了棺材，来到城外化人场上，叫举火烧化了。那九叔却随后悄悄走来，拣了一块武大的遗骨回去，世间并无一人知晓。

不及数日，那西门庆以为无事，便又每日走往王婆家里，与金莲任意取乐。——那妇人也不比先前心存顾忌，如今家中至夜也不点灯。一对鸳鸯任意交合，深夜中淫叫些个“再不分离！再不分离！”王婆隔壁听得，也觉厌气。

常言道：欢愉时短，乐极生悲。——光阴迅速，阳春花开，阳谷县中暖风荡漾。

却说武大之弟——武松自从得知县言语，监送车仗到东京交割了，取路回来，已到阳谷县附近。直觉气氛怪异，身心恍惚。

“怪哉，这几夜梦中总见大哥身影。”

赶回要见哥哥，便马不停蹄先去县里交纳回书。

“此番有劳都头了。”

知县见了大喜，听罢回报，赏了武松一锭大银。

“归家好好休养几日。”

武松哪顾得休养，着急要去拜见兄长。回到下处房里，洗浴清洁，换了衣服鞋袜，携带京城特产，一径投紫石街来。

“那个人莫非是武都头？”

“正是他。武松回来了！”

“这番萧墙祸起了，必然弄出事来！”

行于道者，纷纷躲在轩下，好似看见天边一股黑云压来，风暴将之，窃窃私语。

——武松哪里知晓。只顾大步流星，来到武大门前，揭起芦帘，探入身来，见了灵堂佛具，又写“亡夫武大郎之位”七个字牌位，立地呆了。

“啊？……莫非走错宅子……莫不是我眼花了？这些是何物？”

胸中热血鼓动，激灵发根竖起。好似跌落洞穴中一般，手足无措。高声叫道：“嫂嫂，你在哪里？……武二郎归家了！”

# 第四十回　死者无口官无义　武松无处讼公道

听得武松于楼下叫一声回来了，楼上一阵骚动。情夫西门庆惊得屁滚尿流，直奔后门走去王婆家了。金莲则蓬松挽了头发，去面盆里洗落了面上胭脂。这两个今日亦在痴梦中厮混，吃这一惊非同小可。

金莲却立时扮作愁然悲戚模样，好似卧倒榻上勉强起身，哽哽咽咽假哭出来，向武松道："啊呀二郎，你可回来了，教我苦等啊。不知如何说起！"

便于武松面前把头伏下哭泣。

武松这才接受眼前事实，热泪上涌，流了满面。

"……嫂嫂，且住，莫只顾哭泣。我才旅途归来，只想快见兄长一面，没承想进来便见亡夫武大郎之位一行字，只吓呆了。果真，我兄长武大已死了？"

"……唉，你哥哥自你走往京师二十日上下，猛地死了。"

"我哥哥为人质朴，难不成与街上混人起了争端？"

"并非如此。也不知你哥哥吃了什么腥燥之物，夜半忽心疼起来。我也急煞心疯，求神问卜，什么药不吃过，却医治不得，病了不过七八日，蹬腿便死了！撇得我好苦！这往后如何是好呀！"

隔壁王婆也由邻屋走来。老婆子听西门庆说起"武松回来了"。心下惶然，生怕金莲露马脚，即便走过来帮她支吾。

"啊呀武都头你可回啦！武大忽害急病夭逝，真是天意难测，谁料想得哟！来来，拜一炷香吧，武大就等着你了。"

金莲又接话道："二郎，亏杀了有这个干娘，里外事务安排。二郎也须千谢万谢干娘。"

武松沉吟了半晌，却并无行谢礼之意。

“直如做梦一般，此事莫不奇怪？”

“叔叔，什么奇怪？”

“我哥哥从来不曾有这般病，如何心疼便死了？”

“唉，身子骨强健的忽儿去了，世间亦常见。因此常言道，天有不测风云，人有旦夕祸福。”

“如今哥哥尸骨埋在哪里？”

“做了三日夜法事，把出去火化了。”

“哥哥去了几日了？”

“再两日，便是断七。断七之前得叔叔归来，争不过是亲兄弟。”

“我先出去，再回。”

武松目眩神迷，转头又出门去了。迎面风吹，好容易回神过来。

他又沉静下来。径投县里来，去房里换了一身素白衣服，打了一条麻绳系在腰里；身边藏了把背厚刃薄的解腕刀。

“你们几个随我来。”

叫了几个兵士，又去县前买了些米面供香，日沉时分又至亡兄家敲门。

“嫂嫂，今夜且让我哭一回哥哥。”

便教兵士就灵位前点起灯烛，铺设酒肴，又呼邻舍两三人来。安排得端正，武松扑翻身便拜于牌位下，合掌祷念，口中仿佛向着活人说道：“哥哥，为何便去了！只因急病而死，实叫人难以置信。你在世时软弱，今日死后亦不见分明！你若是负屈衔冤，被人害了，托梦与我，二郎替你做主报仇！”

把酒浇于牌位前，烧化冥用纸钱，便放声大哭。

过往从不知眼泪何物，景阳冈上打死猛虎的英雄，这一场哭得凄凄惨惨，哭得那两边邻舍无不凄惶。那妇人也在里面假哭了一回，却不知何时回楼上，下了楼门自睡去了。

“啊，三更时候了。”

侧耳听那更鼓时，正打三更三点。武松把条席子就灵床前睡，却翻来覆去，哪里睡得着。

看那几个兵士时，却喝醉了酒，斜倚于厢房沉睡。

夜色深沉，将近丑时，寒意自屋梁沉下，冷车肌肤。

“世间亲人止哥哥一人。……哥哥生时懦弱，死了却有甚分明！”

武松正暗自垂泪，看那灵台前玻璃灯半明半灭。只见灵台下卷起一阵冷气来，盘旋昏暗，琉璃灯都遮黑了，壁上纸钱乱飞，鬼哭响动……

“啊！哥哥！”

武松毛发皆竖，定睛看时，只见个人影从底下钻将出来，便扑上去一把抱住。登时醒来，满身沾水，手中却抓着花瓶中供养的鲜花。[1]

琉璃灯又恢复原先光彩。武松拭去额上冷汗，寻思此梦怪异。

“是梦非梦？”

他便裾坐于地下，待天色渐白。武松一骨碌起来，就水瓶中水清洗颜面。

那妇人也下楼来，好似体贴将来洗漱用具。

“叔叔，夜来疲惫？叔叔归来，大郎九泉下亦必欢喜。”

“嫂嫂，却还问你一回。我哥哥端的什么病死了？”

“叔叔却怎地忘了？夜来已对叔叔说了，害心疼病死了。”

“却赎谁的药吃？”

“见有药贴在这里。”

“却是谁买棺材？”

“央求隔壁王干娘去买。”

“总不会是王干娘扛抬去烧化场吧？”

“是本处团头何九叔，尽是他维持出去，也付了看验状子在此。”

“原来恁地。”

过得片刻。

武松走出狮子街交口处，先教兵士回去，却独自一个到何九叔门前。

“原来是武都头，几时回来？”

“昨日方回，知县相公公差已了。到这里有话说则个，请拿尊步同往。”

“小人便去。都头刚回，虽是搅扰，一杯清茶不妨。”

“今日须得劳烦九叔。便请劳驾。”

---

1 这是作者借用日本家庭葬仪习惯，死者灵前有敬佛的花瓶，瓶中有水，插鲜花。——译者注

九叔心里已猜到八九分。便忙不迭，唤老婆取来西门庆的银子与火化场拾来的骨殖包了，藏在怀中。

“让您久等。”

两个便一同出门。

出到巷口酒店里，此时并无旁人。武松时常到此处小饮数盏。唤小二筛酒，铺下两三道菜，却又吩咐道：“当家的，小厮，今日不劳烦尔等。我不叫，莫要进来。”

然后对面坐定，更不开口，只顾斟酒，吃酒。九叔寻不得话头，只得对饮。

“都头，小人失礼。”

“何事失礼？”

“小人不曾与都头接风，却教都头破费。”

“我自请你吃酒，何以失礼。”

听他语气已不顺，九叔只得唯唯诺诺。欲言又止模样，看在武松眼里，只觉“这厮也不是个爽利人”。

武松加重口气道：“这一壶酒已饮尽。既然酒已落肚，也好说话。”

“这，都头，你要说何话？”

“九叔，且看此白物。”

只见武松揭起衣裳，飕的掣出把薄刃尖刀来，插在桌子上。

“……”

“九叔，无须只看着小人。”将那白刃喉间比画，又道：“此物面前无说辞。莫讲虚言，只要从实道来。”

“都头教我吃一惊啊。”

“好端端吃酒，猛地这般说话，小人亦无办法。好酒好菜之后，总得敞开肺腑。”

“却不知都头如此探人肺腑，为何不明言问我大郎之死因？”

“果然九叔知晓兄长死因。”

“都头莫急，且看此物。”

怀中掏出袋儿来，解置于桌上，只见一块酥黑的人骨头，上头着紫斑点，又有一锭十两银子。

“啊，莫非这便是兄长之骨？”

“都头听我慢慢道来。正月二十二日我在家，忽见开茶店的王婆来呼唤小人，道武大郎暴病而亡，须殓他的尸首。小人先叫火家前往，正要亲身赶去，行到紫石街巷口，却遇见一人。”

“却是谁？”

“迎见县前开生药铺的西门庆大官人，早已等候多时模样，拦住邀小人同去酒店里吃了一回酒。西门庆取出这锭银子付与小人，吩咐道：‘所殓的尸首，凡百事掩盖。’这银子便是塞口钱。小人从来知晓那人于衙门里亦有门道，当时只得诺诺应得。”

“哦，原来是西门庆那厮。”

“果不其然。小人去到大郎家里，一眼便瞧出大郎尸首情状，绝非病死。只见七窍内有瘀血，唇口上有齿痕，全身满布紫斑，系是生前中砒霜……小人见此，往后便倒，做苦楚模样。”

“这又为何？”

“小人不愿写下敛验状子，自咬破舌尖，只做中了恶，扶归家来了。其后委托火家首尾。若声张起来，叫那西门庆施展手段，我九叔这条性命也不保，再叫旁人看检，亦必湮灭了毒杀罪状……除此苦肉计外，别无良策。小人暗伏家中三日，不教他人知晓，偷偷拾了这块骨头，包在家里，以为日后证据。……以上句句是实，都头详察。”

“适才惊吓你了。”

武松低下头了，拔刀还插鞘里。

“……如此说来，凶手便是嫂嫂金莲。”

“还有隔壁家王婆。”

“那砒霜何来？”

“药材铺里来。与金莲私通者，便是那西门庆了。”

“果然奸夫是西门庆。虽有物证，可还有人证？”

“问起人证，街坊邻居都是人证，只是惧怕西门庆那厮，谁敢相违？对了，听说有个卖梨儿的郓哥，都头要知备细，可去问他。”

商议已定，一同走出酒店来。

两人九曲八转，来到县里一破落处。却好走到郓哥门前，只见那小猴子挽着个笼在手里，正回家来。见有两人立在门前，收住脚。

“你们两个在我家门前作甚？咦，这不是何九叔么？”

“郓哥，你归来正巧。你认得这位武都头么？”

“解大虎来时，我便认得了！”

“武都头要问你，你只管照实道来。”

“那件事吧？”

“那件事？”

“却说不得。俺爹爹平日里教训，凡事小心，莫不要相伴他人，吃官司耍。”

“这从何道来。哦，晓得了，他家中老父长年卧病，这郓哥虽年纪幼小，倒有养家孝顺之心。”

“如此孝顺，当有回报。小子，伸出手来。”

“呀，五两银子……这如何使得。”

“收下吧，郓哥。这些银子，足可盘缠得你一年半载。”

“多谢……”郓哥高兴起来，亦知拿人钱财，须得替人办事，道：“都头，我一五一十都说与你，你却不要气苦。”

郓哥便将诸般事体都说了。

“约五十日前，街上听闻人说西门庆大官人在紫石街王婆茶店里，和卖馒头的武大老婆做一处，便欲寻他讨些小钱。叵耐王婆老猪狗，门前拦住，不放我入房去。吃我把话来侵她底子，那猪狗便打我一顿栗暴，直叉我出来，将我梨儿都倾在街上。我气苦了，便发誓绝不干休。归家路上，游园中见到你家大郎，说与他备细。便与武大相计，要将奸夫淫妇捉奸在床。只是那王婆谨慎仔细。明日与武大约在巷口取齐，我自去骂那老猪狗，引她取街上抵住。武大抢入里厢房去，其后听闻，却未捉到奸夫，不提防西门庆那厮开了房门，奔出来把大郎一脚踢在心窝里，大郎当场气绝在地……自那以后，武大便病瘫在床，再不见出来卖馒头。——过得四五日，说大郎死了。我却不知怎地死了，只是这些日子心中惊慌，至今不曾向旁人述说此事原委。”

“你这话是实？”

“无半句虚假！”

“到哪里也只是这般说？”

“便到官府，也无一字更改！”

武松立地便携何九叔与郓哥两个，直到县厅上，逐一向知县相公申诉。

这个知县，原是喜欢武松的。

听了三人口词，大为吃惊。先叫三人退下，便招县吏众人商议。

众人坐定，说了原委，问道：“此事如何处置？”

“这个……”

众人态度皆犹豫不决。原来与公与私，县吏都与西门庆相交已久，其中数人与他亲笃。此官商勾结之恶缘，便是知县本人，也难撇清。

“大人。”一个县吏起身劝道：“这件事难以理问。因那男女情痴而生事，原非黑白分明，却招惹出祸端来，不如息事宁人。”

“嗯，此事确是难问。”

“不过是死了一个卖馒头的，县里都道此人是个愚钝不晓事的人。”

商议已定，知县便招武松进来，好言抚慰。武松自然不平。

“相公大人，你说未曾捉奸见双，捉贼见赃。请看此二物。难道能说我兄长是病死，而非毒杀么？”

武松怀里去取出酥黑骨头，西门庆袖下贿赂何九叔的十两银子，览于知县面前。

知县却顾左右，不教如何处置。

“此二物我且收下，教县里看验。武松，你不可造次，须稳便寻思。”

和团稀泥，便教武松回去了。这桩官司已遭驳回。

# 第四十一回　武松设祭悼亡兄　登门复仇西门庆

那西门庆心下惶然，得衙门中关系熟络者内报，早提防武松去告官。

当夜，西门庆便使心腹人来县里各官吏私邸，送了许多银两打点，不在话下。

次日早晨，武松又上厅上告禀。知县态度已大变，武松眼中看来，似不认识一般。

“武松，昨日我苦思一夜，不知如何对理。”

“事到如今，有何对理？教那西门庆上厅，当面对质，自见明白。”

“这便不是好对理。圣人云：经目之事，犹恐未真。背后之言，岂能全信？你休听外人挑拨你和西门庆做对头。”

“那何九叔拾回兄长的遗骨，紫斑历历在目，这个须不是小人捏合出来的！”

“你又有何依据，说那便是你兄长的遗骨？众火工亦分教说，此物火化场中自可拾来，多少无论！”

“我兄长遗骨哪有作假！”

“武松，你休要急。诉讼却不讲私情。但凡人命官司，须要尸、伤、病、物、踪，即行罪之动机、现场之物件、尸体之伤痕、犯人之足迹及其他旁证，五件俱全，方可推问得……且当时你已往东京，当时并无一人目击，口词不过是那些外人臆测而已。”

“臆测？”

武松愤然而起，睚眦欲裂，往知县面上盯了许久，胸中却又平复，面色顺和下来，道："既然相公不准所告，且却又理会。武二也知公门之中，对理原非轻易之事。此番搅扰，万分抱歉。我自归去供养兄长。"

收了银子和骨殖，再付与何九叔收下了。武松大步走回自己房内，向手下兵士吩咐道："你们几个，且安排下饭食。"

叫了何九叔和郓哥同吃。

"郓哥你也吃。九叔，我们饮一杯。明日就是我哥哥的断七了。"

武松自筛酒，痛饮了一回。郁郁寡欢，眼中一股火气渐渐翻涌而出。

又教郓哥与九叔留在房里等一等，自带了三两个兵士，去到街上取，吩咐手下道："买这个，买那个。"

随意将出怀中银两来。——兵士遵其所命，买了砚瓦笔墨，三五张纸，又买了个肥硕的猪首、一只鸡、一担酒、线香果品之类，都抱回安排在家里。

"……嫂嫂，在家？"

武松站在门前，呼楼上金莲。

"谁啊？"

"是二郎。"

想必那妇人心下一惊。

却已知武松告状不准，虽不知这回又为何来，放下心不怕他。心中想："他又来怎得？"

那妇人便慢慢地行下楼来。武松已坐在灵堂前。

便唤兵士先去灵堂前，点起两支明晃晃的蜡烛，供了猪首，焚起一炉香，列下一陌纸钱，铺下武大生前喜爱之物。

"二郎真是孝顺，携来这许多断七供物。"

"嫂嫂，我今日特地携来这些酒食果品，是为请诸邻舍街坊前来相谢。"

"我却已谢过他们。"

"我在县里做都头，又是亡兄之弟，礼不可缺。"

"你有此意，自谢不妨。"

"尔等就此铺下酒食果品，唤诸位邻舍街坊前来，先请隔壁王婆。"

"二郎，那王婆我去请便可……"

"今日我做东，哪须劳烦嫂嫂……"

武松便亲往一墙之隔的邻屋，不消一会儿，那老婆子满面惶恐，武松便拽臂膀，拉过门来。

“便按年序，干娘坐主位，兄长与嫂嫂多受干娘照应。……嫂嫂请坐武二身旁。”

“二郎乃是县里都头，我这老婆子上座于理不合。我着偏坐罢了。”

“干娘只今日不要推辞，嫂嫂也请坐了吧。”

武松见众街坊坐定了，唱个大喏，代亡兄先谢过众人生前情谊。

席上坐定的有开银铺的姚次、卖棺木的赵四郎、卖酒的胡正、卖果蔬的张爷等人，俱尴尬万分，木讷无言。西门庆与潘金莲相做之事，邻舍无人不晓，想来心中惊慌，正不知怎地。

“此间多搅了街坊，相请吃杯淡酒。”

武松端起杯来，向众人一一劝酒。众人只好举杯润嘴，哪里肯醉。

看看酒至三杯，那卖酒的胡正口中道：“……啊，我已醉了。”便要起身，说道：“今日承蒙都头请吃酒，感激不尽……小人买卖撇不得，先去忙些个。”

“如何便要去了？”

“小人家中忙碌。”

“便忙也坐一坐。”

那卖葬具的赵四郎也赶紧起身，道：“小人家中也有买卖，日后有些礼数到都头家，今日先回去……”

“去不得！”

“小人……”

“坐下！”

武松发号施令般吼了一声，又即改换颜色，道：“众高邻休怪小人粗鲁，既然已至此间，总须多饮几杯。后面兵士，你们也一同吃酒罢了。”

后面兵士自来吃酒。——却有两个兵士，把前后门把守牢了。这般酒宴，如何吃得下去？众人心头正如十五个吊桶打水，七上八下。

估算时刻，武松叫士兵且收拾过了杯盘，抹净桌子。众邻舍正待此时，正欲起身回家。

“各位且不要走。一干高邻在这里，中间哪位高邻会写字？”

“……”

众人面面相觑，又不知要如何相待。自然都拿眼去瞧着会写字的胡正。

“胡正卿，听说你字写得好，相烦则个。”

一个兵士早在胡正面前排好纸墨笔砚。众人惊异处并不在此。

只见武松五体满溢精气，目中凶光，卷起双袖，去衣裳底下飕地只一挚，挚出那口尖刀来——同时左手拿住嫂嫂金莲的衣襟，右手指定王婆，道：“诸位高邻在此，小人‘冤各有头债各有主’，绝不与诸位为难，只求做个老大的见证！”

“王婆！”

武松拿双目直瞪着那老妇。景阳冈打虎英雄，此刻目光如炬。

“你这老猪狗！亏得你住我哥哥近旁，竟做牵头卖人家内！我哥哥死于非命，究因都在你身上，慢慢地教你吐白真相！”

回过脸来，圆睁双目看着妇人，骂道：“你那淫妇听着，你把我的哥哥性命怎地谋害了？莫以为我不知，定是你用砒霜下毒害死了！”

“哈哈！放开我！各位高邻，二郎眼见疯了！”

“还敢笑！你这毒妇、淫妇、妖妇！今日百般抵赖亦无用，在我哥哥灵前，从实招来！”

“你好没道理！我有什么可招的！自去世间试问，你那哥哥值得什么，嫁与他为妻却如何不幸！”

“好！”

说犹未了，武松把刀咔嚓了插在桌子上。用左手揪住那妇人头髻，右手劈胸提住，把桌子一脚踢倒了，隔桌子把这妇人轻轻地提将过来，一交放翻在灵床面前，只一瞬间。

武松单膝跪地，拿脚踏住那婆娘衣角。右手拔起刀来，转而指定王婆，只见王婆吓得脸煞白。

“老婆子！你不逃么！”

“都头饶命！饶命啊！老身自说便了。”

“好，胡正卿，便相烦你与我听一句写一句。”

街坊俱已吓得站立不定。胡正战战兢兢拿起笔来。武松转头看着王婆，又骂道：“老猪狗！快说来！”

“又不干我事，教说什么？”

“哼，老猪狗，转眼工夫，你又想抵赖？你不说时，我先剐了这个淫妇，后杀了你这老狗！金莲！”

提起刀来，望那妇人脸上比画。金莲惊吓悲鸣，白刃稍入肌肤，颚下染做桃色。

“叔叔！且饶我！你放我起来，我说便了！”

“快说！”

武松一提，教那婆娘跪在灵位前，仍将刀子搁她脸上，喝一声：“淫妇快说！”

那妇人惊得魂魄都没了，面色苍白闭着眼，将那日怎生与西门庆相遇，并做衣裳至通奸，次后来怎生踢了武大，因何设计下药，王婆怎地教唆拨置，从头至尾，说了一遍。

王婆道：“贱妇！你先招了，我如何赖得过，只苦了老身！”这老婆子虽较金莲更顽固，此时也只得一一招认了。——武松教把两人口词，由胡正从头至尾写了。

“写好口词与我。”

叫她两个都点指画了字，又叫四家邻舍也画了字。卷了口词，郑重藏在怀里。

叫兵士取碗酒来供养在灵位前，点盏明灯，摆祭酒。

拖过那妇人来，跪在灵前草席上。香炉里放薰香，烧化冥用纸钱，那妇人见势不好，惊惧起来。

“饶命！饶命啊！”

想挣扎起身，武松叫道：“哪里跑！”

武松将那妇人一把揪倒来，两只脚踏住她两只胳膊，扯开胸脯衣裳，露出一对曾被西门庆珍爱怜惜的乳房来。说时迟那时快，武松把尖刀去胸前只一剜，只听一声断命绝叫，妇人两腿胡蹬两下，便僵直不动了。武松咔嚓一刀，便割下那妇人头来，血流满地。

“哥哥！二郎为你报仇了！”

武松将割下的头先供养在灵前。又叫兵士取来一块布，把妇人头包了，揩了刀。

“有劳诸位高邻，休怪小人惊扰。且请众位楼上少坐，亦无须半日，待武二去寻那厮，片刻便会。”

四家邻舍都惊得无魂无魄，面面相看，不敢不依他，只得都默然上楼去坐了。

“这老猪狗！你们与我看紧了！”

武松吩咐兵士，也教押了王婆上楼去。关了门窗，教两个兵士在楼下看守。

武松包了妇人那颗头，携于腰间，奔出紫石街，直到西门庆生药铺前来。

那药铺门前杨柳成行，是繁华喧闹之处。门楣上挂朱红金联，客官进出络绎不绝。

武松直走入去，举目四顾，看着一个主管，上前去唱个喏，道：“此处便是西门大官人药店吧，敢问大官人在吗？”

# 第四十二回　狮子桥畔杀色男　贪欲婆娘上木驴

那一日，西门庆并不在店内。店中主管见武松面相凶恶，心下害怕，道：“都头在上，小人实不敢相瞒……西门……官人，却才和……和一个相识……去……去狮子桥下大酒楼上吃酒……”

“莫要说谎！”武松撇下话道：“若寻不着那厮，我片刻便回，要你性命！”

武松转身便走，径奔到狮子桥下酒楼前。

此处面朝着繁华街市，乃县里一流的大酒楼。

武松直入店里去。

“小二，你可见西门庆官人和甚人吃酒？”

“客官是与西门大官人一同吃酒的么？”

“啊，正是。我自上楼去他罢了。”

武松一头抢在引路店小二身前，直闯到楼上。

大廊下左面一排阁儿，武松便由帘缝里张望阁中客官。只见西门庆坐着主位，对面一个人坐着客席，几个唱的粉头女人坐在两边，正喝酒快活。

“这回逃不了！”

武松掀开门帘，跳入阁内。

顿时阁子里的粉头们一齐尖叫，四散奔逃。只见一人腰下抱一颗血淋淋的人头。武松两眼喷火，杀气四溢，只盯着西门庆看。

“哎呀，武松！”

“西门庆，吃惊么？”

“你你，你来此做甚？”

“你面色难看，胸中隐藏何事，如此心慌？”

“我与你无话可说！”

“我也无甚话。只将来好酒、好肉与你。送你去极乐世界，快吃饱上路！”

“啊——”

武松把潘金莲人头往西门庆面上掼将来。西门庆一缩头，将将闪过，落在那个财主官人身旁。

坐对席的财主官人早吓瘫了，僵住不得动弹。粉头们早走去了。武松手上挲尖刀，逼在西门庆面前。

“……”

西门庆跳起，摆出困兽模样，却吓得浑身颤抖。眼见金莲的头首在地上滚，心中亦之今日不是你死，便是我亡。

说时迟那时快，只听咣一声响，西门庆又使出得意腿技来，将桌子踢飞向武松。——盏儿碟儿都踢散，飞沫直冲武松身上招呼。

武松于毫发间闪过，见西门庆欲逃，将手中尖刀往西门庆腹脾直刺过去。

“看招！”

刹那之间，西门庆亦出招。见武松来得凶，早飞起右脚来，如直枪一般，往武松颚下一弹。武松见他脚又起，略闪一闪躲过。

“总使此招！”

又连刺三刀。却因阁内狭小，刀法施展不开，被西门庆一脚却恰好正踢中武松右手。那口尖刀踢将起来，越过栏杆，不知落何处去了。

西门庆见踢去了刀，心里便不怕他。以为空手对打，两人势均力敌。这却是他一厢情愿了。武松惯常不使刀，徒手打斗还更顺意些。无论西门庆如何用力，又如何比得景阳冈上的大虎？两个拳来腿往，打了片刻，便分得胜负——只见那西门庆一声惨叫，被武松一拳打瘫在临街窗边。

武松将那厮的身体，左手带住头，连肩胛只一提顶起。面朝着下面街市。

“奸贼，下去！”

便往下面一掼。

真个头在下，脚在上，飞出阁子来，倒撞落下街心里去了。那西门庆，一者冤魂缠定，二乃天理难容，三来怎当武松神力。——有道是魔乡美果终有偿，跌了个魂飞魄散，横死当场！

武松提了淫妇的头，也钻出栏外，涌身望下只一跳，跳在当街上。

看这西门庆早已跌死，脑浆迸了一地。武松拾起短刀，只一刀，割下西门庆的头来。把两颗头相结在一处，提在手里。不顾街上往来的人围过来哄动，风一般奔回紫石街来。

“……哥哥！兄弟与你报仇，已杀了奸夫和淫妇！”

武松回亡兄武大郎家中，将男女两颗人头供养在灵前，洒泪大哭一回。拭干泪，又道：“人生直如梦幻，前世已注定。今日大仇得报，此屋中财务一并拾掇了吧。哥哥魂灵安歇，早往应往之所在！”

武松便叫兵士楼上请高邻下来。

“众位高邻，小人行事乖张，甚是惊吓了诸位，实在抱歉。……哥哥与我骨肉情深，此深仇大恨，不可不雪！今去县里自首，仍须劳烦高邻。”

四家邻舍暗暗吞口水入肚，目光只顾垂地。

“我哥哥灵位就今日烧化了。此家中虽贫，一应财物变卖些钱来，敬请众高邻自取，做随衙门用度之资。今去县里，休要管小人罪犯轻重，只替小人从实证一证。”

武松亲自押那王婆，径投县里来自首。

此时轰动了一个阳谷县，都听得打虎英雄武都头在狮子桥边酒店里杀了奸人。县内公人诸处调查，并无半点曲折。

第一日，先审问王婆。

王婆都一一供说了，四家邻舍指证明白，并无差池。

第二日，又唤过何九叔、郓哥——其后又陆续唤来酒楼里的小二、西门庆的家人、武大四家邻舍，都取了明白口词。

供状、物件，俱已齐全。

知县见了，暗暗叹道：“念他是个有义的汉子，总须保全一条性命。”

思武松为公差上京走了这一遭，因他不在武大家里，令奸夫淫妇有机可乘，害死武大。

便唤属吏来商议道：“口词虽如此，念武松那厮是个义气烈汉，可否将上告词句从新写过，好教他不入死监。”

属下并无一个有异议。

这也是武松平日里和善待人，众人都寻思他的好处，一心要周全他。牢卒虽见武松下狱，却也敬他是一条好汉。

一月有余，知县唤来武松，读状词与他听了，道："杀人偿命乃古来大法。况你连杀男女二人，四邻州县无人不知，人心动摇，实教本官为难……本官只得收拢状词物证，发解你去本管东平府申请发落。即日启程。"

"相公大人恩泽，小人没齿难忘。"

武松回礼，又回牢门中。次日，载上重犯囚车，上路望东平府来。

那东平府是阳谷县上司，管辖裁判职权。府尹[1]陈文昭，民间奉为清官大老爷，就当厅先把阳谷县申文看了，自言自语道："来了。"

他已知此事全貌，便道："先将武松的长枷换一面轻罪枷了，下在牢里。把这王婆禁在提事监死囚牢里。"

数日后，又发落道："何九叔、郓哥、武大四家邻舍，诸人口词已明，且带回县去，宁家听候。本主西门庆家人，留在本府羁管听候，等朝廷明降，方始细断。"端的是处决如流。

且说陈府尹虽是朝廷命官，却哀怜武松是个仗义的烈汉，便叫狱卒宽待与他。武松虽杀人惨烈，犯下弥天大罪，百姓却也敬爱他为人刚烈，自有可爱之处。

陈府尹出于同情，把这招供卷宗都改得轻了，上申省部详审议罪。

那刑部官中有一个和陈府尹交好的高官。陈府尹使人带了一封密书，星夜投京师来替他干办。此后议下判决，实与陈府尹心意无差。

判决之日，武松、王婆及一干人等，都到厅前听断。

"何九叔、郓哥两个。"

"小人在。"

"你两个无罪。"

"多谢大人。"

"邻家一干众人，各放宁家。西门庆家人，亦无罪开释。只是那西门庆生前恶行招怨，不得为其奢靡供养，从善施行便可。"

---

1 上文有济州府，这里是东平府。原日文的"奉行"官职以下也一概译为原著的"府尹"。——译者注

“谨遵大人教诲。”

“至于武松”，刑部官顿一顿道：“你虽系报兄之仇，斗杀西门庆奸夫人命，亦则自首，阳谷县各位乡亲，都来请愿助命，本官俱有所闻。只杀人之罪，难以释免。斟酌情状，减死一等，着脊杖四十，刺配二千里外孟州……谢恩吧。”

“谢大人……”

武松下了枷，那身边王婆惊叫起来：“大人，放我老婆子归家去吧！……老婆子并无犯罪啊！”

“王婆，判你死罪！”

“死？死罪？！”

王婆哭倒在地。

“起来！”厅前公人上前，将王婆拉下去了。陈府尹转头便走，哪管王婆哭天抢地。

翌日，便把这婆子取出大牢，推上木驴。这木驴上四道长钉，三条绑索，将那婆子手足都固住。上坐，下抬，直拉去刑场。

破鼓响，碎锣敲，犯由前引，混棍后催，两把尖刀举，一朵纸花摇。满城的人都轰动了来看。

“下辈子休要做人！”

“生做马好了！”

“马也不好，生做猪吧！”

“猪也不好，耗子便对了！”

众人哄闹，小孩将石头与烂果子掷去王婆头上，哪有人管？

王婆夹在木驴之上，一路号哭，去东平府市心里，凌迟处死。武松在府厅外脊杖四十，所谓“打青竹”。

因上下公人都看觑他，止有五六下着肉，并无痛楚。

脸上免不得两行刺青。取一面半铁护身枷，钉了。

“上路吧。”

武松与两个押送公人携公文，离了东平府，迤逦取路投流刑地来。

刚出府门，只见道路两边百姓哄作一团。有来送别的，也有将衣服、酒食来相赠的。武松见路旁数人面熟，仔细一看，原来是武大邻舍街坊，其中一人往武松手心里塞了一把银两。

“这些银两，请都头用作旅途花销。我等惭愧，不可自取这些银两。”

“这些银子是？”

“是变卖了都头兄长家中家私什物所得，都头却教我等分取银子。”

“各位高邻却不相取？武二感激不尽，只不知何时得报。”

“都头说哪里的话，只要不记恨我等，便放心了。大郎之事，众邻家皆不敢管，哪敢伸手拿钱。此去孟州，人地生疏，都头要好好保重身体。俗话说，留得青山在，不愁没柴烧。”

# 第四十三回　牢城之中遇管营　武松莫名座上宾

此时正是六月初夏前后，武松这七八十日间，正似做了一场噩梦。只叹天意难测。去那孟州，亦难测旦夕祸福。

“武都头，行至孟州还须二十日前后。路途艰险，你有甚为难处只管道来。”

这两个公人知晓武松是个好汉，一路只是小心服侍他。武松见他两个小心，包裹里又有的是金银，但分与他两个。

只是这一路艰险，风餐露宿，未见有卖酒标旗。——这一日，三个人终走来孟州道上，将入孟州前却上十字坡，禁不住美酒诱惑，落入陷阱。

原来这十字坡上有一个酒店，只向越岭而过的客商做买卖。

“吃碗酒吧。”

那两个押送公人，见孟州已近，心下放宽，只顾喝酒，实为不慎之举。

那酒中实掺了蒙汗药。若喝下此酒，立时麻酥倒下，不省人事。

这山里头，孩童都唱童谣道：“十字坡上有毒酒，毒蛇吃了也升天。酒中掺血人肉包，亡灵声声无归处。”

这个十字坡上酒店，藏了一对杀戮无数的夫妇，专引行过客商入内。

不止将客商性命害了。遭毒酒害了的人，连个尸首也不得出此酒店门。

“哈哈哈，杀多少，后头还有人来！”

门前窗栏边招揽客人的店家娘子，涂一脸胭脂浓妆，穿一件绿袍衣，系一条鲜红生绢裙，两只光洁的手腕子上戴金灿灿的镯子，敞开胸脯。

这妇人诨名母夜叉，祖上姓孙，人唤作母夜叉孙二娘。

这家店主人，姓张，名青，原是此间光明寺种菜园子，颇有拳脚功夫。

此番向武松下手，却哪里是对手。所行恶业终不得长久——那武松因兄长遭毒杀，自个也做提防。

“这酒如何有异味？”

武松喝第一口酒便心觉有异，却瞒了店家娘子，把这酒泼在僻暗处。只虚把舌头来咂。那两个公人喝酒下肚，只见天旋地转，望后便倒，武松也双眼紧闭，扑地仰倒在凳边。跳入陷阱者非是武松，却是母夜叉与张青这对夫妇。

“小的们，做馒头了！”

那母夜叉伸手要将武松尸身抬进去。那武松突地跳起，就势压在妇人身上，又三下五除二，制服了张青。两人慌忙跪地，忏悔讨饶。

由这对夫妇之口，武松知晓了花和尚鲁智深、青面兽杨志等人消息。

原来那花和尚，大闹了五台山，又震骇京城相国寺，以至天下闻名。也经过此处十字坡时，孙二娘照样把药与他吃。却也被花和尚教训一番，终讨饶得一条性命。

“真是记吃不记打。”张青搔头道：“这婆娘却又做出这番事来，眼不识泰山，触犯了景阳冈打虎的武都头。可看小人薄面，望乞恕罪！”

“饶过尔等性命。押我前来那两个公人，酣睡不醒，且救他两个则个。”

“武都头，你何必去牢城营里受苦？不若就这里把两个公人杀了。”

“那我可去何处？”

“听闻那花和尚鲁智深，离此地后占了二龙山宝珠寺，和一个叫什么青面兽杨志霸在那方落草，筑得一个山大的寨子。……都头又何苦去孟州吃那滥刑，若肯去落草时，小人亲自送至二龙山，与鲁智深相聚入伙。如何？”

“却使不得！我若落草去了，必为难东平府陈府尹。这两个公人，一路上服侍我来，并无为难。快快施用解药，救起他两个来。”

夫妇两个感动武松如此仗义，便调解药，救起两个公人，又酒食款待赔罪。张青便与武松结拜为兄弟，将武松直送到孟州大街口来，洒泪相别。

张青夫妇道：“俗话说入乡随俗。都头此去孟州，请多保重。”

来到孟州城里，至州衙，两个公人投下了东平府文牒，道：“愿大人早押回文，好教小人回府交差。”

州尹觑一眼公文，道："人犯武松，发入牢城。你二位一路辛苦，可无事回府。"

自押了回文与两个公人回去。

说起牢城二字，如炼狱一般，直叫人胆惊。

直教人怀疑，世上奸恶之徒果真如此众多，须得这般多监牢？——武松来到牢城营前一看，心想与那些牢中凄苦之人相比，牢外手持烧火棒、趾高气扬的管营公人们，倒更有"恶"相。

"新来的，你包裹里可有银两。此处犹如地狱，没有金钱使用可不成。"

"钱？一文没有。这牢城里又无酒家，要钱作甚？"

"你初来不省得，少刻差拨到来，须送金银与他。"

"又是为何？"

"此间旧制，新到的囚徒，须打一百杀威棒。若不使钱，直打得你皮开肉绽，哭爹喊娘！"

"杀新到囚徒的威风？好，要打便打，看怎地。"

"你这人，莫非寻死？"

"老爷我生在世上，便是一副怪骨肉！爹娘所赐，无可奈何。"

"休说这话，常言道'人在矮檐下，不得不低头'。……啊，差拨来了，悄声。"

众人一听差拨脚上皂靴踏地之声，便散了。这昏暗牢房中，靴声亦教人害怕。

"那个是新到的前阳谷县都头武松？站出来！"

那管营（监狱长官）相公与十名军卒正在厅上。管营喝叫除去行枷，耳鼻朝天向武松道："你那囚徒须省得太祖武德皇帝旧制：但凡初到配军，须打一百杀威棒。那兜拖的，背将起来打！"

"要打便打，也不要兜拖！"

"你莫胡乱挣扎！"

"何须如此惊慌，我却不躲闪。却又为何绑我双手，四面围住？"

"怕你闹将起来。杀威棒打下，无论如何英雄，十棒二十棒便吃不住，闹将起来，其后便难打了。"

"哈哈哈，打人者却如此小心。舞棍须用腰力，着实打！"

“胆敢取笑！”

两个军汉拿起棍来，左右迫近，正要打下一百杀威棒。

那管营忽叫一声：“住手！”只见管营身边，立着一个人，去管营耳朵边略说了几句话。

只见这人二十四五年纪，白净面皮，蓄着美髭髯，却不似中华风格，犹如北欧人一般剪剃得端端正正[1]。身上穿着一领黑纱袍衣，横结一条白绢络着手。头上亦绑缚白带护伤。

管营听了那人几句话，点了点头。

“不用打了，且寄下这顿杀威棒，待武松身体痊愈。且把去禁在单身房里。”向军士下令，即起身退堂。

武松大喊：“我于路不曾害病！打了干净！”

“住口！见文牒上明白写这个囚徒时常狂颠发作，故出狂言。杀威棒也治不得他这狂病。不要听他，且拉下去。”

便携身旁奇异的年轻后生，转身下堂去了。

武松却是丈二和尚摸不着头脑。军汉引武松送去单身牢房里。走过其他囚徒牢房前，众人看了都惊异。

“这汉子，恁得无事回来了？”

“新来的，你莫不与管营有交情？”

众囚徒都围上来细问原委。听武松说与那管营并无交情，一个个脸沉下来。看武松眼神，如看死人一般。

“你莫不有甚好相识书信与管营么？”

“并不曾有。”

“那差拨袖下，你可有使钱？”

“我原恶此事！”

“哎呀，如此说来，今晚可有一碗白米饭来与你吃了。”

“哦，这牢里还有白米饭吃？”

“菩萨饭。满满一碗白饭将与你吃饱了，带你去土牢里，颠倒吊起来，明

1 此处提到的欧洲人的平整胡须，是作者吉川看到同时代的形象，其实欧洲人精心修整胡须的历史也并非漫长。——译者注

日清早，轮到土蚁来吃你了。”

“这般毒辣手段。”武松苦笑道：“谢众位指教我。原来是为此教我入单身房？”

武松远远的隔离于单身房内，心中惴惴不安。

天色晚来，只见一个老军卒，托着一个狱中难见的盒子入来。盒子里不止白米饭，还有一盘肉、一盘子面、一大碗汁与一瓶酒。

“我且落得吃了，却再理会！”

便敞开肚皮都吃尽了，随即鼾声大作。

次日天明，又与他一顿好饭食。

“虽无酒，好歹有瓜果可食。活在世上便有妄念啊。”

到了这一日晚来，又将来鱼肉白饭，且还加一大壶酒。酒乃上品，鱼肉亦烹得美味绝伦。

如此好酒好肉吃到第七日上，武松心里忖道：“毕竟是如何？……”

这一日入夜，那老兵卒又和一个汉子两个来，一个提着浴桶，一个提一大桶汤，来看着武松道：“请都头洗浴。”浴毕了，又来了个理发师傅，替武松剪了头，裹了巾帻。连袍衣都换了新物穿着。武松到底糊涂了。

翌日天明。

“请都头随小人来。”

那老军卒又来，引武松离了单身房，行过牢房隧道，登上阶梯，见外头一片日光炫目。武松想终要送去土牢了？却又引他入一间干净客室，推开房门来，只见里面干干净净的床帐。

午饭又是一只熟鸡，许多蒸卷儿、白米饭、汤，一壶葡萄美酒。

“吃饱喝足……”

推一推房门，并无锁拴。武松便行出来闲走。牢营中自有牧场等宽阔所在，只管四处闲看。

见囚徒如群蚁聚集，都戴着枷锁，在那里气息奄奄地做杂工。

六月炎天，当空烈日暴晒，个个汗流如雨，又无遮荫，哪里去躲这热。正是锹底下冒火，劈柴震金星，担水成热汤，一片焦热刑场。

武松却写意背叉着手，向众人道：“各位，如何不去午睡，在这日头里做工？”

众囚徒有一般苦笑起来，另一半却撇了嘴，其中一个囚徒回说道："好汉，你可有福，吃饱喝足在此说风凉话。我们拨在这里做活时，便是人间天上了，如何敢指望嫌热坐地！还别有那没人情的，将去锁在大牢里，求生不得生，求死不得死，也要过哩！"

武松听了他们口气，心中想："我也是个囚徒，为何……"更觉怪异，回到屋里，独自闷思苦想了半日，不得甚解。

当日晚间，那老军卒又搬将酒食来。

好酒好食都吃过了，武松躺在床帐中打盹。趁那老军卒收拾碗碟时，武松心想："须知究竟。"

便按定盒子，逼问那人是谁家伴当，怎地只顾将酒食来请?

"都头不必多虑。"

老军卒虽得主人封口之令，抵不住武松逼问，只得照实说来。

"是管营相公家里的小管营，吩咐小人且送半年三个月的酒食与都头。待时机到了，自来说明原委。"

"你只说与我，你那小管营是什么样人？"

"便是前日都头初来，待吃杀威棒时，救了都头的便是。"

"立于管营身旁，那个白手帕包头、络着右手的年轻汉子？"

"正是……他使得一手好剑。人都叫他作金眼彪。姓施，名恩。"

"想他必是个好汉。我只是个囚徒，又不曾有半点好处，他如何送东西与我吃，善待于我？"

"小人如何省得。"

"你且讲明原委。若今日不说，今后亦不必说了！"

却见一人开门进屋来，看着武松便拜。

"一切原委，由小弟施恩告诉兄长罢。"

武松慌忙立起来答礼。那老军卒慌忙收拾碗碟回去了。

"都头，小弟失礼！"

"这从何说起。您便是金眼彪施恩？"

"正是小弟。这几日教兄长疑惑，甚是抱歉。"

"小人身为囚徒，这般招待，甚是不当。如此善待于我，究竟所为何事？"

“小弟久闻兄长大名，只是未曾拜识威颜，虽为失礼，先在暗处看兄长禀性。因此先请家尊免了兄长杀威棒，请兄长在此将息，好吃好喝，休养气力完足。”

“牢狱中受刑之人，休养气力又如何？小管营必有差遣，只管道来。”

“小弟实有件事欲要相央，除是兄长便行得。”

“何事，说来与我知晓。”

“且请少作，待家尊出来相见了时，却得相烦告诉。”

“你要教人干事，不要这等儿女相！倒教我憋破了肚皮闷了！你且说正是要我怎地？”

“既然如此，小弟只得说了。”

施恩见拗不过他，便将原委细细道来。

——这孟州东门外有一座市井，唤作快活林。

凡是山东、河北客商都来那里做买卖，有百十处大客店，三二十处赌坊、兑坊、妓家。

大小头目，都各自在那里圈地，招募手下，待过路客商入店，赚取钱财。其中这个管营之子，金眼彪施恩便是快活林中最大株主[1]。

施恩是那里一个大酒肉店的株主。——一者倚仗乃父背景，二者倚仗随身本事，三者捉着营里有几十个弃命囚徒。因此不用说众花街店家和赌钱兑坊里，做得大买卖都要分与他。但凡有过路手艺人、妓女，到那里来时，亦先要来施恩店里参见了，然后许他去趁食。

那许多赌坊、兑坊去处，每朝每日都有闲钱。每月不欠有三二百两银子入手。

“哈哈哈，真叫快活。”武松听了大笑。

施恩却并无欢喜，道：“兄长所要知晓事由，便从此起始。”

因这孟州乃流刑地，州城内有一处团练兵营。

---

1 作者吉川在此使用“株”这个字，在日文中是股份的意思，“株式会社”即股份公司。日本在江户时代便广泛存在已相当成熟的“株”股份合作商业模式，作者在此借用这个概念，是为日本读者易于理解。而原著中施恩从快活林获取钱财的方式，只是简单依靠黑社会式的暴力，收取保护费而已。因此蒋门神前来夺取，武松又夺回，都只靠暴力便可，而非商业竞争的对抗。——译者注

这兵营内张团练，新从东潞州来，带一个随身亲信到此。

那厮姓蒋，名忠，江湖上诨名蒋门神。有九尺来长身材，又有一身好本事，使得好枪棒，拽拳飞脚，相扑为最。道是三年上泰岳争交，不曾有对。来此孟州大道上，不多时便称霸一方，无人可敌他。

施恩手指头上疮痕，道："这蒋门神来夺小弟的酒肉店。小弟原不肯让他，惭愧至极，功夫远不及那厮，吃那厮一顿拳脚打了，两个月起不得床。他身后又有张团练撑腰，实奈何不得……"

"恩人相央事已知晓了。只是这张团练，亦是朝廷军官，如何身边相随这般不明道德的凶恶之徒？"

"那快活林各店家，每月有三二百两银子寻觅，自是为此。"

"原来如此，恩人可放宽心。我却不是说嘴，凭着武松本事，平生只是打这般倚靠军势、为非作歹的恶汉！看我把这厮和大虫一般结果了他！"

"兄长愿助小弟一臂之力？"

"自然。我见蒋门神这等咬虫，便手痒忍不住！"

施恩之父即管营相公也入来，口颂武松义气。

"义士如此英雄，谁不钦敬。愚男原在快活林中做些买卖，非为贪财好利，实为壮观孟州，增添豪侠气象。——不期今被蒋门神倚势豪强，公然夺了这个去处，蹂躏地方！他背后军势撑腰，奈何不得。今见义士英雄，果如拨云见日！义士不弃愚男，请受愚男拜为兄长，不当之处只管指教。"

"小人如何敢受小管营之礼！"武松只坐末席上施礼。

"理非如此。男儿在世，不靠爹娘。愚男生为小管营，受人恭敬，论才学却哪及义士万一。"

"父兄教训的是，武大哥，请受小弟一拜！"

施恩纳头便拜了四拜，武松连忙答礼。

翌日，管营父子又请武松入别馆，彻夜吃酒畅谈。武松欢喜饮酒，吃得大醉，叫人扶去房中安歇。

走过中庭，抬眼看天道："秋日已近，乍见银河。"

回到房中，横下身来，倒头便睡。

# 第四十四回　蒋门神伏首卧地　武松大杯饮名月

翌日，武松与小管营施恩两个一道离了牢营，出得孟州东门外来。

武松仍感宿醉，却见道路旁边有酒肆望子挑出，便道："须饮一碗。"

走不过片刻，又道："却才去肚里发一发！哪里够！再饮一碗。"

施恩叫仆人先在那里等候，武松到里面坐下，仆人已先安下菜肴，将酒来筛。武松喝了便起身，炎暑未消，已至午牌时分，来到孟州城外丁字路口，只听人声蝉鸣乱响。

"前头那个乘凉的大汉便是蒋门神。"

"是哪个？"

"在那大树荫下面躺着乘凉的。"

"便是那厮。他的酒店在哪里？"

"斜过空地，转过路口，在角上的那个店便是。"

"好，你们且去别处躲藏。"

武松一个人假醉佯颠，刻意走过那条林荫道前，斜着眼瞟那蒋门神。蒋门神也半眯着眼看了一看武松。

见那厮果然长大，一双巨足沓在地上，倍于常人尺寸。面如金刚，肌肤上扎着卷黄须，紫疮点点，披着一领白布衫，拿着蝇拂子。一对斜眼，目送武松走过去，又闭下打起盹来。

那武松转过路口，见一个大酒店，是此间一等一繁华处，径奔入里来坐下。

正是午后时分，吃酒客商稀少。武松把双手按着桌子，叫道："卖酒的！快快拿酒来！”

一个当头酒保答应一声，来武松面前问道：“客人，要打多少酒？”

“你这厮！何须多问，老爷进来自然要吃酒！先打两角酒来尝看。”

“对不住。”那酒保忙去柜上舀两角酒下来，招呼道：“客人，请尝酒。”

武松拿起来闻一闻，摇着头道：“不好！不好！换将来！”

“不好吗？”

酒保只好去上等酒的酒瓮子里，舀了些酒来。

武松放到鼻子前闻一闻，便破口骂道：“拿这等酒吹嘘什么孟州第一的酒店！快快再换来！”

只见里面坐着一个年纪小的妇人，招呼酒保去说话。见那妇人穿着罗衣轻裳，露出一对雪白的手腕，带着金蛇腕子，唇涂石榴色胭脂，早有气恼神色。

“胡乱再换些好的与他，休和他一般见识。”

又换了一等上色的好酒来，武松吃了道：“这酒略有些意思。还有件事。”

“这酒可是一等好货色。”

“少多话，只管筛酒。还有，叫你里面那妇人来相伴我吃酒。”

“客官，说不得！”

“如何说不得？”

“此处并非寻常酒店食肆。主人家乃是蒋老爷，那位便是主人家娘子！”

“今日老爷便是来招惹你家蒋老爷，若这个雌儿急哭了，姓蒋的飞来吧。”

那妇人听了这番言语，大怒冲心，向着厨下拿庖刀的几个伙计骂道：“杀才！捉了这该死的贼，与我扔出去！”

话音未落，武松早已纵身跳过面前酒板，却好接着那妇人金蛇腕子。武松手硬，那里挣扎得，被武松一手接住腰胯，提那妇人出来，见角落里三个大酒缸，听得扑通一声响，可怜这妇人头下脚上，直丢在大酒缸里。

一面酒沫子飞舞，另一面几个伙计手里将了庖刀，都抢来奔武松，却被武松一个丢，一个掠，又一拳一脚，都打得屁滚尿流。武松大踏步赶将出来，只见蒋门神气得眉间着火，急急飞赶来，却好迎着。

见武松与蒋门神对打，路口立时围了一群人看。

那蒋门神虽然身形长大，武松一个巨汉，头顶只及他下颚，近却因酒色所迷，掏虚了身子。被武松使雷霆之拳，正中蒋门神小腹上，额角上又被一飞脚踢中，这番打斗却并不精彩。

武松的拳法，有名一手叫作“玉环”，又叫作“龙鬌打云”、“水斩”，便是景阳冈上猛虎见了亦目眩。那蒋门神哪里敌得过？被武松提起拳头一通打。打得蒋门神在地下叫饶。

“如何？”

“好汉莫打了！”

“若要我饶你性命，只要依我三件事！”

“好汉但说！”

“第一件，将这家酒店随即交还原主施恩。”

“依得！”

“第二，你便去央请快活林的头脑人物来，叩头谢罪！”

“小人也依得！”

“第三件，你从今日交割还了，便要你离了这快活林，连夜回乡去，不许你在孟州住！教老爷再见着你，见一回打一回！”

“依得！依得！”

武松这才松开手，只见树荫下施恩早到，带领着几个军健，都来相帮。

便去镇上请十数个为头的豪杰。众人知道是武松，都道：“原来便是景阳冈上打虎的武都头，又在阳谷县为兄报仇，杀了奸夫西门庆，流刑至此。”来到武松面前，莫有不拜的。

“众位高邻，都请来做个见证。我武松听人说，快活林这座酒肉店原是施恩营造的买卖，被这蒋门神公然夺了。我从来打这等不明道德的人！……你这厮！叩头三下赔礼，今晚便回乡去吧！”

快活林中闹了一日，人声鼎沸，众高邻与涌来看的百姓欢声笑语，直欲卷起风来。

自此，重整店面，开张酒肆，这快活林中第一繁华的酒店加倍赚得利钱。施恩重霸了这快活林，老管营也骑马来看这鼎盛气象。——酒家、赌坊、兑坊相较从前，景况更盛。

“都头，大恩大德小弟永生难忘！兄长每二日去营内点卯即可，平日便在店里居住，自由进出无妨。”施恩如此说道。

这施恩的父亲掌管营要职。以其职权，又去使钱，免除武松之劳役自是轻易。

武松虽心里稍觉不安，只是本性好喝酒吃肉，又无羁绊，过了些日子也便闲惯了。

金风去暑，已及新秋，酒味亦浓。这一日，有人来访问武松。

“哪个是打虎的武都头？”

见来者是两个军汉，牵着一匹黑鹿毛马，挂一副好鞍。

施恩认得来者着一身守御兵马都府亲兵的绣金草衣，便向前询问究竟。

“奉张都监相公钧旨，闻知武都头是个好男子，特地差我们将马来取他。”来者边说便将出钧贴来，见里面印一个孟州守备都监张蒙方的团印。

施恩便入里面小菜园去寻武松。武松正躺着打盹，摇醒了他，拿钧帖与他看。

“如何？两个亲兵在外等候。”

“这张都监可是令尊的上司官？”

“家父是文官。兵营内张团练便属他调遣。”

“虽不知何事，我武松是配来的囚徒，不听管辖，教管营大人为难。只得走一遭，看他有甚话说。”

武松起身来，洗过脸，上了马。那张都监宅在城内一处雅致的小丘上。

走入一个宽敞阁屋中，都监已在里面等候。

“武都头威名，我早已闻知。我辈都是军人，士心同一，不知都头可有意重回军旅，与我做身边亲随么？”

武松当即称谢，不疑有他。虽管营相公与施恩常对他道每日饮酒闲坐便可，武松总想出些力气。便开口谢道：“若蒙恩相抬举，当以执鞭随镫，重立堂堂男儿之身。”

张都监就收拾一间耳房与武松安歇，此房正在都监府内中央。

早晚不住地唤武松来，当作亲人一般看待。

那武松虽说勇武豪侠，却是有情有义之人，得人见爱，自是心中欢喜。念难得张都监一力抬举，便是为他磨洗靴子，亦用心洗至雪亮。

时光迅速，已至仲秋。

这一夜，张都监向后堂深处鸳鸯楼台上，安排中秋筵宴。举目远眺，孟州城内外点点灯光，似地上繁星。

“武松，闻说你好饮酒，今日为何不畅饮？”

“小人……”

“为何拘谨？”

“恩相在上，夫人宅眷在此饮宴，小人理应回避。”

“哈哈哈哈，这话可不似豪杰所言……武松，我敬你是个义士，特地请将你来一处饮酒，如自家一般，何故却要回避？”

“恩相大人……”武松闻张都监此言，声色哽咽，见月光下面上带泪。

“小人万死不足报恩相大恩……”

“哭作甚！来，吃酒！”

“小人无礼了。”

“玉兰，来斟酒。大丈夫饮酒，何用小杯！取大碗来与义士吃。”

那侍女玉兰侧首持酒瓶来与武松斟酒。

武松已多日不曾饮酒，便一饮而尽。

“壮哉！”众人见了都称赞。又连饮三大碗，吃得半醉，眼睁不开，却只顾痛饮。

“今夜愉快！玉兰，你可唱个故乡的曲儿，教我们听则个。”

这玉兰是张都监家里一个心爱的小妾。

玉兰走出前来，立楼台当中，各道个万福。

见她身着镶银桃色裳衣，耳下吊绿翡翠，首饰是红玉、金腕子等物，透一味西域香脂气。这个女儿白肤明眸，似是从遥远异国而来。

只听她顿开喉咙，却是世间传唱已久，一首东坡学士之《水调歌》。唱道：

明月几时有，把酒问青天。
不知天上宫阙，今夕是何年？
我欲乘风归去，只恐琼楼玉宇，高处不胜寒。
起舞弄清影，何似在人间？
……

玉兰边唱边将手中象板击节，舞而蹈之。细腰乘微风，凤簪鉴月光，一曲终了，望月明光彩，仲秋美景无限。

众人静得片刻，惊为天人，同声喝彩。

玉兰又各道了一个万福，娇红脸腮，小鸟一般逃入众侍女中去了。

张都监道："玉兰，稍待，你可再把一巡酒，为武松杯中斟满。"

武松慌忙道："小人不能再饮了。"

"哈哈哈，莫道虚言，未曾听闻武松亦可喝醉。你看这个如何啊？"

"恩相，如何是指何物？"

"便是你眼前玉兰。若你喜爱，便择了良时，将来与你做个妻室。"

"量小人是何浊物，怎敢望恩相宅眷为妻！"武松板着脸如此说道。

众人见了都笑，笑声引得武松一连又饮数杯。武松直性，受众人劝酒，玉兰亦不停斟酒，终将其大碗来饮至尽兴。

欢乐终有时，月欲倾，人欲眠。武松踉跄回去房里，前后不觉，横倒下来。却待入睡，只听得屋外一片声叫起来："有贼！"

武松登时醒来。想都监相公待我不薄，有贼如何不去救护？便跳起身，迳抢入后堂里来。只见那个玉兰倒在靠栏阶梯上，将手指道："后面……有贼……奔去了……"便气绝了。

武松听得这话，翻将身来，大踏步直入花园小林子里去寻。一周遭不见，复翻身奔出来，不提防黑影里被一条绳索一交绊翻，几个军汉扑上压住，把武松麻索绑了。

# 第四十五回　乱打城鼓卷枯叶　七尺男儿落天涯

这一夜，自仲秋观月之高台，跌至阴湿地牢之中，犹如梦幻一般。

此处乃孟州府之地下大牢。

武松自是千思万想，不得其解。那知府早判下罪状，字字刻心。

囚徒武松，原是远流配军。因机入都监官衙内，见许多金银珠玉，因而起意。本月十五日，至夜乘势窃取，府中亲兵将其缚获。

重罪之身，更犯重罪，非比寻常。先押下死囚牢，待朝廷决断。

“叵耐安排这般圈套坑陷我！……张都监那厮，还有那贱女，与我无冤无仇，却这般害我，是何道理？”

武松心中悲愤。如此死去，岂非蝼蚁一般！寻机破牢越狱罢了！

苦捱得四十日上下，一个姓康的节级却来见他，小声耳边告道：“牢城管营大人，与施恩这两父子，暗地里上下央人，使了几百两银子，要相助你早出去。只是害你之人乃是张都监，谁敢逆他？……众人都知都头是个好汉，不肯谋你性命。你且宽心，不要忧念。”

“多谢节级……小人沦落至此，全靠节级保全性命了。……只是令小人万万不曾想到，那张都监为何设此毒计，害陷小人？”

“不瞒都头说，那都监张蒙方和张团练两个，是同姓结义做的兄弟。”

“张团练？他又是哪个？”

“如何忘了？你在快活林大庭广众，痛打蒋门神，那厮便是张团练来此地赴任时挟来的亲信。”

“啊！”

“那蒋门神见那酒肉店颇为利厚，便打伤了小管营，夺了店，将快活林一带霸了。每月收得许多利钱，也纳与团练、都监，这伙贼人一家军阀……这般莫大油水，却被一个囚徒武松夺了回去，必要取你性命而后快。”

武松跌足叹道：“我恁得痴啊！”

痛悔不已，将头直抢地。

又想起施恩父子情谊，自觉不应轻易弃世。——若非这对父子恩情，保他性命，武松早已暴躁起来，打牢越狱了。不知今后毕竟如何，只得明日又复明日，苦捱下去。

康节级送了几日酒食，却又不再来了。原来张都监行事滴水不漏，常差人来查看，康节级亦不敢再来。——又捱得几日，终下了判状。着武松脊杖二十，刺配远道恩州牢城。

翌日，取一面铁盘头枷，将武松钉了，差两个健壮公人防送，押解了起身。

“没你娘个鸟兴！要杀便杀，还出城去作甚？”

武松心里暗自作疑。他不知那张都监，并不敢于牢城之中公然下手害人。那蒋门神早犯众怒，教人知晓其幕后倚势者，张家面皮上须不好看。

三个人上路，行到离开孟州数里地界，武松暗暗瞧出征兆来了。见后面先后有三个人提着刀，尾随而来。

“倒来报复老爷！”

武松早见那三个提刀的面带杀气，不是好意。

红日西斜，走到前面一处浩荡河浦，叫作“飞云浦”。武松突立定不走，蹲下身子。

“啊，忍不住……我要净手，与我去了枷则个。”

“啥？小解？”

那两个公人挤眉弄眼，打个暗号。时近黄昏，见桥下面滚滚江水。两个公人拽住枷，令武松立于深不可测之崖边解手。

“……啊，憋死了。”

武松站在崖边，解手完毕一瞬间，背后一道刀光汹汹斩来。武松侧身躲过，一飞脚早踢中，一个公人翻筋斗扑通一声下水里去。

“啊！”

余下那个公人和三个刀客先自惊倒。

“敢小觑老爷！”

武松大喝一声，一股气直升至喉头处胀起，砰一声，竟将两块锁喉枷折做两半个，掷去一旁。

奔上前去，两手抓住那个公人，举头顶朝江心里一扔。转身又追上三个刀客，夺过朴刀，接连搠死两个，向最后一个人喝道：“哪里去！”

只闻这一声叫，那刀客先吓瘫了，叩头道：“都头饶命！”

供说三个人都是蒋门神手下弟子。武松脱下他的衣服，与己身上囚衣换了，又拿起朴刀来，看着他说道：“放你一人归去，对不住两个同来伴当。生死便由河中龙王定夺吧！”

将他抓起扔入急急江水中去了。

武松一口恶气不解，怨恨冲天，再迳回孟州城里，早已化为一头复仇恶鬼。当夜偷入张都监后花园，见鸳鸯楼上点着明灯，照耀星空，听玉兰正拍象板，唱《王昭君》。

听那筵席上的人，仲秋饮宴上不见的蒋门神，还有张姓一族的都监、团练俱在，个个兴致高昂，笑声不绝。

五更时分，星辰昏暗。

孟州四面城门，未到破晓时分，便乱打起鼓来。

“未到时刻，敲恁的鼓？”

街坊百姓都出门来看，不知有何征战大事，议论纷纷。早有一队快马急驰张都监府去，四下围个滴水不进。——面色惊慌的牢城公人打着马鞭，急往管营相公宅邸通报。

“什么事？”

便是宅邸内养马的差役，亦自街头闻听得真相。

昨晚深夜，张都监府中饮宴未毕——都监夫妻两个、唱曲儿的玉兰、为客的张团练、蒋门神等五人，个个死于非命。楼台上下，廊里廊外，死了一地，都疑用朴刀凶器斩杀。下人惊觉叫苦，乱作一团时，那犯人身影早不见了，只在鸳鸯楼白壁之上，用血写下八字道：“杀人者，打虎武松也！”

“竟大胆至此！”

孟州城内纷纷攘攘，如陷噩梦一般。城外酒店也早早关门，四处笼罩凄惨气氛。

这般命案，原非孟州知府一人可以决断。一州都监、团练横死，有损朝廷威信。知府当即令人写了武松乡贯、年甲、罪行，画影图形，做成追捕官令，遍行邻近州府一同缉捕。只是人犯武松踪迹，已藏匿无影，公人四处死命缉拿，亦是无用。

此时武松究竟落于何处?

原来这几日武松将息在十字坡酒店里——读者诸君可忆起，武松前回入孟州时，曾与菜园子张青、母夜叉孙二娘夫妇两个结下情义，如今只得去告明原委，潜藏于店中。

“当日我荐兄弟直去二龙山入伙，兄弟不听我言语。若去了，也无须犯这般重罪了。”张青叹道。

武松却笑将起来，道:“恶贼杀便杀了，绝无后悔。”

张青派去街上打探的小厮，回店里报说:“现今城里城外，搜捕得紧，有公人五人、十人一队，来各乡村缉捕，教有胆敢藏匿人犯的，全村同罪。今知府又贴出榜文，教有人得知武松下落，赴州报告，给赏三千贯。”

张青听了暗自心惊道:“如何在这坡上安身得牢？”便再荐武松去二龙山落草。

武松也自寻思了几日，早有意去二龙山。

“那地面是青州管辖一座二龙山宝珠寺。我哥哥鲁智深和青面兽杨志两个在那里霸着一方。我写一封书备细说二哥的本事，必教你入伙。只你这身衣装，出去定吃人捉了！”

“如何是好？”

“我有个法子，兄弟不要怪罪。且与你扮作一个头陀行者看（所谓蓄发僧)。”

“原来如此。”

“前年此处杀了个头陀，留下一身衣带、兜巾、度牒。一串一百单八颗人顶白骨数珠，却不是前世前缘？”

那孙二娘也从旁说道:“那头陀又留下一个鲨鱼皮鞘子插着雪花镔铁打成的

戒刀。叔叔再剪了头发，遮的额上金印，脸上再贴了两个小膏药，前路去谁晓得是武松？”

张青拍手道：“甚好！甚好！便与兄弟剪发！”

当夜，武松饱吃了一顿送别酒饭。张青又吩咐道：“于路小心在意，凡事不可托大。休要与人争闹，酒要少吃。也做些出家人行径。二哥为人良善，太易信人，切记不可躁性，又遭人骗。保重！”

“兄长教训的是。小弟铭记了！”

辞了出门，迎着夕阳便行。正是十月间天气，日头正短。照得岭上草木光辉，林间落叶身边飞舞，武行者一步一回头而行。

行了二十数日，已入十一月间，晚秋天色中越蜈蚣峰，离二龙山已一日近似一日，冬日亦将至。

“……好生寒冷。”

这一日，武行者下得山冈来，望见一个小酒店，忙奔入去，如稚儿求乳一般，叫唤道：“店主人家，先打一角热酒来吃，”

“行者师父，要饮浊酒么？”

“要好酒。肉也买些来吃。”

“实在不巧，却只剩一壶浊酒。”

“肉也无？”

“且把热酒来与师父挡寒。”

武行者一脸无趣，自斟自饮吃了两角酒，心中琢磨张青吩咐的话。又发酒性便坏事，口中之酒似掺了苦汁。

“啊，您来了！请坐请坐！”

那主人家忽地笑容可掬，引着三四个本地人入进店里。

武松一眼望去，见那伙人为首的是个年纪二十四五岁、面皮白净的少年郎。美若妇人，身长却有七尺余，戴红花头巾，着一身绿袍衣，腰挎一口金革长刀，大方落座。

“今日会友，须得尽兴。店家，我吩咐你的酒食，安排也未？”

“羊和鸡都已煮熟了，只等二郎来。青花瓮酒也在这里。请慢用。”

见那人的桌上，流水一般托来佳肴美味。有一对鸡，一大盘羊肉，其余菜疏、果盆无算。武松斜了眼去看，酒菜之多数不尽。

“……主人家，再来一角酒。”

“师父，再与你斟浊酒。”

“莫说昏话！那厢不是有青花瓮酒么？也卖与我两角。”

“师父，那却不可卖与你。”

“如何却不卖我？”

“青花瓮酒是那少主家里自将来的，只借我店里启封吃酒。”

“放屁！也不曾拿一片肉来与我吃！分明以为洒家是无钱行者，欺负客人！”

“也不曾见你这个出家人恁地蛮法！要喝好酒，可自走去别处，我这小店不伺候！”

“什么！”武行者听了，跳起身来，叉开五指便是一掌，把那店主人打个踉跄，直撞过旁边桌子。

那一桌，红帽青襟的主人见了，亦大怒立起，道：“你这贼行者！出来！”

“你道我怕你！”

两个人抢出门外，如雄鸡竖起逆羽，互斗意气。

“你这鸟头陀好不依本分，却不道是出家人勿起嗔心！”

“你这厮，想是这村里混物！”

“瞧你这模样，恐非出家人，便是个伪行者！”

这话正戳中武松痛处。不及多想，手把住戒刀刀柄。

那少年郎却迅疾抢入来，身形如飞燕一般，一脚将武松把刀之手踢开。

“好功夫！”

武行者肘上虽被踢一脚，却察知对手力道。不须用戒刀。武行者接住手上前，顺势一扯，一拨，恰似放翻小孩子一般，那少年便跌翻在地，那里做得半分手脚，武行者一脚将他踏住，提起铁拳来乱打，打得那人无招架之功。

“美男子！洗过了脸再来！”

武行者一把抓住少年郎的革带，往酒店门外溪流中只一丢。那几个村汉叫声“少主！”

不知高低，都下水去救他上来。

“好啊！这斋饭就布施我这头陀吃了！”

武行者回到店里，垂涎三尺，抱着青花模样酒瓮哈哈大笑。把个碗酒去瓮里舀那酒来只顾吃，不一会儿吃得见底。

又将桌上的肉，双手扯来任意吃。那店主人早吓瘫了。

“爽快呀，冬日已忘怀……”

踉踉跄跄，沿村道走去，却被北卷将起来，走过栈桥，又沿着河谷小道走。忽升忽降，捉脚不住。夜色已深，一路哼着曲子踏行。

“啊呀，此路不通？如何是好。”

回过头来寻路时，只见四下里都是碎木断竹。走得几步，便不知何物缠于足上。武行者几度陷足于滩泥中。冬十一月，谷水寒冷，却教武行者登时清醒。

见岸上侧首转出无数人影来，武行者又浅笑起来。

“那模样，好似鲶鱼灌了酒！”

“贼头陀脚下已动弹不得！这回逃不了啦！”

四下里嘈杂不休。

事后回想，过栈桥后路上，早有人伪做木栅，醉眼蒙眬中，武行者诱至斜道上，此乃村人一般驱赶野猪至陷坑的手段。

听一声呼哨，只见无数松明火把聚来。

无虑有七八十个庄丁百姓，都拖枪拽棒，来寻武松。如围住野猪一般将武行者团团围住。此时武行者虽完全清醒，暗叫不好，却因醉后身体无力，挣扎不得，被众人一齐下手，横拖倒拽，绑了起来。可怜往日景阳冈上打虎英雄，今番却如死虎一般绑结实了，抬进一所大庄院里。

“哥哥，好歹将这厮捕获了。实在惭愧。”

走进大庄院门里来的人，便是武行者在那酒店旁扔入河中的白面少年郎。

其身旁立着兄长，面上做苦相，却也是眉清目秀。

“惭愧又有何用，我们兄弟两个都修行不足。这回增了见识，竟有如此厉害的头陀！”

“将那贼头陀如何？”

“已绑在大柳树上，昏沉沉的，嘴里不知念叨什么？”

“这厮不打不会讨饶！取一束藤条来细细的打那厮！”

一个庄客得了令，取了藤条送拿兄弟手中，走到庭院西边大柳树下，往武行者身上打了三五下，边打边咒骂。却听得有一个人说道：“……兄弟！”

庄里书院走出一个人来，散步到树下，问道：“住手！你们徒手斗不过他，这般打他算何本事！”

“师父，这贼头陀原不是好人。我们也是为了村里除害。”

“我已细听得原委。为人处世，一时血气冲头做下错事，亦属平常。这头陀有这般本事，教你弟兄败折，莫非亦曾相遇。”

“便饶了他？”

“若是恶贼，随尔等处置好了。且待我先看他一看。”

“师父请看。兄弟，拿个火把来。”

“多谢。”

那个人凑在柳树根下，屈过身子来看。此人不似这庄院中的人，且兄弟两个又尊他为客。

这个人看分明了，回头对兄弟两个道：“这头陀额上假贴膏药，把头发披下来遮了，却藏了两个金印。且拨开来看。”

“早见到了，待要动手揪起头发，这厮咬牙切齿，谁敢动他？”

“嗯，也无须强要拨开来看。看他肩背上的杖疮模样，是死囚决断的疤痕。”那人又转过柳树根，要看武松容貌。武松便将头转过去，偏不教他看。

“哈哈，你这厮，还不就范？”

那个人脸上带轻嘲之色，话音未落，突又叫道：“啊呀！”

武行者方才睁开双眼，抬头看了那人。这天下无敌的男子，一对圆睁目中渐渐涌动泪水，哭泣道：“啊，啊……您是……”

那人喝道：“武二郎！”回头便高声催促那对兄弟道：“快快解开绳索，低头道歉。这个是我家兄弟！”

“这个行者如何却是师父的兄弟？”

“他便是我时常和你们说的那天下闻名景阳冈上打虎的武松。”

兄弟两个虽然吃惊，却也并非平常山中地主之子，平常闲坐书院，舞枪弄棒，亦知江湖上打虎英雄武松的大名。这两人呼作师父的人，却又是何人？

# 第四十六回　绿林之徒遇真人　女轿祸事从天降

人生命运无定数，前一刻知命已绝，后一刻却转为座上宾。

今夜武松便是这般际遇。

前一刻被五花大绑，后一刻却成为那家人客院中座上宾，送至屋后清洗，伤口包扎了，又讨几件新衣服与他穿了。面目焕然一新。

“做梦不曾想到于此处遇到兄长。”

武松几度慨叹。人生遭遇之奇，莫过于此。

那个见他惊叫起来的人，忙教那对兄弟解绳放人的，不是别人，正是郓城县人氏，原为县里押司的及时雨宋江。自从离了宋家村，便断了他的消息。

武松与宋江两个，前回相会，拜为兄弟，各自难忘。

那是在沧州地界小旋风柴进庄上。逃离故乡，入柴进庄上客住的宋江，一日于暗廊下撞到一个害疟疾的病人。

那人便是武松。

当夜两人同坐柴进酒席上，相见恨晚，同饮数日之后，虽不忍分离，但武松怀念家乡兄长，回去阳谷县了。其后各桩情事，教武松之名盛传于江湖，宋江亦有耳闻，只叹道：“这兄弟，果然豪杰！”

“兄弟，你又因何故，来此白虎山孔家？”

宋江亦惊倒，便向孔家两个兄弟备细诉说武松之事。兄弟两个听了大惊，扑翻身便拜。

“做梦亦想不到原来是武都头！我弟兄两个有眼不识泰山，万望恕罪！”

宋江笑着道：“所谓不打不相识。”便向武松说道：“兄弟，此亦为因缘际会，你可与他兄弟两个亲近。此间便是白虎山，这庄便是孔太公庄上。恰才酒店中和兄弟相遇的便是孔太公小儿子，人都叫他作独火星孔亮。他的兄长便是孔太公大儿子，人都叫他作毛头星孔明。”

武松慌忙答礼道：“却才甚是冲撞，休怪，休怪。”

两兄弟执武松手道：“都头哪里话，请上座。打虎英雄武松之名如雷贯耳，义气深厚，我弟兄两个对兄长神往已久！”

宋江请出孔太公，都相见了。孔太公置酒设席管待，不在话下。

武松在孔家一住十余日，听闻宋江要离此家，去往他县。

“我家近日有书来，已自家中无事，先发付兄弟宋清归去了。”

以此为话头，宋江又道：“宋清又写书于我，说道此县里清风寨的知寨长官，叫作小李广花荣的，每每想来请我，去他寨里住几时。我与他旧时相识，这几日内便要起身去那里走一遭。”

“小弟多此一问，孔家可放得兄长去？”

“因孔明、孔亮兄弟两个好习枪棒，却是我点拨他些个，以此叫我做师父……兄弟，不若你和我同往清风寨？”

“兄长是一番好意。但兄长只因过失杀了一女，武松做下的罪恶却是至重。与哥哥同往，路上被人设疑，须连累了哥哥。——天可怜见，异日不死，得遇朝廷大赦天下，那时却来寻访哥哥未迟。”

“如此说来，兄弟仍有心归顺朝廷，转回良民？”

“天下负罪之徒，谁无此心？只是恶官凶吏当道，将善人逼入无可奈何境地，便是如今大宋朝廷实相。”

“天下虽多有跋扈恶官，也有好官良吏。兄弟即有此心，皇天必佑。这污浊世间，早晚有涤荡干净的一日。”

宋江如此言道，虽沦落江湖，依然不易君子之风。

又住了五日过后，两个人执意要行，孔太公父子苦留不住，只得安排筵席送行，又各送了许多衣物银两。

次日，孔家弟兄二人叫庄客背了行李，直送了二十余里路，拜辞了宋江、武行者两个。

“今日暂别，他日江湖后会有期。”

两兄弟三步一回头地归庄去了。

两个人相伴往前去。武松要投二龙山去，宋江要投清风镇去。

“此所谓‘各奔东西’。”

两个壮士心中虽不忍，面上却带微笑。

又过了几日，来到一市镇上。借问那里的人，才知此地唤作瑞龙镇。

便问二龙山何往？清风寨又何往？

“这里要投二龙山去，只是投西落路；若要投清风镇去，须投东落路，过了清风山便是。”

宋江听了备细，便道：“今日与兄弟分手，就这里吃三杯相别。”

两个人进了酒店，饮了数杯。

饮酒时，宋江思武松从来惹出祸端，其义愤暴勇，大半出自酒性，不由心忧。

“兄弟，你如此英雄，决定做得大事业。只要留意，少戒酒性。”

去包袱里拿酒钱，宋江和武松各自摸出五十两银锭来，定是孔家兄弟的心意。两人感怀孔家情义，洒泪而别。

武行者自来二龙山，暂放下不提。

却说宋江往清风山去。山路盘错，面前当一座恶山，与其山名娟秀不符。

见其悬崖绝壁，八面嵯峨。

谷间流淌不知何往的溪水，老木枯藤上可见盘踞千百条吐信黑蛇。林中毛鹿为足音所惊，跳跃逃开。猿猴于高木顶端尖声呼啸，树杈间好奇张望——宋江被眼前奇景所引，信步而走。

走过一片青草丛时，脚下勾绊，响起铃铛响声。

宋江弯腰解下葛绳，却不知命运已变。无虑有二三十个绿林好汉，如同虎豹，直奔过来。

原来此处山上有个洞窟，一伙盗贼立为山寨，为首的姓燕，名顺，诨名锦毛虎——原是个山东莱州贩羊马的客商。

燕顺身旁又有一个头目。

生于两淮之间，原是车家出身。五短身材，粗鲁凶暴，江湖上叫他作矮脚虎。——还有一人，原籍苏州，本是做银工坊少东家，身长面白，叫作郑天寿，江湖人唤白面郎。

这三个贼头目虽风貌各异，却占了这洞窟寨子，只顾赌钱打玩，小喽啰来报说了，亦不停手。

“抓了个有钱财主？绑柱子上，看一看。”

宋江被绑至夜间，动弹不得。

那三个人饮至半醉，猛想起道：“小的们，将白日里捉到那厮捉来下酒！”王矮虎一出此言，宋江便被拽来。山寨之中，哪曾见过这般端严之人。

“这厮是个黑炭！”王矮虎咂舌，向另外二人说道。

当时宋朝文化以帝室都府为中心，极致灿烂，只是中土大陆，幅员辽阔，偏远一方文明未开，仍有嗜食人肉之蛮风。世间有所谓吃人生肝得以延年益寿的迷信，因此取了生肝来，浸渍冷水，绞出血来，就酒菜生食。

“好！切来便吃！”

锦毛虎燕顺一挥手，小喽啰们便准备切了宋江的生肝来做菜。

顺手将宋江身上之物都置放桌上，那白面郎仔细一看，登时变色，忙拿一封书与燕顺看——书上写着宋江二字。

“呀呀，快叫厨下，莫杀那人取肝！”

燕顺大叫。厨下小贼早备好了刀俎冷水，正待动手。找回宋江问道：“旅人，请问尊名？”

“我便是宋公明。”

“如何与那郓城县押司，江湖人称及时雨的宋公明同名？”

“宋公明便是我。”

“这书信上所写宋江便是你？”

“宋家村里没有两个宋公明。”

燕顺以下三个贼首，都跳起来，俯身便拜。

江湖豪杰之士都敬畏及时雨宋公明仁爱之名，哪个不晓？此辈虽行事癫狂，内心却渴望服众望之人引己身脱出黑暗，求得光明。

食生肝之事自然作罢。遍告手下，尊宋江为山寨中座上宾，礼让坐于豹皮交椅上，三个贼首俯身拜道：“今日得遇宋公明哥哥，三生有幸！哥哥只管在寨子里住。”

宋江又提起武松故事，三个人听罢，尽皆蹉叹。

“打虎英雄武都头若不去那二龙山，来此处相会，我兄弟几个死也无憾！

可叹千载一遇，良机易逝。”

虽然遗憾，却连日宴请宋江，吃喝得足了。

宋江却记得要去寻清风寨的小李广花荣，无意在这贼寨里游玩穷日。心中惦记，便又过了七八日。

已入寒冬腊月时节。山东地方风俗，腊月腊八日，要祭扫先祖之墓。

几个下山去打探消息的小喽啰归来报说：“头领，今日扫墓路上见一个娇滴滴的美人，坐在抬轿里，后面随着七八个下人，手持祭品佛花。”

“有美人？”

王矮虎听了，登时色心大起。急忙纠集四五十个小喽啰，持刀拽枪，敲锣鸣笛，下山去抢女人了。

“此事究竟如何？既然听闻，不可不管他则个。”

至黄昏时，宋江想起白日听说那妇人遭遇，心中焦虑。

听那矮脚虎手下说，那妇人身边守护的七八个兵士一哄而散，小喽啰押了抬轿上山，送入矮脚虎屋里去了。

宋江便寻燕顺来，问道：“掠人妻女，实在罪孽深重。江湖好汉，一个义字当先，你家义兄弟恁做得此事。”

燕顺亦觉可耻，尴尬笑道：“这个兄弟诸般都肯向前，只是有这些毛病。”

“总要去说他几句。”

既然说起，无可奈何。燕顺与白面郎郑天寿两个，引了宋江，来王英屋前敲门。

只听里面一阵慌乱。王矮虎气急败坏，虚开了门道：“正快活呢，何事！”见里厢一隅，一女子乱云鬓伏在那里。

三个人颇尴尬，仔细一瞧，那妇人却在白麻衣下面涂脂抹粉，有婀娜妖艳之气。

“莫要惊怕，我等无意害你。敢问家宅在何处？”

听了宋江宽言抚慰，那妇人惊慌仰起脸来道：“头领救我则个。……我是清风寨知寨家里的。”

“啊？是知寨大人的夫人？”

“今日原去扫先母之墓，未曾想归路上被掳来此……”

“真乃奇遇！小人并非此山中头领，近日便要往清风寨，拜访花寨主。”

那妇人急忙摇头道：“……我并非那位寨主家里的。”

“那么是哪家的？”

“清风寨寨主有两个。一个是武官……我是文官刘高家里的。”

“原来如此。”宋江点了点头，面向王矮虎道：“王兄弟。”

“大哥，如何？”

“看我的薄面，放她回清风寨去吧。”

“大哥，我至今并无一房妻眷，放她回去，怎生得过？”

“我听说这妇人是清风寨知寨的恭人，你休要胡闹。”

“大哥，我是真心要待她好！什么鸟知寨，便去劈做两半！”

“兄弟，你便看我的面上，放了她吧！”宋江边说边向王矮虎跪下了。燕顺与白面郎亦一惊。

“大哥这是做甚？折煞我兄弟也！快快请起！”

“我与那清风寨的花寨主是故交。今日你害他同僚家里的，我如何待处。……王兄弟，今日我便许你一门亲事，日后定寻一个好女子与你成婚。便放这个妇人归去吧，如何？”

宋江这般恳切，王矮虎虽咬着指头气苦，亦不由他不应承，燕顺与白面郎亦从旁相劝，终放了那妇人。

刘知寨的夫人千恩万谢，坐了抬轿。轿夫都吓得魂飞魄散，抬着轿，飞也似奔下山去了。

清风镇上，正见街上点起夜灯。

抬轿正奔到镇外，见一列兵马七八十人，疾走而来。见了抬轿，领头的兵卒叫道：“夫人无伤吗？”

那妇人见是相公派来兵马，问道：“你等是来寻我的吗？”

“正是！知寨相公见夫人去扫墓久久不归，料想清风山上的贼寇时常下山来掳人，万分焦急。若夫人有何不测，我们几个领头的头颅不保！”

“已然无事了，你们不必惊慌。”

这妇人威严中却带一分艳丽，笑道：“虽一时被山贼所掳，那贼寇头目听闻是刘知寨的夫人，吓得六神无主，急忙礼送下山，哪敢有一句多言语？你们亦可怜，我自会在夫君面前替你们言语。”

"小人感激不尽！"

众兵士欢呼感恩，那妇人竟犹如扫灭了群寇归来，得意扬扬，回刘知寨府内去了。

"终得见你回来！无伤吧？"

"倚靠相公威光"，那妇人倒在知寨臂腕里撒娇道："那贼寇知晓错掳了刘知寨家里的，脸都吓煞白了。——又听得山下寨兵杀奔上来，顿作鸟兽散。也须褒奖他们一番。"

这妇人心性本是怪异，扯个弥天大谎欺人欺己，愉快至极。

又过了数日，清风镇外三岔路口上。

"往何处去呢？"

有一个旅人在路口徘徊。此人正是宋公明——宋江。

山寨中三位头领虽执行挽留，但宋江终下山来，与燕顺等人分别，独自走来清风镇。

此处街道是青州要害所在，客商云集，景象繁华，也有四五千人家。因为这三岔路口上通三处州城，因此于高处要害特设这清风寨。

"客官，你问花知寨的住宅？"镇上行人答宋江问路，指道："沿此镇市大路，南边有个小寨，是文官刘知寨住宅；北边那个小寨正是武官花知寨住宅。"

宋江听罢，谢了那人，便投北寨来。到得门首，见寨门宏壮，便向把门军汉交了名刺，请其通报。

不多时，只见寨里走出一个少年的军官来，口中叫道："兄长可来了，想杀小弟了！"

这个军官便是小李广花荣，只见他皓齿明眸，身长健壮，犹如千里骏马，意气风发。

身上披绣金战袍，腰间一柄武官长剑并犀牛号角，穿黄革花靴，急奔过来。

"兄长可来了！"

扶住宋江的臂膀，久久不放。

# 第四十七回　魔女着眼花灯笼　君子宋江又遇难

小李广花荣与宋家村宋江，两家早已交好，多年兄弟相称。

花荣于江湖上听闻宋江杀了一个泼妇，官司行文书各处追捕，如坐针毡，连连写了十数封书，去宋太公庄上问信，请宋江到清风寨来暂避。

“今日便来此处投奔，还望兄弟收留。”

花荣连连摆手道：“兄长你与我客气作甚？今日幸得仁兄到此，只管当作自家里一般，且住数年，却又理会。兄长未见过愚妻崔氏吧？我妻妹也在这里。”

花荣夫妻几口儿，朝暮臻臻至至，献酒供食。就在后堂轩下安排一室，请宋江安歇。花荣每日军务了结归邸，都备下酒食筵席款待宋江。

“兄弟，你如此殷切相待，我心下惭愧。还要多叨搅你些时日，不须日日备筵席。”

“兄长，你我一同吃酒快活，是其一。由兄长口中听闻江湖上奇骨异风、各路好汉之事，是其二。”

“兄弟提起，又想起前日一桩奇事。”

“是何事？”

“前日我已讲过清风山三个首领之事吧？”

“兄长确已讲过。”

“其实有一事未向兄弟道明。你同僚刘知寨的恭人，曾被清风山掳去山上，赶巧我正在山上，便救了她下山。”

“曾有此事？……那刘高确为同僚官。”

“我听那妇人说是你同僚家里的人，一力要救她下山。只是那王矮虎贼性好色，好言抚慰了半日，才得放人。”

花荣听罢，皱了双眉。好似道“没来由救那妇人做什么？正好教灭这厮的口。”

宋江见他面色，心中异样，问他缘由。

“小弟亦不愿背地说那同僚官。刘高与他那个婆娘，都是穷酸饿醋的人，风评极差。自从到任，只把乡间百姓诈骗。朝廷法度，无所不坏。这婆娘极不贤，只是调拨她丈夫行不仁的事，残害良民，贪图贿赂。正好叫那贱人受些玷辱。兄长错救了这等人！”

听花荣口气，那贱妇正合做山贼的压寨夫人。

宋江笑道：“女子与小人，世间亦不少见。自古道冤仇可解不可结。来日公府内见刘知寨时，你可与他说过救了他老小之事。”

“小弟定会说与他。”

“恁地他如何小人，总不会忘你的恩情。贤弟若如此，也显你的好处。”

花荣闻言感服。宋江自有容人之风，宽怀大气。

花荣手下有几个体己人，每日教相陪宋江去清风镇街上观看宫观寺院，市井繁华。宋江请这几个体己人吃酒，又不要他们还一文钱，同去的人又落得银子，自然心中欢喜。

“宋大官人亲切稳重，实教我等欢喜。”相陪之人异口同声如此说道。自从到寨里，无一个不敬爱他的。

又过新年，市井中春意渐浓。正月十五元宵节将近，清风镇上居民准备放灯一事，去土地大王庙前扎缚起一座小鳌山，上面结彩悬花，张挂五七百碗花灯。庙内逞赛诸般社火，家家门前扎起灯棚，赛悬灯火。市镇上，诸行百艺都有，舞神龙舞狮子通宵达旦，直至月落日升。好似人间天上，男女老少尽欢颜。

“灯景最好。那处有芙蓉灯、荷花灯、百合灯、白牡丹灯。街坊里的灯匠正往灯上画故事。……看玉梅图、金莲图，好个技艺啊！”

宋江随两三个体已人，人流之间缓步徐行，边行边看。兴之所至，口中吟诗道：“正怜火树千春妍，忽见清辉映月阑。为语东风暂相借，来宵还得尽余欢。”

走到大王庙前，看了一回，忽被一伙人裹进一个大墙院内。门首热闹，锣声响处，众人喝彩。宋江看时，却是一群舞道化的，逗人发笑。宋江与身边男女老幼一同看了拍手喝彩。

这墙院里面却是刘知寨夫妻两口子和几个婆娘在里面，手中擎玉杯，身着绮罗，边饮酒边看。听得宋江笑声，那刘知寨的老婆于灯下却认得宋江，便扯丈夫袖子指道："兀！那个笑的黑矮汉子，便是前日清风山抢掳下我的贼头！"

刘知寨听了，一惊，道："这贼头恁地大胆，竟敢来此！"

"山上看得真切，必是此贼！"

便唤亲随几个，叫捉那个笑的黑矮汉子。

宋江听得怪异叫喊，又见几个人恶狠狠向己奔来，回身拨开人群便走。却因周身围得水泄不通，哪里走得去，众军汉赶上，把宋江捉住，用麻索绑了。

翌日早晨，刘知寨坐在厅上，叫解过那厮来。众人把宋江簇拥在厅前跪下。

刘知寨喝道："你这厮是清风山打劫强贼，如何敢擅自来看灯！今天网恢恢，教本官擒获你，有何话说？"

宋江毫不惊慌，告道："小人自是郓城县客人张三，与花知寨是故友，来此间多日了，从不曾在清风山打劫。"

"你这厮兀自赖哩！可知此处有证人？"

刘知寨的老婆却从屏风背后转将出来，拖着婵妍衣摺，倒竖柳眉喝道："你可记得我！"

"啊，你是……"

"你这厮还恐吓我哩！在山上时，你大喇喇地坐在中间交椅上，那三个贼首都敬你。你如何不是贼寇！"

"恭人！是你全然忘却了吧？"

"你呼我什么？好大的贼胆！"

"是我一力说服那三个贼首，救你下山，实有性命之恩与你，如何今日倒把我抢扭做贼？"

"这等赖皮赖骨，不打如何肯招！"

刘知寨道："说的是！来人，给我打那厮！"

正在此时，把门军士来报说："花知寨差人在门前下书。"

刘高叫将书呈上。鼻中先出一口气，读道：

花荣拜上僚兄相公座前：近日有薄亲刘丈，从济州来，因看灯火，误犯尊威，万乞情恕放免，自当造谢。草字不恭，烦乞察不宣。

“花荣这厮无礼！这贼已招是郓城县张三，你却如何写济州刘丈！竟与强贼通同，也来瞒我！俺须不是你侮辱的！他的亲随人在门前等回复？赶出去！”

又命准备囚车，将宋江以郓城张三为贼名，押送去青州知府受审。

花荣一夜未曾安眠。

前夜看花灯，花荣被一个知交请去家里饮酒，至明方归，才听闻宋江被刘知寨捉去了。

“今日忍不得那姓刘的了！”

花荣听闻亲随人归来禀覆，教说被那刘高驱赶回来，怒火攻心，当即叫道：“快备马来！”

全身披挂铠甲，马上吹犀牛号角。带了寨中三五十名军汉，直奔至刘高寨里来。

刘高听得花荣带兵打上门来，惊得魂飞魄散。

虽说同为知寨，却惧怕花荣是孔武有力的武官。官阶虽比他高一级，却哪里敢出来相见。

花荣来到厅前，口里叫道：“刘知寨何在？请出来说话。”

见刘高不出来，立了一回。

“邸内已无人了么？冲进去，将贵客搜出来。”

那三五十个军汉一齐去搜时，顿时四下里翻作一片狼藉，早从耳房里寻见宋江。便把绳索割断，救他出来。

“刘知寨！你要不服，随你来和我说话！看你如何奈何了花荣！”花荣大骂了，带众人自回寨里去了。

“畜生！竟敢辱我！”

刘知寨见花荣救了人去，急忙点起一二百人，也叫来花荣寨夺人。

寨里寨外，两伙人对峙半夜。刘知寨那一二百人里，新有两个教头，为首的有些功夫，气势正盛。

“取我弓来！”

看看天明，花荣叫把两扇大门八字大开。

“刘家的鼠辈！要见识花知寨的武艺，只管上前来！”

门外那一二百人稍往后退了些。花荣左手拿着弓，右手挽着箭，又大喝道：“为何不上前？好，尔等看清楚大门两边，画贴两个门神。看我先射大门上左边门神的骨朵头！”

搭上箭，拽满弓，只一箭，喝声：“着！”正射中左边门神骨朵头。

花荣又取第二支箭，大叫道：“我第二箭要射右边门神的这头盔上朱缨！瞧仔细了！”

飕的又一箭，不偏不倚，正中缨头上。众人瞧见，都拍手欢呼。

花荣再取第三支箭，箭镞向前指道：“你众人看我第三支箭，要射你那队里，穿白甲教头心窝！”

那人叫声“哎呀！”便转身先走。手下一两百人俱发声喊，一齐都走了。

宋江思虑这一番骚动起因于己，心下不安。

当夜寻花荣道：“贤弟力救，大恩难忘。今夜我先走去躲避。”

“这又为何？怕了刘高那厮不成！”

“贤弟此言差矣，凡事要三思。你是武官，他是文官，文武不和相殴，紊乱纲纪。你两个因此深结私怨，恐惊动朝廷。”

“那刘高本是个没道义的贪官，借机惩治他一回便了。”

“自古道：吃饭防噎，行路防跌。仇怨害人心，他使人来被你弓箭一吓，尽都散了却如何肯干罢。”

“便如此，他来几回，我也不怕。”

“追根溯源，此事是我身背官司，教他捉了。又怕阎婆惜事发，因此只说是郓城客人张三，你的书里却写了刘丈，教他看出破绽。”

“小弟寻思，只想他须念同姓之亲，因此写了刘丈。”

“他若和你动文书，这伪证如何争的。事已至此，我先走出去躲避，你明日却好和他白赖，此事自然冰解。”

“只恐兄长伤重了走不动？”

“不妨，刘高手下打得几下，并无大碍。”

“兄长又去哪里躲避呢？”

“事急难以耽搁，我再上清风山去，先待身体痊愈，往他乡去。俗话说，船到桥头自然直。兄弟，你是本镇守护，青州百姓全仰仗你，须好生保重。”

即刻敷贴了膏药，手足绑了布带，吃了些酒肉，当夜告别花荣一家人。花荣使十个军汉送出寨外，教送至清风山脚下。

不曾料想当夜走至半路，被二三十个路头埋伏的军汉围住，又被捉了送回刘高寨里。

原来这刘高阴险狡猾，寻思花荣会连夜放宋江去清风山，便教军汉去路头埋伏。果然料想不差，捉了宋江回来。

“不出吾之所料！”刘知寨见了大喜。

花荣却哪里知晓，见刘高并无动静，心里只道：“我且看他怎的！”只道宋江已上清风山去了。

刘高也只做不知，却连夜便写了一封申状，差两个心腹的人星夜来青州府飞报。

青州府知府复姓慕容，双名彦达。

今上徽宗皇帝，后宫嫔妃粉黛三千，最宠一个慕容贵妃。

这青州的慕容知府，便是慕容贵妃之兄。他倚托妹子的势，便在青州横行，残害良民，无所不为。

“急来刘知寨的申状？将来看。”

慕容知府接来看了刘高的文书，又复看一回，手中将文书封了道：“花荣如何将官军充作私兵，又结连清风山强贼？他是个功臣之子，这文官刘高，也太孱弱。”

熟思之后道：“不可坐视不理。来人，唤黄信来。”

青州的兵马都监，姓黄，名信。为他本身武艺高强，威震青州，因此诨名“镇三山”。听知府有吩咐，急忙来到厅前，拱手而拜。

那青州地面所管下有三座恶山：第一便是清风山，第二便是二龙山，第三便是桃花山。

这三处都是山岭险峻，强人草寇出没的去处。黄信自恃武艺绝伦，自使用家资，买得兵马都监之职，夸口“定教三山之上鬼声绝”，因此唤作“镇三山”。

“黄都监，你平日总称乃公出马，三山鬼声绝。你且看此书。”

取刘高的申状教他看了，下令道：“山窟里的草寇，竟结连军寨将官，实紊乱朝纲！命你带兵，连夜去断个黑白！”

黄信摆出豪杰架势，哪里敢说个不字。唯唯退下，即刻召集百十个官兵，披挂金甲，手擎一口长剑，绰上马，连夜赶路，直奔清风镇上刘高寨来。

# 第四十八回　中计被捉面面觑　死林之中夺囚车

“此番辛苦都监大人！”

那刘知寨本是善交际的。见铮铮武人之黄信赶来，请到公邸后堂，诚惶诚恐道：“不才治术无方，惊动州府，连夜来救此难局，实在惭愧。”

刘知寨的妻女，亦来盛装作陪。叙礼罢，一面安排酒食管待。一面外面庭园里，犒赏黄信携来的百余军士。

虽说严命在身，黄信却兴致盎然。听了刘高分说详细，酒亦吃得尽兴，又和他的老婆取笑了一回。

“既是恁地，却容易。明日我将花荣叫来寨里，捉他归案。”

黄信如此说了。与刘高夫妻两个吃了许多酒食，又自以为位高权重，终于说出这番大话来。

次日天明。

一队军士手持青州军马都监黄信的令状，来到花荣府邸门前。

“黄都监请花寨主正午时到府内一叙。”

留下令状，即便告辞。

花荣拿令状来看，上书：近日清风寨内，武官花荣与文官刘高，官僚不和，未知缘由。青州慕容知府诚恐二位因私仇而惜公事，心下烦恼。

特差黄某携来羊酒，前来与二位讲和。文武同心相结，方可保境安民。小可于大寨内相候，请足下前来一叙。

花荣的夫人，妻妹俱有疑惑，见花荣备马，便道：“莫非有诈？”

“我又不曾违禁犯法，堂堂正正，奈何得我？”

“只有宋江一事……”

“宋大哥已料想得，去往清风山了。虽说刘高那厮小人之心，他老婆一口毒舌，小心提防便是，却不须怕他则个。”

花荣只带五个从人，直来到大寨下了马。

踏入寨中，便觉自寨门至厅下，气氛凝重。

寨中军汉以外，又有青州军卒一百人，阶前列队齐整，旌旗剑枪，明晃晃夺目。

“大驾光临。”

黄信已在公厅内等候。

一桌酒菜已铺开。见花荣前来，便好言相劝道：“慕容知府今日虽不在此处，此酒却是慕容知府所赐。请你二公先饮一杯，却再陪话。”一边向刘高打个眼色。

只见花荣背后有十数个军汉，一起簇上厅来。登时大呼小叫，一瞬间功夫，把花荣拿倒在厅前，使麻索绑了。

花荣怒视黄信，一片叫道：“为何陷我？今日来此须公平和解！”

“自会给你个公平处断！”

“我有何罪？”

“你兀自敢叫！须问你己身！……也罢，教你看真赃真贼，我不屈你！”

转脸向刘高道：“你昨日捉得的清风山上贼首，教推将上来，与这厮对质！”

刘高即命厅外推将来一个五花大绑的人，花荣看时，却是前夜已送别的宋江，目睁口呆，面面相觑，作声不得。

“多说无益！”黄信傲然道：“我只解你两个上州里，你自去慕容知府面前分辩！”

花荣满面愤怒，道：“都监赚我来，为何教刘高绑我！便到慕容知府那里去，和他还有分辨！只是我和都监两个冲突，如何只我一人绑缚？”

“住口！你这厮身为清风寨武官，结连清风山强贼，一同背反朝廷，为害民间，慕容知府平素亦知晓！这个贼首就是个老大的证见！——将这两人一同打入囚车！”

庭内一隅早推过两辆囚车来，押两人入内。桌上酒菜未动，黄信与刘高便擎杯庆贺。

“早春日短。我便监押这两个贼去州府。”

黄信起身，命手下军士准备。

刘高袖下塞一锭金子与他，口中道：“万事拜托！”直到黄信鞋前做献媚之态。——不多时，军汉各执旗、枪，两下鼓，一声锣，行出寨门，解宋江和花荣望青州来。

初春时节，乍暖还寒。

众官兵离了清风寨，行至黄昏时分，前面见一座大林子，黑压压一群鸦鸟好似正待他们前来，在那梢上翻飞，好似骸骨成群。

探路的军汉道：“这景色好生相似。”

“着实叫人惊恐。”

“林子里好似有人窥望。”

自然都立住了脚。

黄信亦感前方不利，勒住了马，向刘高道：“刘知寨，你压着囚车，不可擅离职守！”

那刘高是个文官，早惊得脸如成精的冬瓜，青一回，黄一回。

只见林子里分过三五百个小喽啰来，当中围着三个犹如狼虎的人。

一个穿黑袍，手提一口大斧。一个穿赤红镶金袍，戴着一顶销金万字头巾。一个穿绿袍，使一把长刃朴刀。

“哪里去！”

三个头领摆出军中大将似威严，挡住去路，自报起家门来。

“叫尔等知晓，老爷便是清风山上头领，锦毛虎燕顺！”

“我便是矮脚虎王英！”

“我是白面郎郑天寿——你等无知，竟敢来此，莫不是寻死！”

“快快将两位哥哥献来。若是不从，休怪刀枪无眼！”

“杀得你们一个也回不去！如何？少教老爷等候！”

黄信大怒，横刀立马，怒发冲冠。

“强贼竟敢如此无礼！吾是青州军马都监，‘镇三山’黄信！……摆开阵来，杀尽这群草寇！”

却因这伙官军，平日里疏于整训，见贼寇来势汹汹，已自发声喊，撇了囚车，都四散走了。山贼却四下里埋伏，流箭毒矢，雨点般射来。

黄信哪里挡得住，亦不顾得众人，独自转拨马头逃跑。那三个身着彩衣的贼寇追得浸，黄信慌不择路，早被那小喽啰拽起绊马索，把黄信的马掀翻，倒撞下来。黄信挣扎起身，又扶起马来，只见四下里已无一兵相随。

四面喊声震天。夕阳已渐渐没下山去。不知何处又窜出火光来，呼啦啦透林子烧过来。

“贼人使火计！烧死啦！”

黄信见势头不好，慌忙勒转马头，连打三鞭，独自飞马奔回清风镇去了。一边收拾残兵紧守大寨，一边急送使去请搬青州慕容知府的救兵。

慕容知府深夜被急使惊起，问道：“何事如此惊慌？”

看了黄信申状：“反了花荣，结连清风山强盗，时刻清风寨不保。事在告急，早遣良将，保守地方。”

“快叫秦明来！”

连夜便叫来一人商议军情重事。

所应来者，姓秦，讳个明字，即刻登入内厅。

那人原是青州第一的兵马统领。因他性格急躁，声若雷霆，以此人都呼他作“霹雳火”秦明。使一条狼牙棒，此棒长四尺有余，遍布狼针。其人实有万夫不当之勇。

“将军！请即领一军急赴清风寨。此事若是迟慢，恐这厮们夺下寨子，黄信性命堪忧。”

“小人明白！只今连夜便点起人马，来日早行。不是夸口，秦明既出马，不须公祖忧心！”

“花荣那厮竟反了朝廷，结连贼寇。将军此行，切不可大意。”

慕容知府为鼓舞官军士气，亲往城外鼓楼，教摆下大碗，烫下酒，每一个人三碗酒，一斤熟肉。

方备办得了，却望见军马出城，引军红旗上大书：兵马总管秦统制。马军步军计五百人，秦明引在前头，全副披挂了，果然英雄无比。

“吾等即行，早奏凯歌，即送吉报！”

赏军已报，放起信炮，秦明辞了知府，摆开队伍，军鼓堂堂，径奔青州东南上清风寨来。

却说清风山上贼寨。

三个好汉击溃黄信手下寨兵，打碎了宋江和花荣两个的囚车，将两人救上山寨来。请宋江、花荣当中坐定，三个好汉对席相陪，一朝囚犯身，转眼又成座上宾，众人俱举杯欢饮。

“文官刘高那厮，实在可憎！”

宋江深恨刘高害他，道：“可曾捉得刘高？”

那几个头领却笑道：“那刘高早在黄泉路上了，天王老子也叫不回。”

“已斩杀了？杀得好快。”

“那厮滥污匹夫，死不足惜……只有刘高家里那个淫妇还在。寻机下山去拿那妇人，今番还着我王英受用。”

“你这厮，只此事执着！”

宋江指王矮虎笑道。众皆大笑。

次日起来，众好汉正待要打清风寨去，山寨里唤作“飞耳张目”的探子早来报道：“黄信已四面紧闭了寨门！”——前日黄信借刘高之手，捉了宋江与花荣两个，装囚车押解上路，从头至尾，都被这“飞耳张目”探听明白。

又次日，探子再来报道：“青州兵马总监霹雳火秦明，引军马五百到来！”

同日晚间又飞来报道：“秦明引军由青州路近至北山了！”

“前锋距我山仅有七十里！”

“已至山脚下十里下寨！”

一阵紧似一阵，众人都面面觑，俱自骇然。

小李广花荣便道：“你众位都不要慌。先须力敌，后用智取……如此，如此……”

# 第四十九回　秦明空舞狼牙棒　深锁城寨亦无用

秦明领兵来到清风山下，休息一夜，官兵养得精气，天明时向山上发炮，隆隆作响。

只听得山上锣鼓震天响，喊声直冲云霄，狼烟四起，飞下一彪人马出来，山麓上列阵。

“好大胆的草贼！”

秦明身着金甲，勒住马，横着狼牙棒，睁着眼看时，却见众山贼簇拥着一个大将风度之人，原来便是小李广花荣。

便策马上前，指着花荣大喝道：“花荣！你祖代是将门之子，朝廷命官。教你做个知寨，掌握一境地方，如何却去结连贼寇。你知耻吗？”

“秦总管，花荣如何肯反背朝廷？请总管听我细述缘由。”

“恁得花言巧语！会事的便下马受缚！”

“花荣实被刘高这厮陷害！”

“有话去知府大人面前道来！我今特来捉你，非来听你言语！”

“秦明，你原来不识好人饶让。我念你是个上司官，你道俺真个怕你！”

“兀自不下马受缚，更待何时！”

“多说无益，看枪！”

两人便纵马挺枪，上前交手，画一个万字。花荣使一条明晃晃的白枪，秦风如风般舞动狼牙棒，两个你来我往，斗到四五十合，不分胜败。

两边列阵，畝鼓呐喊，地动山摇。见两人这一番剑戟恶斗，人人如痴如狂。

花荣先卖个破绽，叫一声：“好功夫！”拨回马，望山下小路便走。

“卑鄙！”秦明大怒，赶将来。却惊见飞来一物，正中盔上，射落斗来大那颗红缨，却似报个信与他。

原来花荣把手中枪去事环上带住，把马勒个定，拽满弓，扭过身躯，一箭射来。

“啊！这厮一张弓如此强！”

秦明忙在马上俯下身来，花荣的身影已消于林海之中。

秦明见部下与贼兵四下里胡乱交锋。便叫兵卒先整顿下山，造饭果腹，再取路上山。

“强贼在西面山上！那方有鸣锣呐喊声！”

秦明率众军好容易上得西山来，锣也不响，亦无人迹。

“强贼在东山响动！适才或许是山缺回响，听来是西面。”

秦明往部下手指处看，只见一阵红旗军出来。

“快向东去！”

秦明引了人马，又奔过东山来。又没正路，都只是几条砍柴的小路；却把乱树折木，交叉当了路口，千辛万难不能上去。折木枯枝又虚掩着陷坑。

渡过小泽，上得东山顶上，教秦明怒坏，恨不得把牙齿都咬碎了！原来此处又不见一个人。只有一片浅春时节，闲林树海，鸟音空澄，却无人迹。

秦明心中怒道：“叵耐这草寇无礼！竟调我秦明在此野山中乱撞！”

思犹未定，转过山头，只听得百雷齐鸣一般铜锣乱打。那铜锣响声中并无调法，似嘲笑官军一般，胡打一气。

“山下！山下！贼寇在山下！”

山头向下俯攻，战法虽利，但秦明率军胡乱冲下山去，则又入了圈套。山侧早已挖得土石松动，人马一过，只叫得苦，泥沙上溜头滚下来，口中俱叫：“止步！止步！”却哪里停得住，一行人马却都前推后挤，各自挣扎性命。

“快快退兵！去空旷处重整旗列！”

秦明声嘶力竭，怒叫不止。好容易将伤兵败卒抬至下寨处。且教军士只顾造饭。夕阳之下点点炊烟，人人心头沮丧。

当夜，听得山嘴上又鸣鼓吹笛。秦明叫一队先锋人马去探个究竟，却一个也不见回来。

且四下里又鼓笛乱响，颇有嘲笑之意。秦明怒不可当，又披挂上马，号令全军。

“进食之前，先踏平贼寨！那伙贼寇寨里尽藏酒肉！与我一同上山去夺下寨子，尽情享用！”

又上山来，只见山上火把乱起，锣声乱鸣，去东山扑个空，又转见西山一片松明火把，其数多如繁星。

“着实可恶！又往西山吗！”

昼间所走之路又转一回，却见山顶上点着十余个火把。西山只余一片寂暗，哪有人影。秦明咬牙切齿，愤怒血张。

“可有路上那高处去！”

“只除非东南上有一条大路，可以上去。”

“既有那条大路时，连夜赶将去。”

便驱一行军马，勉力支撑，奔东南角上来。一轮澄黄的明月浮上天际，趁着月光，看见一条迤逦大道。暗处不绝射来箭矢，又下去不得，一气往上走了数里，秦明仰头一望，原来山顶上有一块岩盘平地。

山顶平岩上烈烈燃着几丛篝火。好似过节一般，几个小喽啰正自吹笛鸣鼓。秦明见了，心中没出气处。原来篝火正照着花荣、宋江等人，坐在一处，饮酒欢笑。

“逆贼！快下来受死！”

秦明虽勒马大叫，山顶上众人却无一人惊异，反倒讪笑起来。

“哦，秦总管，我等在此等候多时啊。”

“你也下马来，值此良辰美景，共饮一杯如何？”

“混，混账！反贼，还敢说笑！”

“哈哈哈！”

这笑声未落，只见秦明胯下军马惊叫跃起，将秦明摔下地来，马身上插一支箭，早狂奔无影了。

秦明亦顾不得，只往坑里去躲，却被众军马裹挟。四面山上震天动地，敲钲打鼓吹螺的响成一片，混杂贼寇呐喊。——秦明与手下败军早吓得魂飞魄散，只顾逃命。——却不料滚滚河水竟自身后追来，又迷失了方向。原来道路却已成沟河。

原来这般圈套，都是花荣和宋江的计策：先使小喽啰，或在东，或在西，引诱得秦明人困马乏，策立不定。预先又把这土布袋填住两溪的水，等候官军迷途于山道中，上面却放下水来。

秦明带出的五百人马，一大半淹在水中，都送了性命。那秦明也将溺死在溪里，被小喽啰捞起，缚绑了，送到山寨，解在聚议厅前。

“花荣，我终是被你所擒。你却又为何要解去我身上绳索。……事已至此，由你们车裂而死罢了。动手吧！”

“秦总管，夜来误有冒渎，切乞恕罪！不才如何敢害总管性命！”

秦明血眼一横道：“你是这山上头领么？”

“小弟并非这山上的人。”花荣以目示意身旁之人。

“山上头领，是这三位：锦毛虎燕顺、矮脚虎王英、白面郎郑天寿。”

“你并非贼寇，却在这山贼巢穴中，与几个贼首为伴作甚？那个黑面汉子，定是你等的寨主。”

“非也，这位是郓城县宋押司。”

“押司？”

“人称山东及时雨，宋公明的便是。”

“啊？他便是宋江？”

“请秦总管回想，宋大哥在郓城县吃了官司，‘宋江画像’配行诸州，总管想必也曾见过，可是这般模样？”

秦明直瞧着宋江的脸，细细端详其容貌风采，伏肩叹了口气。

“这是如何一回事？为何素有高名的及时雨宋江，会身处这贼寇山上？我如何却来攻打此山？”

“将军不知原委。宋江道来，亦自觉不可思议。”

宋江便把离郓城县起头，至花荣宅里暂住，花灯夜突遇奇祸，遭刘知寨夫妻陷害的原委，一件件娓娓道来，其理黑白至明，一清二楚。

秦明是正直之人，听了这番话，惭愧义愤同上心头，道：“请容在下即刻回青州去，对慕容知府说知此事！”

“将军，多日辛苦，恐怕不能即行。权且将息几日。”

秦明听了这番劝，也觉四肢遍痛。只得于寨内养伤，息了二日。却又左思右想，焦躁起来。

“各位头领，既是你们的好情分，不杀秦明，还请听我一愿。”

“总管有何愿？只管说来。”

燕顺如此问道。秦明垂首，拜道：“请还了在下盔甲、马匹、狼牙棒。有活命的部下军兵，也请一并还我，一同回青州去。”

“回去又如何？”

“先向慕容知府请罪，再将文官刘高平日恶行、陷害忠良，以至惹出此祸一事俱以禀告，以资端正青州吏治。”

“这虽是好事，”燕顺笑道：“只是总管未曾想到，你既引了青州五百兵马前来，今番却都没了，如何回得州去？慕容知府如何不见你罪责？不如权在荒山草寨落草，论秤分金银，不强似受那大头巾的气？”

秦明听罢，奋然色变，便下厅道：“秦明虽兵败被捉，不改志气。我祖代受国恩，朝廷教我做到兵马总管，兼受统制使官职，又不曾亏了秦明，我如何肯做强人，背反朝廷！你们众位要杀时，刀也好枪也罢，只管拿来施于此身。——霹雳火秦明一腔赤血不改！”

花荣赶下厅来拖住道：“兄长息怒，听小弟一言。我也是朝廷命官之子，无可奈何，被逼得如此。总管既是不肯落草，如何相逼得你随顺。只请再留一日，养足力气，便是那匹马，也须喂得它饱了去。”

宋江自是同情秦明的志气。见秦明已眼角带泪，便请他再上厅来，宋江、花荣与众头目轮番把盏，陪话劝酒。秦明为众人劝不过，开怀得醉了，扶入帐房睡了。

又将息了五日，秦明终是要下山去。众人慌忙安排些酒食管待了，相送至山脚下，取出头盔、衣甲，与秦明批挂，牵过那匹马来，并狼牙棒，都交还了。秦明上了马，谢过众人，离了清风山，取路飞奔青州来。

次日，秦明到得青州城外十里路头。

“这是如何一回事？”

秦明茫然勒住马。只见城外旧有数百人家，却都被火烧做白地一片。

且此并非一般野火。瓦砾场上，横七竖八，兵卒的尸骸，烧死的男子、妇人，不计其数。腐臭熏得人掩鼻。秦明看了大惊，打马一口气跑到城边。

“开门！开门！我是秦明！”

“秦明回来了！”

一片嘈杂呐喊声中，见城壁墙头上冒出无数人头来，向外张望。城门却不打开。听得擂起鼓来，秦明头顶上响起慕容知府的喊声。

“反贼！你如何不知羞耻！今日兀自又来赚哄城门，哪个上你当！已自差人奏闻朝廷，早晚拿住你时，把你这厮碎尸万段！”

秦明听了，大惊失色道：“公祖！公祖！秦明如何是反贼？此话从何说起啊？”

“住口！我如何不认得你这厮的马匹、衣甲、狼牙棒！”

“便又如何？”

“莫要卖傻！城上众人明明见你昨夜引贼兵来打城子，州城内外杀人放火，你如何赖得过！”

“秦明未曾做过这等事！”

“昨日你虽以布遮面，马上武艺却是人人认得，都道秦明竟返来杀百姓，着实可恨！你如今指望赚开城门取老小？你的妻子，今早都已杀了！这是老天报应，休要怪我！”

慕容拿手一指，秦明定睛一看，枪头上伸出几支枪来。枪穗上挑着秦明家族里一个个人的首级，最爱的妻子也在其中。

“你可信了吧！失了五百军，反做贼寇，到头来还想赚回妻小，过不得我这一关！——来人，射那厮！”

听得号令，城上弩箭如雨点般射将下来，秦明气破胸脯，口中喷血，苦叫一声：“啊……”

只得回身一鞭，奔回瓦砾场躲避。恨不得寻个死处。正寻思时，只听城壁背面一阵炮响，黄沙弥漫，呐喊声处转出人马来。秦明坐骑是一匹悍马，哪里怕他，腾空越过枪尖，踏破步兵队，转眼冲至城外十里。

只见林子里又一列人马旌旗布阵。

“总管投何处去？”

当先五匹马并头，拦住秦明去路。

不是别人，正是宋江、花荣、燕顺、王英、郑天寿。

“青州袭城之事，小人有个见识，这里难说。我等迎总管到此，请总管且请再到山寨里，细细禀告。”

五人身边两百多个小喽啰跟随。秦明只得随顺，再回清风山，聚议厅上中间正坐。已安排下酒果希馔。

秦明却坚不肯举杯，道："我如今上天无路，入地无门，满是断肠念，实无心饮酒。"

"是我等过错！"宋江跪下道。

"简而言之，我等因总管决意不肯留山，却是宋江定出这条计来。却不曾料想到害了总管家小性命。今日众人特地请罪。"

"什么！宋押司，这是你的计策？"

"虽非小人所为，却出自小人计策，惹出一场祸事来。……此山上花荣、燕顺等诸位头领，均万分仰慕总管，切望总管上山入伙，皆为刎颈之交，则我辈此生无憾，却不可得。"

"……"

"因此宋江定出这条计来，叫小卒似总管模样的，却穿了总管的衣甲头盔，骑马横着狼牙棒，点拨燕顺、王矮虎手下二百余人，夜半袭了青州城，城内外杀人放火。……先绝了总管归路的念头。"

"我料想便是如此……宋江，与我下厅来！"

秦明怒气攒心，手抓狼牙棒。

"请总管息怒！"

花荣等人连忙拉住秦明，齐齐跪下。

"兄长！都是我等做的事！切莫责怪公明哥哥一人！因我们兄弟几个与兄长必有前世因缘合契，心中仰慕霹雳火秦明英雄盖世，朝思暮想！今日虽无法偿还罪孽，未来犹可补偿。请兄长暂吞怨泪，共饮此一杯，今后便为异姓兄弟，有福共享，有难同当！"

见几个人俱跪下拜罪，好汉相惜之情竟至于此，直如痴愚一般。

秦明自寻思，事已至此，天涯孤独，已死家人亦不可复生，也早有痛感官途腐败。只得纳了这口气，举起杯来，一饮而尽。此山此水，悲命之人结为生死兄弟——事后思之，实乃天地之奇缘，令得一百单八天宿星辰聚首于人间。

却说黄信自到清风镇上，晓夜提防，牢守栅门，待慕容知府派下援兵。这一日在寨楼上远望，见大路上奔来一人一骑。

“那莫非是秦总管？如何只剩的一人一骑回来？”

守门寨兵奔来报说，来人果是秦明，只一人一骑，又无伴当。秦明是黄信上司官，又曾教其枪术。黄信叫开栅门，亲迎秦明入来，直到大寨公厅前下马。秦明当下先说了损折军马等情，又将自身遭际细说一回。

“……原来诸事由头，是那刘高夫妻作恶所致？”

黄信听了，睁圆眼问道。

“原来此寨内众人异口同声，都惜那花知寨，憎恶刘高，并非无缘由。总监，你与那花荣都投入山寨做贼寇，却又是为何？”

“此亦是命运无常，非我等本心。只今山东及时雨宋公明，仗义疏财，结识天下好汉，谁不钦敬他？如今也在清风山上。我著信宋公明为人，今次便也在山寨入了伙。”

“哎？及时雨宋公明也在？”

“哈哈，黄公你原来不知。便是你前日装入囚车，解去的郓城虎县张三的便是。他怕说出真名姓，以此只认说是张三！”

黄信听了，跌脚道：“若是小弟得知是宋公明时，路上也自放了他。小弟这般愚蠢，只听了刘高一面之词，险不坏了他性命。”

“为今之计……”秦明扯出正题。

秦明此番下山，便为说服黄信，不伤性命，将花荣官邸内的妻妹救出寨去。

自然亦要说得黄信一同入伙。

“兄弟何不听我言语，也去山寨入伙？”

黄信一口应承，便与秦明一道，登上大寨城楼，将官旗收了。

见官旗已收，远远的镇外有二百余贼兵，燕顺、王矮虎、白面郎各领一队，肃然前来。

“山贼！山贼来了！”

清风镇百姓见了，无不惊惧，忙不迭关门闭户。

清风山贼兵却整列有序，徐徐而行，并不他顾。

大寨各门敞开，镇中路旁贴宋江手书号令道：勿开业，勿汹汹，勿隐匿。便是三个勿为。

又叫先打入南寨，把刘高一家老小，尽都杀了。那个妇人躲于内室，被寨兵寻着，送上山去。——将刘高家私，金银财物宝货之资置于道路，再有马匹、牛羊，一齐公平散与镇上贫民。

花荣自到家中搬取妻小、妹子，不在话下。亦不止救得家人，还将公邸宅内财物尽散于穷困者。

山兵所掳之物，是大寨内兵器、盔甲、米粮等。收拾已了，一路欢呼声不绝，凯旋回到山寨。当夜寨中安排筵席，一片欢腾。

筵席上众人愉悦，却不见王矮虎。

“那厮……又在作怪。”

白面郎向燕顺耳语几句，问宋江道：“哥哥，那个刘高的夫人，如何处置？”

“且唤她出来。”

白面郎与燕顺便下厅去，将刘夫人拉入厅来。见身后随着王矮虎，满面不服之气。见宋江坐在厅上，先开口道：“哥哥，这妇人已自托付身子与我。今番须与小弟做个压寨夫人。”

“如此，兄弟已遂意了吧？”

“小弟今后也有个压寨夫人，自然欢喜。”

“兄弟，你且听我一言。宋江那一日，因念这个妇人是个命官的恭人，好意救她下山，孰料她反将冤报。这等毒妇，如何留得？”

“毒妇便毒妇。大哥，岂不闻河豚剧毒，美味天下无二？”

“不可做一生相随者。便你一人欢喜，禁不住他人之口。秦明兄弟一家惨死，追根溯源，若无这妇人，何来这一场祸事？”

宋江与王矮虎口辩“毒妇”事时，背后忽听得刘夫人一声惨叫。——王矮虎转头看去，只见那妇人胸前突出一柄短剑，鲜血喷涌，扑倒于地。

“王英！到此为止！”

叱骂之人是王矮虎的大哥燕顺，王矮虎也只得默默顺首。

这好汉乐园，亦非女禁之地。见王矮虎垂头丧气，宋江便好言抚慰，道日后别娶一个好妇人，教王英满意。为秦明丧尽家小，孤愁无端，宋江和黄信便做媒，把花荣的妹子嫁与秦明，连做了三五日筵席。

又过了几日，小喽啰探得事情，上山来报道：“要起大军来征。”

花荣、秦明、黄信等人都已抹消官籍，青州知府连同中书省[1]又发令调遣追捕大军前来。

众人听罢，一同商议。

“便道有多少奇计妙策，此间小寨，终不是久恋之地。倘或大军到来，四面围住，长久不得山下米粮，如何得过？”

“只今便是寻好去处之时，”宋江道：“天地广阔，无须恋此小寨。”

“虽如此说，却往何处去？”

“有个去处，地名唤作梁山泊。”

“梁山泊？”

“其地为山东一水泊，方圆八百余里，河汊芦苇，中间宛子城，易守难攻，晁天王聚集着三五千军马在那里，逍遥快活。”

“兄长可与晁天王旧交？”

“颇有些渊源。”

宋江微笑，却把这打劫生辰纲金银一事，俱说一遍。

“恁地，这梁山泊正是我等容身天地！如无引见，晁天王可纳我等？”

“兄弟几个都有本领，晁天王必下山相迎！”

“如此甚好！事不宜迟，今日便收拾了快去。”

便打并起十数辆车子，把老小并金银、财物、衣服、行李等件，都装在车子上。

愿往别处去者，分予钱财。留下四百余人，共百余匹好马。教在队伍前列，打出大旗写道“草寇讨伐官第一军”。

原来宋江教扮作去讨伐梁山泊的官军。旗帜猎猎，公然向南进发。宋江与花荣等在前引着，其后秦明、黄信引官军第二队。燕顺等人引第三队，离山时放起火来，把山寨烧作光地。车仗之中，有六七辆四方木车上盖着布，里面隐可见妇人。这拖家带小的一路军马，便浩浩荡荡向梁山泊行去。

春暖花开，每日翻山越岭，并无人敢来阻挡。自然，上梁山旅途绝非平顺。一百零八星在此世间可否会聚，便是鬼神亦难料知。

---

1 原文“中书省”。——译者注

# 第五十回　小李广弯弓射雁　立功名梁山会首

这一趟旅途原非易事。男女三队，四百余人，去至梁山，途中不知多少山河。

“还要行几日？”

抬头看云，低头是路，众人行至漠然了。

一行队伍反增至五百余人。——对影山上的两个山贼，吕方与郭盛二人，引其人马途中入伙。

吕方诨名“小温侯”，原是贩生药的，善使一枝方天画戟。

郭胜祖贯四川嘉陵人氏，原做水银生意，亦使得一枝方天戟。与吕方在对影山上并占住山头，比并戟法，不分胜败。

听闻山东宋公明，以下小李广花荣、霹雳火秦明、镇三山黄信等，弃了官途，结拜成义，与清风山的燕顺、王矮虎、白面郎一道投梁山，两个壮士欢天喜地，不再相斗，求一同入伙去投晁盖聚义。

“如此虽好……”宋江见队列膨胀，与众人计议。

“我这里三五百人马，假作官军投梁山泊去，他那里亦有探细的人在四下里探听。倘或只道我们真是来收捕他，不是要处。——等我和燕顺先去报知了，你们随后却来，可免误会。”

宋江和燕顺各骑了马，离了队列，先投梁山泊来。

在路上行了三日，当日行到晌午时分，入官道旁边一个酒店里，饮酒吃饭。

“啊呀，莫非是宋公明哥哥？”

店里暗处角落独自坐着一人，头上一顶猪嘴头巾，生得八尺来长，见宋江入来，赶忙趋来，纳头便拜。

“我正是宋公明。愿闻好汉大名？”

“竟在此处得遇哥哥！不可思议！许是躲于草丛中的小鬼使了手段。”

“草丛中小鬼是何物？”

“总之……小弟身边正有一封家书，请哥哥览阅。”

“啊，这封书，确是我弟，铁扇子宋清的笔迹。”

“小人姓石名勇，原是大名府人氏，诨名唤作‘石将军’。日常只靠赌博为生。”

“如何结识吾弟宋清？”

“亦未算结识。小人因赌博上亏了本，卖了家中田地，无处容身，一时投靠在柴大官人庄上。却又得了大官人的盘缠，再度浪迹江湖，特去郓城县拜访哥哥。”

“哦，因此到我乡里。”

“到贵庄上，却说哥哥在白虎山孔太公庄上。因小弟要拜识哥哥，四郎特写这封家书，与小人寄来孔太公庄上。——请哥哥先看此书。”

宋江接来看时，封皮逆封着，又没写“平安”二字，心内越是疑惑。连忙扯开封皮，从头读至一半。

“……”

宋江忽将头撞在桌上。叫声苦，自把胸脯捶将起来，全身颤动，号啕大哭。扒乱毛发，一张脸青白，直至耳根。燕顺在一旁哑然，不知宋江如此发狂为何，吓得瘫了。

“哥哥！哥哥！”

“啊，燕顺……众兄弟们来时，你可替我赔个礼，我须星夜赶归家乡去。”

“若无仁兄去时，梁山泊那里如何肯收留我们？五百余个兄弟，却投何处？”

“借一副笔砚来，我写一封书与晁天王，他必收留你们。”

“哥哥，为何如此着急啊？”

“实不相瞒，家里老父已殁了。……宋清手书，见了此信，快快归家迁葬……啊，我是何等不孝逆子，做下非为！……老父身殁，却在外乡漂泊，还不知晓，不能尽人子之道！”

宋江哭了又哭，涕泪不止。见宋江如此孝顺，真情显露，燕顺亦觉无从违拗他心意，只得叹一口气，收了书封，送宋江上马，由他奔回郓城县去了。

次日，花荣、秦明、黄信等引大队人马，举官军大旗，顺次都到。

燕顺、石勇出店来接着，备细说宋江哥哥奔丧去了。

“宋公明哥哥孤身一个人回家乡去了？你如何不留住他。”

众人尽皆心中焦虑，宋江却已走远，哪里还追得上。事在途中，进退两难，只得教石勇也入了伙，且去梁山泊山上看。

一行好汉带了人马，渐近梁山泊来。——这一日已见一片湖光水色。

萧萧平沙芦苇荡间，忽听得一声角笛，水面上锣鼓振响。

众人看时，漫山遍野都是黄、青、红各色彩旗。水泊中棹出两只快船，摆着四五十个小喽啰，各持剑戟，傲然而来。

“来者止步！”

船头上呼喊的，乃是梁山泊上将领，豹子头林冲，背后那只船上坐着赤发鬼刘唐。

花荣与秦明等人慌忙答应道：“我等众人非是官军。这官军旗帜，只为遮掩道上耳目。”

“则汝等是什么人？”

“有山东及时雨宋公明哥哥书札在此，看了便知。”

“哦？宋公明兄长的书札？”

船上把青旗只一摇。——芦苇里又棹出一只小船，内有三个渔人，其中两个上岸来至花荣面前，道：“请跟我来。”

众人跟着两个渔人，见芦苇丛高过车马，其间小道曲折不知几回，直到旱地忽律朱贵酒店里。却见船埠上，林冲、刘唐坐的两只船早已停靠在此。

“愿看一看宋公明兄长的书札。”

林冲讨过书札来，却不开封。先向水亭上放一支响箭，射过对岸，芦苇中早摇过一只快船来。

“众位都已疲乏，今夜请先屯于此处安歇，明日山上头领自来迎接。”

朱贵便叫放翻三头黄牛，备下十坛好酒，管待诸位好汉，吃饱喝足后睡去了。

次日清晨，水泊里桃色春芳。

只见军师吴学究飒爽乘一叶小舟，自来迎接众人。

与花荣、秦明等好汉一个个都相见、叙礼。

“我等已拜见过宋公明书信。寨中头领异口同声，请各位英雄即上梁山。便由小人带路。请收拾物事，即刻启程。”

吴用话犹未了，早有十二只大白棹船来船埠接迎。

五百余人，都下到船里，嘈杂无方。妇孺、马、车、牛、行李，好似难民集聚。——待先驱的船离了金沙滩，荡入水中，整然划行。上得岸，松树径里，众多好汉随着晁头领，全副鼓乐来接，路旁插五彩旗帜无数，直到聚义厅上。

“恭迎众位好汉！”

岳城聚义厅上，一对对讲礼罢。

左边一带交椅上是晁盖、吴用、公孙胜、林冲、刘唐、阮小二、阮小五、阮小七、杜迁、宋万、朱贵、白胜。

那时白日鼠白胜，数日之前，已从济州大牢里越狱，逃走到山上入伙，皆是吴用使人去用度，救他脱身。

右边一带交椅上是花荣、秦明、黄信、燕顺、王英、郑天寿、吕方、郭胜、石勇，俱是新上山入伙的。中间焚起一炉香来，祭祀神明，各设了誓。

当日礼毕。

由聚义厅直至山外，一片鼓乐齐鸣。

收拾了后山房舍，教搬老小家眷都安顿了。连夜杀牛宰羊，大办筵席。

筵席之上，自然提起宋江之事。

说道宋太公亡逝，宋江接报，不管不顾，急归家乡去了。众人皆叹道：“果是孝顺之人。”

又说起清风山报冤相杀一事，听者无不热血沸腾，连声叫好。又有人说花荣箭术高超，天下一绝，晁盖、吴用、林冲等人听了，意思不信，口里含糊回应。——众好汉皆以武艺自傲，未免不信花荣箭术如此奥妙。

次日，花荣等九位新入山寨头领，与晁盖等众位头领一同闲步绕山而行，看各处关隘寨栅。

行至水泊边，见春霭明亮，风景如画。听得归雁啼鸣嘹响，抬头一看，空中数行雁列如一线，正往水泊远方飞去。

“这位兄弟，借你的弓箭一用。”

“这张弓如何？”

随行人内有带弓箭的，递过一张弓来。在手看时，却是一张泥金鹊画细弓。花荣试拨其弦，搭箭，正合心意。

“见空中有一行雁来，小弟为助各位游兴，显一回弓箭技艺。射不中时，众头领休笑。”

众人听了面面相觑。昨日晁盖等人不信花荣技艺，教花荣心中不服，众人亦心知肚明。

只见花荣搭上箭，拽满弓，觑得一行雁中第三只的头上，望空中只一箭射去。口中叫道：“第三只！”

果然那箭正中雁行内第三只，直坠落山坡下。急叫军士取来看时，那支箭正穿在雁头上。

自此以后，梁山上都称花荣“神臂将军”。皆称赞花荣，便是养由基也不及神手。自此，梁山泊无一个不钦敬花荣。

结拜兄弟之间，亦讲求座次高低。众头领议定座次。——晁盖与吴用的头两把交椅自无变动，因为花荣是秦明大舅，大家推让花荣坐了第五位，秦明坐了第六位。

黄信坐第八位。

燕顺以下，排在三阮之后。一行共是二十一个头领坐定。山寨中打造军器、整顿防备，便是官军千万来袭，有如此多好汉坐镇聚义厅，亦自无忧。

只是有一桩憾事，便是宋江不在此间。——宋江离去后究竟如何，众头领难以忘怀。早使了“飞耳张目”下山去打探，各头领每日价询问。

# 第五十一回　悲心刑旅入长江　公人转心成良仆

却说宋江自离了村店，连夜赶归，直奔到本乡村社门前。

“哦，好久不见！”

村社里一个老者姓张的，和宋江家来往的好。见宋江忽归来，欢喜不已。

“宋押司，今日且喜归来。那件恶事以来已一年有余。今后可不要去他乡了。”

“张老叔身体强健，小子自犯官事，虽遇大赦，只有一个老父，却已殁了。真是无颜再见家乡人！”

“押司，你这话是作耍？令尊太公却在我这里喝了几杯酒，谈些村祭之事后回去了，只有半个时辰来去。”

“张叔休要取笑小侄，宋清明明写了家书来，报知父亲殁了，教我急归家来。”

“宋清的家书？你取来我看……哦哈哈哈，果真如此写？你家兄弟好生奇怪啊！”

“张叔莫笑！”

“只此事着实让人好笑！只午时前后，我与你家宋太公好生一番闲谈，在我这里酒了回去，我如何肯说谎！”

宋江听了，半信半疑，直奔归家，至老庄门前。

“啊，兄长你可回了！”

入得庄门，见宋清来迎接，宋江急道：“父亲呢？”

“刚才归来，正睡在里面房内。”

“什么！”

虽喜老父未殁，心中转而十分大怒，双目含泪，便指着宋清骂道：“你这个忤逆畜生！父亲在堂，如何却写书来戏弄我！”

“莫非是我儿回来了？”内屋传来人声。

只见老父出来，抓了宋江的手，又抚额道：“我儿不要焦躁。这个不干你兄弟之事，是我每日思量见你一面，因此教四郎写那一封书。……我听闻白虎、清风山地面多有强人，又怕你一时被人撺掇，做个不忠不孝的人，了此一生，愧对宋家列位先祖，我日夜忧心啊。你遇见那个叫石勇的汉子了吧？”

“原来此事是父亲的主意……无事便好。过往不孝，只求父亲原谅！”

“吾儿无须忧心。近日官司已经赦宥，必然减罪。”

“可有特赦消息？”

“近闻朝廷册立皇太子，已降下一道赦书，应有民间犯了大罪尽减一等科断，俱已行开各处施行。便是发露到官，也只该个徒流之罪，不到得害了性命。”

“当初的雷、朱二都头又如何了？”

“我前日听得说来，这两个都差出去了……如今县里却是新添赵能、赵得两个兄弟，勾摄公事。”

畅谈半日，天色看着将晚，便收拾房屋将息。

不料赵能、赵得两个新参的都头，早得消息，即引了许多捕手，半夜将宋家庄团团围住。

“晓事的，便把宋江送出来，不然庄里的人一发都捉了去！”

两人在庄门外高喊恫吓。

宋太公哭道：“是我苦了孩儿！”

宋江却为得见老父无事，犹自庆幸。冷静想来，今后不可教老父更添忧心。便断配在他州外府，也须有程限，日后归来，也得早晚服侍父亲终身。

宋太公闻如此说，更痛哭不已，道：“既是孩儿恁地说时，我自来上下使用，买个好处，减轻孩儿罪责。只判孩儿早日归家。”

便将打算告了赵氏兄弟。请两个都头到庄里，好酒好菜相待。当夜两个都头就在庄上歇了，捕人之事延后至次日清晨。

郓城县知县，便是宋江出逃时的时文彬，见两个捕头押解宋江出官，当下责令宋江供状，投入禁牢里监候。——不多时，满县人见说拿得宋江，都替他去知县处告说讨饶。

“恳请宽宥宋押司！”

“请留下宋押司一条性命！”

那时阎婆已自身故了半年，没了苦主。那张文远没了粉头，又遭人恨，哪有勇气来做甚冤家。

衙门里的人，谁不爱惜宋江。宋太公也来上下使用钱帛。因此赦前恩宥之事，已成减罪，判了刺配江州牢城。

监押宋江上路这一天，满县的人都来，含泪相送。宋太公同宋清都在那里等候，叮嘱道：“我知江州是个好地面。古来鱼米之乡，风调雨顺。你可宽心守耐，熬过刑期。我自使宋清来望你。盘缠，有便人常常寄来。你如今此去正从梁山泊过。倘或他们下山来劫持你入伙，切不可依随他们，做不忠不孝的人。”

“定遵教诲，请老父放心。”

宋江拜辞了父亲，又在兄弟宋清耳边说道：“我此去不要你们忧心。你早晚只在家侍奉，休要为我到江州来，弃掷父亲，无人看顾。切记！”

宋江便和两公人上路往江州来。这两个公人，一个唤作李万，一个唤作张千。

话说行了三日，已近梁山泊。宋江怕山上好汉下来夺人，便与两个公人拣小路绕行。不料到了第五日，仍在山岭上遇着一伙贼。

“啊，这不是刘唐兄弟么？”

来的不是别人，为头的好汉正是赤发鬼刘唐，将领着四五十人。

“哥哥，我正来迎你！——小的们，快快杀那两个公人！”

“刘唐！且慢动手！”

“哥哥，为何不杀他两个？”

“不要你污了手，把刀来我杀便了。”

两个公人只叫得苦。——刘唐把刀递与宋江。宋江接过，却把刀望喉下自刎。

“你是要害我吗！”

“哥哥！你这是何意？快快放下刀！”

“你们兄弟若是如此来挟我，只是逼宋江性命。”

“哥哥！我们山上兄弟，日夜想念哥哥，直要来郓城县劫牢，救出哥哥来。今番打听得哥哥断配江州，教大小头领，四路等候，只为迎接哥哥上山。”

“这个不是你们兄弟抬举宋江，倒要陷我于不忠不孝之地。我自不如死了！刘唐，勿阻我！”

刘唐慌忙飞扑上前，夺下宋江手中刀，道：“哥哥！且慢慢地商量！”教身后小喽啰们都退下了。

“哥哥，小弟不敢主张放你走。将两个公人同挟上山也可。无论如何，请哥哥先上梁山去，容请各位头领来商议。”

“我是流徒，怎生如此！”

正在争执间，只见吴用在前，后面二三十骑跟着，飞到面前。见宋江首上戴枷，花荣登时眼中发热。

“如何不与哥哥开了枷？快快解开！”

宋江道：“贤弟，是什么话？此是国家法度，如何敢擅动？你等虽是好意，却莫要害我。”

“哈哈哈！”吴用闻言大笑。

“果如兄长为人。我知兄长的意了。只是晁头领以下皆在寨中苦侯，略请兄长到山寨少叙片时，便送登程，再往牢城去。”

“只有吴先生知道宋江的意。”宋江转忧为喜，便扶起两个公人，宽言抚慰，一同带上梁山去。

来到岸边，登船前行。载过山前大路，把山轿教人抬了，直到断金亭上歇了。

迎接上山，到聚义厅上，与晁盖等相见。两个人各叙了礼，请宋江中间坐了，众头领按上山时日前后顺序，分两边排座。

“自从郓城救了性命，兄弟们到此，无日不想大恩。前日又蒙引荐九位豪杰上山，光辉草寨，全凭宋先生的恩德！”

“晁兄，我如今际遇，实属可笑。自从别后，杀死淫妇，逃在江湖上。今配江州，亦是好处。洗得清白之身，白日下堂堂正正为人。今来既见了尊颜，奈我限期相逼，不敢久住，只此告辞。”

“直如此忙！且请少坐。”

众人虽苦劝宋江留下，宋江却执意要走。也有人建言道，不要坏两个公人，多与他些金银，发付回去，只说在梁山泊抢掳了宋江去，不到得治罪于他。

宋江面露苦色，道：“这话休提！家中上有老父在堂，宋江不曾孝敬得一日。出门时尚自膝下无儿孙。如何敢违了他的教训，负累了他？临行之时，父亲千叮万嘱，不可上逆天理，下违父教，只为快乐，苦害家中。做了不忠不孝的人在世，虽生何益？诸位兄弟，如不肯放宋江下山，情愿只就众位手里乞死！”

说罢，泪如雨下，便拜倒在地。众豪杰吃惊不已，赶忙一起扶起，道：“即使哥哥坚意要往江州，今日且请宽心住一日，明日早送下山。”

如此留得宋江，就山寨里饮了一夜酒。次日早起来，坚心要行。

离别之际，军师吴用写了一封书，交与宋江道：“江州有个押牢节级，是吴用的旧相识，姓戴名宗。本处人称为戴院长。此人十分仗义疏财，又持稀有之术，一日能行八百里，人都唤他作神行太保。兄长到彼时可和他本人做个相识。”

众头领使船将宋江与两个公人送出水泊，又送到大路二十里外。宋江谢过众人好意，自和两个公人取路投江州来。

江州路途遥远。那两个公人见山寨上众头领一个个都拜宋江，服其人望，一路上只是小心服侍宋江。

这两个人非已抹消公人习性。世间百姓皆以为，行公家职权者，无不冷血、狡猾，眼光如鹰，不如此便非公差。监押凶恶罪犯前往流刑之地，一路踏尽山河，若无宽宥，不施人情，途中自不知生死如何。

追本溯源，李万和张千两个人，自下了梁山以后，实复归人之本来性情。二十余日，平安无事，一日来到近江州地界的揭阳岭上，却又遭遇一场奇祸。

虽说是场奇祸，却又吉星高照，转危为安。

话说宋江与两个公人，见岭脚边有一个酒店，便入来吃一碗饭，再饮几碗酒。刚饮了一碗下去，三个人口角边流下涎水来，头晕眼花，扑地倒了。原来这个酒店，乃人称“江州三霸”中的一霸所营设。这场大难，又开启一段崭新英雄际遇，当时谁又曾料想得到？

# 第五十二回　死中醒转此世街　大道艺人争金钱

越过揭阳岭，便是浔阳江，因白乐天曾在江上写下千古名句“琵琶行”而天下闻名。——水空一色，浩荡江河，不用多言，人皆知便是今日之扬子江。

有一个好汉专在扬子江中撑船为生，人都呼作混江龙李俊。这一日，李俊与童威、童猛二人，一同登上岭来。

“此处是李立的酒店，不如我们在此饮一杯。”

便探头入店，问道：“兄弟？”

屋下走出一个大汉来，头上一顶破巾，身穿一条布背心，露着两臂，下面围一条肮脏手巾，盘腿坐于作房门口，嘴里含混回道：“哦，兄长你来了。”一张脸将醒未醒。

“李立，这里没买卖么？也罢，我们特地上岭来等一个人。你且将店借与我们。”

“大哥，借店与你无妨，却是等谁？”

“便是从山东济州来的，宋押司宋江。听说他不知为甚事，断配来此江州牢城。料道这两三日间的路途日期了。他必从这揭阳岭过，别处又无路。因此我今日同这两个兄弟踱上山岭，等候他前来，到时你也可结识他。”

李立听闻此言，登时圆睁两眼道：“莫不是江湖上的山东及时雨宋公明？”

“这有何疑问？当今天下，便是不知朝廷宰相重臣之名，也应晓得山东及时雨，宋公明的大名。只报出义人宋江的名号，何路不通？哪个不敬？”

“……如此说来？”

“李立，为何忽变了颜色？有何怪事？”

“不好！”

“什么不好？”

“今日捉得三个行货，其中两个公人，又有一个戴枷的罪人，是个黑肥胖的人。都依着惯例，药麻翻了！”

“黑肥胖的？啊呀，兄弟！”李俊急向两个伴当道：“李立貌似已杀了那人！我听说宋公明诨名黑二郎，便是如此相貌！”

两个伴当顿时仰天，围住李立急问道：“何时拿的人？现在哪里？”

李立忙回道，三个人方拖进作房去。从宋江怀中搜出一锭大银，寻常罪犯岂有此物，又有一封寄于江州戴院长的书。寻思此人非同小可，因此未曾动手开剥。

“天使令我今日上岭来！早是不曾动！争些儿误了我哥哥性命！此人必是宋公明哥哥，为防万一，将公人的文书也解开来查看！快调解药来！李立！哥哥若是不醒，要你的命还！”

四个人在昏暗作房里乱成一团，这个开枷，那个灌药。过了一会儿，传出庆幸叹息之声，宋江和两个公人都渐渐醒来。

此后之事不必多说。四个人一同在宋江面前拜倒叩头。宋江自以为是醉了，听闻在鬼门关前走了一遭回来，不由大笑。当晚李立置酒管待众人，在家里过了一夜。次日宋江要行，混江龙李俊苦劝道：“请到我家住一日！”

拗不过，只得到李俊家歇下。李俊、童威、童猛置备酒食相待。

童家兄弟两个是此间浔阳江边人，专贩私盐来这里货卖。童威人称出洞蛟，童猛人称翻江龙。这两个人如大江中的鱼，游水如踩平地，潜入水底半日亦无妨。听他们这般本事，宋江也忘却了流途忧愁。

临走时，又取些银两送与李万、张千两个公人赔罪。三个人收拾了行李辞别，走到未牌时分，只见人烟辏集，市井喧哗，来到一个古色古香的镇上。

“各位乡亲快来看一回！”

只见那里一伙人围住着看，喝彩拍掌声不绝。引长颈呼喊者便是一个卖膏药的。

宋江分开人丛，挨入去看时，见一个瘦长汉子，头上戴叶色田螺头巾，一张黑面皮上扎须，身上披一件破布袍子，角穿皮靴，立定了桩，使了一回拳。

“日长有闲，各位恩官若无急事，请听小人一言：小人远方来的人，投贵地特来就事。相貌丑陋，见个猢狲相，却不盗不抢。虽无惊人的本事，全靠恩官作成，远处夸称，近方卖弄。这筋骨药实有神效，这处伤，那处痛，全都治得。若用膏药，送与各位恩官。只是这番拳脚枪棒功夫，各位恩官既已见了，可烦赐些银两铜钱打发，休教空过了。”

把盘子掠了一遭，没一个出钱与他。口中叫高抬贵手，又掠了数遭，盘子里还是一文也无。

宋江见没人出钱，便取出一锭银子来，放入盘子里。

“啊！五两银子？”

那汉子感激涕零，见宋江虽身为流刑之人，却颇雅致，心中感怀。有歌谣：当年却笑郑元和，只向青楼买笑歌！惯使不论家豪富，风流不在着衣多。

“难得这位恩官，本身见自为事在官，又是过往此间，颠倒发五两白银！世间不弃小人……愿求恩官高姓大名，使小人天下传扬。”

“量这些东西值得几多！不必多礼。”

正说之间，只见众人都回头去看。人丛里一条大汉分开人众，抢近前来。

“兀那！是甚鸟汉！敢来俺揭阳镇上逞强，耍你枪棒功夫，骗人钱财！——你这囚徒又是从何来？我已吩咐了众人休睬他，你这厮如何卖弄有钱，把银子赏他！”

宋江苦笑道：“我自赏他银两，却干你甚事？”

“你这贼配军！你多管闲事却干我事！”

“怎生不讲理？”

“谁不讲理！”

那大汉提起双拳来，劈脸打来。宋江躲个过。忽地那汉子巨体腾空而起，颠翻在地。旁观的人都退了几步。却原来是那个卖膏药的，将那大汉一提一兜，跌翻在地。

那大汉却待挣扎起来，又被这卖膏药的只一脚踢翻了。眼见两个这卖膏药的一张脸，越发苍白。

那大汉从地上爬将起来，看了宋江和教头，说道：“你两个不要慌！回来找你们算账！”那逃跑模样，好似乌贼鱼喷墨一般，一路尘起直往市井中去了。

见那大汉跑了，周围观者也尽散了。卖膏药的那人赶忙挑了担子，从后追上宋江。

“恩官留步！”

“教官有何事？”

“不敢拜问，恩官便是山东及时雨宋公明么？”

“您是？”

“小人祖贯河南洛阳人氏，姓薛，名永，江湖上但呼小人病大虫薛永。……祖父是老种经略相公帐前军官，为因恶了同僚，不得升用，子孙靠使棒卖药度日。”

“原来如此，小可确是山东宋江。”

“小人见兄长如此仗义疏财，心中便想是及时雨宋公明哥哥。正要拜识尊颜，却得遇兄长，实乃天幸……请兄长同去酒店，吃碗酒吧。”

“也好，已至午时，吃些酒食再行。”两个公人李万与张千，亦无异议。

四个人便一同往酒肆内去买酒。向店主人家买酒、饭、肉，却一样都不卖。问道缘何不卖，店主人回答道：“却和你们打的那个大汉，是此间江州三霸中的一个，已使人吩咐了：若是卖与你们时，把我这店子都打得粉碎。我这里却是不敢恶他。”

四个人听如此说，都各自苦笑。离了这一处，又自去另一处酒店。不料每一家都说不敢卖。只得先与病大虫薛永分手，宋江又拿二十两银子与了薛永。

“兄长大恩，铭记在心。小弟一两日间也来江州相会。兄长先行，过浔阳江时，请多保重。”辞别了自去。

行至黄昏时，宋江和两个公人想投个客店歇下，却哪里都不肯相容。不知那江州三霸势力，竟叫人走投无路，三人不禁咋舌。

“市街上既然无店可投，只好走去野外。”

哪知便是那些田间小店，亦闭门拒客。不料遭此一场小难。宋江已自泄气，正打算野宿一夜。李万远远地见一条小路深处射出灯光来，依稀见得门楣。

“没奈何！遮莫怎地我去赔个小心，去那处人家借宿一夜。请在此稍待。”

李万当时落路向那灯光处走去。

# 第五十三回　芦苇之间呼同伴　江上三霸聚一庄

浔阳江头夜送客，枫叶荻花秋瑟瑟。

此乃白居易名篇《琵琶行》之首句，其哀婉动情，正合此时宋江流离之身、怀古之意。

此时天下，早非诗圣酒仙之盛唐了。世间昏暗，正是今日行乐，不知明日如何。——扬子江边，仰头见星空璀璨，宋江心中思想，兀自凄凉。

“嗯？有人声？”

宋江睁眼环顾。

身旁的两个公人正自熟睡。

此处是一座大庄院里的门房。

夕阳西落时，公人李万叩开大庄院的门，求道：“我们是从山东地界，监押一个罪犯配送江州的公人。今日错过了宿头，无处安歇，欲求贵庄借宿一夜。”

庄主太公听闻了，请他们入庄来，安排饭食。此时终可安歇下来。

“这人声似曾听过？”

因这两个公人敬佩宋江，已将他首枷除去。

宋江支起门房竹窗，向外头张看庄内一条落叶道。只见那个白发庄主太公正立在那里。又有七八个壮汉立在一旁，正与庄主太公说话。点着松明，火光映下各人的脸上都满布怒气。

“什么？哥哥喝得醉了，已睡下了？”那壮汉高声叫道，其模样似是老庄主之子。口中又道哥哥，想来他是此庄中的次子。“哥哥也真是贪睡！快快唤他起来。父亲，若哥哥听说那厮鸟跑了，胸中定生恶气！”

“你又和谁合口？不要闹！”

“说甚合口不合口，是被人灭了威风！揭阳镇上人都瞧见了！”

“你依我说，且去房里睡了。半夜三更，莫去敲门打户的。”

“如何睡得着！这口鸟气咽不得！”

“如何这般生气？你且对我说这缘故。”

“今日镇上来一个使棒买药的汉子，兀自去撒科卖药，正要驱赶他则个，不知哪里走一个囚徒来，把五两银子赏他……”

宋江听了，便知是先前镇上的事。偷向竹窗外张开，不由得手心里捏两把汗。

那个壮汉兀自在那里大骂道：“那个戴枷的罪犯和两个公人，听说便往这一方来，只赶不着。我如今叫起哥哥来分头赶去捉拿这厮。捉着了打死，出那口鸟气！”

庄太公又劝了一回，那壮汉却不顾，径入庄内去叫哥哥起身。

宋江听罢，摇醒两个公人，将原委述说一遍，道：“我们只宜赶紧走了好。事不宜迟，着夜路奔走！”

两个公人也自吃惊，连忙收拾了行李，宋江自提了行枷，打破房后一扇窗。三个人便趁星光之下，望林木深处小路上只顾走。田间野道，满目芦花，眼见着一派大江，滔滔滚滚，正来到扬子江[1]边。

只听得背后喊叫，火把乱明，吹风忽哨赶将来。

“上苍啊！”

宋江只叫得苦。三人躲在芦苇中，望后面时，那火把渐近。三人心里越慌，脚高步低，在芦苇里撞，找地躲藏。

“畜生！走哪里去了？”

恐怖一瞬，那些人沿堤岸走远了。两个公人形如泥龟，趴在江岸泥淖里，忽抬头道：“宋押司，那里有一只船！救命船啊！”

“有船？”

---

1 在《水浒传》原著中，是来到了浔阳江边。作者可能是因为日本读者都熟悉扬子江，因此改了，一律统一为扬子江。——译者注

“艄公！且把船来救命！多少金银都与你！载我三个去安身处！”

“什么人？却走这里来？”

船头传来人声。只见那艄公一身酒气，在船上直起身来，拿眼觑岸上三个人。

口中道一声：“上来！”

三个人千恩万谢，连忙跳上船去，李万便把包袱下舱里，张千放下行枷，便将水火棍拓开了船。

那小船载着四个人，摇摇晃晃荡在了江心里。那捎工摇着撸。只听忽哨声由远及近，早有十余个火把，照着二十余人赶到滩头。

“你那艄公，快摇船拢来！”

“回岸边来！快！”

“敢不拢来！”

三个人生死便在这艄公一念之间。

宋江与两个公人手心里都攥一把汗，哀求艄公。

“艄公！却是不要拢船！”

“落在那些恶汉手中，我们三个性命不保！”

那艄公点头，只不应岸上的人，把船望水上咿咿呀呀的摇将去。岸上凶暴火焰映照人影，仍追过来，大喝道：“那个艄公！不知我们是何人吗？”

那艄公冷笑应道：“这般吼叫，自然晓得。”

“晓得便好，快拢来说话！”

“有话明朝来说，乘船的要去得紧。”

“便要教你知晓，坐你船上的是配送江州的囚徒！我弟兄只要捉这囚徒，你且拢来！”

“乘船的三个都是我家亲眷，衣食父母。请他归去吃碗‘板刀面’了来！如何肯让与别人？”

“你且摇拢来，和你商量。”

“啰唆！我自好几日接得这个主顾，倒你接了去！你两个只休怪，改日相见！”

那艄公摇开船去，离得江岸远了。三个人在舱里望岸上时，渐行渐远，火把也自去芦苇中明亮，只有滔滔江水不绝。

宋江悄悄地和两个公人说：“也难得这个艄公！救了我们三个性命，不要忘了他恩德！”

那艄公却不顾三人谢意，只摇着橹，口里唱起湖州歌来。唱道：

老爷生长在江边，不长佛心不渡人。江底泥根生芦草，饮水喝风自求活！

不知何意，宋江心中疑惑。

见他一心一意只摇橹，抬头望着天上繁星。宋江想此人绝非寻常艄公。

“艄公！岸边恶徒追不及了，你可寻一处河滩，靠岸吧。”

“你们三个撮鸟！还想活命？”

“什么？”

“你们的耳朵都是摆设？适才老爷已说了，请你们吃‘板刀面’！”

“‘板刀面’是何意？”

“你见这个便知晓！”那艄公把橹往船头一掷，由舱板底下挚出一把泼风也似快刀。

“我不消三刀五刀，我只一刀一个，都剁你三个人下水去！这便是‘板刀面’！”

宋江听罢，吓得魂飞魄散，面色惨白，脊背颤抖。

俗话说“不到天尽头，早到地尽处”。宋江仰天叹道：“因我不敬天地，不孝父母，犯下罪责，连累了你两个公人，今日同死！”

虽说如此，事到临头，又有哪个不想得活？

“艄公！你如何可怜见，饶了我三个！”

“老爷和你耍甚鸟！老爷不是寻常艄公！”

“你莫非是江中水贼？”

“水贼是啥，老爷不知！老爷吃在江里睡在江里，专在这江上撒网做买卖，你这等撮鸟撞在老爷手里，就是个死！”

“这包里内金银财帛衣服等项，尽数与你。只求莫动刀子！”

“钱财自然归老爷！向来不放过一文钱。至于你们三个，半个也不饶！”

“这却是为何？”

“还用问，你两个公人配送这囚徒去江州，若饶性命，却叫人来追老爷。若不吃‘板刀面’，改吃‘馄饨’罢了！你三个快脱了衣裳，都赤条条地跳下江里自死！”

那艄公一步抢过，揪住宋江衣襟，便要往江里投。——正在那时，只见江面上橹声响，一只快船，由长江上游飞也似急溜来，早到面前。

“这不是张家兄弟的船么？”

见那船头一条大汉手里横着托叉。

这姓张的船公回头看了，慌忙应道：“原来却是李大哥！又去做买卖？”

“张家兄弟，你在这里又弄这一手！”

“靠山吃山，靠水吃水，我这几日手上没一文，只得又做这营生。”

“船里什么行货？有些油水么？见者有份，却不能独吞了！”

“兄弟，教你得知好笑：我这几日又遭女难，又赌输了，真一文也没了。今日正在沙滩上喝闷酒，这三只鸭子却自飞来我船里。”

“没来由，怎生鸭子自飞来？”

“岸上有一伙人赶着，我仔细一看，却是镇上穆家哥儿两个。……三个行货呢，却是两个鸟公人，解一个黑矮囚徒，正不知是那里。他道是发配江州来的，却又项上不带行枷。岸上的穆家兄弟连声呐喊，定要讨他。我见有些油水，我不还他。”

“什么！张家兄弟，你听他说是发配江州的，且是黑矮汉子？”

“是这般说。”

“哎呀！”那船上三个大汉都失惊，一齐跳过船帮来，抢着看。

“莫不是宋公明哥哥？”

宋江听得声音熟，钻出船上来看时，顿时惊叫出声来：“莫非李俊兄弟！”

“正是李俊。揭阳镇酒店里相会，绝不敢忘。前夜还在家中还请哥哥住宿家中，分别不久。”

“兄弟如何到这江上来？”

“今日虽无事，李俊在家坐立不安，想棹船出来在大江里赶些私盐，正在相邀另两位兄弟的归途中，不想奇缘如此，又遇着哥哥！”

那艄公手里擎着刀，待了半响，作声不得，方问道：“李大哥，这如何一回事？”

“你这厮，险些坏了宋公明哥哥的性命！”

“这黑汉便是宋公明么？”

“这位英雄便是郓城县宋押司，人称山东及时雨的宋公明哥哥。你那把刀若行凶，定不饶你性命。这江州你便住不得了！”

那艄公急掷了刀，扑通一声跪下拜道：“我那爷！你何不通个大名，害得我做出歹事来，争些儿伤了仁兄！”一边磕头不住。

两只船并着摇奔滩边来，众人一齐上了岸。

收起枯苇，开火石，点起一堆火来。众人围火堆暖酒，痛饮欢谈。

与混江龙李俊同船来的，便是出洞蛟童威、翻江龙童猛两个。

宋江早在揭阳岭上与这三个人相会过，自不必再报名讳。

初次遇见的，便是姓张的船公。

李俊与他说道：“兄弟，今天下义士，只除非山东及时雨，郓城宋押司。今日你可仔细认着。叫人晓得你住扬子江上，却不晓得宋公明，惹人耻笑！”

“惭愧！素闻哥哥大名，却不晓得哥哥模样。哪知哥哥忽从天而降。请恕兄弟罪过！”

这个船公，原来是李俊结义的兄弟，姓张，是小孤山下人氏，单名横字，绰号船火儿。

这张横又有一个一母所生的亲弟兄。

那人浑身雪练也似一身白肉，水里本事万分了得。水底下伏得七日七夜，水里行一似一根白条，更兼一身好武艺，因此人起他一个异名，唤作浪里白条张顺。

张横、张顺弟兄两个，专在江边做非公的私渡营生。

扬子江两岸镇村之间，有许多船公为避苛捐杂税，做此私渡营生。还有单身客人自赌场回去的，也来坐船。张家两兄弟把船摇到半江里，却演一出戏来讨船钱。

歇了橹，抛了锚，插一把刀。——口中叫客官，本合五百钱一个人，定要他三贯。

江心之中，滔滔江水，那些坐船的都惊得呆了，把出来不迭。假扮作客人的张顺便叫道："谁家带这么多钱！"跳将起来摆出抵抗模样。他兄弟张横便与他格斗一番，扑通地撺下江里。

余下的人个个战栗，不知生死如何。张横馒脸狞笑，却将客人金银搜遍，送他到僻静处上岸。张横却将船烧了，与张顺好似白鱼一般，自从水底下走过对岸。

弟兄两个只靠这道路，抢夺了许多金银财物，用作赌博、嫖妓、喝酒的钱资。近因恶名在外，少有客人来坐船，弟弟张顺只得改了业，如今在江州做卖鱼的。张横却依然在江里做私商，若手头紧时，只得又重操旧时恶业。

"实在惭愧！"

张横搔着头道谢："在宋押司面前不说虚言，我们兄弟在江上做些谋财的事，心中亦知绝非正道。却早想投奔哥哥，做个光明磊落的汉子。如今哥哥去江州时，小弟寄一封书去，我那卖鱼的兄弟张顺必来伏拜。"

听了张横这话，李俊等人却笑了："张横，你大字不识一箩，写得甚书。你必奔去乡里，央个私塾先生来写吧。"

众人听了都笑。正在说笑间，看见火把在岸上明亮。宋江与两个公人顿时着慌。

"他弟兄两个还未归去！赶着要捉我！"

"仁兄放心！"李俊直起身，忽哨了一声。只见火把先远去，又绕过芦苇小洲奔来。

李俊看着飞奔来人，高声叫道："穆家兄弟，可知我身边这位英雄是谁？他便是我日常和你们说的山东及时雨郓城宋押司公明哥哥！你两个还不快拜谢罪！"

"什么！"

来者一惊。他们便是宋江前去投宿的大庄院主人的两个儿子。

宋江笑着行礼。

见当头一个壮汉，便是在揭阳镇大路上，驱赶使棒卖药的教头，却被跌翻在地的那个人。

那壮汉惊疑不定，问道："李俊，你所说可是真的？"

"兄弟自看。如此气度，可有他人？——我在前日已拜见过寄往江州牢城的状子，向宋公明哥哥报了名讳，且同屋欢聚一宿了。"

那弟兄两个撇了朴刀，扑翻身便拜，道："闻名久矣！不期今日方得相会！却甚是冒渎，犯伤了哥哥，望乞恕罪！"

这弟兄两个是此间人，姓穆。哥哥叫作穆弘，绰号没遮拦。

弟弟叫作穆春，人唤作小遮拦。

李俊又道："弟兄二人是揭阳镇上一霸。哥哥不知，一发说与哥哥知道，揭阳岭上岭下便是小弟和李立一霸；揭阳镇上是他弟兄两个一霸；浔阳江边做私商的却是张横、张顺两个一霸；以此谓之'江州三霸'。"

宋江笑道："原来如此！古有汉天下分为三国，今有江州尔等三霸！"

又道："既然都是自家弟兄情分，望乞放还了薛永！"

"便是使棒卖药的？哥哥放心。"

穆弘随即便教兄弟穆春道："将那个汉子取来还哥哥。我们且请仁兄到敝庄伏礼请罪。冒渎太甚，实在于良心不安。"

# 第五十四回　异乡蛮牛有佛心　牢城李逵黑旋风

众位好汉一同取路投江畔大地主，穆家庄里来。穆家两兄弟请出穆太公来先相见了贵客宋江，主宾相谈甚欢。

“原来这便是天下义士宋公明！”老庄主亦感佩不已。

穆家上下安排筵席，管待宋江等众位饮宴。

席间，一个庄客由街上带来一人，原来便是卖膏药的病大虫薛永。

“……这如何一回事？”薛永见众人同聚饮宴，吃了一惊。

宋江吩咐薛永，教他在穆弘处住几时，又托穆弘看顾。

穆家兄弟道：“哥哥但请放心，我这里自看顾他。”

张横又央人修了一封家书，央宋江付与弟兄张顺。

“哥哥此去江州，莫忘与我家兄弟张顺相会。”

此后数日，众人都留庄上欢畅饮宴，至晚方休。又陪侍宋江去镇上观看揭阳旧迹名胜，市村景致。

宋江怕违了限期，向众人告道：“众家兄弟情义，宋江此生难忘。我是流刑囚徒，不早往江州牢城里去，恐生事端。明日早行，望日后与众兄弟再得相会。”

众人苦留不住，当夜做个送路筵席。席上，穆家美艳的小女儿善弹琵琶，请来献艺。因此处浔阳江，古昔中唐诗圣白乐天，左迁司马时于此地写下名篇《琵琶行》，而广为天下知。这首《琵琶行》，诗前小序道：

（中唐）元和十年，予左迁九江郡司马。明年秋，送客湓浦口。

闻舟中夜弹琵琶者，听其音，铮铮然有京都声。问其人，本长安倡女，尝学琵琶于穆、曹二善才，年长色衰，委身为贾人妇。

遂命酒，使快弹数曲。曲罢悯然，自叙少小时欢乐事，今漂沦憔悴，转徙于江湖间。

予出官二年，恬然自安，感斯人言，是夕始觉有迁谪意。因为长句，歌以赠之，凡六百一十六言，命曰《琵琶行》。

宋江口中亦暗诵诗句。

只见那小女儿将琵琶鸣弦弹起，红唇之中轻唱出诗曲哀调，如清水四溢于满座。

浔阳江头夜送客，枫叶荻花秋瑟瑟。

主人下马客在船，举酒欲饮无管弦。

醉不成欢惨将别，别时茫茫江浸月。

忽闻水上琵琶声，主人忘归客不发。

“呜呼……”宋江忽忆起家乡老父，坠下泪来。宋太公亦甚喜好琵琶。“不得与父亲共闻此曲。”宋江思之，痛感此身不孝。

寻声暗问弹者谁？琵琶声停欲语迟。

移船相近邀相见，添酒回灯重开宴。

千呼万唤始出来，犹抱琵琶半遮面。

转轴拨弦三两声，未成曲调先有情。

……

宋江忽觉奇异。座中灯光摇曳，悄无声息，虽原非奇事，却见李俊、张横、穆弘、穆春、薛永、童威、童猛等人，面上野性都褪去了。众好汉如初生的婴儿，俱安详稳坐，垂首聆听。一首乐曲，为何有如此神力？

弦弦掩抑声声思，似诉平生不得志。

低眉信手续续弹，说尽心中无限事。

宋江耳闻乐曲，心中自问自答道：“原来是这平生不得志情怀，于这些草莽好汉中亦生共鸣。当今大宋天下，昏庸无道，逼反壮士，梁山泊岂非由此而生么？”

大弦嘈嘈如急雨，小弦切切如私语。
嘈嘈切切错杂弹，大珠小珠落玉盘。
……
曲终收拨当心画，四弦一声如裂帛。
东船西舫悄无言，唯见江心秋月白。

宋江已听得痴了，恍惚之间便如当年江州司马，听那京城琵琶女道来身世：

自言本是京城女，家在虾蟆陵下住。
十三学得琵琶成，名属教坊第一部。
曲罢曾教善才服，妆成每被秋娘妒。
五陵年少争缠头，一曲红绡不知数。
钿头银篦击节碎，血色罗裙翻酒污。
今年欢笑复明年，秋月春风等闲度。
弟走从军阿姨死，暮去朝来颜色故。
门前冷落鞍马稀，老大嫁作商人妇。
商人重利轻别离，前月浮梁买茶去。
去来江口守空船，绕船月明江水寒。
夜深忽梦少年事，梦啼妆泪红栏杆。

宋江轻叹口气，却见满座众人皆涕泣。这些好汉虽容貌丑陋，今夜却也洒下两行同情之泪。各人或有父母在堂，或有儿女，或有情妇。闻此悲凉曲调，触动心弦，自然真情流露。

——宋江亦轻抹去眼角泪水。

翌日，众人都在江边，送宋江上船饯行。

“仁兄保重！”

众人真情百感，与尊敬兄长离别，洒泪而别。又送了许多盘缠。

宋江自和两个公人下船，投江州来。此船巨大，非比前番，使着一帆风蓬，江上劲风吹鼓，划过扬子江黄泥江水，两岸风光绮丽，人影难辨。

早送到江州上岸。两个监押公人急送宋江至牢城营内交割。自然宋江又戴上行枷，由江州府公人对了文帖，两个公人讨了回文，便取路归往济州去了。

话说这江州知府[1]，姓蔡，双名得章，是当朝蔡太师蔡京的第九个儿子，江州人叫他做蔡九知府。

蔡九知府闻宋江送到，便教牢城押解来看。宋江听说了，便取出金银，遍送与江州府里公人。自古道：世情看冷，人面遂高低！这些大小官吏，哪个又不爱贿赂，不如说贿赂已成世间常识。管营、差拨、书籍、牢子都得了宋江钱财，没一个不欢喜他。

“那个新来的，看顾他些。”

人人都对宋江和颜悦色。但凡新人流配的要先打一百杀威棒，也以宋江染病为名给免去了。

过了几日，巡视的柴拨来说与宋江道：“贤兄，我前日和你说的那个节级（江州两院的院长）常例人情，何故多日不送去与他？他明日下来时，须不好看。”

“为何不好看？”

“问此作甚，有钱快快送去。”

“不妨。那人要钱不与他。等他下来，宋江自有话说。”

“押司，那人好生厉害！更兼手脚了得！性子又烈！倘或受了他些羞辱，却道我不与你通知。”

正恁地说未了，那个节级便叫将宋江提到点视厅上。牌头急下牢来，拽了

---

1 此处江州行政长官虽然在原文中和济州长官一样使用了“奉行”，但原著中济州长官称“府尹”，而江州的称“知府”，按原著写。——译者注

宋江的腰锁，一群公人簇拥着，直上厅来。

“节级！这个便是新配到囚徒！”

将宋江推在前面，众人在后面立一列。

那个节级身上穿银边草绿官袍，当胸系金唐革，两手搭一把长剑戳在地上，坐在厅前一条凳子上。虽为高官，却是个年轻清秀人才。脸上硬楂胡须根根竖起，节级燕尾头冠显出一股英气。

“就是这个杀才？”

“正是。”

“听说你路上风寒，免了新入牢城时的一百杀威棒。如何却不怕我？”

“为何？”

“今天就打你这厮一百讯棍！”

“节级稍待！”宋江打断他话头道：“莫非是小人未送人情与节级，因此节级面皮上挂不住么？”

“什么！”

“节级因此动怒，好小哉相！”

两边营里众人听了宋江这般话，都惊得手心里一把汗，个个大气不敢出。

“人情人情，在人情愿。如何逼取人财？”

拿节级将手中剑鞘往地上铛一声猛击，口中怒喝道：“贼配军！安敢如此无礼！”

“小人只道实情。”

“气煞我也！看我结果了你！”

“我因不送得常例钱便该死时，结识梁山泊吴学究却该怎地？”

宋江压低语调，轻咳两声，只教节级听到吴学究这几个字。那节级听了，慌忙向众人道：“你们先下堂去。”

众人都走了，那人急换了颜色，问道：“莫非你便是山东宋公明？”

“我便是宋江。”

“何不早说！”那人连忙作揖，豪爽大笑。

“我身边亦有一封吴学究的手书。只为防牢城节级与梁山伯上军师相识之事为外人所知，便想尊兄自来，故意延挨。”

“吴学究亦早托人送了一封书与小弟。只是姓宋的配流犯人实多，不知仁兄已到，因此适才言语冲撞，万望恕罪！今日幸得相见，以慰平生之愿。”

“幸与尊兄相识。”

那节级即令将宋江移送单身牢房，又留锁钥在宋江手里。数日之后，便将宋江带出牢营来，就城中酒楼上饮酒。宋江诉说一路上遇见许多好汉，众人相会的事，两人已成十年故知一般。

这个节级，并非寻常。

他姓戴名宗，便是吴学究书中所荐的江州两院押牢节级，人敬称作“戴院长”。他有一等惊人的道术，自称为“神行法”。

但有书飞报紧急军情事，他便把两只画了神佛面貌的甲马拴在两只腿上，结个咒符，一日能行八百里，实乃神技。因此，人都称作神行太保戴宗。

两个正在酒楼上说话，只听楼下有客人喧闹起来。只见店小二走入阁子，来请戴宗仲裁，非院长平不得楼下非为闹事。

“又是那厮！”

戴宗便起身下去，楼下便静下来。不多时，引着一个黑凛凛、满身筋肉的大汉上楼来。

“宋大哥，在楼下喧闹的便是此人。祖贯沂州沂水县，百丈村人氏，唤作黑旋风李逵。”

“喔。”

“他是小弟身边牢里一个小牢子。为他酒性不好，人多惧他。能使两把板斧，又会拳棍。他乡中都叫他作李铁牛，人见人怕。”

李逵看着宋江，粗声粗气问戴宗道：“哥哥，这个好似烂枣的黑汉子是谁？”

“押司，你看这恁么粗鲁！”

“哈哈哈，果是真豪士！我正是山东宋公明。”

“啊？”李逵看了看戴宗，又看宋江：“院长哥哥身边这位？果真？……”忽自打两下嘴巴，扑翻身躯便拜。这汉子虽粗鲁，却令人恨不得。

便请李逵也坐下，为李逵加几碟肉，一同饮酒。宋江问他为何在楼下发怒，李逵说了一回借银赎银的事。宋江听罢，便去身边取出十两银子，把与李逵，说道：“你将去赎来用度。”

李逵欢喜接得银子，便道：“却是好也！两位哥哥只在这里等我一等，赎了银子，就和哥哥去城外喝碗酒。”

话音未落，将银子入怀中，便急下楼去了。

戴宗拧了双眉，道：“兄长，休借着银子与他便好。”

“却是为何？”

“这厮虽是耿直，只是贪酒好赌。他慌忙出门，必是去赌。若是输了时，哪讨这十两银来还兄长？”

“尊兄何必见外，由他去赌输了吧。”

“这厮本事虽有，只是心粗胆大不好。在江州牢里，不奈何罪人，只要打作威作福的牢子。以此江州满城人都叫他黑旋风。”

“俺们再饮两杯，却去城外闲一遭，看山川景色。”

“如此最好。……小弟引路。”

话说李逵得了银子，快跑出城外赌房里来。便去场上，将这十两银子撇下地下，叫道：“小张乙！把头钱来我博！”

“李逵，看你气喘如牛，且歇一歇。”

“等不及了，快！”

“这一博下来便是你博。”

“我要先赌这一博！”叫声“快！”地博一个叉。

小张乙便拿了银子过来。李逵又博，却又输了，四五回合下来，便输得精光。只得道：“便再博五两银子。”

“银子呢？”

“没奈何，且借我一借，明日便送来还你。”

“说什么闲话！”

“借一回银子，有何不可！”

“不借！”

李逵也不说话，便就地下掳了银子，又抢别人赌的十来两银子，都搂在布衫兜里。

“李逵！你竟敢闹我的赌房！”

“老爷闲常赌直，今日权且不直一遍！”

“啊！竟敢动手！一齐上！”

赌场中的赌汉一齐上，被李逵一个个打得鼻开血绽、筋错骨断。赌房乱作一团。

“这强盗！”

李逵夺出门去，小张乙那伙人那肯干休，随后赶将出来追。李逵一边逃，一边回头嘲笑。正走之时，忽路边一人挡住道路，叫道：“李逵你做甚？”

“啊，院长哥哥！”

“你这厮，如何抢掳别人财物！”

“哥哥休怪！铁牛闲常只是赌直，今日不想输了宋公明哥哥银子，猴急了，做出这些不直来。”

身后宋江听了，笑道：“贤弟，但要银子使用，只顾来问我讨。”

“铁牛身上有银子！”

“你这银子，是那些追赶之人的吧？快把来还他。”

“还便还。”李逵没奈何，只得从布衫兜里取出来，都递在张乙手里。

宋江又问小张乙道：“他不曾打伤了你们么？”

“讨头的、拾钱的和那把间的，都被他打倒在里面，连倒茶的婆子都断了肘！”

“即是恁地，就与他众人做将息钱。”

宋江又拿出几两银子来，代李逵交与小张乙。小张乙收了银子，拜谢了回去。

戴宗虽在一旁，此番却不发一言教训李逵。只引宋江与李逵两个，往江水边道上走来。

“兄长，此间有一处白乐天古迹。如何，去走一遭？”

“琵琶行所载美景，可往见识一番。”

“前面靠江有一处琵琶亭酒馆，为江州名胜处。如今晚春时节，更是美景不可收。我们去亭上酌三杯，就观江景则个。”

宋江心中忆起那天涯沦落女，夜舟之上哀哀弦乐。自然，宋江所沁身所感的并非往昔风流。琵琶亭也好，这人世间也罢，都似沉沦于眼前这浊流之中了。